LE PAPE, LE KID ET L'IROQUOIS

Les suppositions les plus folles ont été émises sur l'identité de l'auteur anonyme du *Livre sans nom* et de *Psycho Killer*. Après lecture du *Pape, le Kid et l'Iroquois*, il nous semble que seule l'hypothèse d'un collectif allant de Quentin Tarantino au prince Charles en passant par Robert Rodriguez est plausible. Comment le cerveau d'un seul homme aurait-il en effet pu concevoir un déferlement pop aussi jouissif ?

Paru dans Le Livre de Poche :

PSYCHO KILLER

LA TÉTRALOGIE DE BOURBON KID
1. Le Livre sans nom
2. L'Œil de la lune
3. Le Cimetière du diable
4. Le Livre de la mort

ANONYME

Le Pape, le Kid et l'Iroquois

TRADUIT DE L'ANGLAIS PAR CINDY KAPEN

1 3 1750316 9

SONATINE ÉDITIONS

Titre original :

THE PLOT TO KILL THE POPE

© The Bourbon Kid, 2014.
© Sonatine, 2015, pour la traduction française.
ISBN : 978-2-253-08628-4 – 1ʳᵉ publication LGF

« La conscience de soi est atteinte lorsque l'homme comprend ce qu'il est aux yeux des autres : un idiot. »

ANONYME.

La station-service

Putain de pluie !

Diane Crawford roulait sur la même route de campagne sinueuse depuis plus de soixante kilomètres, et toujours aucun signe de civilisation en vue. Et il tombait des cordes, un déluge tel qu'elle n'en avait jamais vu chez elle. C'était comme si un homme invisible se tenait sur le capot de sa voiture et s'amusait à verser des seaux d'eau sur son pare-brise. Elle n'avait absolument aucune visibilité. S'il lui arrivait un accident et qu'elle mourait sur cette horrible route au milieu de nulle part, personne ne trouverait son corps avant le lendemain matin. Et ce serait sa putain de faute. Il fallait être complètement fou pour conduire par un temps pareil. Ou, comme Diane, être terrifié à l'idée de s'arrêter sur le bord de la route dans un trou paumé qui ne semblait pas connaître les réverbères. Ce dont elle avait besoin, c'était un hôtel, ou une station-service, juste un endroit où s'arrêter pour faire le point en attendant que le temps se calme. Il était deux heures du matin lorsqu'elle aperçut enfin une vieille station-service au loin, signalée par un grand panneau jaune. Elle l'aurait probablement trouvé hideux si elle était passée devant en journée, mais dans les

circonstances actuelles, c'était une véritable bénédiction de voir quelque chose d'aussi coloré. Le panneau annonçait, en lettres rouges sur fond jaune :
STATION-SERVICE DE BARNEY
OUVERTE 24 H/24

L'Audi A3 quitta la route pour s'engager sur le parking de la station-service. Contrairement à ce qu'annonçait le panneau, elle paraissait fermée. Tout était éteint et le lieu semblait désert.

Diane se gara à côté d'une pompe et coupa le moteur. Les lumières du tableau de bord s'éteignirent, à l'exception de l'horloge digitale. 02:02. Elle n'avait pas particulièrement besoin d'essence, mais elle était prête à débourser trente dollars juste pour pouvoir échapper à la pluie un moment. Et en y réfléchissant, elle était dans ce qu'on pouvait légitimement appeler le trou du cul du monde, il y avait donc de grandes chances pour qu'elle ne revoie pas de station-service avant plusieurs centaines de kilomètres. Faire le plein n'était peut-être pas une si mauvaise idée. Un vieil homme dans le dernier village qu'elle avait traversé lui avait indiqué un raccourci, mais elle commençait à le soupçonner de l'avoir envoyée directement sur le décor d'un film de Stephen King – glauque, sombre et isolé du reste du monde par de grands arbres et d'épais buissons.

Elle attrapa son imperméable sur le siège passager et se débattit avec pour essayer de l'enfiler avant d'ouvrir la portière. C'était un fin anorak en plastique froissé jaune qui ne protégeait absolument pas du froid, mais qui était d'une efficacité redoutable contre la pluie. En plus, on la verrait de loin. Elle rabattit la capuche sur sa tête et tira sur les cordons pour la resserrer autour de son cou afin que ses cheveux ne soient pas mouillés. Juste avant de sortir de la voiture, elle aperçut son reflet dans le rétroviseur. Avec sa capuche jaune, elle semblait prête à fabriquer de la crystal meth avec Walter White. Elle lutta contre le vent pour ouvrir la portière, qu'une violente bourrasque se chargea de refermer pour elle.

La pompe à essence près de laquelle elle s'était garée était éteinte, aussi courut-elle jusqu'à la boutique pour chercher le pompiste. Il y avait un panneau sur la porte d'entrée vitrée :

APRÈS 22 HEURES, MERCI DE SONNER.

Diane regarda autour de la porte et trouva une sonnette en plastique grise. Elle était vieille, craquelée, et enveloppée d'une toile d'araignée qui scintillait sous la pluie. Elle l'enfonça et laissa son doigt appuyé dessus. Elle n'entendit aucune sonnerie, mais sentit une légère vibration. Au bout d'environ cinq secondes, elle retira son doigt et pressa son nez contre la fenêtre, encadrant son visage de ses mains pour essayer de voir à l'intérieur. Presque immédiatement, une lumière tremblotante s'alluma.

Elle recula d'un pas et essaya de détecter un quelconque mouvement. Il y avait un comptoir à l'autre bout de la devanture qui donnait sur la cour de la station-service. Un jeune homme apparut à travers les lanières du rideau en plastique, près des étagères de cigarettes derrière le comptoir.

Il essaya de voir qui avait sonné. Il ne devait pas avoir plus de seize ou dix-sept ans. En voyant sa tignasse châtain ébouriffée, elle craignit de l'avoir réveillé, mais c'était un adolescent, il était donc probable que ce fût l'état normal de ses cheveux. Diane

11

avait elle-même deux fils à peu près du même âge, et ils avaient tous les deux insisté pour avoir cette vilaine coupe en brosse « nid d'oiseau » qu'ils regretteraient certainement en vieillissant. Le gamin leur ressemblait, quoiqu'il fût peut-être un peu plus sale que ses fils, qui étaient relativement propres pour des ados.

L'employé aperçut Diane et lui adressa un signe de la main tout en se dirigeant vers la porte, qu'il ouvrit après avoir défait les trois verrous.

« Entrez avant que le vent vous emporte ! dit-il en souriant.

— Merci, répondit Diane en retirant sa capuche. Je me demandais s'il était possible de faire le plein ? J'ai conduit toute la soirée, et j'ai l'impression que si je ne le fais pas maintenant, je vais le regretter dans cinquante kilomètres.

— Sage décision, dit le gamin. La prochaine station-service est à plus de quatre-vingts kilomètres. Je vous assure, ça vaut pas la peine de prendre le risque. Je suis tombé en panne par là-bas, un jour… »

Il montra du doigt la direction qu'elle prenait.

« La pire erreur de ma vie.

— J'espère que le temps était un peu plus clément qu'aujourd'hui.

— Oui, heureusement. Mais on m'y reprendra plus. »

Le garçon ferma la porte derrière elle. Diane remarqua le prénom cousu sur sa salopette en jean.

« Steven, c'est votre prénom ? » demanda-t-elle.

Il baissa la tête et regarda sa salopette.

« Ouais. Ce connard a besoin d'étiqueter ses gosses pour se souvenir de leurs prénoms.

— Votre père, c'est Barney, le gérant ?

— Ouais. Mais n'allez pas dire à ma mère que c'est lui qui gère le truc ! dit-il en riant. Je crois que la seule contribution de papa, c'est ces patchs avec nos noms. »

Diane rit poliment.

« Je vais chercher les clés pour la pompe, dit Steven en se dirigeant vers le comptoir. Vous voulez du café ? Je viens d'en faire une cafetière. »

Boire du café à une heure aussi indue ne faisait pas partie de ses habitudes, mais les circonstances étaient exceptionnelles, et elle avait bien besoin de caféine. « Ce serait super, oui, merci. »

Le comptoir offrait une sélection de barres chocolatées, et une cafetière pleine attendait sur un réchaud près de la caisse. Steven disparut derrière le comptoir et réapparut quelques secondes plus tard avec une tasse blanche en plastique. Il la posa devant Diane et commença à y verser un café très noir.

« Lait ? Sucre ? demanda-t-il.

— Juste du sucre, ce sera parfait, merci, répondit Diane. Combien je vous dois ?

— C'est offert par la maison. Les gens en ont bien besoin à cette heure-ci, ne serait-ce que pour tenir les quatre-vingts prochains kilomètres. »

Il surprit le regard méfiant que Diane posait sur le café qu'il était en train de verser.

« Ne vous inquiétez pas, dit-il, tentant de la rassurer. Il est frais. Je l'ai fait y a même pas vingt minutes.

— C'est parfait. »

Steven finit de servir le café et reposa le pot sur le réchaud. « Je vais juste aller vous chercher du sucre », dit-il. Il disparut derrière le rideau en plastique, avant de repasser sa tête une seconde plus tard. « J'en ai pour une minute. Je vais prendre les clés de la pompe en même temps. »

Diane regarda autour d'elle. L'endroit ressemblait davantage à un magasin de bricolage qu'à une supérette. Il y avait plus d'outils de jardinage et de sacs d'engrais sur les rayons que de sachets de chips et autres paquets surdimensionnés de ces cochonneries que l'on associe en général à ce type de magasins.

À en croire le raffut en provenance de l'arrière-boutique, Steven peinait à trouver ce qu'il cherchait. Il finit par réapparaître quelques minutes plus tard avec un trousseau de clés et quatre sachets de sucre. Il lui tendit les sachets.

« Ça suffira ? demanda-t-il.

— Deux, ça ira, merci.

— Parfait. Je laisse les autres sur le comptoir au cas où. Je vais aller m'occuper de votre voiture. J'en mets pour combien ?

— Oh, ne vous embêtez pas, dit Diane. Je peux le faire moi-même.

— Je n'en doute pas. Mais c'est malheureusement la règle, ici. On sert nous-mêmes les clients. Avant, on laissait les clients le faire, mais il y en avait trop qui partaient sans payer. Et par ici, on peut pas y faire grand-chose, donc, on s'en occupe. Je vois bien que vous êtes pas du genre à partir sans payer, mais c'est la règle, que voulez-vous. »

Diane hocha la tête.

« Je comprends. Je vais prendre trente dollars de sans-plomb.

— Aucun problème, mam'zelle. Il me faudrait vos clés de voiture. »

Diane plongea la main dans la poche de son manteau et en sortit les clés, qu'elle lui tendit. Il les prit et se dirigea vers la porte d'entrée. Dès qu'il ouvrit, le bruit du vent et de la pluie s'engouffra dans le magasin. Steven, luttant contre les rafales, sortit et s'empressa de refermer la porte derrière lui pour l'empêcher de claquer. Il appuya sur un interrupteur pour éclairer l'extérieur et courut vers la voiture de Diane en baissant la tête pour ne pas recevoir de gouttes dans les yeux. Ni le vent ni la pluie ne semblaient décidés à se calmer, et les cheveux du pauvre gosse devenaient de plus en plus effrayants, volant dans tous les sens.

Diane but une longue gorgée de café. Délicieux. C'était probablement de la merde premier prix, mais les circonstances faisaient qu'elle avait l'impression de n'avoir jamais rien bu d'aussi bon. Si l'essence avait le même effet sur sa voiture, ce serait un bon investissement. Elle se sentit immédiatement revigorée, prête à traverser la cambrousse pour aller chez sa sœur.

Steven reposa le pistolet à essence et lutta contre les éléments pour revenir dans le magasin. Sa salopette était complètement trempée. Son pull rouge foncé devait l'être également, mais c'était difficile à dire. Il ouvrit la porte, se jeta à l'intérieur et referma péniblement derrière lui.

« C'est la folie, dehors, dit-il en passant la main dans ses cheveux mouillés.

— À qui le dites-vous, j'ai conduit toute la nuit sous ce déluge !

— Vous allez encore loin ?

— Je vais chez ma sœur pour une semaine. Si je ne fais pas encore un détour inutile, je devrais y être d'ici deux heures, environ.

— Deux heures, vous dites ? demanda Steven en retournant vers le comptoir. Elle habite où ?

— Knots County, un bled paumé. D'après le GPS de la voiture, c'est à environ quatre-vingts kilomètres d'ici.

— Je dirais plutôt cent dix. »

Diane but une nouvelle gorgée. « Heureusement que j'ai ce café, alors. Il me tiendra éveillée juste assez longtemps pour arriver à destination, si tout va bien. »

Steven sourit mais ne dit rien. Elle réalisa qu'il avait peut-être d'autres choses à faire.

« Trente dollars, c'est ça ? demanda-t-elle en posant la tasse vide sur le comptoir.

— Vingt-huit, en fait. J'ai essayé d'arriver à trente dollars, mais votre réservoir était plein. Vous êtes tranquille, maintenant, mam'zelle. »

Diane sortit son portefeuille de la poche de son manteau. « Je vous donne quand même trente, pour votre honnêteté, dit-elle. Parce que je n'aurais pas vérifié. »

Elle sortit sa carte Visa et la tendit à Steven, qui se tenait devant la caisse, le trousseau de clés à la main, comme s'il se demandait s'il devait l'ouvrir.

« Et voilà », dit Diane.

À sa surprise, il ne lui prit pas la carte des mains. Il observait quelque chose derrière elle, dans la cour, d'un air désorienté.

« Qu'est-ce que c'est que ce bordel ? » marmonna-t-il, juste assez fort pour que Diane l'entende. Il suivait du regard quelque chose qui se déplaçait sur le parking. Diane, qui avait toujours la main tendue, commençait à s'impatienter.

Puis elle entendit le vent et la pluie s'engouffrer dans le magasin. Derrière elle, quelqu'un venait d'ouvrir la porte. Le regard perplexe de Steven se transforma rapidement en une expression d'horreur lorsqu'il vit ce qui venait de passer le seuil. Elle se retourna pour voir de quoi il s'agissait et comprit aussitôt pourquoi Steven semblait si effrayé.

L'homme qui venait d'entrer était grand et presque aussi large que la porte, mais ce qui interpellait le plus dans son apparence était sa veste en cuir verni rouge et un masque jaune hideux représentant une tête de mort surmontée d'une crête rouge. Il portait des armes ou des outils de jardinage en bandoulière sur le dos. Il était difficile de déterminer précisément de quoi il s'agissait, mais Diane distingua des manches en métal dépassant de ses deux épaules. Elle savait qui était cet homme. Elle avait lu un article dans le journal quelques jours plus tôt. C'était *l'Iroquois*.

Elle recula jusqu'à ce que ses pieds rencontrent un étal de sacs de compost. L'Iroquois l'ignora et se dirigea directement vers le comptoir, d'où Steven l'observait, complètement abasourdi. Lorsque l'Iroquois passa devant elle, Diane put voir avec plus de précision ce qu'il portait sur le dos. Il s'agissait d'une batte de base-ball et d'une épée en métal, placées en croix sur sa veste rouge, toutes deux protégées par un fourreau en cuir marron.

L'Iroquois se pencha sur le comptoir et attrapa Steven par les cheveux. Avant même que le gamin n'ait eu le temps de réagir, le tueur fou le fit glisser jusqu'à lui. Il se retrouva à plat ventre sur le comptoir, la tête d'un côté, les jambes de l'autre, agitant ses membres dans tous les sens pour essayer de se libérer de la prise de l'Iroquois.

Puis, comprenant que les choses s'annonçaient plutôt mal pour lui, Steven fit la seule chose qu'il pouvait faire dans sa position – il hurla à pleins poumons : « C'EST QUOI, CE BORDEL ? »

Mais l'Iroquois n'était pas d'humeur à offrir des explications. Il tendit la main vers son épaule et sortit l'épée de son fourreau. Tout en maintenant Steven en place d'une poigne ferme, il brandit la longue lame au-dessus de sa tête.

Aussi absurde que cela pût paraître, Diane se demanda si elle n'était pas témoin d'un de ces canulars qui passent dans les programmes de télévision du câble. Ça ne pouvait pas être réel. Ce n'est que lorsque l'Iroquois plongea l'épée dans le dos de Steven que la réalité la frappa. La lame en acier s'enfonça profondément dans la chair avec un abominable bruit de succion jusqu'à ce que la pointe se fixe dans le comptoir, tandis qu'un torrent de sang s'écoulait de la plaie.

Et Steven hurla.

Diane n'avait jamais entendu personne hurler aussi fort. Le bruit lui écorcha les tympans et faillit avoir raison de ses nerfs. C'était le bruit d'un garçon sur le point de mourir, qui luttait pour rester en vie et criait désespérément pour que quelqu'un lui vienne en aide. Mais Diane n'était pas cette personne. Elle n'était pas assez courageuse. Qui l'aurait été ?

Quelques secondes plus tard, les hurlements cessèrent. Malheureusement, ce répit ne dura qu'un court instant, le temps que Steven reprenne son souffle.

En attendant la fin de ses vocalises, l'Iroquois tourna lentement la tête et posa son regard sur Diane. Elle vit à travers les deux trous dans le masque jaune une paire d'yeux qu'elle n'oublierait jamais. C'étaient les yeux du mal en personne. Elle resta figée sur place, paralysée par le choc et la peur, alors qu'elle savait, au fond d'elle-même, qu'elle aurait dû être en train de courir aussi loin que possible de cet homme.

Mais heureusement pour Diane, elle n'était d'aucun intérêt pour l'Iroquois. Celui-ci se tourna de nouveau vers sa victime agonisante, qui tentait vainement de se libérer, tendant les mains dans le vide dans l'espoir d'attraper quelque chose, n'importe quoi, qui pourrait l'aider. La lame qui le clouait au comptoir limitait ses possibilités de mouvements. Tout ce qu'il avait à sa portée était un Snickers, et Diane doutait qu'il puisse lui être d'une quelconque aide, même si le type derrière le masque se trouvait être allergique aux noix.

L'Iroquois tendit la main vers une radio derrière le présentoir à bonbons et l'alluma. Diane reconnut la chanson qui retentit par les haut-parleurs. *Rush Hour*, de Jane Wiedlin. Sans qu'elle pût se l'expliquer, ce fut le déclic qui la tira soudain de sa torpeur. Elle retrouva enfin ses esprits et courut jusqu'à la sortie, renversant un nain de jardin sur son passage.

En arrivant devant la porte, elle se demanda si elle pouvait faire quoi que ce soit pour aider Steven. Mais cette pensée quitta son esprit presque aussi rapidement qu'elle y était entrée. Elle n'était absolument pas de taille à affronter un tueur masqué armé d'une épée. Elle ouvrit la porte d'un geste brusque, et une bourrasque la frappa immédiatement au visage, accompagnée de gouttes de pluie et d'un froid glacial. Elle perdit l'équilibre et tourna sur elle-même, se retrouvant de nouveau face au spectacle qu'elle tentait de fuir. L'Iroquois avait sorti sa batte de base-ball de son étui et s'était placé à côté de Steven, en la brandissant au-dessus de la tête du gamin. Steven n'était plus vraiment en état de se défendre, et ses tentatives désespérées de se libérer avaient cessé. Il sanglotait désormais, mais il n'avait même plus la force de lever les yeux vers son bourreau. Sa tête retomba dans un bruit sourd et du sang jaillit de sa bouche, se répandant sur le sol, tandis qu'une flaque écarlate se formait sur le comptoir, grandissant à mesure que le sang s'écoulait de la plaie dans son dos. Diane tressaillit et ferma les yeux lorsque l'Iroquois fracassa la batte de base-ball sur le crâne de Steven. Mais fermer les yeux ne l'empêcha pas de visualiser l'impact. Elle fut prise d'une violente nausée. Elle en avait vu assez. Elle quitta le magasin, se précipitant dans le vent et la pluie.

Elle n'était qu'à quelques centimètres de sa voiture lorsqu'elle réalisa qu'elle avait un problème. *Steven avait toujours ses clés.* Elle n'irait nulle part avec cette voiture. Elle n'irait même pas *dans* cette voiture. Elle tira sur la poignée de la portière, en vain. Steven avait dû la verrouiller après avoir fait le plein.

Un sentiment de désespoir l'envahit. Sa tête lui sembla soudain très lourde, et tout commença à tourner autour d'elle lorsque la peur très concrète de sa propre mort l'empoigna. Le vertige se propagea dans ses veines comme une décharge électrique. Elle tomba à genoux, à bout de souffle.

LÈVE-TOI ! cria son moi intérieur. *LÈVE-TOI ET COURS !*

Elle pressa les paumes de ses mains contre le sol trempé et poussa sur ses bras. Les petits cailloux qui

jonchaient le goudron s'enfoncèrent douloureusement dans sa chair. C'était un bon signe – si elle ressentait la douleur, c'était qu'elle était toujours vivante. Mais plus elle poussait sur ses bras, plus elle se sentait faible. Ses forces s'amenuisaient rapidement, quittant son corps par ses poumons chaque fois qu'elle expirait. Elle se souvint d'être tombée dans les pommes deux fois dans sa vie. Si elle tombait une troisième fois, elle craignait que ce ne fût également la dernière.

Elle tendit les bras et plaça ses mains contre le coffre pour se stabiliser avant de se laisser glisser de nouveau sur le sol, à bout de forces, réussissant malgré tout à se placer en position assise, le dos calé contre la voiture. L'eau traversait sa jupe, lui glaçant les fesses.

À travers la vitrine du magasin, elle vit l'Iroquois abattre encore et encore sa batte de base-ball sur le crâne de Steven. Elle pouvait entendre, par-dessus le son du vent et de la pluie, les os se broyer lorsque la batte entrait en contact avec sa cible.

Mais sa vision était de plus en plus floue, et les sons autour d'elle de plus en plus distants. Après le quatrième coup de batte, sa tête tomba en arrière contre la voiture. Elle glissa sur le côté, trop faible pour rester assise, et perdit connaissance au moment où son visage heurtait le sol dans un clapotis d'eau de pluie.

Le placard

Le garçon n'oublierait jamais le bruit de la voiture freinant bruyamment dans l'allée devant sa maison. Il était en train de construire une maison en Lego avec son père, qui, en entendant les pneus crisser, bondit sur ses pieds et se précipita à la fenêtre. Il regarda à travers les stores. Et, à ce moment-là, le monde entier changea.

Son père recula d'un pas. La couleur disparut de son visage. Même s'il n'avait que cinq ans, l'enfant savait que quelque chose n'allait pas. Son père courut vers lui et le prit dans ses bras. Il le serra fort contre sa poitrine et l'emmena dans la chambre parentale. Il posa son fils sur le sol près du placard, ouvrit les portes, et lui ordonna d'y entrer.

« Qu'est-ce qui se passe, papa ?

— Rien. On va jouer à cache-cache. Tu restes ici jusqu'à ce que ta mère te trouve, d'accord ?

— D'accord. »

Il semblait dans tous ses états. Quelque chose l'inquiétait, mais le garçon ne comprenait pas quoi. Il y avait un vieux Walkman et un casque posés par terre. Son père les ramassa.

23

« Je veux que tu restes dans le placard et que tu écoutes la musique. Pas un bruit, d'accord ?

— D'accord, papa. »

Ses cheveux lui tombaient devant les yeux, mais il n'essaya pas de se recoiffer. Il posa les mains sur les épaules de son fils et plongea son regard dans le sien.

« Peu importe ce qui arrive, dit-il, peu importe ce que tu vois ou entends, continue à écouter la musique, concentre-toi sur la musique, rien d'autre. Et ne sors pas du placard tant que je ne te l'ai pas dit, d'accord ?

— Qu'est-ce qui se passe, papa ? »

Le père plaça les écouteurs sur ses oreilles. « Écoute juste la musique, mon garçon. Concentre-toi sur la musique. Le Seigneur te protégera. »

Il l'embrassa sur le front et murmura : « Je t'aime, mon fils, et ta mère aussi. Nous t'aimerons toujours. »

Il appuya sur un bouton du Walkman et ferma la porte du placard. Il faisait noir, à l'intérieur. La seule lumière venait des fins interstices entre les lattes en bois de la porte.

Concentre-toi sur la musique.

L'enfant fit ce que son père lui avait demandé, même si la phrase « le Seigneur te protégera » passait en boucle dans son esprit. *Le protéger de quoi ?* Rapidement, la musique interrompit ses questionnements intérieurs. Sa mère écoutait tout le temps ce CD. C'était une compilation de ses hymnes catholiques préférées chantées par le chœur de l'église locale. Le morceau que les écouteurs envoyaient jusqu'à son âme était *Silent Night*. Le garçon aimait cette chanson car c'était la préférée de sa mère. Elle la lui chantait toujours avant d'aller dormir lorsque Noël approchait. Mais il était grand, désormais ; l'époque où il s'asseyait sur ses genoux pour écouter sa douce voix était terminée. Son monde, à présent, c'étaient les Lego et les pistolets en plastique.

Vers la moitié de *Silent Night*, il entendit un gros boum qui le fit sursauter. Un boum signifiait en général la fin de quelque chose, comme un ballon qui explose, ou un pneu qui éclate. Le garçon avait déjà entendu ces deux bruits-là, mais aucun n'avait été aussi violent que celui qu'il venait d'entendre, et qui lui donna la chair de poule.

Concentre-toi sur la musique.

Il se rappela les mots de son père et se concentra sur la musique, essayant de comprendre les paroles pour chasser toutes ses autres pensées. Certains des mots n'avaient aucun sens pour lui, n'en avaient jamais eu. C'étaient les voix douces et apaisantes des chanteurs qui faisaient la beauté de cette chanson, pas les paroles. Pendant les moments plus calmes de la musique, il entendait des cris dans le salon. Des cris de femme. Est-ce que sa mère était rentrée plus tôt du travail ?

Concentre-toi sur la musique, mon garçon.

Une larme coula le long de sa joue. Il n'était pas sûr de savoir pourquoi il pleurait, mais il savait qu'il était terrifié. Le jeu auquel il était en train de jouer avec son père n'était pas aussi amusant que leurs pitreries habituelles. L'air du placard était lourd et sentait le renfermé. Les éclats de lumière perçant à travers les lattes de la porte soulignaient les particules de poussière qui flottaient autour de lui. Il était seul, avec pour unique compagnie les voix du chœur de l'église.

À la fin de *Silent Night*, deux secondes de silence s'écoulèrent avant le début du prochain morceau.

Pendant ces deux secondes, le garçon entendit un homme hurler dans la pièce d'à côté. Il ne savait pas s'il s'agissait de la voix de son père.

La chanson suivante était *Amazing Grace*. Il ne la réentendrait pas avant plusieurs années. Mais elle lui rappellerait à jamais le jour du meurtre de ses parents. Et le moment où il regarda leur meurtrier dans les yeux.

Un homme petit et trapu, vêtu d'un survêtement et d'une cagoule noire, entra dans la chambre. Il tenait dans sa main un long couteau acéré maculé de rouge. Le sang de ses parents.

Les yeux verts et perçants de l'homme à la cagoule fouillèrent la chambre jusqu'à ce qu'ils se fixent sur la porte du placard. Son regard transperça les lattes et se posa directement sur lui. Il fit un pas dans sa direction avant que quelque chose ne détourne son attention. L'enfant comprendrait plus tard que c'était le bruit d'une sirène de police à quelques rues de là. L'homme à la cagoule regarda une dernière fois la porte du placard avant de faire demi-tour et de disparaître de la pièce comme une ombre, se fondant dans l'obscurité.

Le garçon resta caché pendant dix minutes, *concentré sur la musique*, jusqu'à ce qu'un autre homme entre dans la chambre. Il le reconnut. C'était Devon Pincent, un ami de son père. Il tenait une arme et avançait prudemment au cas où l'intrus serait toujours dans la maison. Mais il n'y était plus. Il était parti depuis longtemps.

Devon examina la pièce du regard, tout en gardant son arme braquée. Finalement, comme l'homme à la cagoule, ses yeux se posèrent sur le placard. Il s'en approcha lentement, prêt à faire feu. De sa main libre, il ouvrit la porte d'un geste vif. En voyant le garçon, il rangea immédiatement son arme dans l'étui sous sa veste. Il tendit la main et retira les écouteurs de ses oreilles.

« Bonjour, Joey, dit-il. Je voudrais que tu viennes avec moi. Mais tu dois garder les yeux fermés, d'accord ? »

Devon le prit dans ses bras et sortit de la maison, le plaçant dans une ambulance garée dans la rue. Mais Joey n'avait pas fermé les yeux. Il avait tout vu.

La nonne

Par une froide matinée de septembre, sœur Claudia entra dans l'Orient Express pour un rapide petit déjeuner avec son vieil ami Pete. Elle ne l'avait pas vu depuis exactement six mois, un intervalle qui était devenu la routine depuis qu'elle avait déménagé à Boston, trois ans plus tôt.

L'Orient Express était un de ces *diners* à la mode qui avaient proliféré dans toute la ville au milieu des années 1990 pour une raison dont personne ne se souvenait. Ce qui démarquait celui-ci de ses concurrents était son apparence – de l'extérieur, il ressemblait à un train. Et en entrant, vous aviez le choix entre deux wagons situés de chaque côté du comptoir. Mais quiconque a déjà déjeuné dans un train en classe économique vous le dira, les sièges sont aussi inconfortables que la nourriture est mauvaise. Le seul avantage de l'Orient Express par rapport à un vrai train était qu'il ne roulait pas à cent cinquante kilomètres à l'heure pendant que vous essayiez de digérer votre déjeuner.

Claudia n'avait pas mangé ici depuis la dernière fois qu'elle avait vu Pete. Elle n'aimait pas beaucoup cet endroit, qui était toujours plein à craquer, et bien trop bruyant à son goût. Aujourd'hui n'était pas une exception. La moitié des tables de chaque wagon était occupée, les clients criaient comme des sauvages dans un brouhaha infernal, et le lecteur de CD sur le comptoir passait *Fast Train*, de Solomon Burke. Une des choses les plus pénibles ici était la musique. Ils ne passaient que des chansons avec le mot « train » dans le titre, toujours les mêmes, qui tournaient en boucle. Claudia avait entendu *Fast Train* des dizaines de fois. Mais ce serait la dernière.

Elle aperçut Pete assis à une table au fond d'un des wagons. Il portait la veste en cuir marron moulante dans laquelle il vivait depuis dix ans, et une casquette en tissu qu'elle voyait pour la première fois. Il lui fit signe de le rejoindre en captant son regard. Même de loin, il était évident qu'il avait maigri, du visage, en tout cas. Six mois plus tôt, il était rouge et bouffi, résultat d'un régime à base de bière, qu'il consommait à tous les repas. Aujourd'hui, c'était un mec d'une cinquantaine d'années qui semblait en pleine santé. Il y avait néanmoins beaucoup de choses qui n'avaient pas changé chez lui. Ses manières fuyantes, ses sourcils en broussaille et son sourire jaune et édenté lui donnaient l'air d'un voyou qui menacerait une vieille dame avec un couteau pour lui voler son sac à main s'il pensait pouvoir s'en tirer.

Claudia se glissa sur la banquette en face de lui en essayant de ne pas s'empêtrer dans les plis de sa grande robe. L'espace pour les jambes était réduit au minimum, et lorsqu'elle s'assit en face de Pete, les genoux de Claudia frôlèrent accidentellement les siens.

« Bonjour, Pete, ça me fait plaisir de te voir, dit-elle.

— Ouais, ouais, t'as l'air en forme aussi, répondit Pete, lui rappelant involontairement que parler de la pluie et du beau temps n'était pas vraiment son truc.

— Est-ce que tu as quelque chose pour moi ? » demanda Claudia.

Pete plongea la main dans sa veste et en sortit une épaisse enveloppe jaune, qu'il fit glisser sur la table vers Claudia. L'enveloppe n'était pas fermée, elle vit donc immédiatement le contenu. Et c'était précisément ce qu'elle espérait – une liasse de vieux billets de cinquante dollars.

« Vingt mille, dit Pete. Pas la peine de compter. »

Claudia prit l'enveloppe et feuilleta prestement les billets, non pour les compter, mais pour vérifier qu'il s'agissait bien de coupures de cinquante dollars. Cela semblait être le cas, et les vingt mille dollars étaient bien là, à quelques centaines près.

« Tu restes boire un café, aujourd'hui ? demanda Pete.

— Bien sûr. »

Claudia glissa l'enveloppe à l'intérieur de son habit pendant que Pete faisait signe à la serveuse. Une petite femme plantureuse apparut devant leur table.

« Un café pour mon amie, s'il te plaît, Trudie, dit Pete.

— Autre chose ? » demanda Trudie.

Claudia aurait aimé prendre son temps pour faire son choix, mais elle savait que les gens qui passaient des heures à étudier le menu exaspéraient Trudie. « J'ai mangé un délicieux gâteau au citron, la dernière fois, dit-elle. J'en prendrai une part si vous en avez encore, s'il vous plaît. »

Trudie nota la commande sur son calepin, coinça son stylo derrière son oreille, et retourna derrière le comptoir. Pete la regarda partir par-dessus l'épaule de Claudia, reluquant ses fesses sans la moindre gêne.

« Elle est mariée, dit Claudia. À un voyou du quartier. »

Pete ne semblait pas l'avoir entendue.

« Cette femme a un cul d'enfer, dit-il.

— Comme je disais, elle est mariée. »

Pete regarda Claudia.

« Aucune importance, rétorqua-t-il.

— Pour toi peut-être, mais pas pour elle. Tu n'as aucune chance. En plus, elle a trente-quatre ans. Beaucoup trop jeune pour toi.

— Ça m'empêche pas de regarder.

— Des nouvelles de la maison ? »

Pete sembla surpris par la question.

« Comme quoi ?

— Comment va mon frère ?

— Aucune idée. Je le vois jamais.

— Tu n'as rien entendu à son sujet ?

— Seulement qu'il voyage beaucoup. Surtout en Europe.

— Est-ce qu'il a rencontré quelqu'un ?

— J'imagine qu'il rencontre pas mal de gens, oui. C'est quoi, cette question ?

— Je veux dire, est-ce qu'il a rencontré une femme ? J'ai toujours pensé qu'il finirait par se ranger. »

Pete fronça les sourcils.

« C'est de ça que tu veux me parler ?

— J'imagine que non. Je voulais juste savoir s'il y avait quelque chose dont je devrais être au courant. Est-ce qu'il a tiré un peu d'argent de cette propriété que je lui ai donnée, par exemple ?

— Je sais que dalle. Je suis pas le type à qui on parle. Je suis le type qui livre des paquets.

— Je sais, mais... »

Claudia aperçut Trudie revenant dans le reflet d'un miroir. La serveuse tenait un plateau avec une tasse de café et une part de *sponge cake* au citron. Elle posa le plateau sur la table et plaça la tasse devant Claudia.

« Merci, Trudie, dit Claudia.

— De rien, répondit Trudie en posant l'assiette à côté de la tasse de café. Frank dit que le gâteau est offert, aujourd'hui », ajouta-t-elle.

En entendant que c'était gratuit, Pete se prit soudain d'intérêt pour la pâtisserie.

« C'est possible d'en avoir une part, aussi ? demanda-t-il.

— Désolée, dit Trudie. C'était la dernière. On allait la jeter dans dix minutes. Il devrait être encore bon, mais s'il est trop sec, laissez-le. »

Claudia sourit. « Je suis sûre que ça ira, merci. »

Trudie prit les serviettes sur le plateau et les posa sur la table. Claudia remarqua alors une petite enveloppe blanche, qui était jusqu'à présent cachée par les serviettes. Il y avait deux mots écrits dessus à l'encre bleue, qui captèrent immédiatement son attention.

Sœur Claudia

« C'est pour moi ? » demanda-t-elle en montrant l'enveloppe.

Trudie sembla aussi surprise que Claudia. Elle prit l'enveloppe dans ses mains et étudia longuement les deux mots comme s'ils recelaient un sens caché.

« Il y a votre nom dessus, déclara-t-elle finalement en la tendant à Claudia. Mais je ne sais pas d'où elle vient. »

Pete regarda l'enveloppe d'un air intrigué.

« Qu'est-ce que c'est ? demanda-t-il.

— Une enveloppe, répondit Claudia. De quoi ça a l'air, d'une cuillère ?

— Pas la peine d'être sarcastique. »

Trudie prit le plateau et s'apprêtait à retourner derrière le comptoir lorsque Pete tendit la main et l'attrapa par le bras.

« Elle vient de qui ? » demanda-t-il.

S'il y avait une chose que Trudie haïssait par-dessus tout, c'était que les clients la touchent. Elle se dégagea sèchement de l'emprise de Pete.

« J'en sais pas plus que vous, dit-elle, sur la défensive. Quelqu'un a dû la glisser sous les serviettes quand j'avais le dos tourné. Je vais demander à Frank si c'est lui. »

Elle retourna au comptoir, donnant à Pete une nouvelle occasion de mater son cul, jusqu'à ce que Claudia se racle la gorge, interrompant sa contemplation.

« C'est étrange, non ? demanda-t-elle.

— Un admirateur secret, peut-être ? suggéra Pete.

— Il n'y a qu'un seul moyen de le savoir. »

Claudia déchira l'enveloppe. Il y avait un morceau de papier blanc à l'intérieur, plié en deux. Elle le sortit et le déplia d'un geste tremblant. Un court message y était écrit à la main.

Un des clients de ce dîner *est sur le point*
de te tuer.
Devine qui ?

Le complot contre le pape

« Le pape sera assassiné dans une semaine. »

Rodeo Rex fit claquer le cul de sa bouteille de Shitting Monkey, sa bière préférée, sur le comptoir du bar. « C'est ça, ouais, aboya-t-il. Arrête un peu de raconter des conneries ! T'espères quand même pas que je vais gober ça ? »

Il serra les poings pour éviter qu'ils ne partent malencontreusement dans le nez de la femme assise à côté de lui. S'il s'était agi de quelqu'un d'autre, ou si les circonstances avaient été différentes, il ne se serait pas gêné. « C'est qu'un ramassis de conneries », marmonna-t-il.

Rex était un Hells Angel. Plus précisément, il était *le* Hells Angel. Son identité chez les gangs de bikers tenait de la légende. Beaucoup de Hells Angels affirmaient l'avoir rencontré, certains affirmaient même avoir roulé à ses côtés, mais la plupart doutaient de son existence. C'était un biker doublé d'un chasseur de primes d'environ trente-cinq ans, pourvu d'une mauvaise humeur permanente. Et cette petite dame ne semblait pas savoir à qui elle essayait de faire avaler ses sornettes.

Le bar dans lequel il buvait était le Purgatoire, judicieusement situé dans une zone du désert connue sous le nom de « Cimetière du Diable ». À l'exception d'une station-service miteuse à quelques kilomètres de là, le Purgatoire était le seul endroit dans le Cimetière du Diable où l'on pouvait boire un coup.

La femme en question, celle que Rex soupçonnait de « raconter des conneries », était Annabel de Frugyn ou, comme elle préférait qu'on l'appelle, la Dame Mystique. Il était difficile d'avoir une idée précise de son âge mais, à vue de nez, Rex lui donnait bien soixante-dix ans. Les toiles d'araignées qui pendaient de ses cheveux gris et filasse ne jouaient pas en sa faveur, et ses vêtements n'arrangeaient pas vraiment les choses non plus. Elle portait un cardigan bleu démodé par-dessus une longue robe marron qui avait peut-être été, autrefois, d'une autre couleur.

Un peu comme Rex, la Dame Mystique avait également quelque chose de légendaire. La rumeur disait que ses cheveux étaient devenus gris lorsqu'elle était adolescente et qu'elle avait, à tout juste dix-sept ans, atteint le but ultime de sa vie en devenant une vieille diseuse de bonne aventure à l'hygiène plus que douteuse. Elle était célèbre pour sa capacité à prédire le futur, le seul problème étant que ses prédictions n'étaient jamais correctes à cent pour cent. Il y avait toujours un ou deux détails importants complètement faux. Ça faisait bien chier Rex, mais ce qui le faisait encore plus chier, c'était que les gens continuent à la prendre au sérieux.

« J'ai eu une vision de l'assassin du pape », croassa-t-elle.

Rex se tourna vers le barman.

« J'arrive pas à croire que tu m'aies fait venir ici pour écouter cette vieille cinglée débiter ses conneries au sujet de ses visions. Tu sais bien qu'on peut pas lui faire confiance ! C'est la pire diseuse de bonne aventure du monde.

— En fait, je suis médium, dit Annabel, sur la défensive.

— À vue de nez, j'aurais plutôt dit large », répliqua Rex.

Le barman tenta de calmer la situation. « Rex, si je pensais qu'elle racontait des conneries, je t'aurais pas impliqué là-dedans. »

Rex devait prendre en compte le fait qu'il était légèrement plus irritable qu'en temps normal. Il avait passé la matinée dans le désert sur sa Harley, et la chaleur lui était un peu montée à la tête. Il retira son Stetson et le posa sur le comptoir. Ses épais cheveux châtains, qui lui arrivaient aux épaules, lui collaient au crâne, et des gouttes de sueur tombaient sur deux énormes biceps dignes d'un catcheur professionnel. Rex portait toujours une veste en jean sans manches, ces temps-ci, autant pour afficher ses muscles que pour être sûr que tout le monde voie le nom inscrit en lettres dorées dans son dos. *Dead Hunter*. Rex faisait partie d'une petite équipe de tueurs à gages, les Dead Hunters. Il en était fier, et voulait que tout le monde le sache.

« Et est-ce qu'elle sait qui va assassiner le pape ? demanda-t-il. Ce serait un bon début. »

Le barman, un grand Black vêtu en toute occasion d'un costume rouge, fit glisser un journal sur le comptoir dans sa direction. « Elle pense que c'est ce type », dit-il en montrant du doigt une photo sur la première page.

Rex examina l'article. « L'IROQUOIS A ENCORE FRAPPÉ ». Sous le titre racoleur, une photo montrait un masque jaune en forme de crâne avec une crête rouge au sommet.

« L'Iroquois ? demanda Rex. C'est qui, ce mec ?

— C'est le démon qui va tuer le pape, répondit Annabel.

— Un démon ? Comment ça, un démon ? Tu sais ce que c'est qu'un démon, au moins ? »

La Dame Mystique resserra son cardigan en laine bleu autour d'elle comme pour se protéger du froid et se pencha vers lui pour continuer son histoire.

« Ce démon a tué des centaines de personnes dans une ville nommée B Movie Hell.

— B Movie Hell ? Elle est encore en train d'inventer des conneries ? s'exclama Rex d'un ton plaintif. Tu veux pas la renvoyer en bas, à sa place ? »

Sa plainte était adressée au barman, un homme que l'on appelait simplement « L'Homme en rouge », même si Rex le connaissait mieux sous son surnom, Scratch.

Scratch fit un large sourire, mais se contenta de secouer gentiment la tête, comme pour dire : *Allez, sois sympa avec la vieille folle*. Le barman avait cette capacité plutôt rare de pouvoir dire mille mots simplement en hochant la tête ou en souriant. Il était facile de lire dans ses pensées, quand il le voulait. Rex but donc une nouvelle gorgée de Shitting Monkey et laissa la Dame Mystique continuer son histoire.

« J'ai eu une vision, dit-elle en agitant les bras autour d'elle, sans autre raison que la volonté de créer une sorte d'atmosphère ésotérique, ce qui eut pour effet d'agacer un peu plus Rex.

— Quelle vision ? demanda-t-il sèchement, dans l'espoir de la presser un peu.

— J'ai vu le pape se faire assassiner par un démon caché derrière un masque. Et j'ai vu le masque aussi clairement que je vous vois. C'était l'Iroquois. Et c'est à vous de l'en empêcher ! » hurla-t-elle.

Rex jeta un coup d'œil à Scratch.

« Pourquoi tu prends ça au sérieux ?

— Parce que je la crois.

— Hein ? Pourquoi ?

— Le pape a été admis dans une clinique privée la semaine dernière », répondit Scratch.

Il attrapa le journal et montra du doigt un article concernant le pape. Il confirmait que le saint homme avait été admis à la *Clinique du Miracle Inutile*, en Suisse, pour une opération vitale visant à le guérir d'un cancer de la peau.

« Et qu'est-ce que c'est censé me dire ? demanda Rex.

— J'ai appris que le pape avait secrètement quitté la clinique avant même que l'article soit publié, dit-il. Il est arrivé aux États-Unis hier soir. Si quelqu'un avait le projet de l'assassiner, le moment ne pourrait pas être mieux choisi. Il participe à un événement secret la semaine prochaine, où il versera cinq millions de dollars au gouvernement américain pour un nouveau traitement contre le cancer. Il vient en secret, car si le monde apprend qu'il va dépenser cinq millions de dollars appartenant à l'Église catholique pour soigner son propre cancer, ça risque de mal passer.

— Comment tu sais tout ça ?

— J'ai beaucoup d'amis dans l'Église », répondit Scratch avec une lueur diabolique dans les yeux.

Rex inspira profondément tout en essayant de digérer l'information. « Et pourquoi tu voudrais sauver le pape ? » demanda-t-il.

39

Scratch sourit de toutes ses dents.

« Comme je disais, j'ai des amis dans l'Église. Le pape en fait partie.

— Tu es ami avec le pape ?

— Disons qu'on se connaît depuis longtemps. »

Tout ça ressemblait fort à une farce, mais Rex décida de jouer le jeu.

« D'accord. Où est-ce que cet assassinat est censé avoir lieu ? Et quand ? demanda-t-il en revissant son Stetson sur sa tête.

— Malheureusement, mes visions ne fonctionnent pas comme ça, dit Annabel. Je ne peux pas vous donner de lieu.

— Bien sûr que non, dit Rex, redoublant de sarcasme. Parce que vous vous tromperiez. C'est le genre de truc impossible à deviner, hein ?

— Elle peut te dire le moment exact, ceci dit, intervint Scratch.

— D'accord, alors allez-y. J'ai bien besoin de rire. »

Annabel posa une vieille montre en argent sur le bar et la fit glisser vers Rex. Il la prit dans ses mains et l'examina. Son écran digital affichait un compte à rebours.

« Qu'est-ce que c'est que ça ? demanda Rex.

— Cette montre est réglée pour atteindre zéro au moment exact où le pape sera assassiné, répondit Annabel.

— Conneries. »

Scratch vint une nouvelle fois au secours d'Annabel.

« Ce qu'elle essaie de dire, c'est que d'après sa vision, le pape sera assassiné à exactement douze heures douze le vingt-quatre décembre. J'ai réglé cette montre sur un compte à rebours jusqu'à la seconde précise, mais si tu réussis à intercepter l'assassin avant qu'il ne tue le pape, la vision d'Annabel changera et le décompte s'arrêtera. C'est à ce moment-là que tu sauras que ta mission est un succès.

— T'es en train de me dire que cette montre est réglée sur sa vision du futur ?

— Pas exactement, dit Scratch. Annabel a une montre identique avec le même compte à rebours. Dès que sa vision changera et qu'elle verra que le pape est sauvé, elle l'arrêtera. La tienne stoppera alors automatiquement. Elle sonnera trois fois pour indiquer que la mission est un succès. Mais tant que tu ne l'as pas entendue biper, le pape est en danger. »

Rex serra les poings et inspira lentement pour garder son calme.

« Je suis même pas sûr qu'elle sache lire l'heure, alors prédire le futur ! marmonna-t-il entre ses dents.

— Je lui fais confiance, dit Scratch. Elle a vu les événements à venir. C'est à toi de changer les choses. Arrête l'Iroquois et le pape vivra, mais ce sera uniquement parce que Annabel nous a prévenus. Sans son avertissement et sans ton intervention, le pape mourra. »

Le soutien de Scratch avait visiblement revigoré la Dame Mystique, qui arborait un air incroyablement suffisant. « Vous voyez, dit-elle triomphalement. Vous pouvez sauver le pape. Grâce à moi et à ma vision, vous deviendrez un héros. Sauf si vous vous faites tuer, évidemment. »

Rex glissa la montre de pacotille autour de son poignet et descendit le reste de sa bouteille de bière. « Très bien, j'abandonne, dit-il. Mais s'il vous plaît, dites-moi que vous avez quelques pistes, parce que Noël est dans huit jours. Ça me laisse pas beaucoup de temps. Vous savez par où commencer cette chasse au dahu, n'est-ce pas ? »

Scratch hocha la tête.

« Vous partez tous les trois pour la Roumanie ce soir.

— Tous les trois ? Comment ça, *tous les trois* ?

— Tu vas faire ce boulot avec Elvis et le Bourbon Kid.

— Quoi ? Le Kid est un psychopathe ! Une gorgée de bourbon et il se met à tuer des innocents sans aucune raison !

— C'est pour ça que je l'aime bien. »

Malheureusement pour Rex, il n'était pas en mesure de discuter. Il avait conclu un pacte avec Scratch quelques années plus tôt. Scratch l'avait fait sortir du trou dans lequel il était condamné à pourrir pour l'éternité, et en échange, Rex avait accepté de bosser pour lui. Sa mission était de traquer ceux que Scratch appelait les resquilleurs, c'est-à-dire des personnes qui auraient dû se trouver en enfer mais qui, pour une raison ou pour une autre, avaient réussi à y échapper.

« Ne m'oblige pas à travailler encore avec le Kid, s'il te plaît, implora Rex. Chaque fois que je lui tourne le dos, j'ai l'impression qu'il va me mettre une balle dans le crâne. »

Scratch se pencha sous le comptoir et en sortit un verre à whisky et une bouteille de bourbon. « C'est drôle, parce que tu lui tournes le dos depuis que t'es arrivé, dit-il en remplissant le verre de bourbon. Et il n'a pas encore essayé de te tuer. »

Rex pivota sur son tabouret. Il fouilla la salle du regard à la recherche du Bourbon Kid, se demandant si Scratch était en train de plaisanter. Ses yeux finirent par se poser sur un coin sombre du bar. Il aperçut, assis dans l'ombre et tout de noir vêtu, un homme d'environ trente-cinq ans dont la grande capuche rabattue sur son crâne ne laissait voir qu'une barbe de plusieurs jours. Rex ne le connaissait que trop bien. C'était le Bourbon Kid. Il n'était pas aussi imposant que lui, mais il était beaucoup plus fort qu'il n'en avait l'air. Rex l'avait appris à ses dépens. Le gant noir à sa main droite lui rappelait à chaque instant le jour où le Kid lui avait broyé tous les os de cette main après que Rex l'eut vaincu au bras de fer.

Rex se retourna vers Scratch, qui avait placé une autre bouteille de Shitting Monkey sur le bar, à côté du verre de bourbon.

« Buvez donc un verre tous les deux en attendant qu'Elvis arrive, d'accord ? »

C'est alors que, à point nommé, la porte à double battant du bar s'ouvrit, laissant apparaître l'homme le plus cool de la planète. Celui que l'on appelait simplement Elvis était vêtu d'un costume bleu pâle dont la veste était presque entièrement déboutonnée. C'était le sosie d'Elvis Presley à trente-cinq ans. Mais cet Elvis était un assassin célèbre, que beaucoup de ses associés surnommaient « le tueur à gages de l'enfer ». Il poussait souvent la chansonnette, et plutôt bien, mais son vrai talent était la traque et le meurtre. Et comme Rex, il avait signé un contrat avec Scratch qui exigeait qu'il traque les resquilleurs.

« Hey, Rex, qu'est-ce que tu fous ici ? » demanda-t-il, repérant immédiatement l'imposant biker.

Rex but une gorgée de sa nouvelle bouteille de Shitting Monkey avant de répondre.

« Toi, moi et le Bourbon Kid, on a une mission. On doit buter un type, un certain Iroquois, pour l'empêcher de tuer le pape.

— Cool, dit Elvis. J'en suis. »

Scratch envoya une bouteille de Shitting Monkey au King. Il la rattrapa et but une gorgée avant de remarquer le Bourbon Kid dans l'obscurité. « Hey, le Kid, ça roule ? » dit-il en se dirigeant tranquillement dans sa direction.

Rex observa jalousement la scène, furieux de ne pas avoir repéré le Kid assis dans l'ombre aussi rapidement qu'Elvis.

Scratch lui tapota l'épaule. « Rex, sois sympa et apporte son verre au Kid, tu veux bien ? »

Rex prit le verre de bourbon et s'apprêtait à aller les rejoindre, lorsque quelque chose lui traversa l'esprit.

« Dis-moi, Scratch, ce type-là, l'Iroquois, il a une raison de vouloir tuer le pape ?

— Aucune idée, répondit Scratch. Mais je sais qu'il s'est retrouvé en hôpital psychiatrique pour avoir assassiné une nonne, donc il est possible qu'il ait un problème avec la religion.

— Il a tué une nonne, tu dis ? Je suis impatient d'attraper ce connard. »

1

Le général Alexis Calhoon avait une migraine carabinée. Malheureusement, c'était son lot quotidien depuis qu'elle était passée à la tête des Opérations fantômes, un organisme gouvernemental top secret. La plupart de ses problèmes étaient liés à ce qu'elle appelait souvent « le réseau des vieux garçons », un groupe d'agents de sexe masculin d'une cinquantaine d'années qu'elle avait le bonheur d'avoir sous ses ordres. Elle en avait hérité de son prédécesseur, le général Drebin, un homme aussi incompétent que son nom le suggérait.

Même après toutes ces années, le réseau des vieux garçons aimait toujours penser qu'il valait mieux pour Calhoon qu'elle ne sache pas ce qu'ils fabriquaient. Ils n'avaient pas complètement tort. Si elle savait ne serait-ce que la moitié de ce qu'ils faisaient et ne les faisait pas arrêter, il y avait de grandes chances qu'elle finisse un jour en prison avec eux.

Les jours qui avaient suivi sa prise de fonctions, elle avait craint que les vieux garçons, tous des hommes blancs d'âge mûr, aient du mal à accepter d'être sous les ordres d'une femme noire. Mais si l'un d'entre eux avait eu un problème avec elle, il ne l'avait jamais fait savoir, et elle était rapidement arrivée à la conclusion qu'ils n'en avaient rien à faire tant qu'ils pouvaient continuer à garder leurs petits secrets et leurs informateurs pour eux. Et même si elle en avait souvent ras le bol d'être laissée dans le noir complet, elle savait que rien ne pourrait jamais leur faire changer leurs habitudes.

Ce jour-là, la cause de son mal de tête était l'agent assis en face d'elle, le pire de tous, celui avec le plus de secrets. C'était un homme de cinquante ans aux cheveux gris de plus en plus rares, que l'on aurait dû forcer à prendre sa retraite depuis longtemps. Ses dernières frasques avaient fait la une des journaux nationaux. Quel connard. D'où la très, très grosse migraine.

Calhoon avait observé la photographie sur la première page du journal pendant une grande partie de la matinée, jurant dans sa tête, maudissant secrètement l'homme en costume gris qui était assis face à elle. L'article qui faisait la une comportait une grande photographie d'un masque jaune en forme de crâne surmonté d'une crête rouge, avec le titre :
L'IROQUOIS A ENCORE FRAPPÉ

Elle replia le journal et le balança en direction de Devon Pincent. Il l'atteignit à la poitrine et tomba sur ses genoux. Il épousseta sa veste de la main avant de le ramasser. Puis il jeta un œil à la première page, haussa les épaules, et posa le journal sur le bureau en face de lui. À côté de Pincent était assis le second de Calhoon, Blake Jackson, un homme ambitieux d'une quarantaine d'années qui avait reçu plusieurs médailles pour sa bravoure pendant son service dans les marines. Et, pour une raison ou pour une autre – peut-être sa ressemblance avec Denzel Washington –, tout le monde l'appréciait dès le premier coup d'œil. Mais il n'était pas du genre à cacher ses sentiments, et la façon dont il regardait Pincent ne laissait aucun doute – il était tout aussi furieux que Calhoon.

« Eh bien ? demanda Jackson. Qu'avez-vous à dire pour votre défense ? »

Devon haussa les épaules.

« Qu'entendez-vous par là ?

— Vous nous avez dit que ce type était fini et qu'on ne le reverrait plus jamais. S'il se fait attraper et que votre petit protégé, Joey Conrad, est identifié, on est foutus. »

Calhoon soupira. « Blake, calme-toi. Devon est sur le point de nous dire qu'il ne sait rien de ce personnage parce que s'il savait quoi que ce soit à son sujet, Dieu nous en préserve, il irait en prison. »

Devon jeta un autre coup d'œil à la photographie illustrant l'article. « Il doit y avoir des milliers de masques de ce genre. Comment est-ce que je pourrais savoir qui se cache derrière tous les masques de Halloween du pays ? »

Jackson empoigna le journal et le tint en l'air pour montrer la photographie à Calhoon, comme si elle ne l'avait pas déjà assez vue. « Général, cet homme est Joey Conrad ! dit-il en tapotant l'image de l'Iroquois pour insister sur l'identité de la personne au centre de leur discussion. Il a battu à mort un adolescent avec une batte de base-ball avant de découper le reste de sa famille avec une putain d'épée. On vient à peine de finir de nettoyer le carnage de B Movie Hell de l'année dernière, et maintenant ça ! Ça ne peut pas continuer !

Ce trou du cul va faire couler les Opérations fantômes à lui tout seul si on ne l'élimine pas au plus vite. »

Devon se racla la gorge, signe qu'une remarque suffisante n'allait pas tarder.

« Peut-être que cette femme qui était là au moment du meurtre, comment elle s'appelle déjà, Diane Crawford ? Peut-être qu'elle a tout inventé. Son histoire est plutôt confuse, et elle dit qu'elle s'est évanouie et n'a presque rien vu. Je pense qu'on en saura plus sur cette affaire dans les prochaines semaines. Je veux dire, si l'Iroquois est vraiment un psychopathe, pourquoi est-ce qu'il a laissé Mme Crawford en vie ? Pourquoi ne pas l'avoir tuée elle aussi, pour être sûr qu'il n'y ait aucun témoin ?

— D'accord, l'interrompit Calhoon, mais on ne peut pas fermer les yeux sur le fait que cet homme, Joey Conrad, s'est échappé d'un asile où nous l'avons nous-mêmes placé pour aller sauver votre fille de cette ville au nom stupide. Tout ce que fait ce type mène à vous, Devon. Si j'arrive un jour à prouver que vous l'avez aidé à s'enfuir de cet asile pour qu'il aille faire un carnage en sauvant votre fille, vous irez en prison. »

Devon resta calme, fidèle à lui-même.

« Général, vous tirez des conclusions hâtives. Contrairement aux apparences, deux et deux ne font pas vingt-deux.

— Vous vous croyez drôle ? répliqua sèchement Calhoon. Honnêtement, je commence à en avoir assez de votre attitude. Alors, dans l'intérêt du département et de tous ses employés, je n'ai pas d'autre choix que de vous suspendre. Un jour ou l'autre, la police ou la presse fera le rapprochement et comprendra, comme je l'ai fait, que Joey Conrad est l'homme derrière le masque de l'Iroquois et que c'est vous qui l'avez laissé partir. Et lorsque ce jour viendra, je veux que ce département soit aussi loin que possible de ce foutoir. C'est pour cette raison qu'à partir de maintenant, vous n'aurez plus aucun contact avec quiconque dans ce service. Votre accès au bâtiment et vos identifiant et mot de passe ont été révoqués. Et bientôt, toute preuve que vous avez travaillé pour nous aura été effacée.

— Mais, général…

— Devon, merci pour vos nombreuses années de service, mais je vous demande de partir, s'il vous plaît.

— Mais, général, je travaille sur une grosse affaire, en ce moment.

— Non, vous ne travaillez pas ici.

— Mais j'ai retrouvé notre vieil ami Solomon Bennett ! Il se cache en Roumanie. »

La mention du nom de Solomon Bennett était une tactique infaillible pour capter l'attention de Calhoon. Elle se raidit un moment, avant de retrouver son sang-froid.

« S'il est en Roumanie, tant mieux pour lui. À moins qu'il ne mette les pieds en Amérique, je ne veux plus jamais entendre le nom de cet homme.

— Justement, insista Devon avec un regard implorant. Je crois qu'il prévoit de revenir, et je soupçonne que ce soit en lien avec votre gala du Miracle de Noël et la visite du pape.

— Vous voulez dire que Bennett veut mettre la main sur le traitement contre le cancer ? dit Calhoon avec mépris. Il n'aurait ni le courage ni la puissance de feu nécessaires.

— Peut-être, admit Devon. Mais il pense toujours que ce traitement lui appartient. Donc, jusqu'à ce que je sache avec précision ce qu'il manigance, il est impératif que je vous tienne informée. Et peut-être que vous devriez reporter l'événement ? » Calhoon ne réfléchit pas longtemps à la suggestion de Devon, en particulier lorsqu'il ajouta que la visite du pape devrait être reportée. Elle devait être le temps fort de sa carrière.

« Solomon Bennett est un dinosaure, dit-elle sèchement. Il a disparu de la circulation il y a cinq ans. S'il débarque dans ce pays, il ne passera pas la douane sans que je le sache.

— Mais s'il réussit à rentrer dans le pays, je vous parie cinq dollars que c'est à vous qu'il rendra visite, général.

— Devon, je veux que vous et vos cinq dollars sortiez de mon bureau immédiatement. »

Blake Jackson posa la main sur l'épaule de Devon. « Partez, ou vous ne ferez qu'aggraver votre situation. Si vous oubliez quoi que ce soit ici, appelez-moi. Je m'en occuperai pour vous. »

Devon se leva et se dirigea vers la porte. Pendant un instant, ils crurent qu'il allait se tourner et ajouter quelque chose, mais il se ravisa et quitta la pièce. Lorsqu'il fut parti et que la porte fut refermée derrière lui, Calhoon se racla la gorge pour regagner l'attention de Jackson.

« Blake, il y a autre chose », dit-elle. Elle plongea la main dans le tiroir de son bureau et en sortit une enveloppe marron qu'elle fit glisser vers Jackson.

« Qu'est-ce que c'est ? demanda-t-il.

— Ouvre. »

Le nom d'Alexis Calhoon était écrit au feutre noir sur l'enveloppe. Jackson la prit du bout des doigts et vida son contenu sur le bureau. Une affiche format A4 et une carte à jouer en tombèrent. Il s'en empara et les examina attentivement, l'une après l'autre, son regard faisant des allées et venues entre les deux.

« J'ose espérer que c'est une blague », dit-il.

L'affiche représentait le pape. Sous la photographie, un message était écrit à la main au feutre noir.

LE PAPE EST LE PROCHAIN À MOURIR,
CORDIALEMENT,
L'IROQUOIS

C'était une carte à jouer Top Trumps fabriquée à la main avec une photo de l'Iroquois et quatre catégories :

PUISSANCE   92
FRISSON   96
MASSACRE   99
HORREUR   94

« C'est ce que j'ai pensé au début, dit Calhoon. Mais après, je me suis demandé : qui trouverait ça drôle ?

— Personne.

— Exactement. Et avec la venue du pape pour mon Miracle de Noël samedi prochain, seul un parfait crétin m'enverrait ça et penserait que je pourrais trouver ça drôle.

— Tu connais beaucoup de parfaits crétins ?

— Non. Alors, j'ai fait quelques recherches. »

Calhoon plongea une nouvelle fois la main dans son tiroir et en sortit une VHS, qu'elle fit glisser vers Jackson. C'était une copie d'un film avec Robbie Coltrane curieusement intitulé *The Pope Must Die*.

Jackson afficha un air perplexe.

« *The Pope Must Die* ? Le pape doit mourir ? Il y a vraiment un film qui s'appelle comme ça ?

— C'est la version britannique, répondit Calhoon. Crois-le ou non, lorsque le film est sorti au début des années 1990, la version américaine a été renommée *The Pope Must Diet* pour éviter d'offenser l'Église catholique.

— Imagine qu'il sorte aujourd'hui, dit Jackson en examinant le dos du boîtier. "Le pape doit maigrir" ? Twitter exploserait à cause de tous les gens qui s'offusqueraient qu'on sous-entende que le pape est gros. »

La simple mention de Twitter agaça Calhoon.

« Bon, peu importe, poursuivit-elle. Si je te montre ça, c'est parce que c'est un des objets qui ont été saisis dans la chambre de Joey Conrad à l'asile de Grimwald, après le massacre de B Movie Hell. Tu te souviens peut-être qu'il avait toute une collection de DVD de films comme *Halloween* et *Massacre à la tronçonneuse* ? Des films que nous soupçonnons d'avoir influencé sa folie meurtrière. Eh bien, il avait aussi une VHS, celle-ci.

— Je me demande pourquoi il l'avait en cassette, et pas en DVD, remarqua Jackson, qui réfléchissait tout haut. Si mes souvenirs sont bons, Joey Conrad n'avait pas de magnétoscope dans sa chambre.

— Peut-être, mais admets que c'est une drôle de coïncidence que je reçoive une menace de mort contre le pape et trouve ensuite cette cassette vidéo dans les affaires de Joey Conrad.

— C'est un problème, dit Jackson en faisant glisser la VHS vers Calhoon. Le moment est vraiment mal choisi. Comment l'Iroquois peut-il être au courant de la visite du pape ? Seules quelques personnes connaissent nos projets.

— Oui, dit Calhoon. Et malheureusement, Devon en fait partie.

— Mais Devon n'a rien à voir là-dedans, n'est-ce pas ?

— Je suis d'accord. Mais il vient d'essayer de me faire reporter mon Miracle de Noël en me disant que Solomon Bennett pourrait bien débarquer. Je pense qu'il est possible que Devon sache ce que manigance l'Iroquois. Si ce psychopathe masqué travaillait pour Devon quand il a sauvé sa fille, je pense qu'on peut dire sans trop s'avancer qu'il est passé du mauvais côté. Devon n'arrive plus à le contrôler, et il sait que Joey Conrad, ou l'Iroquois, ou je ne sais quoi encore, a une dent contre le pape, ou l'Église catholique. »

Jackson se renfrogna et balaya son argument d'un geste péremptoire. « D'accord, mais quelles que soient les compétences de l'Iroquois, il n'arrivera jamais à s'en prendre au pape. En plus, le pape reçoit des centaines de menaces de mort chaque année. Si on annulait un événement chaque fois qu'il en reçoit une, on ne le verrait jamais en public ! »

Calhoon s'adossa à sa chaise.

« C'est vrai. Mais les liens de Devon avec l'Iroquois en font une menace réelle, et il pourrait être une grande source d'embarras pour ce département s'il arrive quoi que ce soit.

— Tu n'envisages pas sérieusement de reporter ? »
Jackson attrapa l'affiche et l'examina de nouveau.
« Pour une ridicule menace digne d'un écolier ?

— Non, bien sûr que non. Mais je vais demander à nos amis journalistes de publier un article affirmant que l'Iroquois a menacé de tuer le pape. Je l'informerai que la menace est prise très au sérieux, et que nous changerons la localisation au dernier moment pour ne prendre aucun risque. Mais je n'annule pas. Nous avons besoin des cinq millions de dollars de la maison pontificale, et surtout, nous avons besoin que le pape soit présent à l'événement pour que nos investisseurs voient que son cancer de la peau est guéri à cent pour cent. »

Jackson sembla surpris.

« On dirait que tu as pensé à tout. Mais tu es sûre qu'il faut changer la localisation ? Je veux dire : elle est déjà secrète.

— C'est vrai. Mais le protocole veut qu'en cas de menace concrète nous déplacions l'événement vers notre site de secours.

— Qui est ?

— Tu le sauras lorsque j'aurai parlé avec Sa Sainteté.

— D'accord. »

Calhoon était ravie de voir que Jackson était sur la même longueur d'onde qu'elle. Ils formaient une équipe efficace depuis qu'elle l'avait intégré au département. Il n'appréciait pas plus qu'elle le réseau des vieux garçons, et il aimait sa manière de travailler. Il était un second parfait. Les mauvaises langues diraient que c'était un béni-oui-oui, mais c'était exactement ce dont Calhoon avait besoin.

« Alors, qu'est-ce que tu comptes faire pour Devon ? demanda-t-il, convaincu qu'elle avait prévu quelque chose.

— Je suis ravie que tu me poses la question. »

Calhoon rangea l'affiche et la cassette vidéo dans son tiroir.

« Je veux que tu le fasses suivre, que tu fasses mettre sur écoute son téléphone personnel, et vérifier s'il y a quoi que ce soit de suspect dans ses e-mails récents. S'il est toujours en contact avec Joey Conrad, je veux le savoir.

— Compris.

— Bien, ce sera tout. »

Mais Jackson ne semblait pas décidé à quitter la pièce. « Au fait, dit-il d'un air faussement timide. Qui est ce Solomon Bennett ? Et pourquoi voudrait-il mettre la main sur ton traitement contre le cancer ? »

Calhoon poussa un long soupir. « Il était membre du département, avant ton arrivée. C'est à cause de lui que j'ai dû mettre fin à l'opération Blackwash de Devon. Et c'est, entre autres, à cause de lui que Joey Conrad a fini en hôpital psychiatrique. »

2

La Roumanie était un des rares pays européens que Mozart n'avait jamais prévu de visiter. Mais les choses changent, et elles avaient beaucoup changé pour lui au cours des dernières soixante-douze heures. Il avait passé les quatre derniers mois enfermé dans une prison turque sans aucun espoir de libération jusqu'à ce qu'un beau jour, comme tombé du ciel, un homme qu'il voyait pour la première fois débarque pour l'aider à s'échapper. C'était un homme de peu de mots, qui avait deux boulons en métal dans le cou, un de chaque côté, exactement comme la créature de Frankenstein. Il se retrouvait donc aujourd'hui en Roumanie avec deux personnes qu'il ne connaissait ni d'Ève ni d'Adam, celle qui avait orchestré son évasion, et un certain Solomon Bennett.

Solomon Bennett était un homme petit et sec aux cheveux poivre et sel coupés en brosse et au visage creusé de rides cachant de profonds secrets. Sans le cache sur son œil droit, il aurait été assez quelconque. Mais le cache était bien là, et Bennett semblait prendre beaucoup de plaisir à raconter comment il avait perdu son œil en servant son pays de nombreuses années plus tôt. Mozart n'avait aucune raison de ne pas le croire.

Sur le chemin vers la Roumanie, Bennett avait expliqué à Mozart pourquoi il l'avait fait sortir de prison. Et Mozart avait apprécié ce qu'il avait entendu. Bennett avait créé une petite armée de gros bras dévoués à sa cause qui le suivraient aux États-Unis pour mener à bien une mission assez audacieuse impliquant beaucoup de sang. Bennett avait les muscles, grâce à son acolyte géant Frankenstein, et il avait un expert en armes chimiques qu'il était sur le point de présenter à Mozart. Mais ce qu'il n'avait pas, c'était un psychopathe, quelqu'un comme Mozart lui-même, qui ne craignait pas de penser hors des sentiers battus, un homme capable de laisser une cicatrice physique ou mentale permanente sur chacune de ses victimes. Et les victimes de Mozart étaient nombreuses.

Mozart fut d'emblée impressionné par Solomon Bennett. Il était d'une honnêteté brutale et, pour un homme de son âge, il était en excellente condition physique. Et le cache-œil lui donnait un air de méchant de bande dessinée qui plaisait beaucoup à Mozart.

En revanche, pour ce qui était de sa propre apparence, il préférait la discrétion. C'était un homme de trente-six ans, de taille et de corpulence moyennes, qui s'habillait de façon passe-partout, en général un jean et une chemise, même s'il avait aujourd'hui opté pour une élégante combinaison grise de prisonnier. Il avait d'épais cheveux noirs striés de gris sur les côtés, ce à quoi il comptait remédier aussi vite que possible, en fonction des produits capillaires qu'il réussirait à se procurer en Roumanie.

Ils arrivèrent peu avant minuit à Bucarest, et se garèrent devant un entrepôt transformé en boîte de nuit pour la soirée. Des types baraqués et des filles très peu vêtues buvaient et dansaient sur de la pop roumaine assourdissante.

« C'est eux, tes hommes ? cria Mozart à l'oreille de Bennett en le suivant à travers la foule jusqu'à une porte au bout de la salle.

— Ouais. Que des anciens militaires, répondit Bennett. Mais ils n'ont pas beaucoup d'initiative. Ils se contentent de suivre les ordres sans poser de questions, ce qui est parfait, mais j'ai besoin de toi pour apporter un peu de matière grise à ce tas de muscles.

— Et le type qui m'a fait sortir de prison, celui qui ressemble à Frankenstein et parle comme un robot, c'est quoi, son histoire ?

— Elle est très longue, dit Bennett. Une expérience qui a mal tourné il y a quelques années. Il en est sorti avec ce qu'on peut appeler la peau dure. Beaucoup de muscles, mais pas grand-chose dans le ciboulot. Vous travaillerez ensemble quand on arrivera en Amérique. Je dois rester dans l'ombre.

— Et je suppose que je serai payé ? »

Bennett s'immobilisa et fixa Mozart de son unique œil.

« Considère ton évasion comme un acompte. Le reste t'attendra lorsque tu prendras possession de mes nouveaux locaux aux States.

— Super, dit Mozart en regardant autour de lui. Si ça t'embête pas, j'aimerais bien tirer un coup. Ça fait quelque temps que j'ai pas vu de gonzesse, si tu vois ce que je veux dire.

— J'ai déjà tout prévu. Suis-moi. »

Mozart croisa le regard d'une jeune femme à la peau mate qui dansait seule, isolée des autres, dans une tenue qui laissait peu de place à l'imagination. Elle lui fit un clin d'œil en souriant d'un air mutin.

« Je vais prendre celle-là, dit Mozart en donnant un coup de coude à Bennett.

— C'est Jasmine, elle a léché le cul de tous les mecs présents ici.

— Tout à fait mon genre de fille.

— Sois patient, dit Bennett. Je pense que ce que je t'ai réservé satisfera tes tendances sociopathes. »

Ils arrivèrent à la porte au bout de l'entrepôt, gardée par une jeune femme musclée vêtue d'une tenue de combat. Elle arborait une coupe en brosse militaire similaire à celle de Bennett et tenait un plateau avec une bouteille de champagne et deux flûtes. Bennett lui prit le plateau des mains.

« Mozart, je te présente Denise, dit-il. Tu vas beaucoup travailler avec elle dans les prochaines semaines. Ses muscles nous sont très utiles, en particulier quand on a besoin de tabasser une femme en public. Elle peut s'en occuper sans que personne n'intervienne. Et elle déteste les autres femmes, donc elle y va jamais de main morte. »

Denise tendit la main. « Enchantée, Mozart, dit-elle d'une voix rauque. J'admire beaucoup ton travail. »

Ils se serrèrent la main sans se quitter du regard. Il avait le sentiment qu'ils coucheraient ensemble avant la fin de la nuit, à moins qu'il n'arrive à se taper Jasmine avant.

Denise ouvrit la porte et Bennett invita Mozart à le suivre dans son salon privé. Ce n'était pas le grand luxe, mais il y avait tout de même deux canapés, une télévision et, au milieu de la pièce, un tapis blanc en forme d'ours polaire. Deux prostituées attendaient langoureusement sur chaque canapé. L'une était une blonde menue vêtue d'une robe rouge vif, que Mozart soupçonnait d'être une ruse pour le détourner du fait qu'elle louchait. L'autre avait la carrure d'une catcheuse, et lorsque sa bouche se fendit d'un sourire édenté, il se demanda si ce n'était pas son deuxième métier. Ses cheveux étaient châtains et courts, et sa bouche était barbouillée d'un rouge à lèvres qui n'aurait pas détonné dans un cirque. Elle ne portait rien d'autre qu'un soutien-gorge et une culotte noirs avec des bas maintenus par des porte-jarretelles.

Bennett donna un coup de pied dans la porte pour la refermer et posa le plateau avec le champagne sur une table basse près de la porte. « Je te présente Dorina et Nicoleta », dit-il en désignant les deux prostituées.

Les deux femmes sourirent à Mozart en agitant les mains. La bigleuse regardait peut-être autre chose, mais Mozart avait l'intuition que c'était à lui qu'elle faisait signe, aussi les salua-t-il poliment toutes les deux.

« Avant de commencer, buvons une coupe de champagne », dit Bennett. Il déboucha la bouteille que Denise lui avait donnée et commença à remplir les deux verres. Dorina et Nicoleta se levèrent d'un bond et coururent vers lui. Il leur tendit une flûte à chacune. « Mesdames, continua-t-il en souriant. Ceci est le meilleur champagne que l'on puisse trouver aujourd'hui. Buvez, et que la fête commence. »

Les deux filles acceptèrent poliment les verres. Dorina, la petite blonde, vida le sien cul sec. Il était difficile de dire si l'alcool avait un quelconque effet sur elle à cause de son strabisme permanent. Nicoleta but quelques gorgées et émit des petits bruits approbateurs, comme un œnologue lors d'une dégustation de grands crus.

« Hmm, c'est délicieux, dit Dorina avant de lâcher un rot bruyant.

— N'est-ce pas ? approuva Bennett. Et si vous vous mettiez toutes nues, maintenant ? On vous rejoint dans une seconde. »

Mozart n'était pas particulièrement séduit par le choix de Bennett en matière de compagnie féminine. Il était sur le point de donner son point de vue, lorsque Bennett lui donna une grande tape sur l'épaule.

« Alors, tu veux laquelle ? Dorina ou Nicoleta ? »

Les deux femmes s'étaient repositionnées sur le sofa et adressaient à Mozart leur sourire le plus langoureux dans l'espoir d'être choisies. Mais le choix était cornélien. Mince et bigleuse, ou pulpeuse et édentée ?

C'est alors que, à la surprise de Mozart, Dorina glissa du sofa et tomba inconsciente sur le sol, sans un mot ni même un gémissement, juste le bruit sourd de son corps s'effondrant à plat ventre sur l'ours polaire.

Nicoleta resta bouche bée devant son amie étalée de tout son long par terre. « Ta hanche t'a encore lâchée ? demanda-t-elle à sa collègue toujours inconsciente. Bon, on dirait que j'ai les deux pour moi toute seule, alors. »

Elle se leva et commença à se déshabiller. Elle était en train de défaire son soutien-gorge lorsque, soudain, elle s'effondra à son tour, tombant bruyamment sur Dorina avant de rouler sur le dos, les yeux rivés au plafond.

Mozart n'avait jamais été si soulagé de voir deux femmes s'évanouir, mais il craignait de savoir ce qui leur était arrivé.

« Tu les as droguées ? demanda-t-il à Bennett.

— Ça a marché à la perfection, on dirait ! répondit Bennett triomphalement.

— Mais c'est des putes, non ? Pas besoin de les droguer, crois-moi.

— Je sais, dit Bennet. Mais ce champagne est la clé de mon plan.

— Quel plan ?

— Je t'expliquerai plus tard. Je voulais juste te faire une démonstration. »

La porte du salon s'ouvrit, et Denise entra avec un homme vêtu d'un long manteau blanc. Il était maigre, et son excentrique permanente rousse donnait l'impression qu'il avait reçu une décharge électrique et était définitivement affecté par les effets secondaires.

« Je vois que ça a fonctionné, dit-il avec un grand sourire.

— En moins de trente secondes, répondit Bennett.

— C'est qui, ce trou du cul ? demanda Mozart, qui avait légèrement l'impression d'être victime d'une farce.

— Je te présente le docteur Henry Jekyll. Ou, comme j'aime l'appeler, le "docteur fou".

— Docteur Jekyll, tu dis ? »

Bennett sourit, mais ne répondit pas à sa question. « Denise, emmène notre nouvel ami boire un verre, veux-tu ? »

Denise empoigna fermement les fesses de Mozart en lui murmurant à l'oreille : « Viens avec moi, soldat. Je vais tout t'expliquer. » Elle le prit par la main et le raccompagna dans la salle principale, où la fête battait toujours son plein.

L'entrepôt palpitait au rythme d'une dance music roumaine étourdissante et les lumières avaient été baissées.

« Qu'est-ce qui se passe ? demanda Mozart. D'abord, Frankenstein qui me fait sortir de prison, et maintenant le docteur Jekyll en personne qui drogue des prostituées pour m'impressionner ! »

Denise lui tendit une bouteille de bière. « Bois ça. On va se bourrer la gueule et baiser comme jamais. Ensuite, je te dirai tout sur Frankenstein et le docteur Jekyll. »

Mozart aimait assez l'idée de se taper Denise, en tout cas beaucoup plus que celle de devoir fricoter avec les deux prostituées. Mais il n'avait pas été avec une femme depuis bien longtemps, et il craignait qu'une seule ne suffise pas, aussi regarda-t-il autour de lui jusqu'à ce qu'il repère Jasmine, qui dansait toujours toute seule.

« Pourquoi pas un plan à trois ? suggéra-t-il à Denise.
— Avec qui ?
— La fille qui a l'air un peu indienne, là-bas. »
Denise comprit immédiatement de qui il parlait.
« Jasmine ? Elle est américaine.
— Américaine ? Qu'est-ce qu'elle fout à se prostituer en Roumanie ?
— Tu la veux, oui ou non ? »

Mozart but une gorgée de bière. Un délice. Il prit Denise par la main et planta un baiser sur ses lèvres. « Allons la chercher », dit-il.

Dans l'arrière-salle, le docteur Jekyll était aux anges. Son champagne narcotique était parfaitement au point. Solomon Bennett, de son côté, était beaucoup moins enthousiaste.

« Il faut que ça fasse effet au bout d'au moins une minute, dit-il en attrapant le docteur Jekyll à la gorge. Au moins une minute, et pas plus de deux, compris ?

— Oui, chef, bien sûr.

— Bien, parce que ces deux traînées étaient inconscientes en moins de trente secondes. Il faut que ce soit plus long. »

Bennett relâcha la gorge de Jekyll et lui tapota la joue. « Au travail, docteur. Je vais m'amuser un peu, maintenant. »

Dès que Bennett eut quitté la pièce, Jekyll se précipita sur les deux prostituées inconscientes. La maigrichonne commençait à remuer. Il constata un changement sur son visage. Quelque chose était en train de lui arriver, quelque chose dont il n'avait pas parlé à Bennett. Il voulait lui faire la surprise, mais étant donné la manière dont il avait failli l'étrangler, Jekyll jugea plus prudent de garder encore un peu le secret. Il sortit un couteau de sa poche et trancha la gorge des deux filles avant qu'elles ne reprennent connaissance.

3

Jack Munson avait été envoyé en mission en Roumanie afin de localiser et fournir des preuves de l'existence de son ancien ami et collègue Solomon Bennett. Rien de très excitant, donc, et pourtant, ce qui aurait dû être un boulot assez rébarbatif se révéla la mission la plus fun qu'on lui ait jamais confiée. Et c'était en grande partie dû à la présence de sa compagne de voyage, la délicieuse et légèrement cinglée Jasmine. Il n'aurait jamais imaginé s'entendre aussi bien avec l'ancienne prostituée du Minou Joyeux, mais, sans même qu'il s'en rende compte, elle avait réussi à lui tourner la tête.

Il avait été un peu réticent à l'emmener avec lui, au début, mais elle lui avait tellement cassé les pieds parce qu'il avait mis le feu à sa maison et fait d'elle une sans-abri, qu'il ne s'était pas senti capable de l'abandonner. Il avait néanmoins du mal à comprendre comment elle pouvait considérer le Minou Joyeux comme sa maison. C'était un lieu parfaitement atroce, où des jeunes femmes étaient séquestrées et prostituées de force. Le réduire en cendres était la meilleure chose qui pouvait lui arriver, ainsi qu'à Jasmine. En plus, elle lui avait promis qu'elle le réveillerait tous les matins avec une fellation et le meilleur petit déjeuner du monde s'il l'emmenait en Roumanie. Elle s'était un peu avancée pour le petit déjeuner, ceci dit. À moins que les toasts carbonisés ne soient la nouvelle mode en cuisine gastronomique.

Avant d'accepter la mission en Roumanie que lui avait confiée Devon Pincent, Munson vivait seul depuis plusieurs années et passait la plupart de ses nuits sans autre compagnie que celle de sa bouteille de rhum. Il avait oublié à quel point une présence féminine était agréable. Et Jasmine, malgré les toasts carbonisés, était de loin la personne la plus amusante qu'il eût jamais rencontrée. Elle avait une énergie inépuisable et s'émerveillait de tout et n'importe quoi comme une petite fille. Il faut dire qu'elle avait passé une grande partie de sa vie dans une maison close, ce qui l'avait privée de la plupart des petits plaisirs de la vie. Alors, désormais, elle se délectait de toutes les nouvelles expériences que la Roumanie avait à offrir.

Ce qu'elle aimait le plus, c'était son travail d'espionne. Munson lui avait donné quelques conseils et lui avait appris à se défendre si elle avait des ennuis. Mais il y avait une chose qu'il ne lui avait pas apprise, une chose pour laquelle elle avait un talent inné. Elle savait mieux que personne soutirer des informations aux hommes. Elle était particulièrement douée pour infiltrer des sociétés exclusivement masculines et en extraire des informations. Elle avait commencé de façon assez classique, en interrogeant le type le plus bourré ou le plus laid d'un endroit pour savoir s'il avait entendu parler d'un certain Solomon Bennett. Et puis, au fil du temps, sa technique s'était tellement perfectionnée qu'elle aurait pu, en passant cinq minutes dans une pièce avec un politicien, lui soutirer assez d'informations pour renverser un gouvernement.

Mais depuis qu'ils avaient localisé la cachette de Solomon Bennett, Jasmine y passait de plus en plus de temps, et Jack était condamné à l'attendre devant la télévision roumaine dans l'appartement qu'ils louaient. Et la télévision roumaine n'était pas ce qu'on faisait de plus divertissant. Vraiment pas. Il n'y avait pas un seul programme capable de le distraire du fait que Jasmine était en train d'offrir des services sexuels aux hommes de Solomon Bennett en échange d'informations. Plus elle passait du temps là-bas, plus elle lui manquait. Et plus il l'imaginait offrir ses faveurs à d'autres hommes, plus il devenait jaloux. Ça ne la dérangeait pas de faire ça, elle aimait les hommes et adorait voir l'expression qui se dessinait sur leur visage lorsqu'elle les faisait jouir. Et, au début, Jack n'y voyait pas d'inconvénient. Mais c'était avant qu'il tombe fou amoureux d'elle.

Elle avait une influence réellement positive sur lui. Il avait même réussi à contrôler sa consommation d'alcool et ne touchait désormais jamais un verre lorsqu'il était seul. Il adorait boire avec Jasmine, parce qu'ils s'amusaient vraiment bien tous les deux quand ils étaient bourrés. Mais il savait que s'il commençait à descendre des bouteilles de rhum pour survivre à la solitude quand elle n'était pas là, elle verrait alors l'homme qu'il avait été. Un pauvre ivrogne qui s'apitoyait sur son sort.

Cette nuit devait être leur dernière en Roumanie. Jasmine avait appris que Solomon Bennett et son équipe partaient pour les États-Unis le lendemain, c'était donc également pour eux le moment de quitter le pays.

Il était deux heures du matin lorsqu'elle rentra de la grande fête de départ que Bennett avait organisée pour ses hommes. Jack était avachi devant la télévision dans sa robe de chambre dorée Rocky Balboa, les pieds sur la table basse. En entendant la clé tourner dans la serrure, il se leva d'un bond et courut l'accueillir à la porte, craignant, comme chaque fois qu'elle rentrait du travail, que le pire ne soit arrivé : qu'elle ait été blessée. Mais elle ne revenait jamais avec le moindre bleu, la moindre égratignure. Aujourd'hui ne faisait pas exception à la règle.

Elle passa la porte, vêtue d'un long imperméable marron et de bottes en cuir noires, arborant un large sourire. « Bonsoir, soldat ! » dit-elle en plantant un baiser sur ses lèvres. Jack passa ses bras autour de sa taille et l'attira à lui. Jasmine sentait toujours bon, peu importait ce qu'elle était en train de faire. Ses longs cheveux noirs sentaient toujours la pêche, que ce soit le matin au réveil ou le soir au coucher.

« C'est quoi, cette tenue ? » demanda-t-il.

Jasmine défit sa ceinture et entrouvrit son imperméable, révélant ce que Munson préférait au monde – son corps nu, planté dans des bottes cavalières en cuir.

« Qu'est-ce qui t'est arrivé ? répéta-t-il tout en sachant que la réponse serait intéressante, sans être forcément le genre d'histoire dont il voudrait connaître tous les détails.

— Comme c'était la dernière fois qu'ils me voyaient, les gars de Bennett ont demandé s'ils pouvaient garder mes vêtements en souvenir.

— Carrément.

— Ouais. Heureusement que quelqu'un m'a donné son manteau à la fin de la soirée. »

Elle plongea la main dans une poche de l'imperméable et en sortit une bouteille de rhum. « Je me suis dit qu'il fallait fêter ça. »

Munson regarda la bouteille. « Bon sang, Jaz, qu'est-ce que je t'aime. »

Elle l'embrassa à nouveau avant d'enlever l'imperméable et de l'accrocher au portemanteau. Puis elle se dandina jusqu'au salon, suivie de près par Munson, qui n'arrivait pas à quitter son postérieur des yeux. Il le captivait toujours autant que la première fois qu'il l'avait vu. Jasmine se laissa tomber sur le canapé devant la télévision et commença à défaire ses bottes. Jackson voulut aller chercher deux verres dans la cuisine, mais il se ravisa. À la place, il se dirigea vers Jasmine et vint s'asseoir à côté d'elle.

« Alors, qu'est-ce que tu as appris, ce soir ? demanda-t-il. Quelque chose d'intéressant ? »

Jasmine fit voler une de ses bottes à travers la pièce.

« Je vais te dire un truc, répondit-elle. Heureusement que cette mission est terminée parce que ce soir, pour la première fois, je me suis demandé s'ils ne se doutaient pas de quelque chose.

— Comment ça ?

— Un nouveau type est arrivé, il arrêtait pas de me poser des questions.

— Quel genre de questions ?

— Genre, pourquoi une Américaine viendrait se prostituer en Roumanie.

— Qu'est-ce que tu lui as dit ?

— Rien, je lui ai juste taillé une pipe. Ça a duré à peu près cinq secondes. Bon sang, il avait bien besoin de tirer un coup.

— Cinq secondes ?
— Ouais. Il était en prison depuis des années, mais les hommes de Bennett l'ont fait sortir. Ils voulaient que ce type les aide pour ce gros truc qu'ils sont en train de préparer. Ce sera le bras droit de Bennett le temps d'une mission.
— Et c'est quoi, le nom de ce type ?
— Mozart.
— Mozart ?
— Ouais. Juste Mozart. Il a pas de nom de famille. J'ai demandé. »

Jack savait qui était Mozart, et il savait pourquoi il était en prison. Apprendre qu'il avait été avec Jasmine lui donna la chair de poule.

« Rassure-moi, ce type, il t'a rien fait ?
— Rien d'inhabituel, pourquoi ?
— Comme ça. Est-ce que Frankenstein était là, ce soir ? »

Jasmine fit non de la tête. « Non, il est pas souvent là, et même quand il est là, il dit pas grand-chose. Et d'après ce que je sais, il baise pas beaucoup non plus. Aucune fille a jamais réussi à s'approcher de lui, et c'est pas faute d'avoir essayé. »

Elle balança sa deuxième botte à travers la pièce et attrapa la bouteille de rhum qu'elle avait posée à côté du canapé. Elle dévissa le bouchon et la tendit à Jack, qui la refusa.

« Tu commences, dit-il. Tu l'as bien mérité. »

Jasmine se blottit contre lui, ramenant ses pieds sur le canapé. « Moi, ça va. J'ai bu quelques verres, déjà. Tu peux commencer, bébé. »

Jack prit la bouteille et but une grosse gorgée. C'était du rhum bon marché, mais ça restait du rhum. Ça passait tout seul.

« Alors, qu'est-ce qui s'est passé, ce soir, sinon ? demanda-t-il.

— Il y avait une bouteille de champagne que personne n'avait le droit de toucher. Et puis ils ont fait venir Dorina et Nicoleta dans le salon privé de Bennett. Ils ont apporté le champagne un peu plus tard, j'ai remarqué ça parce que je regardais ce que fabriquait ce Mozart, et il est entré en même temps. Quand je lui ai demandé un peu après, c'est là qu'il a commencé à se comporter bizarrement. Mais une fille, Denise, m'a dit que le champagne était empoisonné. Apparemment, ils ont prévu d'empoisonner des gens bourrés de fric avec quand ils seront en Amérique.

— Du champagne empoisonné, tu dis ? Tu connais son nom ?

— Non. Mais c'est ce médecin flippant qui le fabrique. Lui non plus, je l'avais jamais vu avant.

— Quel médecin flippant ?

— Ne ris pas, mais il s'appelle docteur Jekyll. »

Jack fronça les sourcils et réfléchit un moment.

« Docteur Jekyll ?

— Ouais.

— Un rouquin aux cheveux frisés ? »

Jasmine tendit le bras pour lui prendre la bouteille de rhum. Elle en but une gorgée.

« Plus roux que lui, tu meurs. Et apparemment, il a dit à une des filles qu'il descendait du vrai docteur Jekyll.

— Je crois pas que le *vrai* docteur Jekyll ait vraiment existé.

— Je te dis juste ce que j'ai entendu. »

Jasmine posa la bouteille sur la table basse. Puis elle grimpa sur les genoux de Munson et passa ses longs bras autour de lui.

« C'est l'arrière-arrière-arrière-arrière-petit-fils du docteur Jekyll, dit-elle en ouvrant la robe de chambre de Jack.

— C'est peut-être ce qu'il pense. Mais je t'assure qu'il n'est rien de ce genre. Je connais ce type, c'est un cinglé qui vit sur une autre planète.

— Arrêtons de parler de lui, alors, dit Jasmine en faisant glisser sa main vers sa queue. Avec ses cheveux roux permanentés, il me rappelle la fille qui jouait Annie dans la comédie musicale. »

Munson caressa son dos tout en regardant ses seins. Sa peau était si douce. Et ses seins étaient magiques.

« Tu as raison, dit-il. Et je n'ai pas plus envie de penser à Annie. »

Jasmine referma sa main sur sa queue et commença à la caresser. Il ferma les yeux et retint son souffle. La pression monta lentement jusqu'à ce que, soudain, la main de Jasmine s'immobilise.

« Pourquoi tu n'as pas répondu à mon message, tout à l'heure ? »

Jack ouvrit les yeux.

« Quel message ?

— C'était une photo de Frankenstein avec un mot rigolo. »

Jack était connu pour son incapacité chronique à vérifier son téléphone. C'était, en général, parce qu'il ne se rappelait pas où il l'avait laissé.

« Où j'ai mis mon téléphone, bordel ? » marmonna-t-il.

Jasmine le repéra là où il était souvent, c'est-à-dire coincé entre les coussins du canapé. Elle se pencha et l'attrapa de sa main libre. Jack referma les yeux lorsque Jasmine recommença à le caresser d'une main tout en parcourant ses messages de l'autre.

« Voilà », dit-elle, tout excitée.

Jack souleva les paupières. Jasmine tenait son portable devant ses yeux. La photo était celle d'un homme avec des boulons qui dépassaient de son cou. En dessous, une légende pleine d'esprit de Jasmine : *Ce type, on dirait toi le matin xxx*.

Jack lui arracha le téléphone des mains et examina le visage de l'homme sur la photo.

« C'est Frank Grealish !
— Tu le connais ?
— Où est-ce que tu as eu cette photo ?
— Une des filles l'a prise y a quelques jours. Je lui ai demandé de me l'envoyer.
— C'est impossible, dit Jack, les yeux fixés sur la photo. Ce type est mort il y a cinq ans. »

4

Les derniers jours de l'opération Blackwash
(Cinq ans plus tôt)
Partie 1 sur 4

Lorsque Alexis Calhoon descendit au laboratoire pour assister à la présentation de la toute nouvelle combinaison pare-balles de Solomon Bennett, elle ne s'attendait à rien de très révolutionnaire. Elle n'avait d'ailleurs libéré qu'une demi-heure dans son agenda. Elle était loin de s'imaginer l'importance qu'allait prendre cette expérimentation mineure.

Elle arriva au laboratoire juste après quinze heures. Devon Pincent et Solomon Bennett étaient déjà là, affublés de longues blouses blanches et de lunettes de sécurité en plastique. Le mariage du cache-œil de pirate et des lunettes de laborantin donnait à Solomon Bennett un style pour le moins original.

Derrière Pincent et Bennett, une grande fenêtre montrait la chambre à radiations où un technicien de laboratoire que Calhoon n'avait jamais vu avant préparait le cobaye pour l'essayage de la combinaison. Solomon la salua d'un sourire forcé et lui tendit une blouse.

« Hors de question que je porte ce truc », dit-elle en marchant vers la fenêtre.

Bennett posa la blouse sur une table près de la fenêtre.

« Et les lunettes de sécurité ? demanda-t-il.
— J'en ai besoin ?
— On assistera à l'expérience à travers la fenêtre, dit Bennett. Donc, vous ne craignez probablement rien, mais je n'aime pas prendre de risques inutiles. »

Ce qui était assez compréhensible de la part d'un homme qui n'avait plus qu'un seul œil – autant éviter de le perdre aussi.

« Je n'ai qu'une demi-heure, dit Calhoon en enfilant les lunettes, alors dépêchons-nous.
— Oui, madame. »

Calhoon rejoignit Devon près de la fenêtre. Elle essaya de mieux voir le technicien qui s'agitait dans la chambre à radiations. Ses cheveux étaient une masse rousse et frisée, que l'on pouvait légitimement qualifier de coupe afro, et il portait des lunettes de sécurité teintées en rouge. Il se tenait devant un grand cylindre en verre qui allait du sol au plafond. Un autre homme était dans la pièce avec lui, assis sur une chaise dos à la fenêtre. Il portait un peignoir noir avec la capuche rabattue sur la tête.

« Vous connaissez ce technicien, Devon ? » demanda Calhoon.

Devon secoua la tête.

« Je n'en sais pas plus que vous, c'est la première fois que j'assiste à ce genre de chose, général. Qui est-il ? »

Solomon Bennett répondit.

« Le docteur Henry Jekyll.

— Je vous demande pardon ?
— Henry Jekyll. »

Le major Bennett n'était pas connu pour son sens de l'humour. Calhoon ne se souvenait pas de l'avoir jamais entendu dire quoi que ce soit de drôle, ni prononcer la moindre blague. Mais « docteur Jekyll » ? Ça ressemblait à une très mauvaise tentative de trait d'humour.

« Et son vrai nom ? demanda-t-elle.
— Henry Jekyll est son vrai nom.
— Ça n'inspire pas vraiment confiance, dit Calhoon. Il est docteur en quoi, exactement ? »

Bennett se gratta la tête. « Je ne suis pas tout à fait sûr. Je ne lui ai jamais demandé. »

Devon donna un coup de coude à Calhoon et murmura dans son oreille : « Il n'est pas trop tard pour tout arrêter, vous savez. »

Malgré les doutes que commençait à lui inspirer toute cette affaire, Calhoon ignora sa remarque. Elle avait autorisé l'expérience, et reculer maintenant donnerait l'impression qu'elle avait fait une erreur. Elle survivrait à l'humiliation, mais pas aux remarques suffisantes que Devon lui infligerait pendant les dix prochaines années.

« Commençons », dit-elle, en faisant un signe de tête à Bennett.

Il donna un petit coup contre la vitre pour attirer l'attention du docteur Jekyll. Celui-ci était en train de murmurer à l'oreille de l'homme sur la chaise. Il s'interrompit lorsqu'il entendit frapper, leva le pouce vers Bennett et salua Calhoon d'un signe de la tête. Puis il articula quelque chose à l'intention de Bennett, qui répondit par un signe de la main indiquant qu'il pouvait y aller.

« Le docteur Jekyll n'a pas compris que le laboratoire était insonorisé », dit-il à Calhoon d'un air confus.

Calhoon l'ignora et garda les yeux fixés sur la vitre. Le docteur Jekyll était penché sur l'homme assis à côté de lui, chuchotant toujours à son oreille. Quelques secondes plus tard, l'homme se leva et retira sa capuche. Son crâne était rasé à blanc, aussi lisse qu'une boule de billard. Et deux boulons en métal dépassaient de son cou, un de chaque côté.

« Qu'est-ce que c'est que ces boulons ? demanda Calhoon.

— Des respirateurs », répondit Bennett.

Avant qu'elle ne puisse demander plus de détails, l'homme enleva son peignoir et le laissa tomber sur le sol. Calhoon constata avec surprise qu'il était nu comme un ver. Lorsqu'il se tourna pour faire face à la fenêtre, elle reconnut Frank Grealish. La dernière fois qu'elle l'avait vu, ses cheveux étaient courts et bruns. À présent, il avait la boule à zéro. Et lorsqu'elle baissa les yeux, elle vit que le reste de son corps était lui aussi parfaitement glabre. Pendant un instant, Calhoon ne sut plus où regarder. Devon Pincent dit tout haut ce qu'elle pensait tout bas.

« Bon Dieu, où sont passés ses poils ?

— Il fallait qu'il soit complètement imberbe pour l'expérience, expliqua Bennett.

— Et est-ce qu'il est vraiment nécessaire qu'il soit nu ? demanda Calhoon.

— Son corps entier résistera aux balles, dit Bennett. Il doit donc être nu.

— Vous ne pouvez pas mettre la combinaison par-dessus ses sous-vêtements ?

— Si, mais ça ne les rendrait pas résistants aux balles. »

Calhoon le regarda d'un air perplexe.

« Vous avez l'intention de lui tirer dans les testicules ?

— Non, madame. On ne va pas lui tirer dessus pour l'instant. On va simplement poser la combinaison. Il est impératif qu'il soit nu. »

Devon l'interrompit.

« Je comprends toujours pas pourquoi il a ces boulons dans le cou.

— Je vous l'ai déjà dit, c'est pour lui permettre de respirer. »

Calhoon regarda Bennett dans les yeux.

« Est-ce que ces boulons pénètrent sa peau ?

— Oui.

— Jusqu'où ?

— Ils sont reliés à ses poumons pour qu'il puisse respirer pendant la mise en place de la combinaison.

— C'est pour ça que vous en aviez besoin pendant deux semaines ? demanda Devon, soudain furieux. Pour pouvoir lui enfoncer des tubes en métal dans le corps ?

— Il fallait qu'il soit correctement préparé. »

Devon attrapa Calhoon par le bras. « Général, vous étiez au courant ? »

En voyant le regard noir qu'elle posa sur sa main, Devon la retira sagement. « Non, Devon, je n'étais pas au courant », dit-elle. Elle essayait de garder son calme, mais ses narines dilatées trahissaient son énervement.

« Parce que si le major Bennett m'en avait parlé, il sait très bien que j'aurais demandé à en savoir plus. Major, qu'est-ce que vous allez faire à ce jeune homme, exactement ?

— Docteur Jekyll l'expliquera mieux que moi, dit Bennett.

— Peut-être, mais le docteur Jekyll est derrière cette vitre et ne peut pas nous entendre, alors pourquoi vous ne m'expliquez pas les choses d'une manière que vous jugerez compréhensible ? »

Solomon Bennett montra du doigt le laboratoire derrière la vitre. Frank Grealish venait d'entrer dans la chambre en verre cylindrique. Il se tenait droit, les épaules en arrière, face à la fenêtre, pendant que le docteur Jekyll fixait deux tubes aux boulons en métal sur son cou. Ils étaient ensuite reliés à des trous de chaque côté de la chambre.

« Vous voyez ces tubes ? dit Bennett. Ils permettent à l'oxygène de pénétrer dans la chambre pendant le processus. L'oxygène entrera par le boulon de gauche et, une fois qu'il sera passé dans ses poumons, il ressortira par le boulon droit.

— Pourquoi ? demanda Calhoon d'un ton sec.

— Parce que sans eux, Frank suffoquerait pendant la mise en place de la combinaison.

— Quelle combinaison ? Où est-elle ? demanda Calhoon, tout en cherchant du regard quelque chose qui pourrait y ressembler.

— La combinaison sera vaporisée sur lui.

— Pardon ?

— Elle sera vaporisée sur lui. »

Calhoon n'était pas sûre d'avoir bien entendu.

« Vous êtes en train de me dire que vous allez vaporiser une combinaison pare-balles sur ce soldat, comme de l'autobronzant ?

— Oui, madame. C'est exactement ce que nous allons faire. »

Calhoon regarda de nouveau derrière la vitre. Le docteur Jekyll plaçait des petites lunettes devant les yeux de Frank Grealish pour les protéger du spray.

« Pardonnez-moi, dit Devon. Mais qu'est-ce que c'est exactement que ce spray pare-balles ?

— Je ne sais plus le nom exact. Quelque chose qui commence par *Brum*, je m'en souviens parce que la substance qu'on utilise sort sous forme de brume avant de s'attacher à son hôte et de se solidifier.

— D'accord, intervint Calhoon. Mais qu'est-ce qu'il y a dedans ? De quoi est-ce que c'est fait ? »

Bennett les ignora tous les deux et fit un signe au docteur Jekyll à travers la vitre.

« ALLUME LE RÉACTEUR ! » cria-t-il. Même si la pièce était insonorisée, Bennett faisait partie de ces gens qui pensaient que s'ils criaient assez fort, ils seraient entendus. Quoi qu'il en soit, le docteur Jekyll comprit ce qu'il voulait dire.

Ils l'observèrent tous les trois avec une certaine inquiétude presser un bouton sur la chambre en verre. Il recula d'un pas et, quelques secondes plus tard, des hurlements à leur glacer le sang remplirent la chambre.

Ils étaient censés assister à la création d'un soldat invincible. Mais ils furent témoins de la création d'un monstre.

5

Pour quitter clandestinement un pays dans un avion de contrebandiers, le plus sûr est d'attendre la nuit, histoire de ne pas trop attirer l'attention. Mais Jack avait dû convaincre Jasmine du contraire, car la jeune femme adorait prendre des risques. Jack avait passé une grande partie de son séjour en Roumanie à la persuader qu'ils étaient en grand danger, même lorsque ce n'était pas le cas. Il réussissait en général à lui donner sa dose d'adrénaline en lui parlant des situations périlleuses dans lesquelles il s'était trouvé lorsqu'il travaillait pour les Opérations fantômes.

Pendant le trajet en taxi jusqu'à la base aérienne, il avait réussi à la divertir en lui racontant les mésaventures qui lui étaient arrivées lorsqu'il avait pris un vol de nuit pour quitter Bangkok et avait été attaqué par un homme amputé d'un bras. L'anecdote avait beaucoup plu à Jasmine. En gros, il suffisait que l'histoire semble tout droit sortie d'un James Bond pour l'exciter. Celle-ci était vraie, cela s'était passé peu après son arrivée au bureau, mais elle était légèrement moins reluisante que la version qu'il lui avait racontée. La vérité était que Jack avait tabassé un manchot qui était assez vieux pour être son grand-père. Bien sûr, il se garda bien de le préciser.

Leur taxi arriva devant une base aérienne privée dans la banlieue de Bucarest peu après minuit. Le chauffeur de taxi était familier de la procédure. Il les déposa près d'une clôture haute de cinq mètres située à une centaine de mètres de l'entrée principale, attendit qu'ils prennent leurs bagages dans le coffre et disparut dans la nuit.

Jack voyageait avec un simple sac à dos contenant tous ses effets personnels. Jasmine, de son côté, avait mystérieusement réussi à accumuler assez d'affaires pour remplir une énorme valise, bien que ses seules possessions à son arrivée en Roumanie eussent été les vêtements qu'elle avait sur le dos.

« Qu'est-ce qu'on fait, maintenant ? » demanda Jasmine. Elle tremblait de froid. Jack lui avait conseillé de s'habiller en noir pour mieux se fondre dans la nuit. Jasmine avait donc enfilé ce qu'elle avait jugé le mieux adapté à la situation – un haut noir qui tenait plus du soutien-gorge que du tee-shirt, un mini-short tout juste visible, les bottes en cuir qui étaient devenues sa marque de fabrique et un sac à main noir. De son côté, Jack s'était emmitouflé dans un épais pull-over marron et un pantalon noir.

« Jack Munson ? » demanda une voix masculine. Elle venait d'un bois de l'autre côté de la route.

Un homme chauve et costaud en uniforme militaire kaki s'approcha d'eux. Il fumait une roulée.

« C'est moi, dit Jack en posant la valise de Jasmine pour lui serrer la main. Et voici Jasmine. »

Jasmine s'approcha de l'homme et se mit sur la pointe des pieds pour l'embrasser sur la joue. Malgré l'obscurité, Jack n'eut aucun mal à lire la surprise sur son visage. Les marques d'affection ne faisaient en général pas partie du marché. Il avait simplement été embauché par Devon Pincent pour les escorter jusqu'à leur avion clandestin avec le moins d'ennuis possible.

« Je suis Andrei, dit l'homme. Je vais vous accompagner à votre avion. »

Il montra du doigt un vieil appareil de guerre qui attendait sur une piste de l'autre côté de la clôture, à une centaine de mètres de là.

« C'est votre avion, dit-il.

— C'est un avion, ce truc ? demanda Jasmine. On dirait un bateau avec des ailes !

— C'est parce qu'il est vieux, dit Jack. On va probablement y rester. C'est pour ça que c'était pas cher.

— Génial ! »

Andrei tira une dernière fois sur sa cigarette avant de la jeter à ses pieds. Il l'enfonça dans le sol avec une de ses grosses bottes noires. « Suivez-moi », dit-il.

Ils suivirent Andrei le long de la clôture pendant environ cinquante mètres, jusqu'à ce qu'il s'arrête et tire sur une section du grillage qui semblait avoir été vandalisée. Il leur fit signe de passer. Jasmine baissa la tête et passa à travers. Andrei prit un moment pour reluquer son cul, ignorant Jack et son agacement potentiel. Une fois dans l'enceinte de la base aérienne, Andrei réarrangea la clôture et cacha l'ouverture.

Alors qu'ils se dirigeaient vers l'avion, Jack aperçut deux hommes qui étaient manifestement en train de le préparer au décollage. L'un vérifiait les hélices tandis que l'autre fumait une cigarette, adossé au fuselage.

« On peut fumer, pendant le vol ? » demanda Jasmine.

Andrei passa rapidement devant elle. « Il faut se dépêcher, vite ! » dit-il.

L'homme adossé à l'avion jeta sa cigarette et commença à marcher dans leur direction. Il portait un long manteau sombre dont la capuche était rabattue sur sa tête.

« Est-ce qu'il y a un buffet ? » demanda Jasmine à Andrei.

Jack, ralenti par le poids de la valise de Jasmine, luttait pour garder le rythme. « Chérie, arrête de l'embêter avec tes questions », murmura-t-il.

Jasmine se tourna vers lui. « J'essaie d'être sympa, c'est tout. »

Jack l'attrapa par le bras. « Je sais, mon ange, mais il est important qu'on ne se fasse pas remarquer. Andrei préfère ne pas se souvenir de nous, au cas où quelqu'un lui poserait des questions plus tard. »

Jasmine hocha la tête pour montrer qu'elle avait compris.

« Top secret, c'est ça ? Ça fait partie de notre mission secrète ?

— Ouais. »

Andrei avait pris de l'avance. Il se tourna vers eux et cria : « Attendez ici, oui ? »

Tandis qu'Andrei s'approchait de l'homme au long manteau noir, probablement pour s'occuper du paiement, Jack en profita pour poser un moment la valise.

« Qu'est-ce qui se passe ? demanda Jasmine.

— Simple formalité, dit Jack. Pas de quoi s'inquiéter. »

Malheureusement, il y avait bien de quoi s'inquiéter. L'homme qui vérifiait les hélices se mit à courir vers eux, essayant de rattraper son camarade à la capuche noire qui était en train de discuter avec Andrei.

Jasmine murmura à l'oreille de Jack : « Y a quelque chose qui cloche. »

Elle avait raison. Elle l'avait compris une demi-seconde avant Jack. Sentir quand quelque chose n'allait pas était un de ses nombreux talents cachés.

« Reste près de moi », murmura Jack à son oreille, sans pouvoir s'empêcher de remarquer à quel point ses cheveux sentaient bon.

Il n'eut pas le temps de s'attarder sur cette pensée, car ses divagations furent aussitôt interrompues par les cris aigus de Jasmine, qui tendait le doigt vers l'avion. Andrei venait de tomber à genoux devant le type à la capuche. Jack essaya de voir si ce dernier avait une arme, mais ne vit rien. Il avait sans aucun doute fait quelque chose à Andrei, puisque le Roumain tomba en avant et s'écrasa sur le béton. Jack sentit une poussée d'adrénaline se propager en lui. Il avait déjà vu des hommes tomber de cette manière.

Les morts tombent de cette manière.

Il attrapa Jasmine par le bras.

« On se tire d'ici !

— Et ma valise ?

— On s'en fout, de ta valise ! »

En voyant les hommes approcher, il l'attira vers l'ouverture dans la clôture qu'ils avaient empruntée un peu plus tôt. Mais ils se trouvèrent alors face à un plus gros problème.

Un beaucoup plus gros problème.

Un géant sorti de nulle part se tenait devant leur issue de secours. La lune qui brillait au-dessus d'eux offrait juste assez de lumière pour qu'ils puissent voir de quoi il avait l'air. Il était vêtu de jean des pieds à la tête, et un gros Stetson marron était vissé sur son crâne.

« Vous devez être Jack Munson », dit-il avec un fort accent du Sud.

Jack se plaça devant Jasmine. « Laissez partir la fille. »

Le géant sourit. « Nous sommes votre équipage, monsieur Munson. Mon nom est Rex. Nous sommes là pour vous escorter jusqu'en Amérique. »

Jack avait une certaine expérience des vols clandestins, mais il n'avait jamais été confronté à un tel scénario.

« Pourquoi est-ce que je devrais vous faire confiance ? Votre homme vient de tuer mon contact. »

Rex jeta un œil par-dessus l'épaule de Jack et vit Andrei étendu sur le sol. Son visage s'allongea. « Putain de merde », marmonna-t-il.

L'homme à la capuche vint les rejoindre, s'arrêtant à côté de Jack. Il sentait l'alcool et la cigarette.

Rex lui lança un regard noir. « T'as tué Andrei ? »

Il lui répondit d'une voix enrouée, rocailleuse.

« Ouais.
— Pourquoi ?
— Comme ça. »

L'autre homme, celui qui vérifiait les hélices quelques secondes plus tôt, était penché sur Andrei, prenant son pouls. Il avait d'épais cheveux bruns et un air étrangement familier.

« C'est Elvis ? » demanda Jasmine en le montrant du doigt.

Rex retira son chapeau et s'inclina devant elle comme si elle faisait partie de la famille royale. « Oui, madame.

Et mon autre pote, ici, c'est le Bourbon Kid. Nous allons vous escorter jusque chez vous. Vous n'avez aucun souci à vous faire. »

Elvis arriva en trottinant. De près, ils purent voir qu'il portait une combinaison rouge foncé et une paire de lunettes de soleil à monture dorée, bien qu'il fît nuit noire.

« Le type est mort, dit-il.

— Votre ami l'a tué, lui lança Jasmine.

— Sans blague », ricana Elvis.

Il reluqua Jasmine de haut en bas. « Tu sais que t'es mignonne, toi ? »

Jack comprit que ces types n'allaient probablement pas les tuer, et que Rex était la personne à qui il fallait parler.

« Qu'est-ce qui se passe, bordel ? demanda-t-il, énervé. Vous êtes qui ?

— Nous sommes les Dead Hunters, répondit Rex.

— Les Dead Hunters ? Qu'est-ce que ça veut dire ?

— On traque les gens. Puis on les tue.

— Qu'est-ce que ça a à voir avec nous ?

— On traque l'Iroquois. Et le bruit court que vous le cherchiez l'année dernière à B Movie Hell, jusqu'à ce que les choses tournent mal et que vous quittiez le pays.

— Je vois pas de quoi vous parlez.

— Pas grave, dit Rex. Ça vous reviendra sûrement dans l'avion. »

6

Les paroles de *Hopelessly Devoted to You* par Olivia Newton-John résumaient à la perfection ce que Bébé ressentait pour Joey Conrad. Aussi fou que cela pût paraître aux autres, son dévouement à l'Iroquois, l'homme qui l'avait sauvée de l'horreur de sa vie de prostituée à B Movie Hell, était sans limites.

Mais chanter cette chanson tout haut devant un public était pour le moins éprouvant. Ils n'étaient pas très nombreux, mais c'étaient des gens importants puisqu'il s'agissait des producteurs de la nouvelle adaptation de *Grease* pour le théâtre local. Son père, Devon Pincent, était assis avec eux au premier rang, juste sous la scène. Il s'était arrangé pour qu'elle bénéficie d'une audition privée pendant que toutes les autres prétendantes au rôle de Sandy faisaient la queue dans la rue.

À l'approche de sa performance, la peur de faire une fausse note avait commencé à nouer son estomac. Mais lorsqu'elle commença à chanter, toutes ses inquiétudes disparurent. Sur scène, Bébé était dans son propre monde. Vêtue de sa toute nouvelle robe rose, elle chantait une chanson qui semblait avoir été écrite juste pour elle.

Pendant le premier couplet, elle se remémora sa première rencontre avec Joey. Elle était assise au comptoir d'un *diner* et s'apprêtait à commander un milk-shake, lorsqu'il était apparu derrière Arnold, l'homme qui l'accompagnait. Son masque jaune en forme de crâne lui avait d'abord fait une peur de tous les diables. Et le voir découper les doigts d'Arnold avec un couperet l'avait carrément horrifiée. Elle s'était précipitée hors du *diner* et avait couru aussi loin que possible de lui, convaincue qu'elle serait sa prochaine victime. C'était une idée vraiment stupide, mais à ce moment-là, elle ne pouvait pas savoir qu'elle était destinée à tomber follement amoureuse de ce psychopathe masqué.

Il lui avait plus tard avoué que s'il avait emmené Arnold dans les toilettes pour le tuer, c'était parce qu'il ne voulait pas faire mauvaise impression lors de leur première rencontre. Bébé aimait qu'il soit aussi prévenant. D'autres tueurs en série se seraient contentés de lui arracher les boyaux devant elle, mais pas l'Iroquois. C'était un garçon attentionné. Et il avait tué près de cent personnes, juste pour elle.

C'était tellement romantique.

Lorsqu'elle termina de chanter *Hopelessly Devoted*, les trois juges se levèrent et l'applaudirent avec enthousiasme. Son père, qui était assis à côté d'eux, resta enfoncé dans son siège. Il applaudissait aussi, et Bébé eut l'impression qu'il allait pleurer de fierté, parce qu'il clignait beaucoup des yeux.

Le directeur de la production, Camberwick Bender, était le chef du jury. C'était un personnage haut en couleur, connu pour ses goûts vestimentaires flamboyants et son amour pour les chapeaux. Celui qu'il avait choisi pour cette occasion était un fedora en jonc de mer gris-vert. Il jurait un peu avec sa chemise orange vif et le pull vert qu'il avait posé sur ses épaules, mais personne n'aurait osé lui faire la remarque.

Lorsqu'ils eurent fini d'applaudir, Camberwick échangea quelques regards rapides avec les deux femmes assises à ses côtés. Aucun mot ne fut prononcé, mais il était évident qu'ils se comprenaient, puisqu'ils hochaient tous les trois la tête d'un air entendu. Camberwick leva les yeux vers Bébé et sourit, révélant une rangée de dents blanches et brillantes qui avaient dû lui coûter une fortune.

« Félicitations, Bébé, dit-il. Tu as le rôle de Sandy. Bienvenue dans *Grease* ! »

Bébé fut un peu surprise qu'ils prennent une décision aussi rapidement, en particulier avec les centaines de filles qui faisaient la queue pour auditionner, mais elle oublia très vite les autres candidates et sautilla de joie en réalisant qu'elle ferait partie du spectacle.

« Les répétitions commencent demain à dix heures, dit Camberwick. Je suis impatient de travailler avec toi.

— Merci beaucoup. Je ne vous décevrai pas, c'est promis. »

Elle n'eut pas l'occasion de discuter plus longtemps avec les producteurs car ils avaient beaucoup d'autres personnes à auditionner pour les autres rôles. Mais ce n'était pas très grave, puisque Devon avait déjà prévu de l'inviter à déjeuner pour fêter ça.

Il l'emmena chez Bambino. Le propriétaire de ce restaurant italien était un de ses amis, et il leur avait réservé une table d'une taille respectable près d'une large fenêtre offrant une vue imprenable sur la ville. Devon, toujours aussi fier de sa fille, mit un point d'honneur à informer le serveur que Bébé venait de décrocher le rôle principal dans *Grease*. Mais la facilité avec laquelle elle l'avait obtenu n'avait pas échappé à la jeune fille.

« Tu le connais, ce Camberwick ? demanda-t-elle en feuilletant le menu à la recherche d'une option végétarienne.

— Je suis un membre respecté de la communauté, Bébé. Je connais toutes les personnalités importantes de la ville.

— Tu t'es arrangé pour que j'aie le rôle ?

— Non.

— Tu es sûr ? J'avais l'impression que tu les intimidais un peu. »

Devon desserra sa cravate. Il avait mis son costume argenté préféré pour l'occasion, et fait tout son possible pour que ce jour soit spécial. Il l'avait même conduite ici dans son Aston Martin, qui ne sortait de son garage que pour les grandes occasions.

« J'ai fait un don à l'école, Bébé, dit-il. Il n'y a rien de mal à ça. Beaucoup de gens font des dons.

— Combien as-tu donné ? »

Devon sembla soudain fasciné par le menu qu'il tenait entre ses mains, qui lui permettait d'éviter le regard de sa fille.

« Je lui ai fait une offre qu'il ne pouvait pas refuser, dit-il, aussi nonchalamment que possible.

— Tu veux dire que tu lui as offert un pot-de-vin ?

— Je l'ai fait chanter, pour être précis.

— Oh, mon Dieu. Tu l'as fait chanter ? Comment ?

— Rien de très grave, je te rassure, mais Camberwick est un homme marié. »

Bébé était surprise de l'apprendre.

« Je pensais qu'il était gay. Tu sais, vu la façon dont il s'habille.

— C'est un secret, ma chérie. Et il veut que ça le reste, pour le bien de son mariage.

— Mais tout le monde doit savoir qu'il est gay. Il doit y avoir beaucoup de gens qui peuvent le faire chanter avec cette information.

— Oui, mais je doute que beaucoup puissent le menacer de révéler aux journaux sa liaison avec un des acteurs les plus en vogue de Hollywood. »

Bébé ne se doutait pas que son père avait accès à des potins aussi géniaux.

« Oh, mon Dieu, c'est qui ? s'exclama-t-elle.

— Donc, ça ne t'embête pas que je l'aie fait chanter pour que tu aies le rôle ?

— Non, tant que tu me donnes le nom de l'acteur avec qui il a une liaison !

— Je ne peux pas faire ça, Bébé, c'est confidentiel. C'est de mon métier qu'il s'agit.

— Dans ce cas, je ne suis pas sûre d'être ravie que tu l'aies fait chanter pour que j'aie le rôle. Je voulais me débrouiller toute seule », dit Bébé, avec une touche de mauvaise foi.

Devon posa son menu et la regarda dans les yeux.

« Bébé, tu es tout ce qu'il me reste. Pendant quinze ans, j'ai cru que je n'entendrais plus jamais le son de ta voix. Quand tu chantes, tu as la voix d'un ange. Tu as largement les capacités pour être la star de n'importe quel spectacle organisé par cette école, tu comprends ?

— Oui, papa. Mais j'ai de la peine pour toutes ces filles qui faisaient la queue dans la rue.

— Si tu veux, on peut y retourner et dire aux juges que tu voudrais repasser l'audition avec les autres candidates. C'est ce que tu veux ? Parce qu'on peut le faire, si c'est le cas. »

Bébé n'avait aucune envie de revivre le traumatisme de l'audition, et, pire encore, de devoir admettre que son père avait soudoyé les juges pour qu'elle soit prise.

« J'imagine que non, dit-elle. Je suis Sandy dans *Grease*, et c'est le truc le plus cool du monde !

— Bien. Alors, commandons. Je meurs de faim. »

Devon rappela le serveur et commanda un steak. Bébé choisit une salade. Dès que le serveur eut disparu, elle se dit que le moment était bien choisi pour profiter de la bonne humeur de son père et poser une question un peu délicate.

« Papa, tu crois que tu pourrais glisser un mot au sujet du spectacle à Joey Conrad, pour qu'il puisse venir ? »

Devon leva les yeux au ciel et poussa un long soupir.

« J'en doute, ma chérie. Je n'ai aucune idée de l'endroit où il se trouve en ce moment.

— Mais il était aux informations, la dernière fois, pour cette histoire à la station-service. Tu dois bien être en contact avec lui, non ? »

Devon recommença à éviter son regard. Il fixa la fenêtre derrière Bébé, faisant semblant de s'intéresser à quelque chose à l'extérieur.

« Joey a de gros problèmes psychologiques, Bébé, dit-il. C'est quelqu'un de dangereux.

— Ça ne t'a pas empêché de l'envoyer me chercher à B Movie Hell.

— C'était le plus compétent pour cette mission. Et il m'en devait une.

— Pourquoi ? Qu'est-ce que tu as fait pour lui ?

— J'ai fait beaucoup de choses pour lui, Bébé. Mais ne parlons plus de ça. »

Bébé détourna le regard en soufflant, dans l'espoir que son père remarque son air boudeur et change d'avis en voyant qu'il l'avait contrariée. C'est alors que son regard se posa sur un journal sur la table voisine. Il était plié en deux, mais elle vit la photographie du masque de l'Iroquois sur la première page. Elle se leva, faisant racler sa chaise contre le sol dans un grincement insupportable, et tendit le bras vers l'autre table pour attraper le journal.

« Qu'est-ce que c'est ? » demanda Devon, soudain intéressé. Il tendit la main pour le prendre, mais Bébé se rassit et le garda pour elle. Le titre était pour le moins racoleur.

L'IROQUOIS MENACE DE TUER LE PAPE

Le visage de Bébé s'allongea. « Ça doit être un mensonge ! » dit-elle en montrant la page à Devon.

Il sembla surpris par le titre de l'article, mais se radossa à sa chaise et se désintéressa du journal.

« Tu vois, affirma-t-il d'un air suffisant. Je t'ai dit qu'il était dangereux.

— Mais pourquoi est-ce qu'il voudrait tuer le pape ?

— Comme je te l'ai déjà dit, Bébé, il est fou. »

Bébé baissa la voix.

« Le Joey que je connais ne voudrait jamais tuer le pape.

— Tu ne l'as connu qu'une journée.

— C'est assez pour savoir qu'il ne tuerait jamais le pape.

— Vraiment ? »

99

Devon leva un sourcil.

« Combien de personnes a-t-il tuées pendant cette journée passée avec toi ?

— Je sais pas. Je n'ai pas réussi à les compter.

— Exactement. »

Bébé replia le journal et le posa sur la table.

« S'il te plaît, papa, tu pourrais au moins m'en dire un peu plus sur lui. Par exemple, comment il s'est retrouvé dans cet asile.

— Ça ne va pas te plaire.

— Je m'en fiche.

— Très bien. Un jour, ton prince charmant est entré dans un *diner* à Boston et a poignardé une nonne à mort. Contente ? »

Bébé sentit son sang se glacer dans ses veines. Cette révélation la ramena brutalement à la réalité de ce que son prince charmant était réellement. Un tueur sans pitié.

« C'est horrible, dit-elle, le cœur serré. Pourquoi est-ce qu'il ferait une chose pareille ? »

Devon tapota le journal du bout du doigt.

« Probablement pour la même raison qui le pousse à vouloir tuer le pape.

— Il a une dent contre la religion ?

— Quelque chose du genre. N'en parlons plus. Nos plats vont bientôt arriver. »

7

« C'est quel genre d'avion ? demanda Jasmine.
— Un avion de transport militaire », répondit Jack.
Jasmine n'avait jamais eu la chance de voyager dans un bel avion. Celui qu'ils avaient pris pour se rendre en Roumanie était un vieux tas de ferraille. Celui-ci n'était pas beaucoup mieux. Et pour couronner le tout, il était rempli de freaks.

Jasmine était assise sur un banc à côté de Jack. Le Bourbon Kid était installé juste en face d'elle, les jambes étirées, sa capuche toujours rabattue sur sa tête, ce qui agaçait Jasmine qui aurait aimé mieux voir son visage. Tout ce qu'elle distinguait, c'était qu'il n'était pas rasé, et qu'il devait avoir une trentaine d'années, beaucoup trop vieux pour être appelé le Kid, non ?

Rodeo Rex était assis en face de Jack. Il était encore plus bizarre que le Kid, puisqu'il portait un gant uniquement à la main droite. Jasmine brûlait de lui demander pourquoi. Peut-être qu'ils étaient en Roumanie depuis si longtemps qu'elle n'était pas au courant des nouvelles tendances. Ou peut-être que Rex avait perdu son autre gant. À en juger par son Stetson trop grand et son mulet ondulé, elle décida que son sens de la mode avait simplement quelques décennies de retard. Rien d'avant-gardiste là-dedans. Malgré tout, Rex avait du sex-appeal. Sa veste en jean sans manches révélait des biceps comme Jasmine n'en avait jamais vu, et Dieu sait qu'elle en avait vu. Il avait aussi des tatouages de folie sur les bras, avec des crânes, des serpents, et des mots tels que MORT et ÉLU.

L'autre type, Elvis, était dans le cockpit, aux commandes de l'avion. Lui aussi avait un style vestimentaire excentrique, mais beaucoup plus prévisible. C'était de toute évidence une sorte de sosie d'Elvis Presley.

« Est-ce que votre ami est un bon pilote ? demanda Jasmine à Rex.

— C'est le meilleur pilote d'entre nous », répondit-il en toute honnêteté.

Ce n'était pas vraiment la réponse qu'elle espérait. Son excitation commençait à se dissiper, aussi plongea-t-elle la main dans son sac pour attraper ses cigarettes. Il lui en restait six, ce qui signifiait qu'elle allait devoir y aller doucement, parce que dans son état actuel, elle aurait pu s'enfiler les six d'un coup.

Rex se pencha vers elle.

« On fume pas dans l'avion, dit-il à voix basse.

— Je vais pas me gêner. Je m'emmerde. »

Elle sortit une cigarette du paquet et la plaça entre ses lèvres. Puis elle attrapa son Zippo et ouvrit le capuchon. Elle était sur le point d'allumer sa cigarette lorsque le briquet vola inexplicablement hors de sa main, comme si quelqu'un l'avait attrapé au bout d'une canne à pêche invisible. Il traversa l'allée et disparut dans la main gantée de Rex.

Jack dit tout haut ce que Jasmine pensait tout bas. « Putain de merde, il vient de se passer quoi, là ? »

Rex glissa le briquet dans une poche de son jean.

« Je lui ai dit de ne pas fumer, voilà ce qu'il vient de se passer, répondit-il.

— D'accord, mais je viens de voir le briquet voler jusqu'à votre main, continua Jack.

— J'ai utilisé *la force*. »

Rex s'enfonça dans son siège, visiblement fier de lui.

Le Bourbon Kid prit soudain la parole. « Donne-moi tes clopes », dit-il à Jasmine.

Il y avait quelque chose chez ce type. Quand il parlait, sa voix avait un je-ne-sais-quoi de rocailleux, et avec son visage presque invisible sous sa capuche, il ressemblait un peu à la Grande Faucheuse. Et la Grande Faucheuse terrifiait Jasmine. Elle s'empressa donc de faire ce qu'il lui demandait et lui lança son paquet de cigarettes. Le lancer d'objets n'était pas vraiment son fort, ceci dit, et le paquet vola dans une direction improbable. Le Kid réussit malgré tout à l'attraper de sa main gauche. Puis il l'approcha de sa bouche et en sortit une cigarette avec les dents.

Rex attrapa le bras du Kid. « Je te déconseille de l'allumer », dit-il.

Visiblement peu intimidé, le Kid tira sur la cigarette éteinte. À la surprise de Jasmine, le bout s'alluma tout seul lorsqu'il inhala. Il éloigna la cigarette de sa bouche, la fit tourner entre ses doigts, et la donna à Jasmine. Non sans hésitation, elle tendit le bras et la prit, sous le regard noir de Rex. Elle la plaça entre ses lèvres et en tira une bouffée. Elle frémit de plaisir en sentant la fumée remplir ses poumons. Puis elle expira et sourit au Kid, qui resta impassible. Il se contenta de lui renvoyer son paquet.

« Merci », dit-elle.

Rex secoua la tête et donna un coup de coude au Kid. « Pourquoi est-ce qu'il faut toujours que tu te comportes comme un connard ? »

Le Kid ne répondit pas. Il ferma les yeux et reposa sa tête contre la paroi de l'avion.

Jasmine tira une nouvelle fois sur sa cigarette et se sentit soudain beaucoup moins détendue qu'elle ne l'était trente secondes plus tôt. Elle prit quatre ou cinq autres bouffées avant de trouver le courage de poser une question au Kid.

« Comment vous avez fait ça ? »

Il garda les yeux fermés mais répondit à sa question.

« C'est un secret. Je ne le révèle qu'à mes amis.

— Super ! s'exclama Jasmine. On peut être amis ? » demanda-t-elle avec enthousiasme.

Jack tendit la main et lui frotta le dos.

« Jaz, murmura-t-il à son oreille. Je crois que ce qu'il essaie de dire, c'est qu'il n'a pas envie de te montrer.

— Mais je veux savoir. C'est trop cool, je veux pouvoir faire pareil ! »

Rodeo Rex tapa soudain du pied pour attirer leur attention.

« C'est quoi, votre problème, bordel ? dit-il en jetant un regard furieux à Jasmine. Je viens de faire voler un briquet dans les airs, et tout ce que vous voulez savoir, c'est comment il allume sa putain de clope ?

— D'accord, d'accord, dit Jasmine. Expliquez-nous votre truc bizarre. »

Le Bourbon Kid répondit à la place de Rex. « Il a une main magnétique. »

Jasmine posa les yeux sur la main gantée de Rex et eut un mouvement de recul. « Oh, c'est flippant ! »

Jack se pencha vers Rex. « Je peux la voir ? » demanda-t-il.

Rex tira sur les doigts du gant l'un après l'autre avant de le retirer d'un geste brusque, révélant un poing en acier brillant. Il fit quelques mouvements pour montrer qu'elle fonctionnait comme une main ordinaire.

« Nom de Dieu, comment vous vous êtes retrouvé avec une main en métal ? demanda Jack.

— C'est celle avec laquelle vous vous masturbez ? » s'enquit Jasmine.

Rex l'ignora, préférant répondre à la question de Jack. « Ma vraie main a dû être amputée, alors j'en ai fait fabriquer une nouvelle, que j'ai récemment fait magnétiser. »

Jack fronça les sourcils. « Mais vous n'avez pas de problèmes avec l'aimant ? Il doit constamment y avoir des trucs qui viennent s'y coller, non ? »

Rex fit non de la tête.

« L'aimant est comme le reste de la main. Il fonctionne uniquement lorsque je veux qu'il fonctionne.

— Comment ?

— Comment vous faites bouger vos doigts, vous ?

— Je les remue, comme ça, dit Jack en remuant les doigts.

— Exactement. Votre esprit contrôle votre main. C'est pareil pour la mienne. »

Jasmine grimaça.

« Urk, c'est vraiment glauque. Vous vous torchez avec cette main ?

— C'est pas glauque du tout ! aboya Rex avant de s'adosser au mur, comme un gamin en train de bouder.

— Qu'est-ce qui vous est arrivé ? Pourquoi vous avez dû la faire amputer ? »

Rex enfila son gant. « Pas envie d'en parler, marmonna-t-il. Parlons plutôt de l'Iroquois. Je veux savoir tout ce que vous savez sur lui. Vous pouvez commencer par me dire pourquoi vous êtes le seul agent que le gouvernement a envoyé pour essayer de l'arrêter. »

Un nuage de fumée de cigarette flotta jusque sous le nez de Rex. Il le repoussa de sa main gantée et posa un regard noir sur Jasmine.

« Si tu veux fumer, tu vas devoir aller dans le cockpit, dit-il sèchement. Moi et Jack, on a des trucs à se dire. »

Jasmine leva les yeux au ciel et, l'espace d'une seconde, elle crut voir le Bourbon Kid sourire sous sa capuche. Elle embrassa Jack sur la joue. « Je reviens dans une minute, mon cœur. »

Puis elle se leva et se dirigea vers la porte de la cabine. Une cape rouge y était accrochée, qui semblait assortie au costume rouge d'Elvis. *C'est classe, les capes*, pensa Jasmine. *Il m'en faut une.*

Elle baissa la poignée et ouvrit la porte. Elvis était assis sur un des deux sièges, pilotant l'avion avec une sorte de joystick. Il tourna la tête et lui sourit.

« Hey, ma belle, dit-il. Qu'est-ce que je peux faire pour toi ?

— Ton ami dit que je peux fumer ici. »

Elvis tapota le siège du copilote. « Alors, viens t'asseoir. »

Jasmine referma la porte derrière elle et s'assit sur le siège à côté d'Elvis. Elle pouvait voir, par la fenêtre du cockpit, le ciel de la nuit et les nuages au-dessus d'eux.

« Wow, c'est trop cool !

— Je suis d'accord, dit Elvis. T'en avais assez des conversations, là-bas derrière ?

— Ça commençait à sentir un peu trop la testostérone, à mon goût.

— Ouais, ça leur arrive.

— Donc, c'est juste vous trois, les Dead Hunters ?

— Les Dead Hunters ? demanda Elvis d'un air déconcerté.

— Rex a dit que vous étiez les Dead Hunters. Vous chassez des tueurs, et ensuite vous les tuez. C'est ce qu'il a dit. »

Elvis sourit.

« Ah. Il est toujours en train d'essayer de nous trouver un nom. Malheureusement, tous les noms qu'il trouve sont vraiment pourris.

— Je pensais que c'était plutôt cool, les Dead Hunters ! »

Elvis haussa les épaules.

« Peut-être qu'on va garder ça, alors.

— Bon, qu'est-ce que vous faites exactement ? Et qu'est-ce que vous voulez à l'Iroquois ?

— Je peux tirer sur ta clope ?

— Bien sûr, chéri. »

Jasmine lui tendit la cigarette. Il tira une bouffée avant de la lui rendre.

« On traque n'importe qui ou n'importe quoi qui devrait selon nous être en enfer. Après, on les y envoie.

— Wow. Donc, vous pensez que l'Iroquois devrait être en enfer ?

— C'est ce que pense Rex. Le bruit court qu'il a un problème avec l'Église catholique et qu'il veut essayer d'assassiner le pape.

— C'est qui, le pape ?

— C'est un peu le boss de l'Église.

— Ça, je sais, merci, dit Jasmine. Mais c'est quoi, son vrai nom ?

— Bon sang, qu'est-ce que j'en sais, moi ? C'est comme Batman ou James Bond, ils changent d'acteur tous les cinq ans. C'est pas facile de suivre.

— C'est pour ça que l'Iroquois veut tuer le pape ? Il veut prendre sa place ? »

Elvis éclata de rire.

« C'est possible.

— J'ai rencontré l'Iroquois, une fois, dit Jasmine. Il a pas essayé de me tuer. Il a tué tous les hommes qui s'occupaient de la maison close où je travaillais.

— Tu travaillais dans une maison close ?

— Ouais.

— Ça se voit pas.

— J'ai changé. Jack m'a appris à devenir un véritable agent secret. »

Elvis l'observa par-dessus ses lunettes de soleil, sans pouvoir s'empêcher de mater son décolleté.

« T'es un agent secret ?

— Ouais. Et je suis plutôt douée. »

Elvis ne semblait pas tout à fait convaincu.

« Tu dois être sacrément intelligente, alors. C'est un boulot dangereux.

— Je suis beaucoup plus intelligente que j'en ai l'air, répliqua fièrement Jasmine. Jack m'a dit qu'en me voyant, les gens pensent que j'ai rien dans la tête, à cause des fringues que je porte et de la façon dont je parle et ce genre de trucs. Personne réalise à quel point je suis futée. »

Elvis sourit.

« Alors, comment tu t'y prends pour soutirer des informations ? C'est quoi, ton truc ?

— Je m'attaque qu'aux hommes, ou parfois aux lesbiennes. La plupart des types me disent leurs secrets s'ils pensent que ça va m'impressionner. Comme toi, d'ailleurs, tu viens de me dire tout ce que vous faites.

— Je n'ai même pas effleuré la surface, ma belle. »

Jasmine tira une dernière fois sur sa cigarette. « Ça t'embête si je jette ça par la fenêtre ? » demanda-t-elle.

Elvis se pencha sur le tableau de bord et lui tendit un cendrier.

« C'est probablement moins risqué si tu le balances là-dedans.

— Oh, OK. »

Jasmine écrasa sa cigarette dans le cendrier avant d'examiner les différents boutons et leviers du cockpit.

« Alors, vous le rangez où, le pilote automatique ? continua-t-elle.

— Hein ?

— Tu sais, le type gonflable qui pilote l'avion si tu attrapes une intoxication alimentaire ? »

Elvis la regarda une nouvelle fois par-dessus ses lunettes de soleil.

« Tu fais semblant d'être stupide, c'est ça ? demanda-t-il.

— Parfois, je sais plus trop moi-même », répondit-elle avec un grand sourire.

8

Les derniers jours de l'opération Blackwash
(Cinq ans plus tôt)
Partie 2 sur 4

Jack Munson entra en trombe dans le laboratoire. Devon Pincent et Solomon Bennett étaient déjà dans la chambre à radiations. Ils regardaient un technicien de laboratoire roux essayer de ressusciter le corps sans vie de Frank Grealish. Celui-ci était allongé par terre, sur le dos, et Jekyll lui administrait des électrochocs avec des palettes électriques. Ses efforts semblaient vains.

« Il est mort ? » demanda Munson.

Le visage assombri de Devon lui donna la réponse. Il semblait très inquiet. Quelques minutes plus tôt, Devon avait appelé Munson, complètement paniqué, pour lui dire que Frank Grealish avait fait une sorte de crise cardiaque. Munson était aussitôt descendu de son bureau pour voir ce qu'il se passait. La crise cardiaque semblait déjà terminée. Ainsi que la vie de Frank.

Le docteur Jekyll finit par abandonner et reposa les palettes. Il leva les yeux vers les autres. « C'est fini », dit-il en essuyant la sueur sur son front.

Solomon Bennett s'en prit à la première chose qui lui tomba sous la main, qui se trouvait être la chaise en plastique sur laquelle Frank Grealish était assis avant que la funeste expérience ne commence. D'un violent coup de pied, il la fit valser à travers la pièce, puis, comme s'il craignait que cela ne suffise pas à montrer à quel point il était contrarié, il courut après, la ramassa, et la jeta contre la fenêtre. Mais la fenêtre était d'une autre trempe, et la chaise ne fit que rebondir sur Bennett. Il leva les mains pour protéger son visage et repoussa la chaise. Elle retomba sur le sol et il la frappa à nouveau, mais eut cette fois le bon sens de l'envoyer voler dans les airs.

« Ça va, tu t'amuses bien ? demanda Devon, plein de sarcasme.

— VA TE FAIRE FOUTRE ! »

En voyant que Bennett ne semblait pas près de se calmer, Munson alla droit au fait. « Qu'est-ce que vous foutiez, bordel ? Je viens de croiser Calhoon dans le couloir, elle avait l'air furieuse. »

Bennett était trop en colère pour répondre, ce qui agaça passablement Munson qui tentait, lui, de contenir sa fureur. En tout cas, jusqu'à ce qu'il ait trouvé qui était responsable.

Devon répondit à la question de Munson tout en remettant sur ses pieds la chaise en plastique molestée.

« Ils étaient en train de le recouvrir d'une peau résistant aux balles. Tout semblait bien se passer, jusqu'à ce qu'il commence à manquer d'air. On l'a sorti de la chambre, mais il a eu cette attaque terrible.

— *Une peau* résistant aux balles ?

— Ouais.

— C'est un nom fantaisiste pour la combinaison pare-balles dont on parle depuis trois jours ? Ou est-ce que ce foutu abruti, dit-il en désignant Bennett, a fait quelque chose de complètement stupide ?

— C'est un accident, c'est tout, un simple contretemps », dit Bennett.

Munson examina de plus près le corps étendu sur le sol. « Pourquoi il a des boulons dans le cou ? C'est pour ça que vous avez appelé ça le "projet Frankenstein" ? Et pourquoi est-ce que sa peau ressemble à du caoutchouc ? Bon Dieu de merde, qu'est-ce que vous avez foutu ? »

Le docteur Jekyll se leva prudemment.

« C'est le Brumalyte, dit-il. Il s'est fondu parfaitement dans sa peau, comme nous l'espérions, mais il semble que son cœur n'ait pas supporté la procédure. Je pense qu'il a fait un infarctus.

— Brumalyte ? Qu'est-ce que c'est que ce truc ? aboya Munson, furieux. Et vous êtes qui, vous ?

— Je suis le docteur Henry Jekyll. Ravi de vous rencontrer.

— Henry Jekyll ? » fulmina Jack, les dents serrées.

Ça ressemblait à une plaisanterie, et le moment était vraiment mal choisi pour faire des blagues pourries.

« Oui, je suis l'arrière-arrière-arrière…

— Vous savez quoi ? l'interrompit Munson. J'en ai absolument rien à carrer, de qui vous êtes. Parlez-moi du Brumalyte.

— D'accord, répondit calmement Jekyll. C'est un hybride peau-caoutchouc liquide. À la bonne température, lorsqu'il entre en contact avec la peau humaine, il se solidifie comme de l'élastique et se fixe à la peau, qui se transforme en hôte. Elle devient complètement impénétrable. Si le cœur de Frank n'avait pas lâché, nous serions maintenant face au tout premier soldat résistant aux balles.

— Bande de fils de pute ! hurla Munson, déversant sa colère à la fois sur Bennett et son inquiétant docteur.

— Jack, calme-toi, nom de Dieu ! cria Devon à son tour. Ce qui est fait est fait ! »

Munson attrapa le docteur Jekyll par le col de sa veste et l'attira à lui. « Vous pouvez enlever cette combinaison de son corps ? » gronda-t-il.

Le docteur secoua la tête. « Non. »

Munson inspira profondément.

« Donc, si j'ai bien compris… Si Frank avait survécu à cette expérience, *cette putain d'expérience de merde*, il n'aurait jamais pu enlever la combinaison ?

— Non, c'est permanent », répondit Jekyll.

Munson se tourna vers Solomon Bennett.

« À votre place, je serais déjà dans un avion pour le Brésil, dit-il.

— N'exagère pas, bredouilla Bennett.

— Où crois-tu que Calhoon est, en ce moment ? dit-il d'un ton sec. Elle est allée chercher la police militaire. Elle va te faire arrêter, Solomon. »

Il se retourna vers le docteur Jekyll.

« Et ça vaut aussi pour vous, docteur Maboul.

— Elle ne ferait pas ça, dit Bennett. C'est elle qui a autorisé tout ça. Si je tombe, elle tombe avec moi. »

À point nommé, Alexis Calhoon entra comme une furie dans le laboratoire, accompagnée de deux officiers armés de la police militaire. Elle s'avança et montra du doigt Bennett et le docteur Jekyll.

« *Lui, et lui !* » lança-t-elle.

Si quelqu'un doutait encore de la dureté dont pouvait faire preuve Alexis Calhoon, ce qui suivit mit immédiatement les choses au clair. Elle savait se montrer impitoyable quand il le fallait. Bennett et Jekyll furent menottés et escortés hors du bâtiment, malgré leurs protestations et les plaintes de Bennett quant au non-respect des procédures d'arrestation.

« J'espère qu'ils vont passer en cour martiale, dit Munson. Ils doivent au moins être suspendus, en tout cas. C'est une putain de honte, ce qui vient de se passer.

— Cour martiale ? »

Calhoon leva un sourcil. « Ce n'est pas comme ça que je fonctionne, Jack. Ils vont être fusillés et enterrés dans le désert. »

Munson commença à rire poliment, même s'il trouvait le moment assez mal choisi pour faire des blagues. Mais il s'interrompit soudain lorsqu'il réalisa qu'elle n'était peut-être pas en train de plaisanter.

Calhoon montra le corps sans vie de Frank Grealish.

« Ce jeune homme n'a aucune famille, correct ?

— Non, dit Devon. Aucune des recrues du projet Blackwash n'a de famille.

— Bon, c'est déjà ça. On va devoir le faire passer pour un disparu au combat. Devon, je vous laisse esquisser le rapport. Et Jack, je veux que vous l'emballiez dans une housse mortuaire avant que quelqu'un le voie dans cet état. Il sera enterré dans le désert avec Bennett et cet abruti de docteur Jekyll. Et demain, on discutera de la façon dont on fera disparaître votre opération Blackwash. »

9

Retrouver le sol américain était un véritable soulagement, même si l'atterrissage forcé d'Elvis dans une clairière isolée leur avait donné quelques sueurs froides. Heureusement, personne n'avait de blessures sérieuses, ce qui signifiait qu'il pourrait continuer à se vanter de n'avoir jamais tué un seul de ses passagers au cours de ses nombreux atterrissages en catastrophe d'avions de toutes tailles dans des forêts, rivières, et parfois même sur des pistes classiques. Il avait vraiment réussi à faire de l'atterrissage forcé (ou, comme Rex préférait l'appeler, du « crash ») une forme d'art.

Rex se tenait près de l'avion. Il tirait sur un cigare tout en regardant Jack et Jasmine disparaître dans la nuit avec l'espoir de trouver un taxi pour rentrer chez eux. Elvis et le Bourbon Kid avaient fouiné dans la soute du cargo pendant que Rex expliquait à Jack et Jasmine comment retourner à la civilisation. Finalement, le King descendit de l'avion avec un sac à dos rempli d'objets qu'il avait trouvés. Le Bourbon Kid était toujours à l'intérieur, retournant bruyamment la soute pour récupérer le matériel qui l'intéressait.

« T'as trouvé des choses intéressantes ? demanda Rex.

— Ils transportaient toutes sortes de trucs, dans cet avion, répondit Elvis. J'ai pris quelques cartouches de cigarettes, mais il y a aussi des explosifs, des cigares, de l'alcool et des œufs en chocolat.

— Je vais aller chercher quelques cigares, alors », dit Rex.

Il jeta le sien, qui commençait à avoir un goût de brûlé, par-dessus son épaule.

« T'as réussi à tirer quelque chose de Jasmine, dans le cockpit ? demanda Rex.

— Comme quoi ? Son numéro de téléphone ?

— Non. Comme des infos sur l'Iroquois. »

Elvis se caressa le menton, ce qui signifiait en général que quelque chose le perturbait.

« Elle a dit qu'elle avait rencontré l'Iroquois quand elle travaillait dans un bordel. Et qu'il avait tué tout le monde sauf les filles qui y travaillaient.

— À B Movie Hell ?

— Ouais.

— Elle a dit autre chose ?

— Ouais, qu'elle était un agent secret. »

Rex crut qu'il plaisantait, mais, en le regardant, il vit qu'il était sérieux.

« Un agent secret ?

— Ouais. Elle a dit qu'elle avait infiltré une base militaire où elle aurait vu Frankenstein, le docteur Jekyll et Mozart. Et la base était dirigée par un certain Bennett, le pirate à qui il manque un œil.

— Donc, elle racontait des conneries ?

— J'imagine. T'as pu tirer quelque chose de son mec ? »

Rex secoua la tête.

« Jack dit qu'il cherchait l'Iroquois mais qu'il l'a jamais trouvé. Il dit qu'il a aucune idée de qui se cache derrière le masque.

— Tu le crois ?

— J'en sais rien. »

Derrière eux, le Bourbon Kid bondit hors de l'avion. Il avait une cigarette au coin de la bouche, et un sac à dos sur l'épaule rempli d'objets volés dans la soute du cargo.

« T'as fait main basse sur les œufs en chocolat ? demanda Rex en le toisant.

— Ouais, t'en veux un ? »

Le Kid lui lança un objet ovale. Rex l'attrapa dans la paume de sa main humaine.

« Un Kinder ? Qu'est-ce que tu veux que je foute d'un Kinder ? » dit-il avec une grimace. Il renvoya l'œuf au Kid, qui le rattrapa et le glissa dans son sac à dos.

« Je veux plus t'entendre dire que je te fais jamais de cadeau », répliqua sèchement le Kid.

Elvis s'interposa entre les deux et changea le sujet de la conversation avant que Rex ne se lance dans une diatribe contre les œufs en chocolat.

« Hey, le Kid, tu penses quoi de Jack Munson ? Il dit la vérité ?

— Nan.

— C'est quoi, ta théorie, alors ? demanda Rex. Pourquoi est-ce qu'il ment ? »

Le Kid sortit une demi-bouteille de bourbon de son sac et dévissa le bouchon avant de répondre.

« Parce qu'il sait qui est l'Iroquois. Il va avertir le type qu'on est après lui.

— Tu crois ?

— Tu devrais le suivre », dit le Kid.

Il but une gorgée de bourbon et ajouta :

« Et Elvis devrait suivre sa meuf.

— Ça me va », répondit le King.

Rex lui tapota la poitrine du revers de la main.

« T'approche pas trop d'elle. Tu la suis, *mais tu la baises pas.*

— Hey, déstresse, mec. Je garderai mes distances, mais tu sais, si les circonstances font que... »

Rex adressa un mouvement de la tête au Kid.

« Et toi, qu'est-ce que tu vas faire ?

— D'abord, me bourrer la gueule, ensuite, trouver l'Iroquois.

— Et comment tu comptes t'y prendre ? »

Le Kid plongea la main dans sa veste et en sortit un paquet de cigarettes.

« L'Iroquois a tué tous les hommes du bordel de B Movie Hell.

— Ouais, et alors ? »

Le Kid décolla son dos de l'avion et se redressa.

« Alors, il a dû y aller pour une fille. Je dois juste la trouver. Il sera pas bien loin. »

10

Les derniers jours de l'opération Blackwash
(Cinq ans plus tôt)
Partie 3 sur 4

Solomon Bennett et le docteur Jekyll étaient assis sur une banquette à l'arrière d'un camion de police. En face d'eux, un gardien de prison armé les surveillait, prêt à leur tirer dessus à la moindre tentative d'évasion. Et sur le sol au milieu du camion gisait le corps de Frank Grealish, caché dans une housse mortuaire.

La route était assez cahoteuse, et ils passèrent les premières minutes du trajet dans un silence pesant. Bennett savait ce qui allait se passer. Lui et Jekyll allaient être éliminés. C'était le moment d'essayer de sauver sa peau.

« Vous savez qui je suis ? » demanda-t-il au garde.

Celui-ci l'ignora et continua à regarder droit devant lui. Bennett dut avouer que si les rôles avaient été inversés, il aurait fait la même chose. Il est beaucoup plus difficile de tuer quelqu'un que l'on a appris à connaître.

« Je suis le major Solomon Bennett. Si vous nous laissez sortir du camion, nous disparaîtrons pour toujours. Personne ne nous reverra jamais. Et je peux aussi faire en sorte qu'une valise remplie de billets soit livrée à votre porte. »

Aucune réaction.

« Un million de dollars, dit Bennett, dans l'espoir de générer ne serait-ce qu'une lueur d'intérêt. D'accord, deux millions, pour vous et votre pote derrière le volant. »

Finalement, à la mention des deux millions de dollars, une étincelle apparut dans les yeux du garde. *Chaque homme a son prix*, pensa Bennett, se félicitant intérieurement.

Le garde lui fit signe de se pencher pour qu'il puisse murmurer quelque chose à son oreille. Il était pratiquement impossible de se mettre debout dans un camion en mouvement avec les mains menottées derrière le dos, aussi tendit-il le cou pour se rapprocher.

Tout ce que Bennett reçut en retour fut un violent coup de crosse de pistolet à l'arrière du crâne. Le coup le mit immédiatement K-O, et la dernière chose dont il se souvint fut la sensation de son visage s'écrasant contre le sac contenant Frank Grealish.

Sa petite sieste dura une vingtaine de minutes, pendant lesquelles il perçut à plusieurs reprises des bruits inquiétants autour de lui. C'était un peu comme s'endormir bourré devant la télévision au milieu d'un film de John Woo. Son profond sommeil était ponctué de coups de feu, de cris, et d'un fracas rappelant un accident de voiture.

Lorsqu'il finit par se réveiller, sa tête lui faisait un mal de chien. C'était comme si un marteau piqueur était coincé à l'intérieur de son crâne, palpitant sans répit contre son cuir chevelu. Et en ouvrant les yeux, il vit que la situation à l'arrière du camion de police avait légèrement changé. Il avait retrouvé sa position sur le banc, adossé à la carrosserie du camion, mais il n'était plus menotté, et l'homme assis à côté de lui était désormais Henry Jekyll, pas le pauvre type qui lui avait fracassé le crâne.

« Bordel, qu'est-ce qui s'est passé ? » demanda-t-il.

Le fourgon fut pris d'une violente secousse qui envoya une nouvelle décharge de douleur insoutenable dans le crâne de Bennett.

« On est à l'arrière du fourgon de police, répondit Jekyll. Tu te souviens pas ?

— Fais pas le malin, ça te va pas », dit Bennett en se frottant la nuque.

Il baissa les yeux et vit que la housse noire contenant le corps de Frank Grealish était vide. « Qu'est-ce qui se passe ? » demanda-t-il, grimaçant de douleur. Son mal de crâne s'intensifiait à chaque seconde.

Henry Jekyll sourit de toutes ses dents. Ce n'était pas une vision très agréable, mais c'était au moins le signe que les choses n'étaient pas aussi désespérées qu'elles l'étaient vingt minutes plus tôt.

« Ça a marché, Solomon, dit-il. Ça a marché, putain !

— Qu'est-ce qui a marché ?

— Devine qui conduit le camion ?

— Hein ?

— Le camion. Devine qui le conduit ?

— Henry, j'ai un mal de tête d'outre-tombe. Explique-moi simplement ce qui se passe. »

Jekyll se pencha en avant et souleva la housse mortuaire. « Regarde, dit-il avec un sourire rayonnant. Tu vois, notre expérience a fonctionné. Frank Grealish est vivant, et il est en train de conduire le camion. »

Il était impossible de voir le conducteur, de l'arrière du fourgon, qui était censé être une cellule de prison mobile.

« Qu'est-ce qui est arrivé aux gardes ?

— T'aurais dû voir ça, Solomon. C'était exactement comme on l'imaginait.

— Arrête un peu avec tes mystères. Qu'est-ce qui s'est passé ?

— Frank s'est réveillé. Il n'était pas mort. En voyant la housse bouger, le garde l'a ouverte. Frank était vivant.

— Comment c'est possible ?

— Peu importe. Je lui ai donné l'ordre de tuer le garde. Oh, Solomon, c'était magnifique. Tu aurais dû voir ça. Il l'a attrapé par la gorge, et c'est là que le meilleur est arrivé. »

Bennett oublia un instant son mal de tête.

« Où sont les gardes ? demanda-t-il.

— Ils ont essayé de lui tirer dessus, dit Jekyll en tapant dans ses mains comme un phoque survolté. Il a reçu quatre balles dans la poitrine, et elles ont toutes rebondi. Notre expérience a marché. Il résiste aux balles !

— Et les gardes ?

— Il les a tués tous les deux. Il a écrasé la gorge du premier entre ses mains, alors qu'il venait de lui mettre une balle dans la poitrine. À ce moment-là, le fourgon a pilé, et, deux secondes plus tard, le chauffeur débarquait et lui mettait trois autres balles. Frank les a époussetées et a ramassé le flingue de l'autre garde.

Et *bang* ! Les deux hommes étaient morts. Et toi et moi, on a le soldat blindé dont on rêvait.

— Qu'est-ce que vous avez fait des corps ?

— On les a juste laissés sur le bord de la route, et j'ai dit à Frank de nous conduire loin de ce merdier ! »

Bennett se frotta l'arrière du crâne.

« D'accord, reviens en arrière une seconde. Y a une heure, Frank n'avait ni pouls ni rythme cardiaque. Je veux dire, il était mort, on l'a tous vu.

— Il n'était pas mort. Il s'est juste évanoui pendant l'opération. Il a toujours un pouls, mais on ne peut pas le sentir sous sa peau pare-balles. Et il respire par ces boulons à son cou, donc non seulement il est invincible, mais en plus, il peut faire semblant d'être mort. »

Bennett ne put s'empêcher de sourire, cette fois-ci.

« C'est incroyable. On a notre propre Frankenstein.

— C'est la plus grande invention de ma vie, dit Jekyll. Si on arrive à se procurer plus de Brumalyte, on pourra en fabriquer d'autres. C'est la plus grande invention militaire de l'histoire. Un soldat invincible !

— Ne nous emballons pas, le calma Bennett. Pour le moment, on se contente de quitter le pays avant que Calhoon découvre qu'on s'est fait la belle. »

11

En rentrant des répétitions, Bébé fut accueillie par des effluves de viande rôtie s'échappant de la cuisine. Elle appela son père mais ne reçut aucune réponse. Elle suivit donc l'agréable odeur jusqu'à la cuisine, où elle le trouva penché en avant, la tête dans le four.

« Bonjour, papa, qu'est-ce que tu fais ? »

Devon sortit la tête du four. Son visage était rouge et son front couvert de sueur. « Bonjour, Bébé, dit-il en souriant. Je prépare le repas. »

Quelques gouttes de transpiration tombèrent sur son tablier bleu, qui était déjà couvert de taches de nourriture, dont certaines semblaient toutes fraîches. Depuis qu'elle vivait avec son père, Bébé avait dû se faire à l'idée que, lorsqu'il décidait de faire la cuisine, la pièce se transformait souvent en champ de bataille.

Quatre assiettes étaient disposées sur la table, et il y avait trois casseroles sur la cuisinière, dont deux semblaient sur le point de déborder.

« Qu'est-ce qu'on mange, exactement ? demanda Bébé.

— Du rosbif. On a des invités. Comment se sont passées les répétitions ?

— Pas mal. »

Elle était sur le point de demander qui étaient les convives lorsque Devon posa une autre question.

« Tu t'es fait des amis, là-bas ?

— Un garçon m'a invitée à sortir. »

Devon essuya la sueur sur son front.

« Un membre du casting ?

— Ouais. Le type qui joue Danny Zuko m'a proposé de répéter avec lui vendredi soir.

— Tu l'aimes bien ? »

Bébé pressa ses mains sur le dossier d'une des chaises.

« C'est pas Ryan Gosling, dit-elle. Mais les autres filles l'aiment bien, je crois.

— Je n'ai pas demandé si les autres filles l'aimaient bien, j'ai demandé si toi, tu l'aimais bien. »

Avant que Bébé ne puisse répondre à l'interrogatoire de son père, la sonnette retentit, indiquant que les invités étaient arrivés.

« Tu veux bien y aller ? » dit Devon. Il tira une chaise de sous la table et s'assit, accablé par la chaleur.

Bébé sortit de la cuisine pour aller ouvrir la porte. Elle regarda par la fenêtre et vit deux silhouettes. En ouvrant, elle fut ravie de s'apercevoir qu'elle les connaissait. C'était le vieux collègue de son père, Jack Munson, et sa nouvelle petite amie, Jasmine, qui était une des meilleures amies de Bébé lorsqu'elle travaillait au Minou Joyeux. Elle sautilla de joie.

« Oh, mon Dieu, Jack, Jasmine ! Qu'est-ce que vous faites là ? »

Jack semblait en bien meilleure santé que la dernière fois qu'elle l'avait vu, à B Movie Hell. Il paraissait plus jeune de plusieurs années, son regard était beaucoup plus vif, et il était très élégant avec son pantalon noir, sa chemise bleue et sa veste en cuir dernier cri. Jasmine avait visiblement pris les choses en main.

Il sourit à Bébé.

« Ton père nous a invités à dîner. Il ne t'a pas dit ?

— Non. Enfin, il a dit qu'il y avait des invités, mais... »

Jasmine interrompit la conversation, bousculant Jack pour entrer dans le hall et se jeter au cou de Bébé.

« Bébé ! cria-t-elle d'une voix suraiguë. Ça me fait tellement plaisir de te voir. Tu es magnifique !

— Toi aussi. »

Jasmine portait un leggings en léopard et un haut noir échancré. Elle avait le même style depuis plusieurs années, et il fallait avouer qu'il lui allait très bien. Ses longs cheveux noirs avaient été un peu décoiffés par le vent, mais Jasmine avait la chance d'avoir cette classe naturelle qui lui permettait de faire passer pour un effet de style ce qui aurait été un désastre capillaire pour le commun des mortels.

Munson s'éclaircit la voix.

« Oncle Jack aussi a droit à un câlin ?

— Bien sûr. »

Bébé se défit de l'étreinte de Jasmine et passa ses bras autour du cou de Jack en l'embrassant sur la joue.

« T'as l'air en super forme, Jack, dit-elle.

— Bien sûr que j'ai l'air en forme. Et toi aussi. Tu ressembles de plus en plus à ta mère. Mais où est ce vieux schnock de Devon ?

— J'arrive ! »

Devon apparut dans le couloir derrière Bébé et serra Jack dans ses bras. Il était évident que leur amitié était sincère.

« Ça me fait plaisir de te voir, Devon, dit Jack. Mais t'as pris un sacré coup de vieux !

— Ouais, c'est ce qui arrive quand on a une fille adolescente. »

Il se tourna vers Jasmine. « Et tu dois être la merveilleuse Jasmine dont j'ai tant entendu parler », continua-t-il. Il la regarda des pieds à la tête et jeta un regard envieux à Jack. Ce qu'il pensait de son pantalon en léopard resterait un mystère. Mais comme tous les hommes, il apprécia immédiatement Jasmine, en particulier lorsqu'elle posa ses mains sur ses épaules et lui planta un baiser sur la joue.

« Enchantée. »

Consciente de l'effet que les baisers de Jasmine produisaient sur les hommes, Bébé prit son amie par la main et l'emmena dans le salon.

Elle avait fait quelques aménagements dans sa nouvelle maison depuis qu'elle était arrivée, mais le salon restait une pièce assez masculine. Les trophées sportifs de son père trônaient sur des étagères, et une immense télévision occupait un pan entier de mur en face d'un grand canapé en cuir noir. Bébé bondit sur le canapé et attrapa la télécommande de la télévision, appuyant au hasard sur une chaîne de musique country. Ce n'était pas vraiment leur tasse de thé, mais le bruit leur permettrait de discuter sans que Devon et Jack ne les entendent.

« Tu as revu les autres filles ? » demanda Bébé.

Jasmine secoua la tête.

« Nan. J'ai revu personne. J'étais en Roumanie avec Jack depuis qu'il a mis le feu au Minou Joyeux.

— Qu'est-ce que vous faisiez, en Roumanie ? C'est sérieux entre vous ?

— Ouais. Crois-moi, Bébé, les types plus vieux, c'est vraiment pas si mal. Derrière son apparence un peu bourrue, il est... »

Elle chercha ses mots. « Il est ronchon, c'est vrai. Mais c'est plutôt mignon. Et je m'amuse beaucoup plus avec lui que quand je passais mes journées à sucer la bite de Silvio Mellencamp. »

Bébé frissonna en entendant le nom de son ancien boss. L'Iroquois l'avait découpé en morceaux au Minou Joyeux, mais le souvenir de ses perversions sexuelles n'était pas si facile à oublier.

« Et qu'est-ce que t'as fait en Roumanie pendant tout ce temps ? demanda Bébé, impatiente de changer de sujet.

— J'aidais Jack à traquer des sales types.

— Des sales types ? Comme qui ?

— Frankenstein, Mozart, le docteur Jekyll...

— Mais c'est pas des vrais gens, si ? demanda Bébé, qui avait du mal à cacher sa confusion.

— Si, et y en a d'autres. Dans l'avion pour rentrer, on est tombés sur Elvis, Rodeo Rex et le Bourbon Kid. Et ces types sont à la recherche de ton copain, l'Iroquois. »

Dans la cuisine, Devon et Jack Munson avaient une conversation étrangement similaire.

« Rodeo Rex et Elvis ? dit Devon. Mais ces mecs sont censés être morts depuis des années. Je m'en souviens très bien. Miles Jensen a confirmé qu'ils étaient morts juste avant de disparaître dans la nature.

— Peut-être, mais je t'assure qu'ils étaient bel et bien vivants quand je les ai vus la nuit dernière, répondit Munson. Et l'autre type avec eux, c'était le Bourbon Kid. Je te dis simplement ce que j'ai vu.

— Le Bourbon Kid ? Je pensais que c'était une légende urbaine.

— Je peux te dire qu'il est bien réel, et que ces mecs sont à la recherche de ton ami l'Iroquois. La bonne nouvelle, c'est que d'après ce que j'ai pu voir, ils ne connaissent pas sa véritable identité.

— Qu'est-ce qu'ils peuvent bien lui vouloir ?

— Ils veulent le tuer.

— Mais pourquoi ? Il s'en est jamais pris à eux, si ? »

Munson soupira.

« Ces mecs sont des vrais cinglés. Le géant, Rex, il a dit un truc au sujet de l'empêcher de tuer le pape.

— Bon sang, comment ils sont au courant ?

— Tu veux dire que c'est vrai ?

— Non, enfin, je pense pas que ce soit vrai, mais ça vient de faire la une des journaux.

— Comment ça a pu arriver jusqu'aux journalistes ?

— Il a envoyé une menace de mort au bureau de Calhoon, et elle commence à être prise au sérieux. »

Munson se dirigea vers la porte de la cuisine et la poussa sans la fermer complètement, pour que Bébé et Jasmine n'entendent pas la suite de leur conversation.

« Tu as essayé de contacter Joey pour lui demander directement ? dit-il, presque dans un murmure.

— Je peux pas, répondit Devon. Je suis quasi sûr que mon téléphone et ma boîte mail sont sous surveillance.

— Tu es suivi, aussi ?

— Je pense, oui. »

Il poursuivit dans un chuchotement.

« Si ça se trouve, ils ont aussi foutu des micros dans la maison, dit-il en ne plaisantant qu'à moitié, avant de changer complètement de sujet. Enfin bon, venons-en aux choses sérieuses. Comment ça se passe, avec Jasmine ? Elle ne t'épuise pas trop ?

— Elle fait de super toasts carbonisés. Mais elle a aussi beaucoup de talent. Elle m'a vachement aidé, en Roumanie.

— Veinard. »

Munson éclata de rire.

« Ne va pas te faire des idées. Ce que je veux dire, c'est qu'elle est plutôt douée en espionnage. C'est un bon agent, elle a ça dans le sang.

— Pardon ?

— Je ne plaisante pas, cette fille peut soutirer des informations à n'importe qui. Si je suis rentré de Roumanie avec tous ces renseignements, c'est en grande partie grâce à elle. »

Devon s'approcha de la porte et passa sa tête dans l'entrebâillement. Il jeta un œil dans le salon. Jasmine était sur le canapé avec sa jambe gauche coincée derrière sa tête, vraisemblablement pour illustrer l'anecdote qu'elle était en train de raconter à Bébé. Il fronça les sourcils et se retourna vers Jack.

« Tu plaisantes, n'est-ce pas ?

— Non. Cette fille a un don.

— Tu l'as entraînée ?

— Un peu, mais c'est surtout ses talents d'actrice. Elle mériterait un oscar. Tu vois, elle connaît des personnes issues de toutes sortes de milieux, et elle a un don pour convaincre les gens de s'ouvrir à elle, de lui raconter leurs petits secrets. Et, même si elle n'a absolument aucune jugeote, elle est experte dans certains domaines assez inhabituels. Elle a beaucoup appris en regardant des documentaires sur le câble, apparemment. »

Devon comprit que Munson était tellement entiché de Jasmine qu'il pourrait passer la nuit à vanter ses mérites, aussi passa-t-il aux choses sérieuses. « Alors, dis-moi, qu'est-ce que tu as découvert sur Solomon Bennett ? »

L'attitude de Munson changea du tout au tout. Son ton blagueur disparut et son visage s'assombrit.

« C'est assez inquiétant.

— Quoi donc ?

— Les petits pois se font la malle.

— Plaît-il ? »

Munson désigna une casserole sur la plaque de cuisson derrière lui. Devon se retourna et vit le couvercle faire des bonds tandis que l'eau bouillante s'échappait. Il souleva la casserole, baissa la température, et la remit en place.

Lorsqu'il se retourna, Munson lui tendit un téléphone portable. « Regarde ça », dit-il.

L'écran montrait une photo de Solomon Bennett. Il n'avait absolument pas changé depuis que Devon l'avait vu pour la dernière fois.

« Comment t'as eu ça ? demanda Devon.

— C'est Jasmine qui l'a prise. Je n'arrivais pas à croire que c'était lui, jusqu'à ce qu'elle me montre cette photo.

— Et tu sais ce qu'il manigance ?

— Jasmine dit qu'il a formé une espèce de secte, ou, comme elle les appelle, une armée de mercenaires.

— C'est aussi ce que j'ai cru comprendre. Mais qu'est-ce qu'il veut faire d'une armée ? Qu'est-ce qu'il mijote ?

— Une sorte de gros cambriolage, ou de braquage. Tous ses hommes pensent qu'ils vont devenir riches. Et je sais pas exactement en quoi consiste leur boulot, mais ce que je sais, c'est qu'ils viennent ici pour le faire.

— Je parie que c'est le Miracle de Noël de Calhoon. Le pape doit y assister. »

Munson posa ses fesses sur le rebord de la table et se hissa dessus. Ses genoux étaient en très mauvais état, et lorsqu'il restait debout à bavarder pendant trop longtemps, ils commençaient à devenir bleus. Il passait donc son temps à chercher un endroit où s'asseoir.

« Ça doit être sérieux, dit-il en attrapant une orange dans une corbeille de fruits sur la table. Parce qu'il a embauché des spécialistes.

— Quel genre de spécialistes ?

— L'un d'entre eux est notre vieil ami le docteur Maboul.

— Ce bouffon de docteur Jekyll ? s'esclaffa Devon. Je ne m'inquiète pas pour lui. Qui d'autre ?

— T'as entendu parler de Mozart ?

— Le compositeur ?

— Non. *L'autre.* »

Devon fronça les sourcils.

« L'homme aux mille visages ?

— Ouais.

— Mais il est dans une prison militaire de haute sécurité en Turquie. »

Devon marqua une pause. « N'est-ce pas ? »

Munson avait attrapé trois oranges, avec lesquelles il était à présent en train de jongler. Il en fallait plus pour impressionner Devon, d'autant qu'il visualisait parfaitement les fruits lui tombant des mains d'un moment à l'autre.

« Non, répondit Munson. Il s'est échappé. Les Turcs ne s'en sont pas vraiment vantés. J'imagine qu'ils espèrent le retrouver avant que quelqu'un découvre qu'il s'est enfui.

— Comment est-ce qu'il a bien pu s'échapper, bon sang ? Personne ne s'est jamais évadé de cette prison. »

Comme prévu, les trois oranges lui échappèrent. Elles rebondirent sur le sol avant de rouler dans trois directions différentes. Cela ne semblait pas perturber Munson, qui ressortit son téléphone de sa poche.

« Il avait de l'aide, dit Munson en cherchant une nouvelle photo. D'après Jasmine, quelqu'un l'a fait sortir de prison sans l'aide de personne – c'est en tout cas ce que Mozart lui a dit.

— Jasmine a rencontré Mozart ?

— Ouais. Mais elle a aussi rencontré ce type. »

Munson tendit son téléphone à Devon. La photo sur l'écran était celle d'un homme qu'il reconnut d'emblée, un ancien cobaye de l'opération Blackwash. Devon resta bouche bée.

« C'est Frank Grealish ! »

Munson acquiesça.

« Il se fait appeler Frankenstein, maintenant.

— C'est Jasmine qui a pris cette photo ?

— Une de ses potes.

— Il a toujours ces boulons dans le cou !

— Ouais. Et s'il est capable, à lui tout seul, de faire sortir Mozart d'une prison militaire, je n'ose pas imaginer de quoi d'autre il est capable. »

Devon n'arrivait pas à détacher son regard de la photo.

« Je le savais ! dit-il. C'est pour ça qu'ils reviennent pour le Miracle de Noël. Ils veulent voler le Brumalyte pour créer d'autres soldats invincibles !

— Tu veux dire qu'il leur reste de ce truc ?

— C'est le produit qu'ils utilisent pour guérir le cancer de la peau du pape. Dès qu'il aura montré que ça fonctionne et donné son approbation, Alexis Calhoon vendra le reste à plusieurs compagnies pharmaceutiques. Bennett veut débarquer au gala et voler le Brumalyte.

— Donc, si j'ai bien compris, Solomon Bennett va débarquer à un gala avec Frankenstein, le docteur Jekyll, Mozart et une armée de voyous pour voler un traitement contre le cancer et, au cours de ce même gala, l'Iroquois va essayer de tuer le pape ?

— Drôle de monde, hein ? »

12

La brasserie T&T avait ouvert depuis maintenant trois ans. Mais c'était une brasserie un peu spéciale. Si la police ou le FBI débarquaient un jour dans le bâtiment, ils y trouveraient un laboratoire clandestin de drogues dures tournant à plein régime. En temps normal, une vingtaine d'hommes s'affairaient au rez-de-chaussée, fabriquant, emballant et arrangeant la distribution de quantités astronomiques de drogues de classe A.

À l'étage se trouvait un petit bureau occupé par LeBron, un jeune Black de vingt et un ans qui était passé, en l'espace de quatre ans, du statut de petit dealer à celui du plus grand baron de la drogue de l'État. LeBron passait une grande partie de son temps à compter de l'argent avec sa copine Tina, une petite punk à dreadlocks blondes avec un cul capable de casser des noix.

Par une froide matinée de décembre, quelques jours seulement avant Noël, ils reçurent une visite dont ils se seraient bien passés. C'était un vendredi, et LeBron était assis derrière son bureau à regarder *Sesame Street* tout en comptant un énorme tas de billets qui venaient d'être déversés devant lui. Tina était assise sur un canapé crème à l'autre bout de la pièce. Ils portaient des survêtements dorés assortis « Je t'aime – Moi aussi ». On pouvait difficilement faire plus kitsch, mais comme ils étaient chers et dorés, Tina s'était sentie obligée de les acheter. Elle avait ensuite dû convaincre LeBron de le porter chaque fois qu'elle portait le sien, c'est-à-dire pratiquement tous les jours.

Il était dix heures lorsque le portable de Tina sonna. Elle vit sur l'écran le nom de Boney Pete. Boney ne l'appelait en général que lorsqu'ils avaient des visiteurs. C'était le secrétaire officieux de leur fausse brasserie.

« Ouais ? fit-elle laconiquement.

— Est-ce que LeBron est là ? Il faut que je lui parle ! »

Boney semblait désespéré. Et il y avait un putain de boucan derrière lui, comme s'il l'appelait d'une soirée bien arrosée.

« Où es-tu ? demanda Tina.

— En bas ! » hurla Boney.

Il y eut alors une déflagration si forte que Tina dut éloigner le téléphone de son oreille. Elle le mit sur haut-parleur pour que LeBron puisse entendre. Celui-ci coupa le son de *Sesame Street*.

« Qu'est-ce que c'est que ça ? demanda-t-il.

— Boney Pete, dit Tina en tendant le portable. Il dit qu'il veut te parler. »

LeBron cria : « Yo, Boney, dépêche-toi, mec, je regarde *Sesame Street*. »

Boney Pete ne répondit pas. Au lieu de ça, des coups de feu retentirent dans le haut-parleur. Ils venaient d'en bas, et maintenant que Bert et Ernie ne chantaient plus la chanson de l'alphabet, Tina et LeBron les entendaient distinctement de leur bureau.

LeBron bondit sur ses pieds et se précipita vers la porte. Dès qu'il l'ouvrit, le bruit du chaos qui faisait rage au rez-de-chaussée inonda la pièce.

Tina réagit aussitôt. Elle courut vers un placard dans un coin du bureau où étaient rangés deux pistolets, précisément pour ce genre de situation. Elle en prit un et envoya le second à LeBron, qui le rattrapa et vérifia qu'il était chargé. En bas, les balles continuaient à fuser sans relâche, et les coups de feu se mêlaient à des cris et des bruits d'objets renversés.

LeBron jeta un œil par l'entrebâillement de la porte, son arme braquée, prêt à faire feu.

« Tu vois quelque chose ? demanda Tina.

— Ouais. Ils sont tous en train de grimper l'escalier ! Bon Dieu, Tina, regarde un peu ce fils de pute ! »

D'un bond, Tina le rejoignit et regarda par-dessus son épaule. Trois de leurs hommes se tenaient en haut des marches, tout au bout de la pièce. Ils étaient tous armés et faisaient pleuvoir des balles sur un type qui s'approchait d'eux.

Les trois hommes furent promptement abattus, et, une seconde plus tard, leur tueur apparut sur le palier. Il avait des cheveux noirs coupés en brosse et portait un treillis et un tee-shirt noir moulant. Il s'interrompit un instant pour recharger son arme. Lorsqu'il leva la tête, Tina aperçut deux boulons en métal qui dépassaient de son cou, et des lunettes de protection devant ses yeux.

« Putain de merde, on dirait Frankenstein ! » cria LeBron.

Tina recula d'un pas. « Ferme la porte, putain ! »

LeBron ne se le fit pas dire deux fois. Il claqua violemment la porte et tourna la clé dans la serrure. Tina plongea sous le bureau de LeBron, qui la rejoignit quelques secondes plus tard. Ils se serrèrent l'un contre l'autre, comme deux gamins effrayés par l'orage.

« Je pense qu'on est foutus », murmura LeBron à l'oreille de Tina.

Les coups de feu avaient temporairement cessé. Ils tendirent l'oreille, s'attendant à voir Frankenstein débarquer à tout moment.

Clac.

Clac.

Clac.

Même le bruit de ses pas était terrifiant. Le claquement cessa juste devant la porte. La poignée tourna, mais la porte resta fermée.

« Qu'est-ce qu'on va faire ? chuchota Tina.

— Faire feu sur le premier qui passe cette porte. »

Quelques instants plus tard, elle fut arrachée de ses gonds. Elle s'écrasa dans un bruit sourd sur le sol du bureau, et Frankenstein entra, piétinant la porte cassée tout en regardant autour de lui.

LeBron n'hésita pas une seconde. Il roula hors du bureau et ouvrit le feu sur l'intrus tandis que Tina, allongée à plat ventre, tirait dans les jambes du monstre. Pendant les dix secondes qui suivirent, ils criblèrent le géant de balles jusqu'à ce que leurs chargeurs soient vides. De temps en temps, une balle atteignait Frankenstein au visage et le faisait légèrement vaciller, mais ça ne semblait pas le perturber plus que ça. Elles rebondissaient sur son corps. En plus d'être laid et gigantesque, il semblait être insensible à la douleur.

Frankenstein avait une arme à la main, mais il n'essaya pas une seule fois de s'en servir. Il se tenait juste là, attendant probablement qu'ils arrêtent de lui tirer dessus.

Finalement, lorsqu'ils eurent tous les deux vidé leurs chargeurs, la terrifiante prise de conscience qu'ils étaient en train de tirer sur quelque chose de pas tout à fait humain les frappa comme un seau d'eau glacée. Frankenstein braqua son arme sur LeBron.

« LeBron Raven ? demanda-t-il.

— Oui », répondit-il d'une voix tremblante.

Frankenstein attrapa LeBron par le bras et le traîna hors du bureau.

« Bébé, attends-moi ! » hurla Tina.

Elle courut vers ce qui avait été la porte et sortit de la pièce. Frankenstein avait jeté LeBron au sol. Un autre homme montait l'escalier. Lorsqu'il arriva en haut, Tina réalisa qu'elle le reconnaissait. Elle l'avait vu aux infos il y avait quelque temps. Il s'appelait Mozart, et c'était un psychopathe célèbre dans le monde entier pour la manière particulièrement tordue dont il assassinait des couples. Son cœur se serra. Lorsqu'il commença à marcher vers LeBron, Tina tomba à genoux de désespoir. Mozart la regarda et sourit.

« Frankenstein, dit-il. Ramène la salope dans le bureau et fais en sorte qu'elle y reste pendant que je parle avec son mec. »

Frankenstein souleva Tina du sol et la poussa devant lui. Dès qu'elle fut à l'intérieur, elle se jeta sur le canapé et se recroquevilla. Dans le hall de l'entrepôt, elle entendit Mozart se présenter à LeBron.

« Mon nom est Mozart, dit-il, et je vais prendre ton bureau. Tu n'es plus en charge de cet entrepôt.

— OK, répondit LeBron, laissez-nous juste partir, Tina et moi. Vous pouvez prendre tout ce que vous voulez. On a pas mal d'argent, ici, des centaines de milliers de dollars. Vous pouvez tout prendre. »

Frankenstein bloquait la sortie, filtrant de sa masse imposante les paroles échangées à l'extérieur.

Les derniers mots sensés qu'elle entendit LeBron prononcer furent : « *Qu'est-ce que vous allez faire avec ça ?* »

Puis, pendant la quinzaine de minutes qui suivirent, Tina entendit LeBron, l'amour de sa vie, hurler de douleur. Il n'en fallait pas plus pour qu'elle craque. Elle pleura, gémit et cria jusqu'à ce que sa gorge soit en feu. Lorsque son amant cessa enfin ses hurlements, elle sut, au fond d'elle-même, qu'il était mort. Elle redoubla de sanglots en prenant conscience qu'elle mourrait bientôt à son tour et pria pour que sa mort soit rapide et sans souffrance.

Mais c'est à ce moment-là que le véritable cauchemar commença. Tina comprit que les histoires macabres que l'on racontait au sujet de Mozart n'étaient pas de simples rumeurs ou légendes urbaines. Tout était vrai.

Frankenstein s'écarta pour laisser Mozart pénétrer dans le bureau. Il tenait dans sa main une machette ensanglantée. Le sang de LeBron gouttait sur le sol.

Tina sentit son estomac se retourner lorsqu'elle vit ce qui se tenait devant elle. Mozart s'était servi de la machette pour découper le visage de LeBron.

Et il s'en était fait un masque.

Il était maintenu par deux élastiques qui faisaient le tour de sa tête, l'un au niveau du front, l'autre du menton.

Le sang de LeBron coulait de son visage et des orbites béantes derrière lesquelles riaient les yeux haineux de Mozart, l'homme aux mille visages. Tina avait lu pas mal d'articles sur ses crimes terrifiants, elle s'était même dit que ça pourrait faire un chouette film d'horreur. Mais elle était désormais une des victimes. Et soudain, tout cela lui parut beaucoup moins sympa.

Elle hurla plus fort qu'elle ne l'avait jamais fait auparavant. La douleur dans sa gorge enflammée n'était rien à côté de la souffrance insoutenable qu'elle ressentit en voyant les yeux d'un inconnu la dévisager à travers le masque de son amant sauvagement assassiné.

Tina passa les trente minutes qui suivirent à crier à s'en décrocher la mâchoire, ne s'arrêtant que pour supplier Mozart de la tuer. Mais Mozart aimait entendre ses victimes hurler. Il ne reculait devant rien pour que le supplice dure le plus longtemps possible. Et il avait un véritable don. Tina souffrait plus que quiconque n'avait le droit de souffrir, peu importe qui il était, ou ce qu'il avait fait.

Finalement, lorsqu'elle arriva au bout de ses forces et cessa de hurler, Mozart lui découpa le visage à son tour, heureux d'avoir une nouvelle pièce à ajouter à sa collection.

13

S'habiller pour un rendez-vous galant était une première, pour Bébé. C'était aussi beaucoup plus difficile qu'elle ne l'avait imaginé, en particulier sans être sûre de savoir si Jason Moxy l'avait invitée simplement pour réviser leurs répliques, ou parce qu'il l'aimait bien. Tous ses vêtements semblaient soudain envoyer des messages. Certains disaient : *Regarde-moi, je suis une fille facile*, d'autres criaient : *Enlève tes mains de là !* Ce dont elle avait besoin, c'était un compromis. Aussi, après avoir passé une heure à essayer différentes choses plus ou moins probantes, elle se décida pour un pantacourt en jean et un chemisier blanc. Simple, et pas trop provocant.

Jason arriva devant sa porte à vingt heures sonnantes. Avant même qu'il n'ait eu le temps de la faire monter dans sa voiture, Devon l'invita à entrer pour un amical interrogatoire avec ce charmant garçon, alias *t'es-mort-si-tu-touches-à-ma-fille*.

Bébé fut impressionnée de voir à quel point son père était doué pour soutirer des informations à son prétendant. Il lui fallut moins de deux minutes pour apprendre que Jason venait d'une famille aisée, aimait le sport, et que son plus grand rêve était de chanter un jour à Broadway. Et si ce projet tombait à l'eau, il avait un plan de secours, ce qui plut beaucoup à Devon, qui était lui-même adepte des plans B. Le père de Jason possédait une entreprise de location de voitures, et il reprendrait un jour le flambeau s'il ne devenait pas une star de Broadway. Dans l'ensemble, il semblait être un bon garçon.

Bébé, de son côté, avait toujours des doutes quant à la nature de leur rendez-vous, d'autant que Jason était vêtu de son costume de Danny Zuko. Il portait un jean, un tee-shirt blanc et un blouson en cuir noir avec l'insigne des T-Birds au dos. Répétition ou rencard ? Elle n'en avait pas la moindre idée.

Finalement, lorsque Devon en eut appris assez pour décider que Jason n'était pas trop crétin, il les laissa partir. Jason escorta Bébé jusqu'à sa voiture, qui était une des plus cool qu'elle eût jamais vues, même si elle n'arrivait pas à la cheville de la voiture de stock-car rouge et jaune de l'Iroquois. La caisse de Jason était une réplique exacte de la Ford décapotable que conduisait Danny Zuko dans *Grease*, il y avait même les éclairs argentés sur les côtés.

« Je suis jamais montée dans une voiture aussi cool, dit Bébé, feignant un instant d'oublier l'existence de celle de l'Iroquois.

— Mon père me la prête pour la soirée. Il a des répliques de toutes les voitures de cinéma célèbres. Mais je me suis dit que celle-ci te plairait.

— Je l'adore. Il a quoi d'autre ?

— Toutes les meilleures. La voiture de *Retour vers le futur*, celle de *K 2000*, il a aussi General Lee, la

coccinelle Herbie, le van de l'*Agence tous risques*, la Batmobile...
— Wow.
— Ouais. Peut-être que si on sort encore ensemble, je viendrai dans une voiture différente chaque fois... »

Bébé adorait l'idée d'être vue dans ces voitures célèbres. C'était presque une raison suffisante pour sortir avec Jason tous les soirs de la semaine. Ils traversèrent la ville avec la capote baissée, sous le regard admiratif des passants. Bébé avait l'impression d'être une rock star.

« Où est-ce qu'on va ? demanda-t-elle.
— Je connais un endroit sympa à la sortie de la ville, répondit Jason. C'est l'endroit parfait pour répéter la scène du drive-in où Danny donne sa bague à Sandy.
— Pourquoi est-ce qu'on répète cette scène ?
— C'est une des seules où il n'y a pas d'autres personnages. On pourra répéter tout le truc sans interruption. Ça nous permettra de mieux nous connaître, pour qu'il y ait une bonne alchimie entre nous. Il n'y a rien de pire que lorsque les deux acteurs principaux semblent à peine se connaître.
— Ah, oui, je vois ce que tu veux dire. »

Jason désigna la boîte à gants.

« J'ai le script là-dedans, si tu veux commencer à mémoriser tes répliques avant qu'on arrive.
— D'accord. »

Bébé ouvrit la boîte à gants et en sortit le scénario de la pièce. Elle le déroula. Jason avait donc bien prévu de répéter. Elle commença à lire la première scène, mais quelque chose la préoccupait, quelque chose que les autres filles lui avaient dit. Elles étaient certaines qu'il s'agissait d'un rencard, mais Bébé commençait à avoir l'impression que tout ce qui intéressait Jason, c'était la pièce.

Elle était à la moitié de sa lecture lorsqu'il quitta la route principale pour s'engager sur un chemin en gravier non éclairé. Ils roulèrent pendant environ un kilomètre avant d'arriver sur une étendue d'herbe au sommet d'une falaise qui dominait la ville. Jason arrêta la voiture à cinq mètres du bord.

« Où est-ce qu'on est ? demanda Bébé en regardant par le pare-brise.

— À la falaise de la Peur, répondit Jason.

— J'ai l'impression qu'on est à des kilomètres de la civilisation. »

Jason éclata de rire.

« Je t'assure qu'on n'est pas si loin. On est à moins d'un kilomètre du centre-ville.

— Il y a beaucoup de gens qui viennent ici ?

— J'imagine que quelques voitures arriveront un peu plus tard. Tous les gamins de la ville viennent ici pour se peloter. D'ici une heure ou deux, ce sera blindé de voitures.

— C'est vraiment le meilleur endroit pour répéter ? »

Jason haussa les épaules. « Il n'y a pas de cinéma en plein air, ici, donc faute de mieux... Regarde le ciel, dit-il en montrant du doigt les étoiles. Tu as déjà vu quelque chose d'aussi beau ? »

Il n'avait pas tort. Au-dessus d'eux, la pleine lune et les étoiles illuminaient le ciel, sans le moindre nuage pour estomper leur éclat.

« Tu vois cette grosse étoile, là ? » dit Jason en montrant du doigt un large amas d'étoiles brillantes.

Bébé ne savait absolument pas de quelle étoile il parlait, mais elle joua le jeu.

« Oh, oui. Elle est vraiment magnifique.

— C'est Mars.

— Wow, c'est vrai ?

— Ouais. Je veux dire, techniquement, c'est une planète, bien sûr, mais toutes les étoiles sont en réalité des planètes. Mais de loin, elles ressemblent à des étoiles.

— Je savais pas.

— Je l'ai appris à l'école primaire. J'imagine qu'on ne t'a pas appris ce genre de trucs, dans le bordel où tu travaillais ?

— Heu, non, c'est vrai. »

Bébé ne s'attendait pas à ce qu'il parle de son passé à B Movie Hell. Elle espérait même qu'il ne fût pas au courant, mais son histoire avait visiblement circulé.

« En fait, j'essaie d'oublier cette période de ma vie, dit-elle.

— Oh, dit Jason. Ça risque d'être difficile, parce que la meuf qui joue Rizzo fait courir plein de rumeurs à ton sujet. »

Bébé sentit un frisson glacer son corps. Elle n'avait jamais eu honte de travailler au Minou Joyeux, à l'époque, mais depuis qu'elle était revenue dans le monde réel, elle avait l'impression que c'était quelque chose d'embarrassant.

« Qu'est-ce qu'elle dit ? demanda-t-elle.

— Que tu as gagné le prix de la meilleure pipe.

— Mon Dieu, non ! C'est faux. »

Bien sûr que c'était faux. C'était Jasmine qui gagnait tous les ans. Mais c'était une autre histoire. Pendant une fraction de seconde, Jason sembla déçu. Il essaya de changer de sujet en sortant un paquet de cigarettes de la poche de sa veste.

« Tu veux fumer ? »

Bébé fit signe que non. Jason sortit une cigarette et l'alluma avec un briquet jetable. Il tira dessus et retint son souffle pendant quelques secondes avant d'expirer bruyamment la fumée.

« J'ai jamais cru ce que raconte Rizzo, dit-il. Elle est juste jalouse que tu aies eu le rôle de Sandy. Elle pense que ton père s'est servi de son influence pour que tu l'aies. »

Bébé fit une grimace embarrassée. « Quoi ? Pourquoi ? »

Jason tira de nouveau sur sa cigarette. Quand il fumait, il ressemblait vraiment à John Travolta, mais époque *Broken Arrow* plus que *Grease*.

« Ça m'est égal que tu aies eu le rôle grâce à ton père, dit-il. Le mien m'a eu le rôle de Danny. C'est comme ça que ça marche, dans ce milieu.

— C'est vrai ?

— Ouais. Je vois pas pourquoi on en fait tout un plat.

— Beaucoup de gens ont fait la même chose, alors ?

— Oh, oui. L'École des arts du spectacle ne reçoit pas beaucoup d'aide du gouvernement, alors quand des gamins qui ont des parents riches arrivent avec leurs dons, ils décrochent les meilleurs rôles. En y pensant, ça me paraît normal. Sans les gens comme ton père ou le mien, l'école serait ruinée et il n'y aurait aucun rôle à prendre puisqu'il n'y aurait aucun spectacle. »

Bébé soupira de soulagement.

« Je me sens beaucoup mieux, dit-elle. Cette histoire me turlupinait.

— Aucune raison, Bébé. Tu es une super chanteuse, et tu es beaucoup plus jolie que toutes les filles qui ont auditionné pour ton rôle. Tu l'aurais eu dans tous les cas, avec ou sans l'aide de ton père.

— Merci. Je pense que tu feras un excellent Danny. Tes cheveux sont super avec ta banane, et le blouson te va vraiment bien. »

Jason sourit. Pour un fumeur, il avait des dents incroyablement blanches. Bébé ne put s'empêcher de lui rendre son sourire.

« On s'y met, à ces répétitions ? demanda-t-il.

— Oui, c'est parti. On commence du début ? »

Jason tira une dernière fois sur sa cigarette avant de la jeter par-dessus le pare-brise, à moitié fumée.

« On n'a qu'à commencer au moment où Danny vient de donner la bague à Sandy et essaie de passer son bras autour de ses épaules.

— D'accord. »

Jason s'adossa à son siège et appuya sur un bouton du tableau de bord. Le toit commença à se dérouler, occultant la lumière de la lune. Bébé regarda le script. Dans l'obscurité, il était difficile de déchiffrer ce qui était écrit sur la page. Lorsqu'elle trouva le passage où ils étaient censés commencer, elle remarqua qu'ils avaient passé la plupart des dialogues et arrivaient directement à la scène où Danny essaie d'emballer Sandy, qui ne se laisse pas faire. Elle posa le scénario sur le tableau de bord et attendit que Jason se lance. Sans surprise, il leva lentement le bras droit et fit semblant de s'étirer. Il tendit le bras et le glissa autour de ses épaules.

« Danny, qu'est-ce que tu essaies de faire ?

— Je t'aime beaucoup, Sandy. Et maintenant que tu portes ma bague... »

Jason se pencha et l'embrassa sur la bouche. Son haleine sentait la cigarette. Bébé le repoussa.

« Danny, qu'est-ce que tu fais ?

— Oh, allez, Sandy », dit-il en se penchant pour essayer de l'embrasser à nouveau.

Elle réussit à le garder à distance en pressant une main contre sa poitrine, mais, à sa surprise, il tendit le bras et lui empoigna le sein, prenant un peu trop à la lettre la méthode Actor's Studio.

« *Danny !* cria-t-elle avec défi, repoussant sa main. Arrête, je t'ai jamais vu comme ça. »

Jason était beaucoup plus pressant que Bébé ne l'imaginait. Il était trop brutal, en particulier pour une simple répétition. Elle avait beau le repousser, lui attraper les poignets pour éloigner ses mains, il continuait à essayer de lui tripoter les seins. Il finit par abandonner et tenta sa chance avec sa bouche, lui plantant un baiser baveux sur les lèvres. Bébé détourna la tête, et la langue de Jason laissa un filet de bave sur sa joue.

« Allez, Bébé, tu sais que t'en as envie !

— Tu veux dire Sandy, non ? »

Jason l'ignora et glissa sa main sous son chemisier. Elle sentit ses doigts humides de sueur se poser sur sa poitrine. Lorsqu'il essaya de passer sa main sous son soutien-gorge, elle le gifla violemment. Et bruyamment. Mais son geste sembla avoir l'effet escompté.

Jason parut surpris et battit en retraite.

« Désolé, Bébé, c'était trop violent ? » demanda-t-il d'un air un peu embarrassé.

Bébé ajusta son chemisier pour préserver sa dignité. « Pendant un moment, j'étais pas sûre qu'on soit encore en train de jouer la comédie. »

Jason cligna des yeux.

« Moi non plus, dit-il, on s'est un peu laissé emporter, hein ?

— Surtout toi, oui.

— Je suis désolé, Bébé. C'est juste que tu m'excites beaucoup, tu sais ?

— C'est juste une répétition, Jason. »

Jason lui agrippa le poignet. Il tira sa main vers lui et la plaça sur son entrejambe. Bébé sentit qu'il était effectivement très excité. Elle essaya de retirer sa main, mais il la tenait fermement par le poignet.

« Tu sens à quel point tu m'excites ? C'est pour toi que je bande comme ça, Bébé.

— Lâche ma main ! »

Il se jeta à nouveau sur elle et l'embrassa dans le cou, pressant un peu plus sa main contre la bosse palpitant sous son jean.

« Allez, Bébé. Ce sera beaucoup plus facile de travailler cette scène si on évacue cette tension sexuelle. »

À chaque seconde qui passait, Bébé avait l'impression de glisser un peu plus sous son poids. Si elle ne se dépêtrait pas de lui maintenant, ce serait bientôt impossible. Elle arracha sa main de son entrejambe et la posa contre sa poitrine dans l'espoir de le tenir à distance.

« Qu'est-ce que tu fais ? » demanda-t-elle, de plus en plus paniquée.

Jason respirait bruyamment.

« Je me disais juste que ce serait beaucoup plus facile pour moi de faire cette scène si je pouvais me débarrasser de cette putain d'érection.

— Pourquoi tu n'essaies pas de penser à autre chose, ou d'aller faire un tour pour te changer les idées ?

— Je pensais que tu pourrais me tailler une de ces pipes pour lesquelles tu es célèbre. Après, je pourrais me concentrer sur la scène, tu comprends ? »

Avant que Bébé n'ait eu le temps de répondre, il posa sa main sur l'arrière de son crâne et l'attira vers son entrejambe.

« Arrête, j'ai pas envie ! » cria Bébé. Elle tourna la tête sur le côté et recula, pressant son dos contre la portière de la voiture pour être aussi loin de lui que possible.

« Une branlette, alors ? hasarda Jason.

— NON !

— C'est quoi, ton problème ? » demanda-t-il.

Il semblait réellement se poser la question.

« Je suis pas prête pour ça, dit Bébé. Je te connais à peine. »

Jason s'enfonça dans son siège et fronça les sourcils. Il sembla enfin comprendre qu'il s'était trompé sur son compte.

« D'accord, d'accord, désolé. *J'ai compris.* » Il enfonça sa main dans la poche de son jean et en sortit un billet de vingt dollars.

« Quel idiot. C'est vingt balles, c'est ça ? C'est ce que tu prenais à B Movie Hell, non ?

— Quoi ? Qui t'a dit ça ? »

Jason lui tendit le billet. En voyant que Bébé ne semblait pas décidée à l'accepter, il se jeta à nouveau sur elle et glissa l'argent dans son soutien-gorge, pressant une nouvelle fois sa main sur sa poitrine. Bébé avait déjà le dos collé contre la portière et ne pouvait pas aller plus loin. Elle essaya de le repousser avec ses pieds, mais ne parvint qu'à s'allonger encore un peu plus, lui facilitant les choses. Il arracha son chemisier et, sans qu'elle comprenne comment, son soutien-gorge se défit, révélant ses seins. Le regard de Jason s'éclaira d'une lueur inquiétante.

« Je préfère ça », dit-il en reluquant sa poitrine.

Il pressa sa bouche contre la sienne, lui imposant à nouveau son haleine de tabac froid. Une de ses mains était plaquée contre son cou tandis que l'autre caressait son sein gauche. Il frottait son pouce contre son mamelon tout en persistant à essayer de l'embrasser goulûment.

Il avait habilement réussi à la placer dans une position dans laquelle elle ne pouvait pas se débattre, plaquée contre la portière de la voiture. Elle détourna le visage et essaya de trouver quelque chose à attraper. Sa main se posa sur la stéréo. Ses doigts appuyèrent à l'aveugle sur plusieurs boutons et la radio se réveilla soudain. Carly Simon hurlait le refrain de *Nobody Does It Better*.

« Allez, Bébé, t'en as envie autant que moi, dit Jason en essayant de lui mordre l'oreille. Je suis pas comme ces gros dégueulasses avec qui tu couchais. Tu passeras avant toutes les autres, c'est promis.

— Dégage ! »

Bébé ne pouvait pas exprimer plus clairement son refus, mais soit il ne l'écoutait pas, soit il n'avait rien à faire de son opinion.

Puis elle sentit la portière s'ouvrir de son côté. Elle pria Dieu pour qu'il n'ait pas invité d'autres énergumènes de son genre à se joindre à eux. Et elle entendit une voix. Une voix qu'elle n'avait pas entendue depuis très longtemps.

« Hey, toi, enlève tes putains de mains de ma copine ! »

L'expression lubrique sur le visage de Jason laissa place à la surprise. Avant qu'il n'ait eu le temps de regarder par-dessus son épaule qui venait de lui parler, il fut traîné par les pieds hors de la voiture, les mains tendues comme pour essayer de tripoter Bébé une dernière fois.

Elle couvrit sa poitrine et regarda par la portière ouverte. L'homme qui traînait Jason par la cheville gauche portait un jean noir, une veste en cuir rouge et un masque jaune surmonté d'une crête rouge. Bébé sentit un frisson courir sur sa peau. L'horreur et le désarroi qu'elle ressentait quelques secondes plus tôt se changèrent en excitation. Elle n'avait pas vu Joey Conrad depuis une éternité. Lorsqu'elle se sentait particulièrement seule, elle doutait même de le revoir un jour. Mais il était bien là, traînant Jason Moxy par la cheville jusqu'au bord de la falaise.

La falaise. Oh, merde !

Elle s'extirpa rapidement de la voiture, atterrissant à genoux sur l'herbe. « Joey, ne le tue pas ! »

Trop tard.

Elle se releva juste à temps pour voir l'Iroquois balancer Jason au bout de son bras avant de le lâcher dans le vide.

Elle entendit la voix de Jason hurler « Meeeerde ! », mais à chaque milliseconde qui passait, son cri se perdait un peu plus dans l'abîme, jusqu'à ce qu'un sinistre bruit sourd marquât la fin de sa chute.

Bébé resta abasourdie, la bouche ouverte, hurlant silencieusement en rejouant dans son esprit la scène à laquelle elle venait d'assister.

« Oh, mon Dieu, tu l'as tué ! »

L'Iroquois se pencha par-dessus la falaise et regarda dans le vide. Puis il se retourna face à elle.

« Non, dit-il.

— Tu veux dire qu'il va bien ? Il est pas mort ?

— Non. Il est mort.

— Donc, tu l'as tué ?

— Non. Il est tombé.

— Je t'ai vu de mes propres yeux le jeter dans le vide ! »

Il y eut une pause le temps que l'Iroquois prenne en compte ce que Bébé venait de dire. « Non, *il est tombé*, répéta-t-il. *Quand j'ai lâché sa jambe.* »

Il vint soudain à l'esprit de Bébé qu'elle était complètement débraillée. Elle réarrangea son chemisier et passa sa main dans ses cheveux, replaçant quelques mèches égarées derrière son oreille.

« Oh, mon Dieu, on va avoir des problèmes, dit-elle en réalisant finalement ce qui venait de se passer. Est-ce que c'était nécessaire de le jeter dans le vide ?

— Oui, il te faisait du mal. »

Bébé le regarda. Ce n'était pas facile de lire sur son visage caché derrière ce masque effrayant. Elle ne voyait que ses yeux. Mais elle était tellement heureuse de le revoir. Et il venait de tuer l'acteur principal de *Grease* parce que le type avait essayé de la violer. Quelque chose en elle reprit le dessus. Elle oublia Jason

Moxy et la fin terrible qu'il venait de connaître, le crâne probablement écrasé sur les rochers au pied de la falaise. Au lieu de cela, son regard se perdit dans le masque de Halloween de l'Iroquois, et elle se remémora tous les rêves qu'elle avait faits à son sujet. Son cœur battait la chamade, et chaque cellule de son corps se réveillait peu à peu. Elle n'avait jamais rien ressenti d'aussi fort. Au diable l'inhibition et la retenue. Elle courut vers lui, jeta ses bras autour de sa taille et enfouit sa tête dans sa poitrine.

« Tu m'as tellement manqué ! » dit-elle.

14

Devon Pincent ne s'était pas déplacé en métro depuis des années. Il n'en avait jamais eu besoin. Ni envie, d'ailleurs. Le métro, c'était pour les autres. Malheureusement, ces jours-ci, il était suivi à la trace par des espions de sa propre agence, et il n'existait pas de meilleure méthode pour semer quelqu'un dans la foule.

Il traîna sur les quais des métros en partance vers le nord, caché au milieu d'une masse de voyageurs, tout en gardant un œil sur l'agent qui le suivait depuis qu'il avait quitté sa maison à pied. Lorsque le train arriva, Devon sauta dans un wagon et s'assit à côté d'une femme et ses deux enfants extrêmement bruyants. Du coin de l'œil, il vit l'agent secret grimper à bord deux wagons plus loin. À la dernière seconde, Devon bondit hors de son siège et se glissa entre les portes qui se refermaient. Lorsque le métro quitta le quai, il résista à la tentation de narguer l'espion d'un signe de la main et poursuivit son chemin comme si de rien n'était. Une minute plus tard, il montait dans une rame en direction du sud, qui le conduirait à son rendez-vous avec Blake Jackson.

Il lui fallut moins de deux minutes pour marcher de la station à la sainte chapelle de Saint-Jean-l'Évangéliste, fort heureusement, car quelques gouttes de pluie avaient commencé à tomber du ciel nocturne. Il s'était emmitouflé dans un long manteau marron, qui était parfait pour cacher un dossier contenant des informations sensibles.

Lorsqu'il entra dans la chapelle, Blake Jackson était déjà là, assis sur le dernier banc d'une rangée faisant face à la Vierge Marie. Devon reconnut Jackson aux cheveux noirs et frisés qui dépassaient d'un chapeau marron en tweed. Il portait un manteau de la même couleur, similaire au sien, dont il avait relevé le col. Par chance, il semblait n'y avoir personne d'autre, pas même un pasteur.

Devon s'assit sur le banc et se glissa jusqu'à Jackson. « Bon choix de point de rencontre », dit-il.

Jackson acquiesça. « Ouais. C'est toujours très calme, ici. » Il sortit un téléphone de sa poche et montra l'écran à Devon. Il affichait un SMS d'un certain Rupert.

J'ai perdu Pincent. Il doit savoir que je le suivais.

« Votre homme n'était pas vraiment discret, dit Devon.

— Bien. Maintenant, venons-en aux faits avant qu'il ne trace votre téléphone et découvre que vous êtes ici. »

Devon plongea la main dans son manteau et sortit le dossier qu'il y avait caché. Il le tendit à Jackson.

« Vous devez montrer le contenu de ce dossier à Alexis », dit-il.

Jackson ouvrit le dossier, qui était rempli de photos que Devon avait imprimées depuis le téléphone de Jack Munson.

« D'accord, expliquez-moi, dit-il en sortant le premier cliché.

— Elles ont été prises la semaine dernière dans un bunker militaire secret en Roumanie. Les trois hommes sur cette photo ont prévu de foutre en l'air le gros gala de Calhoon, samedi. »

Jackson le regarda d'un air suspicieux.

« Le Miracle de Noël ?

— Ouais. Le type avec le cache-œil, c'est Solomon Bennett.

— Le fameux ?

— Oui.

— Je pensais qu'il était mort.

— Il se trouve que non. Pas plus que Frank Grealish.

— Frank Grealish ? »

Devon montra l'homme qui se tenait derrière les autres.

« Le géant avec les boulons dans le cou, celui qui ressemble à Frankenstein. C'est lui, Frank Grealish. C'est un ancien agent du projet Blackwash.

— Je sais qui il est. Calhoon m'a parlé de lui, l'autre jour. Mais elle dit qu'il est mort.

— C'est ce que tout le monde pensait. Mais il vient d'atterrir aux États-Unis avec Solomon Bennett. Je pense qu'ils vont s'inviter au Miracle de Noël de Calhoon pour voler le reste du Brumalyte. »

Jackson le regarda d'un air troublé.

« Le Brumalyte ?

— Vous savez, ce truc que Calhoon utilise comme traitement contre le cancer de la peau ? C'est ça, le Brumalyte. Solomon Bennett et son complice Henry Jekyll ont essayé de s'en servir pour créer une peau résistant aux balles. Calhoon possède le peu qu'il reste de ce produit, dont l'intégralité sera à son gala, samedi. Et Bennett est de retour, et je pense qu'il veut le récupérer. Je parie que c'est aussi lui qui prévoit de tuer le pape. »

Jackson se frotta le menton et examina la photo.

« Vous en êtes sûr à cent pour cent ?
— Oui.
— Vous venez de vous faire virer. Comment est-ce que je peux être certain que vous n'avez pas inventé tout ça pour vous venger de Calhoon ?
— Je suis seulement suspendu.
— Techniquement, oui, mais elle veut se débarrasser de vous. Et au moindre faux pas, elle vous voudra mort. Elle attend que vous dérapiez et preniez contact avec l'Iroquois. Après ça, vous êtes bon.
— Eh bien, elle peut attendre longtemps. Vous pouvez me faire suivre pendant les dix prochaines années, vous ne me verrez pas entrer en contact avec Joey Conrad. Je ne sais pas où il se trouve, et, pour être honnête, je n'ai aucune envie de le savoir. »

Devon mentait, et il soupçonnait Jackson de le savoir, mais les secrets sont faits pour être gardés. En plus, Joey Conrad était un tout autre problème.

« D'accord, dit Jackson en refermant le dossier pour le ranger sous sa veste. Je lui montrerai ça demain. Mais elle va être furieuse d'apprendre que j'ai accepté de vous rencontrer. Vous en êtes conscient, n'est-ce pas ? Je serai dans la même merde que vous !
— Il y a autre chose.
— Il y a toujours autre chose, avec vous.
— Vous savez, ce type, Mozart, l'homme aux mille visages ?

— Le tueur en série ?
— Ouais.
— Eh bien ?
— Ça n'a pas été rendu public, mais il s'est échappé de prison. Bennett l'a fait sortir. Enfin, c'est probablement Frankenstein qui a fait le plus dur. Mozart est maître dans l'art des cambriolages de haut niveau, ce qui ne fait qu'ajouter du poids à ma théorie. »

Jackson haussa un sourcil.

« Comment savez-vous tout ça ?
— J'ai de très bons informateurs.
— Vous avez des photos de Mozart ?
— Malheureusement non, mais je sais de source sûre qu'il était en Roumanie avec Bennett et les autres. »

Les deux hommes se retournèrent en entendant la porte de la chapelle grincer. Un vieux monsieur avec une canne entra péniblement dans le hall. Ils attendirent qu'il soit passé devant eux avant de poursuivre leur conversation.

Devon murmura à l'oreille de Jackson. « Essayez juste de convaincre Calhoon d'annuler. J'en ai rien à branler du Brumalyte, mais si le pape est assassiné, ça pourrait être le début d'une putain de guerre de religion. Et Dieu sait qu'on n'a pas besoin de ça. »

Jackson semblait être de son avis.

« D'accord, d'accord. Je vais la convaincre d'annuler l'événement. Mais elle va être verte, alors donnez-moi quelque chose à me mettre sous la dent. Dites-moi au moins comment vous avez obtenu ces informations. Vous avez une taupe dans l'équipe de Bennett ? Parce que si c'est Joey Conrad qui vous a donné toutes ces informations, je suis pas sûr de vouloir être impliqué.

— Je vous ai déjà dit que je n'étais pas en contact avec lui. En plus, comme vous le savez, il a massacré ce gamin et toute sa famille dans la station-service, l'autre jour. Il ne peut pas être à deux endroits en même temps.

— Alors qui ? Qui a pris ces photos ? Et qui a vu Mozart ? »

Devon inspira profondément.

« D'accord, mais vous gardez ça pour vous.

— Parole de scout, dit Jackson en regardant vers les cieux tout en se signant.

— C'est Jack Munson. Il a infiltré leur cachette. C'est toujours le meilleur de nos agents secrets, vous savez.

— Je sais bien. Mais Calhoon le hait presque autant que vous... »

Devon ricana, avant de vérifier sa montre et de réaliser qu'il ne devait pas traîner. « Je ferais mieux d'y aller avant que votre mouchard me retrouve », dit-il en se levant.

Jackson attrapa Devon par la manche de son manteau pour l'empêcher de partir.

« Devon, vous devriez vraiment nous donner Joey Conrad. Avec ce que vous venez de me révéler, si vous décidiez de nous dire où le trouver, Calhoon vous pardonnerait et vous seriez réintégré.

— C'est impossible, dit Devon. Comme je l'ai déjà dit, je ne sais pas où il se trouve.

— D'accord. Mais pensez-y. Je vous appelle dès que j'ai parlé à Calhoon.

— Merci, Blake, j'apprécie ce que vous faites. »

Devon se leva et quitta la chapelle, laissant Jackson cogiter sur le contenu du dossier.

Mais la première chose que fit Blake Jackson, après le départ de Devon, fut de passer un appel. Au bout de deux sonneries, un homme à la voix grave répondit. Solomon Bennett.

« Ouais ?

— C'est Blake. Je viens de voir Pincent. Il sait tout. Il a même des photos de vous en Roumanie.

— Comment ?

— Jack Munson.

— Jack le poivrot ? T'es sûr ?

— Certain. Pincent dit qu'il a infiltré votre planque et pris les photos. Je les ai sur moi. »

Bennett se mit soudain dans une colère noire. « Bordel de merde ! Putain de Devon Pincent et ses putains d'infiltrés ! Et tu me dis ça seulement maintenant ? T'étais censé le garder à l'œil ! »

Jackson n'appréciait que moyennement les accusations de Bennett. « Commence pas à me prendre la tête. C'est qui, l'abruti qui a fait le malin en envoyant cette fausse menace de mort de l'Iroquois à Alexis Calhoon ? »

Il y eut un silence à l'autre bout de la ligne, avant que Bennett ne finisse par répondre.

« De quoi tu parles ? marmonna-t-il.

— Du petit mot que tu as envoyé à Calhoon. Celui qui dit que l'Iroquois va tuer le pape.

— J'ai rien envoyé de tel. »

Jackson parut décontenancé. « Bon sang, si c'est pas toi qui l'a envoyé, alors c'est qui, putain ? »

15

Un courant d'air froid passa dans les cheveux de Bébé. Elle inspira pour profiter de l'odeur fraîche des bois flottant dans l'air nocturne. Chacun de ses sens était en éveil. Elle ne se rappelait pas s'être un jour sentie aussi vivante. Si, à deux kilomètres de là, une chouette avait hululé, elle l'aurait entendue. Si un putois avait libéré ses doux effluves, elle l'aurait senti. Tout ce dont elle avait rêvé ces derniers mois était en train de se produire, *c'était réel*. La sensation de la main de Joey Conrad autour de la sienne avait soudain rendu le monde plus vivant. Marcher main dans la main avec un tueur en série masqué au milieu d'une forêt en pleine nuit n'était peut-être pas le rendez-vous galant dont la plupart des jeunes filles rêvaient, mais pour rien au monde Bébé n'aurait préféré être ailleurs.

« Où est-ce qu'on va ? demanda-t-elle.

— Je te raccompagne chez toi.

— Maintenant ?

— Oui. Ça vaut mieux.

— Pourquoi ?

— Parce que quand on découvrira le corps de ton petit ami en bas de cette falaise, les flics viendront te demander où tu étais. Si tu es chez toi, tu as un alibi, ton père.

— Ce n'était pas mon petit ami, répondit Bébé, ignorant tout ce que Joey avait dit après "petit ami".

— C'était qui, alors ?

— C'était Danny Zuko dans la version théâtrale de *Grease*. On était en train de répéter. Je suis Sandy.

— J'ai tué Danny Zuko ?

— Ouais.

— La classe. »

Il revint soudain à la réalité.

« Enfin, je dois quand même te ramener à la maison. Ton père sera ton alibi.

— Je crois qu'il est sorti au bowling, mentit Bébé. Il vaut mieux que je reste ici avec toi. »

Joey s'immobilisa. Les yeux derrière les trous dans son masque se plongèrent dans les siens, cherchant la vérité. Bébé détourna le regard.

« Tu veux bien enlever ton masque ?

— Pourquoi ?

— Je veux voir ton visage. »

Il tira dessus d'un coup sec et le roula en boule. C'était un masque très fin, qui rentrait parfaitement dans la poche de sa veste. Bébé regarda son visage. Il était exactement comme dans ses souvenirs, comme lorsqu'elle pensait à lui tous les soirs avant de s'endormir, dans l'espoir de rêver de lui. Ses cheveux étaient un peu en bataille à cause du masque, mais ses traits étaient beaucoup plus agréables ainsi. Ses yeux marron étaient plus doux, moins noirs. Ses joues creuses et sa barbe de trois jours étaient celles d'un homme qui pouvait être absolument qui il voulait sans aucun effort. Et ses lèvres donnaient vraiment envie de les embrasser.

« Ton masque était plus grand, avant », dit-elle en remarquant ses cheveux tout aplatis.

Il hocha la tête.

« L'autre était trop lâche. Une fois sur deux, quand je tournais la tête, j'y voyais plus rien. Alors, j'en ai fait faire des nouveaux. Ils sont ajustés et légers, comme celui de Spiderman.

— Il est plus joli.

— Ouais. »

Bébé adorait bavarder avec Joey. La conversation n'était ni très profonde ni vraiment romantique, mais c'était simplement agréable de parler avec lui. Après tout, c'était celui qui avait risqué sa vie pour la sauver de B Movie Hell. L'homme qui avait assassiné la moitié des habitants d'une ville pour s'assurer qu'elle rentre chez elle en un seul morceau.

« Je ne t'ai jamais posé la question avant, dit Bébé, mais pourquoi est-ce que tu portes ce masque ? »

Joey se retourna soudain comme si quelque chose avait attiré son attention. Il parcourut les environs du regard, essayant de détecter un mouvement entre les arbres. Il finit par répondre à sa question, mais d'une voix beaucoup plus basse, comme s'il craignait que quelqu'un ne les écoute.

« Pourquoi, d'après toi ? » demanda-t-il.

Bébé avait déjà sa petite théorie.

« C'est pour protéger les gens auxquels tu tiens ?

— Non.

— Oh. »

C'en était, une surprise. Elle était presque certaine que c'était la raison. C'était en tout cas son premier choix, mais il y avait d'autres options.

« Alors, c'est pour protéger ton identité de la police ? demanda-t-elle, assez sûre d'elle.

— Non.

— Alors pourquoi ? »

Joey arrêta de regarder autour de lui d'un air suspicieux et porta toute son attention sur Bébé. « Je porte ce masque, dit-il, parce qu'il est vraiment classe. »

Elle sourit et attendit qu'il avoue qu'il plaisantait. Mais elle comprit rapidement qu'il n'en était rien.

« Oh, dit-elle. Bien sûr, j'aurais dû m'en douter. Enfin, je savais qu'il était classe, mais je pensais qu'il y avait une autre raison.

— Pourquoi tu te fais toujours appeler Bébé ? » demanda-t-il.

Bébé considéra ses pieds un court instant, embarrassée par la question. Elle n'aimait pas son vrai nom, Marianne. Ce n'était pas le nom d'un personnage de *Dirty Dancing,* alors ce n'était pas aussi... *classe.*

Elle leva la tête et le regarda droit dans les yeux.

« Parce que c'est un prénom vraiment classe, dit-elle avec un grand sourire.

— Exactement. »

Soudain, elle mourut d'envie de tendre la main pour le toucher. Il n'y avait personne au monde qu'elle voulait à ce point prendre dans ses bras, mais il lui fallait une excuse. Et elle n'en avait aucune sous la main, aussi décida-t-elle simplement d'effleurer le cuir rouge de la manche de sa veste.

« Ne me ramène pas déjà, dit-elle. Tu ne veux pas me montrer où tu vis ? »

De nouveau, quelque chose attira l'attention de Joey. Il observa les bois derrière elle.

« T'as entendu ça ? demanda-t-il, baissant un peu plus la voix à chaque syllabe.

— Non, quoi ?

— Je crois qu'on est suivis. »

Bébé lâcha sa veste et regarda autour d'elle. Les bois, derrière, semblaient endormis, comme une photographie. Même les feuilles étaient parfaitement immobiles. « Je vois personne », dit-elle.

Il la prit par la main. « Partons d'ici. Ne fais pas de bruit. »

Bébé le suivit à travers les bois. Joey marchait d'un pas léger et rapide et semblait savoir parfaitement où il allait, contrairement à elle. Elle avait l'impression de trébucher sur toutes les racines qui dépassaient, de faire bruisser toutes les brindilles possibles. Lorsqu'ils approchèrent de la route à la sortie du bois, Joey lâcha sa main et se dirigea vers un épais buisson. Il écarta un mur de feuilles, révélant une moto rouge métallisé cachée derrière. Bébé n'était jamais montée sur une moto, mais elle en rêvait. Voir celle de Joey lui rappela sa scène préférée du film *Purple Rain,* quand Prince emmène Apollonia faire un tour à moto. Le pied total serait de rouler sur une petite route de campagne en écoutant *Take Me with You.*

Joey guida la moto hors des buissons. Elle semblait flambant neuve. La peinture rouge était impeccable, et il n'y avait pas la moindre trace de saleté. Le siège était en cuir jaune, et Bébé se réjouit intérieurement en voyant qu'il y avait de la place pour deux. Joey l'enfourcha et fit signe à Bébé de grimper derrière lui.

« Monte, dit-il.

— Où est ta voiture ?

— Je pouvais pas l'emmener, je me serais fait remarquer. »

Il démarra en faisant vrombir bruyamment le moteur plusieurs fois. « Allez, grimpe. »

Le cœur de Bébé battait à tout rompre, à tel point qu'elle craignait que Joey ne l'entende. C'était très excitant, mais aussi un peu effrayant.

« On peut monter à deux sans danger ? demanda-t-elle.

— Tu me fais confiance ?

— Toujours.

— Alors, grimpe derrière moi, mets tes bras autour de ma taille et tiens-toi bien. »

C'était une offre à laquelle Bébé ne pouvait pas résister. Elle passa une jambe par-dessus le siège et grimpa derrière Joey. Le cuir était à la fois ferme et moelleux. Elle remua son derrière jusqu'à ce qu'elle soit assise confortablement, pressa sa poitrine contre son dos et glissa ses bras autour de sa taille. Ses mains tremblaient et sa bouche était soudain devenue très sèche. La moto vibrait juste assez pour qu'elle sente à quel point elle était puissante. Elle avait du mal à cacher son excitation. Et ils n'avaient même pas commencé à rouler.

« Est-ce que j'ai besoin d'un casque ? demanda-t-elle à voix basse dans l'oreille de Joey.

— Seulement si tu tombes. »

Avant qu'elle n'ait eu le temps de répondre, il donna un coup d'accélérateur et rejoignit la route. Au grand soulagement de Bébé, le trajet fut beaucoup plus doux lorsqu'ils commencèrent à rouler sur le goudron. Joey alluma les phares et mit le turbo. La moto s'emballa, roulant un peu plus vite à chaque seconde. Bébé inspira profondément et pressa sa tête contre le dos de Joey, resserrant son étreinte. Lorsqu'ils approchèrent du premier virage, elle tourna la tête vers le passage par lequel ils étaient sortis des bois. Un homme vêtu en noir des pieds à la tête, avec une capuche rabattue sur le visage, les observait. Bébé ne l'aperçut qu'un quart de seconde avant qu'il ne disparaisse, lorsqu'ils prirent le virage. Dix secondes plus tard, elle l'avait déjà oublié. Le rendez-vous avec l'Iroquois dont elle avait tant rêvé avait commencé, et rien d'autre ne comptait.

16

Devon n'avait pas marché de nuit à travers la ville depuis très longtemps. Les néons qui clignotaient au-dessus des boutiques et des night-clubs donnaient au quartier l'apparence d'un lieu animé, où il faisait bon vivre. Mais dès que l'on grattait un peu la surface, on comprenait qu'ils ne faisaient que donner une touche glamour à ce qui était en réalité un des quartiers les plus sordides et les plus sombres de la ville. Sans ces lumières, il ne faisait pas bon traîner par ici, la nuit.

Malgré tout, Devon aimait se promener dans ces rues, observer ces lumières et ces vitrines. Son entrevue avec Blake Jackson s'était bien passée, et il avait bon espoir d'être réintégré aux Opérations fantômes et félicité pour leur avoir permis de déjouer le projet de Solomon Bennett.

Il était à mi-chemin de chez lui lorsqu'il lui vint à l'esprit que l'espion de Blake Jackson était peut-être de nouveau sur ses talons. Il avait réussi à le semer un peu plus tôt, mais si le type était un tant soit peu compétent, il devait déjà avoir retrouvé sa trace.

Devon aperçut au loin un Range Rover garé sur le bord de la route. Il longea le véhicule et s'accroupit pour faire semblant de refaire ses lacets. Il était en réalité en train de vérifier dans le rétroviseur du 4 × 4 s'il était suivi. À environ huit cents mètres derrière lui, il vit un homme vêtu d'un long manteau qui marchait lentement. Comme il s'y attendait, l'homme s'arrêta et fit mine de regarder une vitrine lorsqu'il soupçonna Devon de l'épier dans le rétroviseur.

Devon sourit d'un air satisfait et se releva. Être suivi à travers la ville par un agent du gouvernement ne le dérangeait pas plus que ça. C'était même plutôt rassurant de savoir que si un voyou essayait de l'agresser, il y aurait quelqu'un de compétent dans les parages pour lui venir en aide. Il continua à marcher, ralentissant ou s'arrêtant pour regarder une vitrine de temps en temps, juste pour le plaisir d'agacer le type derrière lui.

Il était dans une rue calme non loin de chez lui lorsqu'un taxi s'arrêta à sa hauteur. La vitre du côté passager était baissée, et le conducteur se pencha pour crier à Devon : « Hey, mon pote, tu sais comment on va à Gordon Street ? »

Devon s'arrêta et réfléchit un moment, se demandant où cette rue pouvait bien se trouver. Il n'en avait jamais entendu parler. Il se plaça sur la bordure du trottoir et passa la tête à travers la vitre ouverte.

« Gordon Street ? » demanda-t-il pour s'assurer d'avoir bien entendu.

C'est alors qu'il reconnut le chauffeur. Sa masse bouclée de cheveux orange pétant le trahit immédiatement. C'était Henry Jekyll, alias docteur Maboul.

« Henry ? demanda Devon, décontenancé.

— Ravi de vous revoir, monsieur Pincent », répondit Jekyll.

Devon s'éloigna du taxi. Mais avant qu'il n'ait eu le temps de regarder autour de lui si l'espion était toujours là, quelqu'un l'attrapa par-derrière. Il sentit une main sur sa taille, et un mouchoir plaqué contre son nez et sa bouche. Le tissu était imbibé d'un puissant anesthésiant. S'il s'était agi de chloroforme, Devon aurait eu une chance de se défendre car, contrairement à ce que veulent nous faire croire les séries télévisées comme *Dallas* et *Drôles de dames*, le chloroforme met plus d'une demi-seconde à faire effet. En inspirant les émanations, il sut que c'était une drogue bien plus puissante. Il tourna la tête pour essayer de se libérer de l'emprise de son agresseur, mais à chaque seconde qui passait, il plongeait un peu plus dans l'inconscience.

Tout en se sentant partir, il entendit une portière de voiture s'ouvrir. Son agresseur le jeta à l'arrière du taxi en maintenant le mouchoir plaqué contre son visage. Juste avant de s'évanouir complètement, il aperçut l'homme qui l'avait attaqué. Solomon Bennett.

« Devon, dit Bennett en s'installant à l'arrière avec lui. Nous avons beaucoup de choses à nous dire, depuis le temps. »

17

Les derniers jours de l'opération Blackwash
(Cinq ans plus tôt)
Partie 4 sur 4

Devon Pincent avait passé une grande partie de la matinée à s'inquiéter de la fin de son précieux projet Blackwash. Il s'était creusé la cervelle pour essayer de trouver un argument décent à présenter au général Calhoon pour la convaincre de revenir sur sa décision. Mais ses pensées revenaient toujours aux événements de la veille, lorsque Calhoon avait impitoyablement fait escorter Solomon Bennett et son docteur fou jusqu'au lieu de leur exécution.

La rumeur courait que Bennett et Jekyll avaient disparu, ainsi que les deux policiers qui les escortaient. Devon était relativement certain que cela signifiait qu'ils étaient morts et que les deux agents des opérations spéciales déguisés en policiers avaient été réassignés.

Il arriva devant le bureau de Calhoon à l'heure précise de leur rendez-vous, à la seconde près. Après avoir vu son vrai visage la veille, Devon savait à quel point il était important de ne pas la contrarier. Et si cela signifiait être ponctuel, alors il le serait. À tout moment. Il avait même apporté deux tasses de café. Une pour lui, et l'autre pour Calhoon, de noir sans sucre, exactement comme elle l'aimait.

Calhoon était assise derrière son bureau lorsqu'il entra. Elle était vêtue de son uniforme militaire kaki. À la surprise de Devon, elle l'accueillit avec un grand sourire.

« Asseyez-vous, Devon, dit-elle en désignant la chaise en face d'elle.

— Je vous ai pris un café, dit Devon.

— Merci. »

Devon posa les deux tasses sur le bureau, qui était complètement nu, à l'exception d'un dossier noir posé devant Calhoon. Il tira une des deux chaises et s'assit en prenant soin de ne pas étendre ses jambes trop loin de peur de devoir subir une des diatribes ridicules du général sur les « contacts podaux » inappropriés. Calhoon retira le couvercle de la tasse en plastique et en inspecta le contenu.

« Vous avez tout bon, dit-elle. Vous seriez surpris de savoir le nombre de personnes qui merdent chaque fois. Je veux dire, noir sans sucre. Ce n'est quand même pas difficile à comprendre, si ? »

Devon sourit poliment et changea immédiatement de sujet. « Jack dit que les deux types qui ont arrêté Solomon étaient bien des black ops. »

Calhoon but une gorgée de café.

« Hmm, hmm. Vous pensez que je me suis emportée, hier, n'est-ce pas ?

— Faire exécuter Solomon m'a semblé un peu excessif, oui. Il a merdé, aucun doute là-dessus, mais il aurait mérité un procès, selon moi.

— Devon, *il s'est enfui*.
— Bien sûr. »

Devon comprenait que Calhoon se devait de les laisser penser que Solomon Bennett et Henry Jekyll étaient toujours en vie, et c'était pour cette raison qu'elle s'en tiendrait au classique « ils se sont enfuis et on ne les retrouvera jamais ». Il était convaincu que la vérité était légèrement différente.

« Écoutez, dit Calhoon. Même si je ne suis en aucun cas obligée de me justifier auprès de vous, je vais faire une exception aujourd'hui. La situation est beaucoup plus complexe qu'elle n'y paraît. Vous et moi ne travaillons ensemble que depuis quelques mois, mais comme je pense que vous l'avez deviné, je suis ici pour faire le ménage dans ce département. Mon prédécesseur vous a laissé beaucoup trop de libertés. Sans jamais rien remettre en question. Tout ça va changer.

— Mais mon opération Blackwash...
— Votre opération Blackwash est terminée. »

Devon laissa échapper un long et profond soupir. Il savait qu'il n'avait aucune chance de la faire changer d'avis, mais il se sentait obligé de s'expliquer.

« Mais on a fait tellement de progrès, dit-il. Je ne devrais pas être puni pour les conneries de Solomon. Je ne voulais pas que mes soldats prennent part à quelque expérience que ce soit, et vous le savez.

— Je sais, mais, Devon, il y a beaucoup de choses que vous ne savez pas. Ça remonte à de nombreuses années, quatorze pour être exacte, et à une affaire dans laquelle vous avez été impliqué.

— Quoi ?

— Votre vieil ami, Lionel Conrad, et sa femme, Mary, vous vous souvenez d'eux ?
— Oui. »

Devon avait du mal à cacher sa confusion. Depuis la veille, il avait longuement réfléchi aux diverses directions que pourrait prendre cette conversation avec Calhoon, mais il n'avait pas une seule seconde imaginé qu'elle mentionnerait le nom des parents de Joey Conrad.

« Qu'est-ce qu'ils ont à voir là-dedans ?
— Vous avez trouvé leur fils dans le placard, n'est-ce pas ?
— Je m'en souviens comme si c'était hier.
— Eh bien, il y a eu beaucoup d'autres meurtres dont vous n'êtes pas au courant.
— Vous savez qui les a tués ?
— Maintenant, oui. Nous avons passé les dernières vingt-quatre heures à enquêter sur Solomon Bennett, nous avons fouillé ses e-mails et écouté ses conversations téléphoniques pour déterrer tout ce qu'on pouvait. Lui et son pote, le docteur Jekyll, sont de vieux amis. Leur amitié remonte au meurtre des Conrad.
— Quoi ? »

Calhoon ouvrit son dossier et en sortit une liasse de papiers et de photos épaisse de cinq centimètres.

« Comme vous le savez, Lionel Conrad et sa femme travaillaient tous les deux dans la recherche médicale, pour une entreprise appelée Cybertech. Eh bien, il y a une vingtaine d'années, Cybertech a mis la main sur une météorite tombée dans le désert, à une dizaine de kilomètres de leur usine.
— Oui, je m'en souviens. Lionel en avait parlé. Il disait qu'il n'avait jamais rien vu de tel.

— Et il avait raison, poursuivit Calhoon. Lionel et son épouse ont extrait une substance du noyau du météore. Au bout de deux années de recherche, ils ont découvert qu'elle pourrait aider à traiter le cancer de la peau. Apparemment, à la bonne température, la matière contenue dans ce météore était capable de se fondre dans la peau humaine et de détruire les cellules cancéreuses. Et il semble que les effets soient permanents. Ça devait être une des plus grandes découvertes de l'histoire de l'humanité.

— Lionel ne m'a jamais parlé de ça.

— J'espère bien. Son travail était quelque chose d'extrêmement sensible. Mais un de ses jeunes apprentis, un certain docteur Henry Percival, y vit une opportunité de se faire un nom.

— Henry Percival, c'est Henry Jekyll ?

— Bingo. Il voulait garder la substance contenue dans le météore pour lui. Il a recruté quelqu'un pour kidnapper Mary Conrad et l'a forcée à leur remettre l'intégralité de la substance. Nous parlons ici de cinquante gallons maximum, donc les hommes de Jekyll n'ont eu aucun problème à les sortir de l'usine Cybertech. Mais ils avaient un problème ; Lionel Conrad gardait en permanence ses recherches sur lui. Et sans ses notes, la substance n'était d'aucune utilité. C'est à ce moment que Lionel et Mary ont été assassinés et que vous avez trouvé Joey Conrad dans le placard.

— Vous dites que Henry Jekyll a assassiné Lionel et Mary ? »

Calhoon eut un petit rire moqueur.

« Non. Jekyll était bien trop lâche pour ça. Il a recruté quelqu'un pour faire le sale boulot à sa place.

— Solomon Bennett !
— Eh bien, non.
— Oh.
— Mais Bennett était impliqué, bien sûr. Jekyll lui a expliqué son projet. J'imagine qu'il lui a dit qu'il voulait faire de lui l'homme le plus riche du monde, bla-bla-bla. Solomon a embauché quelqu'un qui était ravi de s'occuper du meurtre pour eux.
— Qui ?
— Devinez. »

Devon n'en avait aucune idée, mais la façon dont Calhoon le regardait suggérait que la réponse était évidente. Il se gratta la tête et essaya de trouver qui Bennett aurait pu embaucher pour faire tuer quelqu'un quatorze ans plus tôt. Finalement, un nom lui vint à l'esprit. « Quand même pas son frère ? »

Calhoon hocha la tête.

« Terry Bennett.

— Je pensais qu'il était mort ?

— C'est ce que tout le monde pensait. En réalité, Solomon est toujours resté en contact avec lui. J'ai des e-mails, des conversations téléphoniques, la totale. Tout est dans ce dossier. Et ce n'est que ce que nous avons trouvé ces dernières vingt-quatre heures.

— Quel fils de pute. J'ai travaillé sur cette affaire pendant des années sans jamais m'approcher de l'identité du tueur.

— Pas la peine de culpabiliser. Je parie que Solomon vous avait à l'œil, à l'époque. Si vous vous étiez rapproché de la vérité, il aurait tout foutu en l'air.

— Mais qu'est-ce que Solomon voulait faire d'un traitement contre le cancer ?

— Rien. Lui et Jekyll pensaient tous les deux que c'était une perte de temps, parce qu'il n'y avait pas assez de substance pour que ça change quoi que ce soit. Ils préféraient l'idée de s'en servir pour créer une combinaison pare-balles. Ils se sont dit que s'ils brevetaient leur invention, ils pourraient la vendre à l'armée et devenir milliardaires.

— Putains de connards. »

Devon prit sa tasse de café et en but une gorgée avant qu'il refroidisse.

« Et où est-ce qu'ils gardent ce truc – comment ils appellent ça –, le Brumalyte ?

— Eh bien, le pire, c'est que tout est *ici*. Le seul endroit où Jekyll et Bennett pouvaient élaborer ce produit était dans nos propres labos. Tous les tonneaux de cette substance sont stockés ici.

— Qui d'autre est au courant ?

— Seulement Bennett et Jekyll.

— Mais ils sont morts, n'est-ce pas ?

— Non, Devon, ils ne sont pas morts. Ils se sont échappés. Je sais pas comment, mais ils ont tué mes deux black ops et ils se sont fait la malle.

— Sérieusement ?

— Je suis très sérieuse. Vous ne pouvez en parler à personne.

— Vous pensez que Bennett va essayer de revenir ici pour récupérer le produit ?

— Qu'il essaie. »

Calhoon s'adossa à sa chaise et leva les yeux au plafond. « Devon, que comptez-vous faire de cette information que je viens de vous donner ? »

187

Tout cela faisait beaucoup à digérer, et Devon ne savait pas encore quoi en penser.

« Que voulez-vous dire ? demanda-t-il.

— Comme je vous l'ai expliqué, votre opération Blackwash est terminée. Les soldats restants vont être renvoyés chez eux. Ils recevront une pension militaire complète en échange de leur silence. Si l'un d'entre eux décide un jour de parler de l'opération Blackwash, je ferai en sorte qu'il disparaisse. »

Elle fit glisser quelques documents en direction de Devon. « Voici les conditions de leur libération. Je veux que vous leur donniez leurs indemnités de licenciement cet après-midi. Mais je veux savoir ce que vous direz à Joey Conrad lorsque vous lui donnerez les siennes. »

Devon fronça les sourcils. Il lui fallut quelques secondes pour comprendre ce que Calhoon était en train de dire. « Vous voulez que je lui dise qui a tué ses parents ? »

Calhoon tapota du bout du doigt la feuille de papier qu'elle avait fait glisser vers Devon. « Terry Bennett, l'homme qui a tué les parents de Joey, se cache à Boston. Il sort rarement en public, mais Solomon lui envoie de l'argent de temps en temps, des enveloppes remplies de cash. Lorsque Terry apparaît en public pour les récupérer, il se déguise en nonne et se fait appeler sœur Claudia. Il serait peut-être bon de préciser tout ça à Joey Conrad lorsque vous lui apprendrez que l'opération Blackwash est terminée. »

Devon s'autorisa un demi-sourire. « Merci pour le conseil, général, j'en prends bonne note. »

18

Bébé garda les bras fermement serrés autour de la taille de Joey pendant tout le trajet. Sa moto pouvait atteindre une vitesse vertigineuse en un quart de seconde – c'était en tout cas l'impression qu'elle avait.

Ils roulèrent sur une longue route de campagne sinueuse bordée d'arbres pendant quelques kilomètres, jusqu'à ce qu'ils atteignent une allée privée qui menait à un immense domaine, le manoir Landingham. La propriété était assez connue dans la région, car c'était un lieu de protection de la faune sauvage. Des renards, des cerfs et des blaireaux s'y promenaient en liberté. Mais ce qui attirait le plus l'attention était son manoir de plus de cinquante chambres. Un mur haut de trois mètres protégeait ses quarante hectares de terrain des braconniers et des cambrioleurs.

Joey ralentit, et ils roulèrent lentement jusqu'au grand portail en fer noir qui délimitait l'entrée. Bébé fut surprise de voir, lorsqu'ils s'approchèrent, le portail s'ouvrir lentement de l'intérieur. Dès que l'espace fut assez grand pour passer, Joey accéléra et s'engagea dans l'allée.

Une fontaine en pierre se dressait au milieu du chemin. La moto de Joey pencha dangereusement sur le côté lorsqu'ils la contournèrent pour rejoindre le bâtiment principal avant de s'arrêter devant de grandes portes rouges.

« Bienvenue chez moi, dit-il.

— Tu veux me faire croire que tu vis ici ? » répondit Bébé, époustouflée par la magnifique bâtisse ancienne qui se dressait devant elle.

Il devait y avoir au moins cent chambres, là-dedans. Seul quelqu'un d'incroyablement riche pouvait vivre là.

Joey coupa le moteur et fit signe à Bébé de descendre. Elle se laissa glisser par terre et le regarda guider la moto à côté de l'entrée. Il baissa la béquille du bout du pied et la gara près du mur.

Bébé ne comprenait toujours pas ce qu'ils faisaient dans un lieu aussi prestigieux.

« Sérieusement ? Tu vis ici ?

— Ton père m'a installé ici. Il a bientôt un autre boulot pour moi et il veut que je reste habiter là en attendant.

— Donc, tu es toujours en contact avec lui ?

— Ouais. Je dois le voir demain pour savoir ce qu'il veut que je fasse ensuite.

— Vous vous voyez beaucoup ?

— Non. On se voit une fois par mois, dans un bar. La dernière fois qu'on s'est vus, il m'a envoyé tuer des gens dans une station-service.

— J'ai vu ça aux informations, oui !

— Ouais. Ce boulot a attiré pas mal l'attention, plutôt négativement, malheureusement. »

Il désigna d'un signe de tête la porte d'entrée.

« Rentrons, il commence à faire froid.

— D'accord, mais dis-moi, sérieusement, comment mon père a pu t'installer ici ?

— La propriétaire, Mme Landingham, est une amie à lui. Elle était mariée à un type qui travaillait dans son département. Maintenant, elle loue des chambres à l'agence quand quelqu'un a besoin d'un endroit où rester. Heureusement, je suis pour le moment le seul à y séjourner. Et je crois que Mme Landingham aime bien m'avoir ici.

— Est-ce qu'elle sait qui tu es ? »

Joey haussa les épaules. « Je sais pas, mais ton père dit qu'elle sait qu'il vaut mieux ne pas poser de questions et qu'elle ne parle jamais de ses locataires. » Il ouvrit une des portes et lui fit signe d'entrer. « Essaie de ne pas faire trop de bruit. Mme Landingham est sûrement déjà couchée. »

La maison était encore plus impressionnante à l'intérieur. Le sol du hall d'entrée était en marbre brillant, et il y avait un escalier en son centre qui conduisait à un balcon partant dans deux directions. Tout semblait ancien et valait probablement une fortune.

« Suis-moi, ça va te plaire », dit Joey en la prenant par la main.

Elle le suivit dans un couloir donnant sur une pièce qui semblait tout droit sortie d'un film avec Cary Grant. Le mur du fond était recouvert, du sol au plafond, d'une bibliothèque chargée de centaines de livres anciens. Au centre, sur une grande table en bois, trônait un vieux téléphone rouge vif avec un simple bouton où auraient dû se trouver les touches. À côté, il y avait un buste en bronze d'un homme que Bébé ne reconnaissait pas.

Joey marcha sans se presser jusqu'au buste et posa sa main sur sa tête.

« Plutôt cool, hein ?

— C'est censé être qui ? demanda Bébé en observant la sculpture.

— Adam West.

— Qui ça ?

— Il jouait Bruce Wayne dans *Batman*, la série. »

Bébé fronça les sourcils, déconcertée.

« C'est un peu bizarre, non ?

— Le mari de Mme Landingham était agent secret, quand il était jeune. C'est comme ça que ton père l'a connu. Il a fait aménager cette pièce comme le bureau du manoir Wayne, sauf qu'à la place d'un buste de Shakespeare, il en a fait faire un d'Adam West. »

Il montra du doigt le téléphone rouge.

« C'est un téléphone spécial. Mme Landingham l'utilise pour m'appeler lorsque le dîner est prêt.

— Elle te fait à dîner ?

— Non, c'est le personnel de cuisine qui s'en occupe, mais Mme Landingham me l'apporte ici.

— C'est ta chambre ? »

Joey secoua la tête. « Non, mais c'est par là que j'y accède. »

Bébé resta un moment interloquée.

« Hein ?

— Regarde un peu. »

Joey tira sur la tête de la statue en bronze. Elle se détacha des épaules, laissant apparaître un petit bouton au milieu du cou. « Appuie sur ce bouton. »

Bébé s'exécuta et entendit presque aussitôt un léger grincement semblant venir de la bibliothèque. Une portion du mur coulissa, révélant un ascenseur.

« Wow, c'est trop cool ! »

Joey remit la tête d'Adam West en place. « Viens », dit-il.

Il la prit par la main et la conduisit vers l'ascenseur. Il y avait deux boutons sur le mur. L'un avec une flèche vers le haut, l'autre avec une flèche vers le bas. Joey pressa le second. La bibliothèque se referma derrière eux et l'ascenseur commença à descendre.

« Je me rappelle de cette série, je suis tombée dessus une fois, dit Bébé. Ils utilisaient pas des barres de pompier pour descendre au sous-sol ?

— Si. Mme Landingham les a fait remplacer par un ascenseur quand son mari est mort.

— Il est mort depuis combien de temps ? »

Bébé ne savait pas exactement pourquoi elle avait posé cette question, mais elle commençait à se sentir nerveuse. Elle était seule avec Joey, comme elle en rêvait depuis si longtemps, mais soudain, elle ne trouvait rien d'intéressant à dire.

« L'année dernière, répondit Joey. Il avait quatre-vingt-six ans. Pas un âge si terrible, pour mourir. On peut pas dire la même chose de la manière dont il est mort.

— Qu'est-ce qu'il lui est arrivé ? » demanda Bébé au moment où l'ascenseur s'arrêta.

Les portes s'ouvrirent et Joey sortit. Il se tourna vers elle pour répondre à sa question. « Il s'est cassé le cou en descendant par la barre de pompier. »

Bébé entendit à peine sa réponse tant elle était ébahie par la pièce qu'elle avait devant les yeux. Le sous-sol avait été façonné comme une grotte géante équipée de matériel high-tech, avec des ordinateurs et des installations sportives ultramodernes. Mais ce qui attira réellement son attention se trouvait tout au fond, devant un grand rideau en métal. Il s'agissait de la voiture de stock-car jaune et rouge de Joey, celle dans laquelle il l'avait ramenée chez elle après l'avoir sauvée de B Movie Hell. Elle était posée sur un grand disque rotatif argenté.

« Plutôt cool, non ? dit Joey. M. Landingham voulait que l'endroit ressemble à une véritable grotte. » Il désigna le bureau au milieu de la pièce. Des moniteurs étaient empilés dessus, face à un panneau de contrôle.

« Ces écrans montrent tout ce qui se passe dans et autour du domaine, dit-il. Comme ça, si des intrus réussissent à franchir les murs extérieurs, je peux les tuer avant qu'ils n'entrent dans le bâtiment.

— Les tuer ?

— Je plaisante. Je me contente de les estropier, en général.

— Quoi ?

— C'est une blague, Bébé. Personne n'a essayé d'entrer par effraction depuis que je suis ici.

— Oh. »

Bébé rit poliment. Elle regarda de l'autre côté de la pièce. Il y avait un écran de télévision digne d'une salle de cinéma face à un canapé en cuir noir.

« Cette télé est énorme ! dit-elle.

— Ouais. Tu veux regarder *Karaté Kid 3* ?

— Heu, non, peut-être plus tard, merci. »

Bébé s'approcha de la voiture, celle dont elle rêvait presque toutes les nuits. La journée qu'elle y avait passée avec Joey était un de ses meilleurs souvenirs. Elle rêvait de faire un jour une autre balade dans l'Iroquois-mobile. Elle aperçut une porte dans le mur au fond de la grotte, près de l'entrée du garage.

« Y a quoi, derrière cette porte ? demanda-t-elle.

— Les toilettes. T'as envie de pisser ?

— Non, ça va, merci. Et ton lit ? Où est-ce que tu dors ? »

Joey se tenait près du poste de sécurité. Il poussa un interrupteur sur le panneau de contrôle, et, soudain, une portion du mur derrière Bébé commença à bouger. Dans le manoir Landingham, les murs cachaient souvent des secrets. Celui-ci bascula comme un pont-levis, révélant un grand lit avec une couette jaune et des oreillers rouges.

« Bon sang, c'est génial ! s'exclama Bébé. Cet endroit est incroyable.

— Je crois que M. Landingham était un peu excentrique. Il faut être légèrement cinglé pour faire des acrobaties sur une barre de pompier à plus de quatre-vingts ans.

— Ouais.

— Tu veux boire un verre ? »

Bébé fit non de la tête. Elle se dirigea vers le lit et s'assit dessus. La discussion au sujet de la folie de M. Landingham lui avait rappelé quelque chose qui la tracassait.

« Joey, je peux te poser une question ?

— Bien sûr. Laquelle ?

— Est-ce que tu vas tuer le pape ? »

Joey éclata d'un rire sonore et joyeux.

« Absolument pas. Je sais pas d'où vient cette histoire. Je pense que la presse a inventé tout ça.

— Mais mon père dit que tu as tué une nonne parce que tu n'aimes pas les religieux, et que c'est pour ça que tu as été envoyé en hôpital psychiatrique. Est-ce que c'est vrai ? »

Joey sembla surpris par sa question, mais pas offensé, ce qui était un soulagement pour Bébé.

« Ton père ne t'a pas dit pourquoi j'avais tué la nonne ?

— Non. Alors c'est vrai que tu l'as tuée ? »

Joey tira une chaise de bureau matelassée de sous le poste de sécurité et s'installa dessus.

« Ouais, mais c'est ton père qui a tout organisé.

— Quoi ?

— La nonne était en fait un homme, celui qui a assassiné mes parents. C'est ton père qui m'a dit où je pouvais le trouver. »

Bébé s'en voulait un peu de lui avoir posé cette question, mais elle était heureuse de connaître enfin la vérité. « Oh. Je suis désolée, je ne savais pas pour tes parents. »

Joey fit rouler sa chaise jusqu'à elle. Elle le regarda dans les yeux. Il y avait quelque chose en lui qui lui donnait l'impression qu'elle pouvait croire tout ce qu'il disait. Malgré tous ses défauts, Joey avait un regard honnête.

« L'homme qui les a tués était un sociopathe paranoïaque, un vrai barge. Après avoir fait ça, il s'est installé à Boston et s'est caché là-bas. Il sortait rarement, mais lorsqu'il le faisait, il se déguisait en nonne pour ne pas être reconnu. J'imagine qu'il avait beaucoup d'ennemis, et il était recherché pour tout un tas de trucs, dont le meurtre de mes parents.

— S'il les a tués, alors il le méritait, déclara-t-elle.
— Donc, tu aurais fait la même chose ? »

Bébé sourit. « Ouais. » C'était vraiment rassurant de savoir qu'il n'avait pas assassiné sans raison une sainte femme sans défense. « Comment tu t'y es pris ? demanda-t-elle. Papa dit que tu l'as poignardée dans un resto, c'est vrai ? »

Joey acquiesça.

« L'homme s'appelait Terry Bennett. Je savais que quand il avait besoin d'argent, il allait dans un *diner* du centre-ville pour rencontrer un de ses associés qui lui donnait une enveloppe pleine de cash. Alors j'ai trouvé qui était l'associé et je l'ai suivi partout, en attendant qu'il se rende au resto. Ce qu'il a fini par faire deux semaines plus tard. C'est là que j'ai vu Terry Bennett assis dans une cabine dans son déguisement de nonne. Le jour où il a assassiné mes parents, il portait une cagoule, donc je ne connaissais que ses yeux. Ton père m'avait montré des photos de lui, mais c'est ses yeux qui l'ont trahi. Quand je les ai vus, j'ai su immédiatement que c'était lui.

— Alors, qu'est-ce que tu as fait ? »

Joey commença à s'agiter, utilisant ses mains pour garder l'attention de Bébé.

« Je m'étais préparé à l'avance. J'avais écrit un message sur un morceau de papier disant que quelqu'un dans le resto allait le tuer. Je l'ai mis dans une enveloppe adressée à "sœur Claudia". C'est comme ça qu'il se faisait appeler. Je voulais voir la peur dans son regard lorsqu'il lirait le message. Alors, j'ai attendu que la serveuse ait le dos tourné pour glisser l'enveloppe sur son plateau. Et je t'assure que le meilleur moment dans le meurtre de ce fils de pute, c'est quand j'ai vu l'expression sur son visage changer en lisant le mot. Il flippait sérieusement.

— Est-ce qu'il t'a vu et a compris que c'était toi ?

— Non. J'étais avec ma petite amie.

— Tu avais une petite amie ?

— Meghan était une autre recrue de l'opération Blackwash. Quand ils ont mis le projet au rancart, on est sortis ensemble pendant quelque temps. Tous les deux, on connaissait pas grand monde dans la vraie vie, alors c'était plus facile de réintégrer la société à deux. Je l'ai convaincue de prendre des vacances à Boston avec moi. Mais je ne lui ai pas dit pour quoi faire. J'aurais certainement dû, mais Meghan était la couverture parfaite. On était simplement assis à une table comme deux amoureux, donc je pense qu'il ne nous a jamais soupçonnés.

— Alors, qu'est-ce qu'il a fait ?

— Il est resté assis à se chier dessus pendant cinq bonnes minutes. C'était quand même un mec déguisé en nonne et recherché dans toute l'Amérique, il pouvait pas se permettre d'appeler les flics. Et ensuite, par le plus grand des hasards, un pauvre connard assis à une autre table se lève et marche vers Terry Bennett. Je vois bien que Bennett pense que c'est lui qui lui a laissé le message. Il a une fourchette à la main et il est prêt à la planter dans le cou du type.

— Oh, mon Dieu.

— Ouais. Donc, le pauvre connard passe devant la table de Bennett. J'imagine qu'il a juste envie d'aller pisser et les toilettes sont au fond du resto. Bennett attend qu'il soit passé, puis il se lève de son siège.

Il regarde le type entrer dans les toilettes, donc il me tourne le dos. Et c'est là que je me décide à agir.

— Qu'est-ce que tu as fait ?

— Je me suis levé. Attends, je vais te montrer. »

Joey se leva et repoussa sa chaise du pied. Puis il lui prit la main et la força à se lever du lit, sans attendre de voir si elle comptait le faire d'elle-même. « OK, tourne-toi », dit-il.

Bébé lui tourna le dos, et il pressa son corps contre le sien. Même s'il était sur le point de faire une démonstration de la façon dont il avait assassiné quelqu'un, le cœur de Bébé s'emballa lorsqu'elle le sentit si près d'elle. Ses jambes étaient comme du coton, et sa respiration de plus en plus saccadée. Joey glissa un bras autour de sa taille et l'attira d'un geste brusque contre lui. Son autre main était placée plus haut, autour de sa gorge. Il lui murmura à l'oreille :

« Je l'ai attrapé comme ça, j'ai pressé un couteau sous son menton, et je lui ai dit : "Vous avez tué Mary et Lionel Conrad. C'étaient mes parents." C'est tout ce que j'ai eu le temps de dire avant qu'il commence à se débattre. Je lui ai enfoncé le couteau dans le menton, jusqu'à la gorge. » Il utilisa son index pour montrer le geste à Bébé. Puis il fit glisser son doigt sur son cou, caressant délicatement sa peau jusqu'à ses clavicules.

« Je l'ai découpé jusqu'en bas, continua-t-il. Puis je l'ai jeté au sol. Je me souviens encore de l'expression sur son visage. Quand il m'a regardé. Du sang giclait de sa gorge. Je me suis assis sur sa poitrine et je l'ai regardé dans les yeux. Et je l'ai regardé s'étouffer avec son propre sang. Je me suis assuré que la dernière chose qu'il voyait avant de mourir, *c'était moi.*

— Et qu'est-ce qui s'est passé, ensuite ? Tu t'es enfui ? »

Joey secoua la tête.

« Je n'avais pas prévu de m'enfuir. Je m'en foutais d'être arrêté. Quelqu'un a fait signe à une voiture de police qui passait et ils ont débarqué dans le resto, l'arme au poing. Et puis ils m'ont arrêté.

— Et ta petite amie, Meghan ? »

Joey posa ses deux mains sur la taille de Bébé.

« Ils l'ont arrêtée aussi. Même si je leur ai dit qu'elle avait rien à voir là-dedans, elle a écopé de deux ans de prison pour complicité de meurtre. Et moi, j'ai été envoyé en hôpital psychiatrique. C'est ton père qui a arrangé ça. J'aurais facilement pu être condamné à mort, mais à cause de ce qu'ils m'avaient fait dans le cadre du projet Blackwash, j'ai pu plaider la folie. Meghan n'a pas eu cette chance. Elle a plaidé l'innocence, mais elle a été jugée coupable.

— Tu la vois toujours ?

— Non. Elle me hait. Je peux comprendre. Je n'aurais jamais dû l'impliquer là-dedans. »

Pendant tout son récit, Joey avait gardé son corps pressé contre le sien. Il regardait dans le vide, perdu dans les détails de sa propre histoire. Elle pouvait sentir la chaleur de son souffle sur son cou. Elle voulait que ce moment soit romantique, mais toutes ces affaires de meurtre et de prison avaient un peu cassé l'ambiance, aussi essaya-t-elle d'égayer les choses.

« Attraper les gens par-derrière, c'est ça, ta technique secrète ? demanda-t-elle, dans l'espoir qu'ils restent ainsi aussi longtemps que possible.

— Ouais. Ça te plaît ? »

Bébé sourit. Elle avait l'impression qu'ils étaient en train de flirter, mais d'une manière assez étrange.

« Ne bouge pas, dit-elle. Tu veux voir ce que c'est, ma technique secrète à moi ?

— D'accord. »

Elle inspira profondément. Après une telle annonce, il fallait à présent qu'elle se montre à la hauteur, et elle se sentit encore plus nerveuse. Son cœur battait plus vite que jamais.

« Quand je travaillais au Minou Joyeux, y avait ce client glauque qui avait l'habitude d'attraper les filles par-derrière dès qu'il entrait dans la chambre. Il était vraiment brutal, et même s'il payait pour le sexe et que tout le monde était consentant, il aimait avoir l'impression que ce n'était pas le cas.

— Chouette type…

— Ouais. Mais j'ai inventé une technique pour le remettre à sa place. Tu es prêt ?

— Vas-y. »

Bébé espérait de tout son cœur réussir à refaire ce mouvement.

« Ça s'appelle "le pingouin".

— OK, j'attends.

— Et voilà. »

Sans que Joey s'en fût rendu compte, Bébé était parvenue, d'une main, à défaire la boucle de sa ceinture et le premier bouton de son pantalon. Elle lui décocha un coup de coude dans les côtes et se défit de son emprise, tout en baissant son pantalon dans un unique mouvement fluide. La combinaison du coup de coude dans les côtes et du baisser de pantalon fonctionnait à merveille sur toutes ses victimes. Bébé ne connaissait aucun homme qui ne paniquait pas en sentant son pantalon tomber à ses pieds sans qu'il s'y attende. Elle se tourna pour lui faire face, avec un sourire rayonnant. Elle était très fière que son piège ait si bien fonctionné sur lui. Joey semblait complètement abasourdi. Sa bouche était grande ouverte et ses yeux étaient rivés sur le pantalon affalé sur ses chevilles. Lorsque Bébé baissa le regard pour voir quelle sorte de sous-vêtements il portait, elle eut droit elle aussi à une petite surprise.

« Oh, mon Dieu, tu ne portes pas de slip ?
— Nan. »

Bébé avait vu beaucoup de très belles queues, dans le passé, mais les circonstances étaient différentes. Elle sentit son visage brûler de honte. « Désolée, je savais pas. »

Joey se remit très vite de ses émotions. Il leva les sourcils et la regarda d'un air de reproche moqueur.

« Je sais pas vraiment quoi dire.
— Tu n'as pas à dire quoi que ce soit. »

Bébé recula de quelques pas et s'assit sur le lit. « Viens », dit-elle d'un air mutin. La honte qu'elle avait ressentie quelques secondes plus tôt disparaissait rapidement.

Joey fit deux pas dans sa direction, mais le pantalon toujours autour de ses chevilles l'obligeait à se dandiner maladroitement.

Bébé gloussa. « Et c'est pour ça que ça s'appelle "le pingouin" ! »

Joey ferma les yeux et secoua la tête. « J'ai tué des gens pour moins que ça. »

Bébé inspira profondément et observa de nouveau son pénis. Il était d'une taille impressionnante et grossissait à vue d'œil. Elle leva les yeux vers son visage et plongea son regard dans le sien, l'invitant à se rapprocher. C'était le moment qu'elle attendait tant.

Quelques secondes plus tard, leurs corps nus s'enfonçaient dans les draps. Malgré ses nombreuses expériences sexuelles, Bébé n'avait jamais connu la passion véritable. *Jusqu'à maintenant.*

Pendant les vingt minutes qui suivirent, ils furent tellement absorbés l'un par l'autre qu'ils oublièrent l'existence du monde extérieur. Aucun des deux ne regarda ce qui se passait sur les écrans de sécurité. S'ils l'avaient fait, ils auraient vu le meurtre brutal qui venait d'avoir lieu dans les bois, de l'autre côté des murs du domaine.

19

Alexis Calhoon avait beaucoup réfléchi à ce qui s'était passé récemment aux Opérations fantômes. Comme toujours, ce qui l'inquiétait le plus était qu'elle ne savait pas auxquels des hommes sous son commandement elle pouvait faire confiance. *À cent pour cent.*

Devon Pincent représentait le plus gros problème. Ses intentions étaient toujours bonnes, et il cherchait toujours à protéger les plus faibles. Mais ses méthodes étaient complètement immorales. Elle n'arrivait pas à déterminer quelle était son implication dans la menace contre le pape, ni même s'il était réellement impliqué. C'était le problème, avec Devon, il avait toujours un train d'avance. Lorsque les autres commençaient à comprendre ce qu'il manigançait, il avait déjà couvert ses traces et créé une diversion qui faisait perdre son temps à tout le monde, tout en lui permettant d'en gagner assez pour effacer toute preuve de son implication dans la dernière affaire douteuse en date.

Lorsqu'elle arriva devant le penthouse du Ritz, elle n'était toujours pas plus avancée quant à l'implication de Devon dans cette affaire, et elle en avait assez d'y penser. Elle avait bien d'autres soucis, dont le moindre n'était pas sa rencontre imminente avec le pape. Elle avait revêtu son uniforme militaire blanc pour l'occasion, même si elle avait passé plus d'une heure à réfléchir à toutes sortes de tenues moins formelles. Mais il s'agissait après tout d'un rendez-vous professionnel.

Rufus, le secrétaire personnel du pape et préfet de la maison pontificale, ouvrit la porte et la guida dans la suite privée du Saint-Père. Rufus était de taille moyenne, et son visage encadré d'une masse décente de cheveux gris était celui d'un homme d'une cinquantaine d'années, bien qu'il frôlât la soixantaine. Il portait une longue soutane noire doublée de rouge aux manches et au col. Calhoon l'avait déjà rencontré une fois, et elle avait été ravie de découvrir qu'il était aussi aimable en personne qu'à la télévision.

« Je vous en prie, asseyez-vous, dit Rufus.

— Elles sont pour Sa Sainteté, dit Calhoon, en lui tendant le bouquet de fleurs qu'elle avait décidé d'emporter en se rappelant qu'elle rendait visite à un homme qui venait de subir une opération extrêmement lourde.

— Merci. »

Rufus prit les fleurs et les plaça sur un grand piano ancien dans un coin de la chambre.

Le pape et son entourage avaient du goût, en matière d'hôtel. La suite où ils logeaient était la plus impressionnante que Calhoon eût jamais vue. Elle s'assit sur un canapé trois places doré et regarda autour d'elle, s'émerveillant de la hauteur des plafonds et de la magnificence de la pièce en général, du grand piano, placé en hauteur dans un angle, à l'immense écran de télévision encastré dans le mur. Elle aurait aimé prendre son temps pour visiter le reste de la suite, mais à cette heure indue, elle était consciente qu'elle devait être brève.

« J'ai deux raisons de venir à une heure aussi tardive, dit-elle. La première, et la plus importante, je voulais savoir comment le pape se remettait de son opération. »

Rufus s'installa dans un grand fauteuil couleur crème.

« J'ai de bonnes nouvelles, dit-il avec un sourire généreux qui contredisait ses yeux fatigués. L'opération a été un succès. Le Brumalyte a fonctionné exactement comme vous nous l'aviez promis. Les chirurgiens ont confirmé que toutes les cellules cancéreuses avaient été détruites.

— Oh, c'est merveilleux. »

Calhoon soupira intérieurement de soulagement, même si, avec tous les tests qu'ils avaient pratiqués, elle était certaine que l'opération fonctionnerait.

« Est-ce qu'il est réveillé ? J'aimerais beaucoup le voir.

— Je pense qu'il dort encore et il est encore très faible, mais je vous en prie, venez. »

Rufus se leva et lui fit signe de le suivre dans une chambre près du grand piano. Il frappa doucement à la porte avant de tourner la poignée. Ils entrèrent en prenant soin de ne pas faire de bruit et se trouvèrent face à un spectacle assez perturbant. Le pape était allongé sur un lit une place, et des tubes reliés à des machines sortaient de ses bras. Il était pâle, mais un sourire satisfait égayait son visage. Des bougies étaient allumées tout autour du lit, offrant une lumière tamisée et légèrement fantasmagorique qui donnait à la pièce une atmosphère quelque peu macabre.

« Oh, mince, dit Calhoon. Qu'est-ce qu'il y a dans tous ces tubes ? »

Le pape remua sur son lit et ouvrit les yeux. Il les regarda tous les deux et sourit.

« Est-ce qu'elle vient faire ma toilette ? demanda-t-il.

— Non, Votre Sainteté, c'est le général Calhoon, répondit Rufus. C'est la personne qui nous a fourni le remède pour votre cancer.

— Tant mieux pour elle, dit le pape. Est-ce qu'elle a apporté du gâteau ? Putain, qu'est-ce que j'aime le gâteau. »

Il referma les yeux et sembla replonger dans le sommeil, avec un sourire encore plus paisible, marmonnant de temps en temps le mot « gâteau ».

Rufus escorta Calhoon hors de la chambre.

« Je suis vraiment confus, dit-il. C'est les médicaments. C'est la première fois que je l'entends prononcer une grossièreté, mais il est sous morphine, alors j'imagine qu'il ne sait pas trop ce qu'il dit.

— Aucun problème. D'après ce que j'ai compris, les picotements sur la peau sont assez pénibles, mais ils disparaissent rapidement.

— Ne craignez rien, la rassura Rufus en prenant une carafe sur le bar pour se servir un verre de whisky. Nous participerons bien à votre événement, samedi. Vous avez sauvé la vie du pape, et je vous promets qu'il sera là pour promouvoir ce merveilleux traitement que vous avez développé. C'est le moins qu'on puisse faire. Je peux vous offrir un verre ?

— Ça ira, merci.

— Alors, asseyons-nous. »

Calhoon lui tendit l'enveloppe A4 qu'elle avait apportée et gardée sous le bras depuis qu'elle était arrivée. Rufus s'en saisit et se rassit dans son fauteuil. Calhoon s'installa sur le canapé et le regarda l'ouvrir. Il en sortit le contenu, et la première chose qu'il vit fut la menace contre le pape. Elle ne suscita pas la moindre réaction chez lui. Il passa rapidement à la carte à jouer à l'effigie de l'Iroquois. De nouveau, il resta impassible.

« Devons-nous être inquiets ? demanda-t-il en levant les yeux vers elle.

— Je suis presque certaine que c'est un canular, dit Calhoon. Mais je ne peux pas être sûre à cent pour cent. Par politesse, j'ai cru bon de vous en informer, vous et Sa Sainteté. »

Rufus réfléchit quelques instants à ce qu'elle venait de dire, puis il examina la carte à jouer avec une expression toujours indéchiffrable sur le visage. Il finit par remettre la carte et la photographie du pape dans l'enveloppe, qu'il fit glisser sur la table basse vers Calhoon.

« J'adorais les Top Trumps quand j'étais gamin, dit-il en souriant. On reçoit des menaces de mort constamment. Celle-ci semble assez inoffensive comparée à d'autres. Est-ce que vous avez renforcé la sécurité pour l'événement ? »

Calhoon essaya de s'asseoir plus confortablement. Malgré son prix, ce foutu canapé était dur comme du béton.

« La sécurité a été renforcée au maximum. Vous aurez plus de gardes armés que le président. Seules des personnes triées sur le volet ont été invitées, et tous les individus entrant dans le bâtiment seront soigneusement fouillés. Nous avons également installé des détecteurs de métaux aux différentes entrées.

— Est-ce que ce sont des précautions normales pour une manifestation de ce type ?

— Non, ce sont des précautions excessives. Et pour encore plus de prudence, j'ai changé le lieu de l'événement, qui se déroulera sur notre site de secours. C'est tout aussi sécurisé, mais l'avantage, c'est que personne ne sera informé du nouveau lieu. Tous les invités, le personnel et l'équipe de divertissement y seront conduits le matin même. Même mon équipe de sécurité ne sera informée du changement que la veille. »

Rufus but une gorgée de scotch avant de faire tourner le verre dans sa main, les yeux fixés sur son contenu. S'il n'était pas plongé dans une profonde réflexion, il faisait très bien semblant.

« Je suis impressionné, finit-il par dire. J'ai la plus grande foi en vous, général. Et j'ai le sentiment qu'un jour, dans un futur proche, vous serez reconnue pour votre travail, pas seulement pour avoir sauvé la vie du pape avec votre traitement contre le cancer, mais aussi pour l'avoir fourni aux compagnies pharmaceutiques pour qu'ils puissent en faire profiter le monde entier. Vous allez entrer dans l'histoire, madame.

— Merci, vous êtes très aimable.

— Donc, vous allez me communiquer l'adresse du nouveau lieu ?

— Bien sûr. Dans tous les cas, une escorte militaire vous y accompagnera le jour venu, mais au cas où vous voudriez y jeter un œil et en apprendre un peu plus à son sujet avant l'événement, il s'agit du manoir Landingham. Il se trouve dans la banlieue est de la ville.

— Le manoir Landingham, dit Rufus en reniflant son verre. Ça semble être un endroit charmant. Mais j'irai quand même y jeter un œil.

— Parfait, conclut Calhoon en se levant. Je vous laisse tranquille, maintenant. Si vous avez des questions au sujet du manoir, n'hésitez pas à appeler mon bureau. Si je ne suis pas là, demandez Blake Jackson, c'est la seule autre personne qui est au courant du changement de lieu. »

20

Bébé, perchée sur le bord du lit, se rhabillait rapidement en essayant de ne pas céder à la panique. Il était minuit passé, et elle avait promis à son père d'être rentrée avant vingt-trois heures.

« Je suis tellement en retard. Papa va péter un plomb ! » dit-elle, essayant de faire comprendre l'urgence de la situation à Joey, qui était beaucoup plus détendu. Il avait enfilé son jean, et il était désormais tranquillement en train de choisir un tee-shirt dans un placard sorti comme par magie des murs de la grotte.

« Ne t'inquiète pas, dit-il. Tu seras chez toi en moins de deux.

— On peut prendre la voiture, cette fois ? demanda Bébé, qui n'aimait pas beaucoup l'idée de rouler à nouveau à moto, en particulier sans casque et au beau milieu de la nuit.

— Ouais, d'accord. »

Joey enfila un débardeur noir qui mettait en valeur ses biceps bombés. Le haut de son corps était musclé à la perfection, et, comme Bébé venait de le découvrir, solide comme du granit. Elle avait connu quelques torses décents, à l'époque, mais aucun qui pût rivaliser avec celui de Joey.

En remettant ses chaussures, elle le regarda passer sa main dans ses cheveux décoiffés par leurs batifolages. Sans son masque d'Iroquois et la veste en cuir rouge devenue sa marque de fabrique, il semblait si normal. Il était agréable et bien élevé, rien à voir avec ce qu'il dégageait lorsqu'il revêtait la tenue de l'Iroquois.

« Qu'est-ce que je vais dire à mon père s'il est encore debout ? » demanda Bébé, de plus en plus inquiète.

Joey ramassa sa veste rouge sur le sol, près du lit.

« Dis-lui que tu es rentrée à pied de la falaise de la Peur. Que tu as laissé ce trou du cul de Jason en plan là-bas. Mais surtout, ne dis rien qui puisse laisser penser que tu sais qu'il est mort. Et souviens-toi, il *s'est jeté* de la falaise.

— Mon père n'est pas idiot. Quand il apprendra que Jason Moxy est mort, il saura que tu es impliqué.

— Mais il ne pourra jamais le prouver, pas plus que les flics. Tiens-t'en à ton histoire. »

Bébé aurait aimé avoir des vêtements propres sous la main. Les siens, qu'elle retrouva éparpillés sur le sol, étaient moites et chiffonnés. À vrai dire, elle aurait simplement aimé ne pas remettre de vêtements du tout. Elle aurait adoré passer la nuit ici avec Joey, mais elle savait qu'il y aurait d'autres occasions de le faire dans le futur, tant qu'elle ne merdait pas et ne se faisait pas arrêter pour le meurtre de Jason Moxy.

« Tiens, attrape », dit Joey, l'arrachant soudain à ses divagations sentimentales. Il lui lança un téléphone portable. Elle le rattrapa et regarda Joey d'un air d'incompréhension. « Enregistre mon numéro dans ton téléphone, et le tien dans le mien. »

Échanger son numéro avec un garçon n'était pas vraiment le plus grand des engagements, en particulier lorsque l'on a déjà couché avec le garçon en question, mais Bébé ressentit soudain une bouffée d'excitation. C'était le signe qu'ils se verraient plus souvent, désormais.

En voyant Joey se diriger vers la voiture, elle s'empressa de le suivre. Elle grimpa côté passager et boucla sa ceinture avant d'enregistrer leurs numéros. Joey s'installa derrière le volant. Il fit tourner la clé dans le contact et alluma le moteur. Le rugissement sous le capot de la voiture de stock-car lui rappela la première fois qu'elle était montée dedans, le moment où elle avait découvert ce que c'était que se sentir réellement en sécurité.

« Tu as toujours le CD de *Dirty Dancing* ? demanda-t-elle.

— Boîte à gants. »

Elle lui rendit son téléphone et ouvrit la boîte à gants. Elle était remplie de tout un tas de conneries. Ce qui attira en premier son attention fut un pistolet et un grand couteau dans un fourreau en cuir. Elle les écarta et attrapa les deux CD au fond du compartiment. L'un était la bande originale du film *Road House*, et l'autre était celui qu'elle cherchait, le CD de *Dirty Dancing* qu'elle avait donné à Joey lorsqu'ils s'étaient vus pour la dernière fois. Elle était heureuse de voir qu'il l'avait gardé. Il avait été la bande originale de sa vie. Il lui rappelait tant d'événements de l'époque où elle vivait au Minou Joyeux. Il y avait des bons et des mauvais souvenirs, mais ils avaient tous contribué à faire d'elle la personne qu'elle était aujourd'hui.

Elle sortit le CD et le glissa dans le lecteur. En attendant que la musique commence, ils regardèrent le volet roulant remonter au plafond, révélant un long couloir sombre parsemé de petites lumières incrustées dans le mur.

« Wow, fit Bébé. C'est trop cool.

— C'est une route souterraine. Elle débouche sur les bois juste à la sortie du domaine. »

Joey baissa le frein à main et engagea la voiture dans le tunnel. La chanson *Be My Baby*, des Ronettes, retentit au moment où Bébé se retournait pour voir le volet redescendre derrière eux. La cachette de Joey était tellement classe. Elle se tourna vers lui, un sourire rayonnant sur le visage. Elle ne se rappelait pas avoir jamais été aussi heureuse.

Le tunnel continuait environ cinq cent mètres avant de déboucher sur une pièce circulaire qui semblait être une impasse. Joey ralentit et coupa le contact.

« Qu'est-ce qui se passe ? demanda Bébé.

— Tu vas voir. »

La voiture commença à bouger sur le côté. Elle pivota de quatre-vingt-dix degrés, et, lorsqu'elle s'immobilisa, le sol s'éleva comme une cage d'ascenseur. Au bout d'une dizaine de secondes, ils s'arrêtèrent une nouvelle fois. Ils étaient dans l'obscurité la plus complète. Et Joey n'avait pas allumé les phares.

« Où est-ce qu'on est ?

— Dans une dépendance abandonnée, à l'extérieur du domaine. »

Un rayon de lumière apparut au ras du sol devant eux, et Bébé comprit qu'ils étaient en face d'un nouveau volet roulant métallique qui remontait lentement.

La lumière provenait de la lune. Lorsque le portail fut monté assez haut, Joey enfonça l'accélérateur, et ils se retrouvèrent de nouveau dans les bois.

« Tu ne devrais pas allumer les phares ? suggéra Bébé, craignant qu'ils ne percutent un obstacle dans l'obscurité.

— Pas encore, répondit Joey. On doit d'abord sortir des bois. Sinon, quelqu'un pourrait nous voir et se demander d'où sort la voiture. »

Bébé faillit se cogner la tête au toit du véhicule lorsqu'ils roulèrent sur une épaisse racine. Elle se félicita d'avoir bouclé sa ceinture.

« C'est un peu cahoteux, dit Joey. Mais je connais le chemin jusqu'à la route principale, je pourrais la rejoindre les yeux fermés. »

Il semblait effectivement savoir où il allait. Bébé était soulagée qu'il roule à une vitesse raisonnable, car la visibilité était quasiment nulle. Ils contournèrent un amas de buissons et arrivèrent sur une zone où la forêt était très dense. Joey se frayait habilement un chemin entre les arbres, lorsque soudain...

BANG !

Bébé regarda autour d'elle. « Merde, qu'est-ce que c'était ? »

Joey se débattit avec le volant, mais la voiture commença à dévier dangereusement du chemin. Il enfonça la pédale de frein juste à temps pour éviter de percuter un gros arbre.

Joey abattit violemment son poing sur le volant pour évacuer sa frustration.

« Qu'est-ce qui s'est passé ? demanda Bébé en lui caressant doucement le bras pour essayer de le calmer.

217

« Les gens balancent toutes sortes de merdes, ici. Je crois qu'on a roulé sur quelque chose et qu'on a crevé un pneu. »

Il ouvrit sa portière et descendit de la voiture. Il chercha du regard l'objet sur lequel il avait pu rouler, tout en pestant et marmonnant quelque chose au sujet d'un pneu crevé. Il s'approcha des roues avant pour voir ce qu'il en était.

« Tu as besoin d'aide ? » demanda Bébé, tout en priant intérieurement pour que la réponse fût non. Elle défit sa ceinture et se glissa sur le siège conducteur pour voir ce qu'il fabriquait. Il était agenouillé. Les nouvelles étaient apparemment mauvaises puisqu'il secoua la tête en se relevant. Il passa la tête dans la voiture. « Ouais, il est crevé, confirma-t-il. Je vais devoir changer le… »

Une vive douleur le saisit soudain, l'empêchant de finir sa phrase. Sa tête partit en avant et Bébé vit quelque chose dépasser de son cou. Ça ressemblait à une petite plume. Joey tendit la main pour voir ce que c'était. Une sorte de minuscule flèche. Mais avant qu'il ne puisse l'enlever, son corps fut pris d'un nouveau soubresaut. Une deuxième fléchette venait de se planter dans son bras, juste sous l'épaule.

« Qu'est-ce qui se passe ? » demanda Bébé, paniquée, en regardant autour d'elle pour essayer de voir d'où venaient les fléchettes.

Joey ne répondit pas. Il tomba à genoux, et, alors qu'il essayait une nouvelle fois de retirer celle plantée dans son cou, un éclair blanc fila devant la voiture et une troisième fléchette l'atteignit à l'arrière de la cuisse, s'enfonçant dans son jean. Cette dernière eut l'effet escompté, puisque Joey s'écroula sur le dos, les yeux fixant le ciel, battant lentement des paupières pour essayer de rester conscient. Il tourna péniblement la tête pour regarder Bébé.

Celle-ci ouvrit légèrement la portière, espérant ne pas être touchée à son tour. « Ça va ? » demanda-t-elle.

Joey ouvrit la bouche pour répondre, mais aucun mot n'en sortit. Ses paupières cessèrent de battre et ses yeux se fermèrent comme s'il venait de sombrer dans un profond sommeil. Bébé entendit des bruits de pas. Elle baissa la tête et se glissa sur le siège passager. Elle n'avait aucune idée de ce qu'elle devait faire. Elle ne voulait pas abandonner Joey, mais elle n'avait nulle part où se cacher. Elle s'agenouilla sur le siège et plissa les yeux pour essayer de voir par la vitre arrière. Et elle vit qui avait lancé les fléchettes. Un homme en tenue de camouflage intégrale avançait à grandes enjambées vers Joey.

Bébé se rappela soudain le pistolet qu'elle avait vu dans la boîte à gants. C'était peut-être le moment de montrer à Joey qu'elle pouvait se débrouiller toute seule, mais est-ce qu'elle aurait le courage de s'en servir ? Il n'y avait qu'un moyen de le savoir. Elle ouvrit la boîte à gants et en sortit l'arme d'un geste hésitant. Pendant quelques secondes, elle envisagea de prendre le couteau, mais elle rejeta rapidement cette idée. Elle serait beaucoup plus menaçante avec ça. Et puis, un couteau devait être utilisé de près, et elle risquait de se retrouver désarmée avant même d'avoir pu s'en servir.

Elle serra le pistolet entre ses deux mains mais le garda baissé dans l'espace entre les deux sièges avant. L'homme en tenue de camouflage l'ignora et passa devant la portière. Il se baissa pour vérifier l'état de Joey. Il était trapu et ses cheveux noirs étaient coiffés en queue-de-cheval, qui dépassait de sa casquette kaki. Dans le noir, il était difficile de distinguer les traits de son visage, mais il semblait avoir de la peinture noire étalée sur les joues et le nez pour passer inaperçu dans l'obscurité. Il portait un fusil sur le dos et une ceinture à munitions pleine de fléchettes. Qui était-il, et que voulait-il ?

Après s'être assuré que Joey n'était plus une menace, l'homme se leva et s'approcha de la portière ouverte. Il passa la tête à l'intérieur pour jeter un œil à Bébé. Il avait un nez de cochon très laid. Il baissa les yeux vers les mains de Bébé, qui étaient toujours cachées entre les deux sièges.

« N'envisage même pas de pointer ce pistolet sur moi », dit-il en tendant la main vers un couteau de chasse glissé dans sa ceinture.

Bébé avait un choix difficile à faire.

21

Lorsque Devon reprit connaissance, il était attaché à une chaise. Ses paupières étaient lourdes et son cerveau semblait tourbillonner dans son crâne. Tout ce dont il avait conscience était la présence d'autres personnes qui bougeaient et parlaient autour de lui. Finalement, l'un d'entre eux prononça quelque chose que Devon réussit à comprendre.

« Il se réveille. Tu vois, je te l'avais dit. »

Devon ferma les yeux en plissant les paupières et les rouvrit dans l'espoir que sa vision fût plus nette. Tout était toujours assez flou, mais il réalisa qu'en plissant les yeux plusieurs fois avant de les rouvrir, sa vision s'améliorait peu à peu.

« Comment te sens-tu, Devon ? » Il reconnut la voix de Solomon Bennett.

Devon s'était focalisé principalement sur les pieds des personnes présentes dans la pièce. La voix de Bennett venait de la direction d'un homme en bottes noires et treillis. Devon leva la tête, parcourant des yeux la silhouette de l'homme. Le treillis noir menait à un tee-shirt noir, à des muscles saillants et veinés, puis au visage ciselé et grisonnant de Solomon Bennett, avec son putain de cache-œil dégueulasse et sa coupe en brosse merdique.

« Qu'est-ce que tu fous, bordel ? » demanda Devon. Les mots sortaient de sa bouche à un rythme pour le moins anarchique, mais il était assez fier d'avoir réussi à prononcer la phrase d'une traite sans se tromper, car il se sentait comme quelqu'un qui aurait bu dix pintes de bière blonde et n'aurait pas dormi depuis trois jours.

« Laissez-lui une minute. Il est encore sonné », dit une autre voix.

Le docteur Henry Jekyll était appuyé contre un bureau et le regardait avec un sourire en coin. Il portait une longue blouse blanche par-dessus un pantalon gris et une chemise bleue. Ses cheveux roux et frisés étaient complètement hors de contrôle, et sa tête paraissait énorme. Devon, qui n'avait pas encore tout à fait retrouvé ses esprits, ne put empêcher une autre phrase de s'échapper de sa bouche.

« Tu ressembles à une orange plantée au bout d'un crayon.

— Tu peux y aller, j'ai déjà tout entendu », répondit Jekyll.

Devon sentit une main claquer contre sa joue. La douleur eut au moins le mérite de le réveiller un peu. La main était celle de Solomon Bennett.

« Devon, je n'ai pas le temps de plaisanter avec toi. À combien de personnes as-tu parlé ? »

Devon fronça les sourcils.

« Parlé ? Parlé de quoi ?

— Me prends pas pour un con ! » rugit Bennett avec colère.

Il leva le bras comme pour frapper Devon à nouveau.

« Attends une seconde, dit Jekyll. Je vais le réveiller un peu. »

Le docteur Jekyll sauta du bureau sur lequel il était perché et s'avança nonchalamment vers Devon. Il plaça sa main sous son nez et pressa quelque chose. Un gaz monta dans les narines de Devon, laissant sur son passage une étrange sensation de froid brûlant qui ne dura qu'une seconde. Mais il retrouva immédiatement ses esprits et se sentit soudain plus éveillé qu'il ne l'avait été depuis des années.

« Qu'est-ce que c'était que ce truc ? » demanda-t-il.

Jekyll ne répondit pas. Il retourna au milieu de la pièce et reprit sa position sur le rebord de la table.

Devon regarda autour de lui. Il était dans une sorte de bureau. Il repéra son manteau étendu sur un canapé crème, les poches retournées.

Devon était attaché à une chaise en bois, contre un mur. Ses mains étaient fermement maintenues derrière son dos, qui était cambré dans une position inconfortable.

« Où est-ce que je suis, putain ?

— C'est mon nouveau bureau, dit Bennett. Il appartenait à une bande de petits dealers. Ils sont tous morts, maintenant, grâce à mon ami invincible, Frankenstein. »

Frank Grealish se tenait dans un coin de la pièce, près de la porte. Devon se demanda comment il avait pu ne pas le remarquer plus tôt, mais il était bien là, du haut de son mètre quatre-vingt-cinq, avec ses boulons en métal dans le cou. Il était exactement le même que la dernière fois que Devon l'avait vu, lorsqu'il l'avait déclaré mort.

« Frank ? Tu es vivant ? » demanda-t-il.

Bennett le gifla encore une fois. « Ne pose pas de questions à Frankenstein. Ça le perturbe. »

La joue de Devon était toujours en feu. Il essaya de dissiper la douleur en tordant son visage dans de curieuses grimaces.

« C'est vraiment nécessaire, les torgnoles ?
— Où est Jack Munson ?
— Jack ? Qu'est-ce que j'en sais ? »

SLAP !

Bennett s'accroupit devant Devon pour pouvoir le regarder droit dans les yeux.

« Devon, je sais que tu as envoyé Jack nous espionner en Roumanie. Ne joue pas la sainte-nitouche avec moi. On sait déjà que tu es au courant de nos projets. Si tu continues à te foutre de ma gueule, tu sais exactement comment ça va se finir. Et soyons honnêtes, toi et moi, on est de vieux amis, donc je n'ai pas vraiment très envie de commencer à te couper les doigts.
— Ce sera pas nécessaire, dit Devon. Je n'ai rien à cacher. Qu'est-ce que tu veux de moi ?
— Je veux connaître votre plan de secours.
— Notre plan de secours ? Quel plan de secours ? »

SLAP !

Devon tressaillit. Les gifles étaient de plus en plus puissantes. « Tu sais, dit-il en grimaçant, c'est une vraie question. J'ai toujours tout un tas de plans de secours en cours. Auquel fais-tu référence ? »

Bennett se releva, comme si la position accroupie commençait à faire souffrir ses vieux genoux.

« Tu sais très bien que je parle de la sécurité pour le grand "Miracle de Noël" de Calhoon. » Il prononça les mots « Miracle de Noël » en mimant des guillemets avec ses doigts pour montrer le mépris que cet événement lui inspirait.

« Tu sais, celui où le pape va débarquer, mais qui est gardé secret.

— Oh, celui-là, dit Devon. Même moi, j'ignore où il est. Au cas où tu ne serais pas au courant, j'ai été suspendu.

— Je suis au courant. Tu as été suspendu à cause de tes liens avec Joey Conrad. Eh oui, je sais qui est l'Iroquois.

— Comment tu sais ?

— J'ai mes sources, Devon. Tout comme toi. »

Devon regarda autour de lui. Le docteur Jekyll et Frankenstein affichaient un air impassible. Ni l'un ni l'autre n'auraient pu découvrir la véritable identité de l'Iroquois. Frankenstein était bien trop bête, et le docteur Jekyll n'était rien qu'un illuminé. Alors comment diable Solomon Bennett le savait-il ? Il espérait que ce ne fût qu'une supposition, mais Bennett semblait beaucoup trop sûr de lui.

« Dans ce cas, tu dois aussi savoir que l'Iroquois est un électron libre, désormais, dit Devon. Je ne suis plus en contact avec lui. Il fait cavalier seul. »

Bennett sourit.

« Tu parles du massacre de la station-service ?

— Oui, tu en as entendu parler ?

— Je sais déjà tout, Devon, merci. Je sais, contrairement à la presse et aux flics, que la famille qui possédait la station-service était depuis longtemps soupçonnée de droguer les clients nocturnes pour les cuisiner pour le dîner. »

Il ricana en regardant Devon d'un air plein de mépris. « Joey Conrad qui débarque et les massacre tous, c'est toi tout craché. »

Pendant un instant, Devon resta sans voix. Comment Bennett pouvait-il savoir tout ça ? Devon travaillait sur l'affaire de la station-service depuis des années, mais il n'avait jamais obtenu assez de preuves pour pouvoir procéder à une arrestation, jusqu'à récemment. Mais plutôt que de demander un mandat d'arrêt contre la famille de cannibales, il avait envoyé l'Iroquois faire justice à sa manière. Évidemment, il y avait eu du sang.

« Je ne vois pas de quoi tu parles », dit Devon en espérant être convaincant.

Bennett éclata de rire. « Personne n'était censé savoir que l'Iroquois avait quoi que ce soit à voir là-dedans, n'est-ce pas ? Mais il a débarqué juste après que les cannibales eurent drogué une femme avec leur café empoisonné. Donc, même s'il a évité à la pauvre femme d'être mangée vivante, elle l'a remercié en l'identifiant auprès des flics. Combien d'autres missions est-ce que tu as données à l'Iroquois qui n'ont laissé aucun survivant pour l'identifier, hein ? Des tonnes, je parie ! »

Devon fit de son mieux pour donner l'impression de n'avoir aucune idée de ce que Bennett racontait. Il essaya de hausser les épaules, avant de se souvenir qu'il était attaché à une chaise.

« Tu as beaucoup d'imagination, Solomon, je suis impressionné.

— En effet. C'est pour ça que je veux que tu me dises où se trouve Joey Conrad, parce que je te soupçonne de l'avoir prévenu de mes projets pour le gala de Noël de Calhoon.

— Comme je l'ai déjà dit, je ne sais pas où il est. Il travaille seul. Je ne peux rien te dire à son sujet. »

Le docteur Jekyll s'approcha de Bennett et murmura quelque chose à son oreille, assez fort pour que Devon l'entende. « Laisse-moi le torturer. Je peux le faire parler. »

Bennett rejeta sa proposition d'un geste de la main.

« On ne va pas torturer Devon, dit-il avec un sourire en coin. Il va venir avec nous au gala de Calhoon. Tu comprends, Devon, lorsque la poussière sera retombée et que tout le monde, dont le pape, sera mort, tout ce qu'il restera du "Miracle de Noël" sera une vidéo de toi en train de tuer Calhoon de sang-froid.

— Je ferai jamais ça !

— Oh si, Devon. Tu es le bouc émissaire parfait. Calhoon vient de te suspendre pour une durée indéterminée. Et tout le monde sait que tu aimes prendre ta revanche sur les gens qui te contrarient. *Et moi aussi*. À vrai dire, j'espère même que ton ami l'Iroquois pointera le bout de son nez pour mettre sa menace contre le pape à exécution, parce qu'on sera là à l'attendre. Comme ça, vous porterez tous les deux le chapeau pour ce tragique événement. Ne crois pas que j'aie oublié que Joey Conrad a tué mon frère. Je parie que c'est encore toi qui lui as donné cette mission, n'est-ce pas ? »

22

Bébé n'était pas sûre de devoir appuyer sur la détente, mais elle savait qu'elle devait convaincre l'homme au nez de cochon qu'elle en était capable. Mille pensées traversaient son esprit à chaque seconde. Qui était cette face de pet ? Pour qui travaillait-il ? Est-ce qu'il n'avait pas les moyens de faire refaire cet affreux groin ?

Si Bébé ratait sa cible, elle savait que la suite ne serait pas des plus agréables. Elle pouvait le comprendre. Les gens appréciaient rarement de se faire tirer dessus. Et Face de Cochon était armé d'un couteau et d'un fusil tranquillisant. Mais en pensant à Joey qui gisait inconscient sur le sol, Bébé décida que c'était son tour de prendre la situation en main. Elle pointa le pistolet sur Face de Cochon et réfléchit à quelque chose de cool à dire.

Malheureusement, son adversaire se montra plus rapide.

« Baisse cette putain d'arme, ma jolie, dit-il calmement. Tu vas te blesser. Tu ne la tiens même pas comme il faut.

— Qui êtes-vous ? » demanda Bébé, feignant du mieux qu'elle put l'assurance.

Elle aurait dû trembler de peur, mais, à sa surprise, elle réussissait à se contrôler. De justesse.

« Comment tu t'appelles, ma jolie ? demanda Face de Cochon avec un regard mauvais.

— Bébé.

— Et ton vrai nom ? »

Un plan surgit soudain dans son esprit. Ce n'était pas nécessairement un bon plan, mais elle se décida malgré tout à le mettre à exécution.

« Je vous donnerai le pistolet, dit-elle, si vous me dites qui vous êtes. »

Face de Cochon réfléchit à sa proposition pendant quelques instants avant de répondre. « Mon nom est… »

Bébé n'aurait pas pu choisir un meilleur moment. C'était, se dit-elle, ce que Joey aurait fait. *Tire sur ton ennemi lorsqu'il s'y attend le moins, au moment où il est en train de répondre à une question que tu viens de lui poser.* Elle leva les bras et visa le bout de son affreux nez. Puis elle ferma les yeux et pressa la détente. Rien ne se produisit. Elle ouvrit les yeux.

Face de Cochon était livide. « T'as laissé le cran de sûreté, espèce de petite idiote ! »

Bébé observa le pistolet. Elle avait déjà vu ça dans des films, dans ces scènes clichés où l'abruti de service essaie de tirer sur quelqu'un sans enlever la sécurité. À présent, c'était elle, l'abrutie de service. Mais contrairement aux abrutis de cinéma, Bébé ne se démonta pas. Elle repéra le cran de sûreté et le défit avec le pouce, impressionnée par sa propre vivacité d'esprit. Elle leva les yeux vers Face de Cochon, qui était toujours livide, mais également surpris de voir Bébé faire une seconde tentative aussi rapidement. Il commença à bouger, baissant la tête pour éviter la balle. Bébé pressa à nouveau la détente.

CLIC.

Le visage de Face de Cochon réapparut derrière la portière. « Pas chargé ! dit-il d'un ton méprisant. C'est pas de bol. »

Il ouvrit grand la porte de la voiture et posa les genoux sur le siège conducteur. Il tendit le bras et lui prit l'arme des mains avant de la balancer dans les bois derrière lui. Puis il leva son couteau. La lame était dentée et assez effrayante, au moins autant que le visage de Face de Cochon.

Il attrapa Bébé par le bras et la tira vers lui. « Tu viens avec moi », grogna-t-il.

Il sortit de la voiture et jeta un regard vers Joey pour vérifier qu'il était toujours inconscient. Bébé, pendant ce temps, se retrouvait coincée dans une position assez embarrassante, à quatre pattes sur les deux sièges avant. Face de Cochon la tira d'un coup sec hors de la voiture et elle atterrit face contre terre, les pieds en l'air. Ses mains et son menton râpèrent contre le sol de terre rêche. Face de Cochon l'attrapa par les cheveux et la remit sur ses pieds. Il la plaqua contre la voiture et s'approcha d'elle. Bébé pouvait sentir un relent d'ail dans son haleine fétide. Du coin de l'œil, elle vit son couteau se rapprocher lentement de sa gorge.

« Alors, ma jolie, dit-il, plaçant son visage à quelques centimètres du sien, ses yeux exorbités de colère rivés sur elle. Tu vas me dire ton vrai nom, ou je... »

Ce fut alors qu'une scène très étrange se produisit. Son œil droit, qui semblait déjà plus gros que le gauche, commença à grossir. *Et grossir.* Plus précisément, comme Bébé le réalisa rapidement, il se rapprochait. Mais le plus curieux, c'était que son œil gauche, lui, restait où il était.

En moins d'une demi-seconde, l'œil droit de Face de Cochon avait bondi hors de son orbite. L'organe s'arrêta à un centimètre du visage de Bébé et la regarda.

C'est quoi, ce bordel ?

L'œil était planté au bout d'une fine tige en métal. Pendant un bref moment, Bébé se demanda si ce n'était pas une sorte de créature mi-homme mi-robot. Jusqu'à ce qu'il tombe sur le côté et s'effondre sur le sol.

C'est à ce moment-là qu'elle réalisa que son globe oculaire était empalé au bout d'une flèche acérée. L'extrémité de la flèche dépassait de l'arrière de son crâne.

Bébé scruta les bois autour d'elle pour voir d'où venait la flèche. Il faisait si sombre qu'il était presque impossible de discerner quoi que ce soit au premier regard. Et elle n'avait pas le temps d'examiner toute les branches et buissons de la forêt.

Elle entendit Joey marmonner quelque chose qui ressemblait à « monte dans la voiture », mais elle l'ignora. Elle venait d'apercevoir quelqu'un sortant d'une zone d'ombre. Une silhouette fantomatique tout de noir vêtue se déplaçait lentement entre les arbres. Lorsque l'homme se rapprocha d'elle, Bébé vit qu'il portait un long manteau noir avec une capuche rabattue sur la tête. Il avait une arbalète sur le dos. C'était l'homme qu'elle avait vu sortir des bois à la falaise de la Peur.

« C'est mon père qui vous envoie ? » demanda-t-elle, inquiète, à l'homme qui se tenait désormais à moins de deux mètres d'elle.

Il l'ignora et se dirigea directement vers Joey. Il se pencha sur lui et prit son visage dans sa main pour vérifier s'il était toujours vivant.

Bébé l'interpella. « *Qui êtes-vous ?* »

L'homme se releva et attrapa le bout de la flèche qui dépassait du crâne de Face de Cochon. Il tira dessus d'un coup sec, dans un répugnant bruit de succion qui donna un haut-le-cœur à Bébé. Puis il retourna Face de Cochon sur le dos et fouilla ses poches. Il en tira un téléphone portable et un portefeuille.

« C'était qui, ce type ? » demanda Bébé.

L'homme à la capuche ne semblait pas décidé à lui répondre. Il enfouit le téléphone et le portefeuille dans une poche à l'intérieur de son manteau.

Bébé fit une nouvelle tentative pour engager la conversation, car le fait qu'il ignorait sa présence depuis le début commençait à la faire sérieusement flipper. « Il a tiré des fléchettes sur mon ami. Je crois qu'elles sont empoisonnées. Vous pouvez nous aider ? »

L'homme baissa sa capuche et la regarda enfin. Elle pouvait à peine discerner les traits de son visage dans l'obscurité. Il avait une barbe de plusieurs jours, des cheveux bruns lui arrivant aux épaules, et, d'une manière générale, il avait un air *méchant*.

Joey, toujours étendu sur le sol, remua à nouveau. « Laissez Bébé tranquille », marmonna-t-il.

Bébé contourna l'homme à la capuche et se précipita auprès de Joey. Elle se pencha et lui caressa le visage. « Ça va aller ? » demanda-t-elle.

Il posa sur elle un regard vitreux.

« C'est qui, ce type ? demanda-t-il.

— Je sais pas », murmura Bébé.

Elle se tourna vers l'homme à la capuche. « Qui êtes-vous ? »

Il l'ignora, pour changer. Mais cette fois, il désigna Joey et posa à son tour une question.

« Où est son masque ? demanda-t-il d'une voix profonde et rocailleuse.

— Qu... quel masque ? » bredouilla Bébé, faisant appel à ses talents d'actrice.

Elle savait que Joey serait fâché si elle le trahissait en admettant qu'il en portait un.

L'homme l'écarta de la main et sortit son arbalète de l'étui sur son dos. Il pressa son pied sur la poitrine de Joey et pointa l'arme sur son visage. « Où est son masque ? » demanda-t-il encore, sur un ton de plus en plus menaçant.

Bébé réagit sans réfléchir. Elle se jeta sur Joey, se plaçant entre son visage et l'extrémité de l'arbalète. « Ne le tuez pas, dit-elle d'une voix stridente. *S'il vous plaît !* »

Un silence long et inquiétant s'abattit tandis que l'homme essayait de comprendre ce qui était en train de se passer. Bébé était prête à risquer sa vie pour protéger Joey. Après plusieurs secondes d'attente macabre, il leva l'arbalète. Il la replaça dans l'étui sur son dos et retira son pied de la poitrine de Joey.

« Sans ton masque, tu n'es rien », gronda-t-il.

Sur cette remarque, l'homme à la capuche fit un pas en arrière et disparut, se fondant sans effort dans l'obscurité.

Bébé s'écarta de Joey. Elle repéra une fléchette toujours enfoncée dans sa cuisse. En temps normal, elle n'aurait jamais osé la retirer, mais tout ce qui venait de se passer lui avait donné une énorme poussée d'adrénaline. Elle attrapa l'extrémité et tira dessus d'un coup sec. Joey grimaça.

« C'est la dernière ? demanda-t-il.

— Je crois. »

Joey commençait à recouvrer ses forces. Son corps luttait en grande partie grâce aux expériences qu'il avait subies plusieurs années plus tôt dans le cadre de l'opération Blackwash. Les drogues testées sur lui dans son enfance avaient tellement amélioré son système immunitaire qu'il expulsait le poison beaucoup plus rapidement qu'une personne normale. Bébé l'aida à s'asseoir et vérifia son dos, époussetant quelques feuilles et brindilles de son tee-shirt et de ses bras.

« Je crois que c'est tout », dit-elle en remarquant sur le sol deux autres fléchettes que Joey avait lui-même retirées.

Joey tourna la tête et regarda Face de Cochon.

« On doit se débarrasser de ce putain de cadavre.

— Je devrais tout raconter à mon père, dit Bébé.

— Je suis pas sûr que ce soit possible. Je veux dire : tu ne trouves pas ça bizarre qu'il n'ait toujours pas essayé de t'appeler alors que tu as presque deux heures de retard ? »

Bébé fut prise d'un frisson, comme si un fantôme venait de passer à travers elle.

« Tu crois que quelque chose lui est arrivé ?

— C'est possible. »

Il resta un moment silencieux, le temps de concocter un plan, ce qui fut assez rapide.

« Tu as toujours besoin d'un alibi. Tu as une amie de confiance qui vivrait dans le coin ?

— Seulement Jasmine, mais elle dort dans un motel avec Jack Munson.
— Parfait.
— Vraiment ?
— Ouais. Raconte tout ce qui vient de se passer à Jack et à Jasmine, et dis à Jack de me retrouver demain à dix heures au Olé au Lait.
— Tu ne viens pas avec moi ? »

Joey secoua la tête. « Je vais me débarrasser de ce corps, et ensuite je passerai chez toi pour voir si ton père est là. »

Il attrapa Face de Cochon sous les aisselles et commença à le traîner vers l'arrière de la voiture. « Prends ses pieds, Bébé. On va balancer ce type dans le coffre, et ensuite on changera la roue. »

Bébé attrapa les pieds de Face de Cochon et aida Joey à le jeter à l'intérieur. Joey prit la roue de secours et commença à démonter l'ancienne, sous le regard admiratif de Bébé, impressionnée par la rapidité avec laquelle il avait élaboré ce plan.

« Est-ce que je te verrai demain ? demanda-t-elle.
— Ouaip. Je passerai te chercher aux répétitions dans l'après-midi.
— Je suis pas sûre d'avoir encore envie d'y aller.
— Bébé, *tu dois y aller*. L'acteur principal du spectacle est mort, et tout le monde sait que tu es sortie avec lui ce soir. Si tu n'y vas pas, tu seras la première personne qu'ils soupçonneront quand ils trouveront son cadavre. »

23

Solomon Bennett était assis à son bureau dans ses tout nouveaux locaux, un verre de whisky à la main. Il zappait entre les différentes chaînes de cinéma, essayant de se décider sur un film. Entre *Week-end chez Bernie* et *The Revenant*, le choix n'était pas facile. Il opta finalement pour le premier, ce qui se révéla une excellente décision. Malheureusement, au beau milieu de la scène mythique où les personnages vont faire du ski nautique, quelqu'un frappa à la porte. Il appuya sur le bouton pause et s'apprêtait à crier « entrez », lorsque la porte s'ouvrit. Mozart apparut dans l'entrebâillement. Il paraissait inquiet, et il était évident que quelque chose de grave était arrivé puisqu'il semblait être tombé du lit. Il ne portait rien d'autre qu'un boxer bleu et un marcel blanc.

« Qu'est-ce qui se passe ? » demanda Bennett.

Mozart tendit son téléphone portable.

« Quelque chose a foiré, dit-il.

— De quoi tu parles ? »

La vision du téléviseur bloqué sur l'image d'un cadavre en train de faire du ski nautique perturba un instant Mozart. Il fixa l'écran pendant plusieurs secondes avant de secouer la tête et de poser ses fesses sur le rebord du bureau de Bennett.

« J'ai envoyé deux hommes au manoir Landingham pour vérifier la sécurité autour du domaine, comme tu me l'as demandé.

— Et ?

— Ils sont morts tous les deux.

— Quoi ?

— Regarde, dit Mozart en tendant son portable à Bennett. Ils m'ont tous les deux envoyé un SMS y a dix minutes pour dire qu'ils étaient morts. »

Bennett essaya de comprendre le sens des paroles de Mozart. Des morts qui envoient des SMS ? Est-ce que c'était une de ces nouvelles applications à la mode ? qui enverrait un SMS à vos amis pour les prévenir de votre mort ?

« Qu'est-ce que tu racontes ? demanda-t-il, de plus en plus agacé.

— Regarde par toi-même », dit Mozart en montrant du doigt le téléphone dans la main de Bennett.

Bennett vit un SMS d'un certain Martin. Il disait simplement :

JE SUIS MORT.

« C'est qui, ce Martin, bordel ? demanda-t-il.

— Celui qui ressemble à Peggy la cochonne.

— Et il t'a envoyé ce message ?

— Je crois pas. Je pense que c'est la personne qui l'a tué qui l'a envoyé. Regarde le message d'après, celui de Logan. »

Bennett afficha le message suivant. Il venait effectivement de Logan et il n'était composé que de deux mots, mais son sens était aussi clair que celui de Martin.

MOI AUSSI.

« T'as essayé de les appeler ? demanda Bennett en rendant le téléphone à Mozart.

— Ouais. Ils sont tous les deux sur répondeur, leurs portables ont probablement été détruits par la personne qui a envoyé les messages.

— Est-ce qu'on a une idée de qui a pu les tuer ? S'ils sont bien morts, je veux dire. »

Mozart haussa les épaules. « J'ai pas eu le temps d'y réfléchir. Je suis venu directement. »

Bennett essaya de comprendre ce qui avait pu se passer. La première chose à faire était d'éteindre la télévision, parce que le spectacle d'un cadavre sur des skis nautiques ne facilitait pas vraiment la concentration.

Il réfléchit à voix haute. « Blake Jackson m'a assuré qu'il n'y aurait aucun membre de la sécurité autour du domaine. C'est vraiment un clown, ce type, il serait incapable de trouver son propre cul avec ses deux mains. Redonne-moi ton téléphone. »

Mozart s'exécuta et Bennett composa rapidement le numéro de Blake Jackson. Celui-ci, qui était probablement en train de dormir, mit un certain temps à répondre.

« Tu sais l'heure qu'il est ? grogna-t-il dans un bâillement qu'il ne prit pas la peine d'étouffer.

— Je m'en bats les couilles de l'heure qu'il est, répondit sèchement Bennett. Je viens de perdre deux hommes. »

Jackson sembla soudain sortir de sa torpeur.

« De quoi tu parles ?

— J'ai envoyé deux types au manoir Landingham pour examiner les alentours, chercher des chemins de secours, ce genre de trucs. Et là, Mozart vient de recevoir un SMS de chacun disant qu'ils étaient morts. Quelqu'un se paie notre tête ! Tu disais que personne ne savait que le lieu avait changé.

— C'est le cas ! »

Jackson semblait aussi déconcerté que Bennett et Mozart.

« Ouais, ben quelqu'un doit savoir. À qui d'autre Calhoon en a parlé ?

— Personne. Les seules personnes au courant du changement de lieu sont moi, Calhoon et le secrétaire du pape, Rufus.

— Tu es sûr que Calhoon n'en a parlé à personne d'autre ? Elle a pas envoyé des agents en repérage ou je ne sais quoi ? »

Au bout de plusieurs longues secondes de réflexion silencieuse, Jackson lâcha une réponse. « Joey Conrad. »

Bennett était sur le point d'enfouir sa tête dans ses mains, mais au dernier moment, il décida d'évacuer son exaspération en attrapant une touffe de ses cheveux et en tirant dessus.

« Comment ce putain de Joey Conrad pourrait connaître le nouveau lieu ? Pincent n'a pas pu lui dire puisqu'il est ici avec nous !

— Tu es sûr ?

— Bien sûr que je suis sûr, on le laisse pas utiliser son téléphone, bon Dieu de merde ! »

Jackson prit à nouveau un moment pour réfléchir. Il ne lui fallut pas longtemps pour comprendre ce qui s'était passé.

« FILS DE PUTE ! » hurla-t-il.

Bennett éloigna l'écouteur de son oreille meurtrie par le cri de Jackson.

« Qui est un fils de pute ? se hasarda-t-il à demander.

— Devon, évidemment. Cet enfoiré a un train d'avance sur nous depuis le début. »

Bennett arrêta de tourmenter son cuir chevelu et échangea un regard avec Mozart, qui avait tout entendu de la conversation. Mozart ne comprenait pas plus que lui les fulminations de Jackson.

« Qu'est-ce qu'il a fait ? » demanda Bennett.

Jackson inspira lentement à plusieurs reprises pour se calmer avant de répondre.

« Devon ne savait pas où se tiendrait l'événement, n'est-ce pas ?

— C'est ce que tu as dit, oui.

— Bien, dit Jackson. Mais il savait que si le pape recevait une menace de mort jugée sérieuse, on se rabattrait sur le site de secours. Je parie qu'il savait que le seul endroit qu'on aurait pu choisir dans un délai aussi court, c'était le manoir Landingham. Et sa vieille amie Dorothy Landingham n'a pas dû se faire prier pour lui confirmer que c'était bien le lieu qu'on avait choisi. »

Bennett se massa le front.

« Qu'est-ce que tu sous-entends, exactement ?

— Que c'est Devon qui a envoyé les menaces de mort de l'Iroquois. L'enfoiré savait qu'on choisirait le manoir Landingham. Et il a envoyé Joey Conrad ou je ne sais qui là-bas pour foutre en l'air nos projets !

— Blake, quand je t'ai demandé de garder un œil sur Devon, est-ce que tu as fait quoi que ce soit ?

— Ce n'est pas ma faute, se défendit Jackson. Tu devrais peut-être revoir tes méthodes d'interrogation.

C'est évident qu'il manigance quelque chose pour essayer de tout faire foirer.

— Je m'occupe de Devon, dit Bennett. Il parlera bien assez tôt.

— J'en doute, répondit Jackson. Il est de la vieille école. Vous n'arriverez à rien en le torturant. Allez plutôt faire un tour à l'École des arts du spectacle, demain matin.

— Pour quoi faire ?

— Sa fille, Bébé, répète pour le spectacle *Grease*. Vous la chopez et Devon vous dira tout ce que vous voulez. Il y tient comme à la prunelle de ses yeux. »

Bennett raccrocha et tendit le téléphone à Mozart.

« T'as entendu ? demanda-t-il.

— Cinq sur cinq, dit Mozart en se levant du bureau. École des arts du spectacle, demain matin. »

Mozart sortit de la pièce et retourna se coucher dans ce qui lui faisait office de lit. Bennett ralluma la télévision, qui lui offrit une nouvelle fois le spectacle figé du mort. Avant de reprendre le film, il pensa à quelque chose et cria à l'intention de Mozart : « Je viens avec toi chercher la fille de Pincent, demain. Et on emmène Frankenstein, aussi. Je veux pas qu'on se fasse avoir encore une fois. »

24

Le Sharkey's était de loin le bar le plus miteux de la ville. Il était ouvert jour et nuit et accueillait des ivrognes de la pire espèce. À dix heures du matin, certains clients dormaient, d'autres arrivaient seulement, d'autres encore, déjà ivres, cherchaient la bagarre.

Dans le coin le plus sombre du Sharkey's, Rodeo Rex, Elvis et le Bourbon Kid étaient assis autour d'une table ronde en bois. Le bon sens aurait voulu que ces trois hommes recherchés par la police fissent profil bas, mais cela ne les empêchait pas de faire un boucan de tous les diables, attirant l'attention de quelques ivrognes habitués. C'était en réalité Rex qui était le plus bruyant. Pour une fois, il ne portait pas son Stetson, mais un bandeau bleu marine qui empêchait ses cheveux de tomber devant ses yeux.

« T'as eu l'occasion de tuer l'Iroquois et tu l'as laissée passer ? » beugla-t-il assez fort pour que la moitié du bar l'entende. C'était le signe, pour le barman, qu'il était temps de monter le volume de la musique pour noyer leurs voix.

La colère de Rex était dirigée contre le Bourbon Kid, qui fumait tranquillement une cigarette, adossé contre le mur. Il portait toujours son long manteau noir mais avait retiré sa capuche. Un verre de bourbon trônait devant lui.

Elvis était assis entre les deux. Son look du jour était un costume en cuir noir, une réplique de celui que le King portait lors de la tournée Comeback Special de 1968, mais sans ses habituelles lunettes de soleil.

« Laisse le Kid parler, dit Elvis. Il devait avoir une bonne raison, n'est-ce pas ? »

Le Kid secoua la tête.

« L'Iroquois n'a pas l'intention de tuer le pape.

— Comment tu peux en être si sûr, bordel ? » marmonna Rex.

Le Kid fit glisser son index sur le haut de son verre de bourbon. Il n'aurait pas eu meilleure mine s'il avait passé les trois derniers jours à boire sans interruption, et une bonne douche et un coup de rasoir ne lui auraient pas fait de mal. Son habituelle barbe de deux jours en avait bien gagné trois de plus.

Il regarda Rex dans les yeux. « C'est pas une espèce de monstre démoniaque comme la Dame Mystique le suggérait. C'est qu'un type ordinaire qui porte un masque. D'ailleurs, il le portait même pas quand je l'ai trouvé. Plus quelconque, tu meurs. »

Rex attrapa une bouteille de bière sur la table.

« Il a quand même tué des centaines de personnes sans aucune raison. Il va probablement en tuer des centaines d'autres. T'aurais pu le finir et sauver pas mal de vies.

— Comme je viens de te le dire, y avait d'autres types qui essayaient de le buter.

— Ouais, ouais, et tu les as tués tous les deux. Ça me fait une belle jambe.

— C'étaient d'anciens militaires.

— Qu'est-ce que ça peut bien me foutre ? Non seulement tu *n'as pas* tué l'Iroquois, mais en plus, tu as descendu deux anciens militaires qui allaient le faire pour toi ! Le boss va être furax quand il va apprendre ça.

— J'en ai rien à foutre.

— Eh bien, tu devrais. »

Le Kid souffla de la fumée de cigarette par les narines.

« Qu'est-ce que vous avez appris en suivant Jack Munson ?

— Pas grand-chose, dit Rex. Lui et sa copine Jasmine, ils font rien d'intéressant. »

Elvis avait écouté attentivement la conversation, mais il y avait une chose qu'il n'avait pas bien comprise. « Tu dis que les deux que t'as tués la nuit dernière étaient d'anciens militaires ? »

Le Kid acquiesça.

« Hmm, hmm.

— Pourquoi d'*anciens* militaires ? J'imagine que le gouvernement doit aussi en vouloir à ce type.

— C'est pour ça que je pense que l'Iroquois est comme nous.

— Comment ça, comme nous ? demanda Rex en fronçant les sourcils.

— C'est une sorte de justicier. Je l'ai retrouvé en suivant la fille qu'il a sauvée de B Movie Hell, et, croyez-moi, cette nana serait prête à mourir pour lui. Ceux qui essayaient de le tuer, c'étaient des mercenaires, pas des soldats, ni des flics. C'est eux qui veulent assassiner le pape. »

Rex se renfrogna.

« Je dois voir cet Iroquois par moi-même. Et si je sens quoi que ce soit de louche chez lui, je le descends.

— Fais-toi plaisir, dit le Kid. Moi, je reste ici. J'ai d'autres trucs à régler.

— Comme quoi ?

— Je veux découvrir qui est Mozart. »

Elvis était en train de boire une gorgée de Shitting Monkey. Il en recracha la moitié et posa la bouteille sur la table. « Je sais qui est Mozart », dit-il.

Rex et le Kid se tournèrent tous les deux vers lui et lui firent signe de poursuivre. Le King utilisa la manche de sa veste pour essuyer la bière égarée sur son visage avant de continuer.

« Mozart était un compositeur allemand. Il a fait des trucs vraiment pas mal, mais c'était y a plusieurs siècles, déjà.

— Je parlais pas de lui.

— Tu pensais peut-être à Beethoven ? » suggéra Elvis.

Le Kid l'ignora. « Les deux types que j'ai tués, j'ai jeté un œil à leur téléphone. Ils n'avaient tous les deux qu'un seul contact dans leur répertoire. Un certain Mozart. Je crois qu'il bosse pour un traiteur. Donc, je vais essayer d'en apprendre un peu plus. »

Rex descendit le reste de sa bière et posa violemment la bouteille sur la table. « Ça m'a l'air d'une putain de perte de temps, dit-il. Je préfère m'occuper de l'Iroquois. Une idée de là où il sera aujourd'hui ? »

Le Kid souleva son verre de bourbon.

« Non, dit-il. Mais sa petite amie sera à l'école de théâtre. Elle y va tous les jours pour répéter.

— Répéter quoi ?

— Elle joue Sandy, dans *Grease*. »

Rex frappa la poitrine d'Elvis du revers de la main. « Viens, on va chasser l'Iroquois. »

Lorsque les deux hommes se levèrent, le Kid attrapa le King par le poignet.

« Hey, Elvis, rends-moi un service, dit-il.
— Bien sûr. Qu'est-ce que tu veux ?
— Y a un mec, là-bas, en tee-shirt rouge. »

Le Kid fit un signe de la tête en direction du bar.

Elvis se tourna et vit un type patibulaire d'une trentaine d'années appuyé contre le bar. Il regardait dans leur direction. Il avait le physique d'un culturiste et portait un débardeur rouge ridiculement échancré qui révélait ses muscles. Son crâne était rasé presque à blanc, et il avait toute une collection de tatouages de prisonnier sur les bras.

« Qu'est-ce que tu lui veux ?
— Il arrête pas de me regarder.
— Et ?
— En passant devant lui, dis-lui que je l'aime pas. »

Le Kid termina son bourbon cul sec et fit claquer le verre vide sur la table.

Rex tira Elvis par la manche. « Allez, on se casse », dit-il.

Le King attrapa sa bouteille de Shitting Monkey à moitié pleine et suivit Rex vers la sortie. Quand ils passèrent devant le malabar en marcel rouge, Elvis s'arrêta et murmura à l'oreille du type : « Tu vois mon pote assis dans le coin, là-bas ? Il dit que t'es une tapette. »

L'homme au marcel rouge réfléchit un moment à ce qu'Elvis venait de dire. Dès que son cerveau eut traité l'information, il se leva d'un bond et se dirigea comme une furie vers la table du Bourbon Kid pour lui régler son compte.

Elvis suivit Rex à l'extérieur du bar. Il n'était que dix heures du matin, et la lumière éblouissante du soleil agressa leurs yeux habitués à la pénombre glauque du Sharkey's. La Harley de Rex était garée juste devant, sur le trottoir. La Cadillac violette d'Elvis était cinquante mètres plus bas.

« Je vais direct à l'école de théâtre, dit Rex en grimpant sur sa moto. On se rejoint là-bas ? »

Elvis secoua la tête. « J'ai la gueule de bois. Je vais finir cette bière et piquer un somme. »

Rex le regarda d'un air plein de reproche. « Rends-toi au moins utile et va garer ta voiture sur le parking du motel de Jack Munson. Pour voir s'il fait quelque chose d'intéressant. »

Elvis plongea la main dans la poche de poitrine de sa veste. Il sortit ses lunettes de soleil et les enfila. « À plus. »

Rex démarra sa Harley, fit vrombir le moteur deux ou trois fois et la lança entre les voitures bloquées dans la circulation. Elvis prit la direction de sa Cadillac, s'immobilisant un instant pour éviter d'être heurté par le corps du grand chauve en marcel rouge qui volait à travers la fenêtre du Sharkey's.

Sur le chemin du motel de Jack Munson, Elvis s'arrêta pour acheter un pack de Shitting Monkey. S'il avait su ce qui l'attendait chez Munson un peu plus tard dans la journée, il aurait probablement opté pour une bonne tasse de café.

25

La vie tranquille de jeune retraité que Jack Munson avait prévu de passer aux côtés de Jasmine allait devoir attendre un peu. Juste au moment où il commençait à penser que l'époque des missions mettant sa vie en jeu était révolue, quelqu'un frappa à sa porte au beau milieu de la nuit. Il dormait près de Jasmine dans le Bates Motel local lorsque Bébé vint les réveiller. Elle était dans tous ses états, à la limite de l'hystérie, et il leur fallut près de dix minutes pour réussir à la calmer assez pour qu'elle puisse leur expliquer ce qui la bouleversait autant. Évidemment, cela impliquait plusieurs cadavres et le retour de l'Iroquois. Il y avait aussi la possibilité que son père ait disparu.

Jack accepta donc à contrecœur de l'aider. En premier lieu, il se rendit chez Devon pour voir s'il était chez lui. Il pressa plusieurs fois la sonnette, mais il comprit rapidement que la maison était vide. Même s'il n'y avait aucune voiture suspecte garée dans la rue, Jack préféra ne pas s'attarder et rentra immédiatement au motel. Il passa la nuit sur le canapé pour que Bébé puisse dormir avec Jasmine, qui était beaucoup plus douée que lui pour rassurer les jeunes filles en détresse.

À neuf heures cinquante-cinq, il prit la direction du Olé au Lait pour son rendez-vous avec Joey Conrad, dans une circulation beaucoup trop dense à son goût. Il n'avait pris ni petit déjeuner ni café, il était donc un peu grognon. Lorsqu'il arriva au Olé au Lait, il était dix heures passées. Son dos lui faisait un mal de chien et sa nuque était raide. Un canapé, aussi confortable fût-il, ne pourrait jamais remplacer un bon lit.

Le Olé au Lait faisait partie d'une chaîne de cafés qui s'était récemment développée à travers tout le pays. Lorsque Jack passa la porte, il repéra immédiatement Joey, assis à une table dans un coin de la salle. Joey se fondait plutôt bien dans la masse, pour un psychopathe. Il portait un jean bleu et un débardeur noir. Ses cheveux bruns étaient ébouriffés, et il n'était pas rasé. Son allure générale était un peu négligée, mais rien ne laissait penser que vous aviez un tueur en série en face de vous. Sauf si vous remarquiez la veste en cuir rouge sur le dossier de sa chaise et le masque d'Iroquois roulé en boule dans une de ses poches.

Il n'y avait qu'une quinzaine de tables dans le Olé au Lait, dont la moitié était vide. Celles qui étaient occupées l'étaient en général par une ou deux personnes, qui pianotaient fiévreusement sur leur ordinateur portable dans l'espoir qu'on les prenne pour des écrivains ou s'échangeaient les derniers potins et scandales locaux. Personne ne fit attention à Jack, et personne ne semblait avoir remarqué Joey.

Jack se dirigea vers la table de Joey et tira la chaise en face de lui.

« Tu as dix minutes de retard », dit Joey.

Jack s'installa sur la chaise.

« Je n'ai pas eu une nuit très reposante, marmonna-t-il.
— Je pensais que tu avais eu une coupure de courant, ou quelque chose du genre. »

Joey avait toujours été comme ça. Discuter avec lui était souvent un peu délicat, parce qu'on ne savait jamais s'il était sérieux, s'il plaisantait, s'il sous-entendait quelque chose, ou s'il était juste bizarre.

« Pourquoi est-ce que j'aurais eu une coupure de courant ? demanda Jack, conscient que la réponse n'aurait peut-être aucun sens.

— Ça expliquerait pourquoi tu t'es habillé dans le noir. Tu t'es bien habillé dans le noir, non, pour mettre une chemise pareille ? »

La chose dont Joey parlait avec tant de sympathie était une chemise à manches longues en coton rose épais que Jasmine avait choisie pour lui lors d'une virée shopping, la veille. Maintenant qu'ils étaient rentrés en Amérique, Jack et Jasmine avaient besoin de nouveaux vêtements. Jasmine, en particulier, avait besoin de quelque chose d'un peu plus décent que ce qu'elle avait l'habitude de porter si elle voulait avoir une chance de s'adapter à sa nouvelle vie. Alors, Jack l'avait emmenée faire les magasins et l'avait laissé acheter plus de mille dollars de vêtements avec sa carte de crédit. Pour le remercier, elle avait insisté pour le relooker en lui achetant, avec sa carte à lui évidemment, plusieurs nouvelles tenues. Ce qui expliquait pourquoi Jack portait une chemise rose et un jean déchiré – idéal pour un homme de son âge qui se tape une fille deux fois plus jeune que lui.

« Jasmine m'a acheté de nouveaux vêtements, dit Jack, qui préférait ne pas s'appesantir sur le sujet.

— Tu dois beaucoup l'aimer.

— Est-ce qu'on est là pour discuter de mes fringues, ou bien est-ce qu'il y a quelque chose d'important dont tu voulais me parler ? »

Joey avait une tasse de café brûlant devant lui. Il la souleva et en but une gorgée.

« Bébé t'a raconté ce qui s'est passé hier soir ?

— Ouais. Elle est arrivée au motel complètement hystérique.

— Oui, elle est plutôt drôle, non ?

— Non, je veux dire, elle était paniquée, pas drôle.

— Oh. Est-ce qu'elle va mieux ? »

Une serveuse apparut près de Jack.

« Vous souhaitez boire quelque chose, monsieur ? demanda-t-elle, prête à dégainer son crayon et son calepin.

— Un café noir, sans sucre, merci.

— Autre chose ?

— Non. »

Jack attendit qu'elle dégage pour rassurer Joey sur l'état de Bébé.

« Ça avait l'air d'aller. Elle est partie à sa répétition ce matin, comme tu lui as demandé. Jasmine l'a accompagnée, pour être sûre qu'il ne lui arrive rien. »

Joey sembla se détendre un peu. « Tu as réussi à joindre Devon ? Il sait peut-être qui étaient ces types qui étaient après moi. » Jack secoua la tête.

« Je sais pas où il est. Je suis passé chez lui en venant ici, et il n'y a personne. Je commence à me demander s'il ne lui est pas arrivé quelque chose.

— Comme ?

— Je lui ai donné des informations en rentrant de Roumanie. Il allait les montrer à quelqu'un de l'agence.

Un mauvais coup se prépare. Mais je me demande si certaines personnes ne l'ont pas intercepté avant.

— Qui ça ?

— Solomon Bennett est revenu. »

Jack reconnut l'expression qui figea immédiatement le visage de Joey. Il était passé en mode « psycho », et était donc susceptible de faire quelque chose de barge à tout moment. Fort heureusement, cela ne dura que quelques secondes, et il sembla retrouver son sang-froid, signe qu'il avait un peu mûri depuis l'époque de l'opération Blackwash.

« Pourquoi je n'étais pas au courant ? » demanda Joey.

La serveuse revint avec une tasse blanche remplie d'un café peu ragoûtant. Elle la posa sur la table, gratifia Jack d'un petit sourire hypocrite et, Dieu merci, disparut de nouveau.

« Je me posais également la question », dit Jack. Il souleva la tasse et la renifla avant de la reposer sur la table.

« Depuis quelque temps, il y avait des rumeurs comme quoi Bennett aurait été vu en Roumanie, Devon m'y a donc envoyé pour vérifier. Mais ce n'est pas tout. Frank Grealish était là également, ainsi que ce crétin qui se fait appeler docteur Jekyll.

— Je pensais que Frank Grealish était mort ?

— Tout le monde le pensait.

— Alors, qu'est-ce qu'il lui est arrivé ? Il a simulé sa propre mort ? »

Jack secoua la tête.

« J'en ai aucune idée. Je veux dire, je l'ai vu mourir, mais il est bel et bien vivant. Mais il y a quelque chose de bizarre, parce qu'il a toujours ces boulons en métal dans le cou qu'ils lui ont mis quand ils ont essayé de le rendre résistant aux balles.

— Résistant aux balles ? répéta Joey en ricanant. Qui pourrait être assez bête pour penser que c'est possible ? C'est vraiment une putain d'idée stupide.

— Ce n'était pas la mienne », dit Jack.

Il sortit son téléphone portable et montra à Joey une photo de Frank Grealish.

« Regarde, voilà la preuve. J'ai donné à Devon des copies de ces photos. Il allait les montrer à quelqu'un des Opérations fantômes, et, depuis, aucune nouvelle. Il ne répond ni à mes appels, ni à mes messages.

— Peut-être qu'il fait le mort. Tu connais Devon, il a toujours un train d'avance sur tout le monde.

— C'est pas faux. »

Jack souleva sa tasse de café et but une gorgée. Il était plutôt bon, mais assez fort pour réveiller un mort.

« Alors, Bébé dit qu'un mec louche en manteau à capuche noir a débarqué et tué un type qui t'a attaqué hier soir. C'est vrai ?

— Ouais. C'était bizarre. J'ai rien pigé à ce qui se passait.

— Je pense avoir ma petite idée.

— Ça t'embêterait de la partager ? Parce que je nage complètement, là.

— D'après la description de Bébé, on dirait que tu as rencontré le Bourbon Kid.

— Le Bourbon Kid ? C'est qui, celui-là ?

— Un tueur en série, un vrai sale type. En gros, quelqu'un à qui tu ne veux pas avoir affaire. Je crois qu'il a été recruté pour te tuer, et je comprends pas très bien pourquoi il ne l'a pas fait. Ça n'a aucun sens.

— Rien n'a de sens, Jack.

— Je l'ai rencontré avec deux autres hommes en rentrant de Roumanie. On leur a dit que tu allais tuer le pape. Ils étaient au courant avant que ça fasse la une des journaux. »

La mention du complot interrompit le fil de sa pensée pendant un instant.

« Rassure-moi, tu ne vas pas *vraiment* tuer le pape, hein ?

— Pourquoi je voudrais tuer le putain de pape ?

— Ne parle pas si fort ! »

Jack se gratta la tête et regarda autour de lui. Ni les autres clients ni la serveuse ne semblaient s'intéresser à leur conversation.

« C'est dans tous les journaux, dit Jack, presque dans un murmure. Apparemment, tout le monde pense que tu veux le tuer. Comment ça se fait ?

— Aucune idée. Sérieusement. »

Jack but une gorgée et réfléchit au problème du pape. Le café, comme toujours, donna un coup de fouet à son cerveau. Les idées commencèrent à couler comme du bon vin.

« Ça doit être un coup monté. Je parie qu'il y a bien un complot contre le pape, et que quand il sera assassiné, ce sera toi qu'on accusera.

— Et Devon ne sait rien de tout ça ? »

Jack leva les mains, paumes vers le haut. « Je sais pas. Il ne m'a rien dit. J'imagine qu'il ne voulait pas m'impliquer là-dedans. Tu connais Devon et ses petits secrets. L'année dernière, il ne m'a même pas dit qu'il t'avait envoyé à B Movie Hell pour sauver Bébé. J'ai rassemblé tout seul les pièces du puzzle en partant à ta recherche. »

Joey but une gorgée de café. Il avait un regard fixe et robotique, attrapant sa tasse sans baisser les yeux ni ciller, presque comme s'il agissait sans s'en rendre compte.

« Je n'ai pas de nouvelles de Devon depuis plus d'une semaine, dit-il en reposant la tasse sur la table, avant de la reprendre immédiatement pour boire une autre gorgée.

« Il m'a installé dans la fausse Batcave du manoir Landingham et m'a dit d'attendre qu'il me contacte.

— Tu habites dans le bunker ?

— Ouais. Bébé ne t'a pas dit ?

— Non, elle est comme son père, elle garde le plus important pour elle. Elle a juste dit que vous aviez fait une promenade ensemble. »

Joey leva les bras et s'étira tout en se tripotant les cheveux.

« Alors, comment ces gens savaient où me trouver hier ? Qui leur a dit ?

— Ça ne peut pas être Devon. Il te balancerait jamais. »

Joey arrêta de s'étirer et posa les yeux sur sa tasse presque vide. « Il le ferait si quelqu'un avait Bébé et menaçait de lui faire du mal. »

La caféine continuait à mettre le cerveau de Jack en ébullition, et les idées et théories se bousculaient dans son esprit. « Alors, tu ferais bien d'aller chercher Bébé à ses répétitions. En parlant de ça... » Il baissa encore un peu plus la voix.

« Tu as vraiment balancé Danny Zuko du haut d'une falaise ?

— C'est une tout autre histoire, Jack.

— D'accord, d'accord. Mais à partir de maintenant, essaie de garder la tête froide. Tu pourrais être suivi.

— Ça vaut aussi pour toi, Jack. »

Joey se leva et passa ses bras dans les manches de sa veste en cuir.

« Je vais chercher Bébé à l'école de théâtre, et peut-être qu'on passera chez toi après.

— OK. Je vais aller chercher un truc à manger et je rentre au motel. Essaie de faire profil bas. Et si tu as l'impression d'être suivi, ne viens pas chez moi sans m'appeler avant. »

26

Une camionnette blanche était restée garée dans la rue en face de l'École des arts du spectacle pendant une bonne partie de la matinée. À l'intérieur, trois hommes guettaient l'arrivée de Bébé. Solomon Bennett était assis derrière le volant, et Mozart à ses côtés sur le siège passager. Frank Grealish, l'homme qu'il valait mieux laisser dans l'ombre, était caché à l'arrière, où son apparence ne risquait pas d'attirer l'attention des flics.

« Je t'ai dit, se plaignit Mozart. Elle sait qu'on est après elle. La personne qui a tué nos hommes et envoyé ces messages hier soir l'a sûrement avertie. Je pense que c'est dangereux de rester ici. Ça pourrait être un piège. »

Bennett sentit quelque chose ramper sur son cou. Il abattit le plat de sa main dessus et inspecta ses doigts. Une mouche. Il s'essuya sur le tableau de bord pour se débarrasser du cadavre et se concentra de nouveau sur l'entrée principale de l'école. Des étudiants montaient et descendaient régulièrement les marches menant à la porte. De temps en temps, un bus qui passait bloquait la vue du van pendant quelques instants, mais Bennett était convaincu que Bébé n'était toujours pas arrivée.

« T'es parano, dit-il à Mozart en réponse à ses inquiétudes quant à un piège potentiel.
— Vraiment ?
— Oui.
— Qui d'autre pense que je suis parano ?
— Personne.
— Tu dis juste ça comme ça, hein ?
— La ferme. Je crois que je viens de voir une meuf qui ressemble à la fille de Pincent.
— Où ça ?
— Elle vient de passer derrière ce bus. »
Ils tendirent le cou pour essayer de voir ce qui se passait. Il finit par avancer, et ils purent de nouveau observer l'entrée de l'école. Une fille vêtue d'un débardeur à rayures rouges et noires et un pantacourt en jean se tenait en haut des marches. Elle avait des cheveux châtains ondulés et semblait correspondre parfaitement à la fille qu'ils n'avaient vue qu'en photo jusqu'à présent.
« Tu vois, dit Bennett. Elle est là, cette petite conne. »
Bébé n'entra pas directement dans le bâtiment. Elle s'arrêta pour envoyer un baiser à quelqu'un en bas des marches. Quelqu'un que Bennett reconnut, même si elle lui tournait le dos. Qui d'autre portait des vêtements à imprimé léopard aussi près du corps ?
Mozart attrapa Bennett par le bras.
« Putain de merde, murmura-t-il. C'est Jasmine !
— Que fait cette pétasse avec la fille de Pincent ?
— C'est une putain d'espionne ! dit Mozart. J'ai toujours trouvé ça louche qu'une pute américaine traîne dans votre base en Roumanie. Comment ça se fait que personne ne l'ait jamais soupçonnée ? »
Bennett était furieux, avant tout contre lui-même.

« Ça doit être elle qui a tout dit à Pincent. Bordel, je me souviens qu'elle posait tout un tas de questions sur ce qu'on faisait.

— Et vous l'avez jamais soupçonnée d'être une espionne ? » Bennett se frotta les sourcils de frustration. « Cette fille était bien trop idiote pour être une espionne. Pincent n'embaucherait jamais quelqu'un d'aussi débile.

— Peut-être qu'elle jouait le rôle d'une débile, les espions sont souvent d'excellents acteurs, tu sais.

— Je sais, merci, dit Bennett. Mais en général, ils ne vous lèchent pas le trou du cul pendant qu'ils vous branlent. »

Mozart fixa Bennett du regard, visiblement perturbé par la révélation qu'il s'était fait titiller l'anus par Jasmine. Face à la mine perplexe de son acolyte, Bennett tenta de se raccrocher aux branches.

« Enfin, c'est à quelqu'un d'autre qu'elle a fait ça, j'étais juste dans la pièce à ce moment-là.

— OK, enfin bref, vous auriez jamais dû parler business avec elle. Même quand elle avait sa langue sur mes couilles, je me suis assuré de ne jamais rien lui dire. »

Bennett chassa prestement de son esprit l'image des testicules de Mozart dans la bouche de Jasmine et se tourna vers l'école. Bébé avait filé à l'intérieur, et Jasmine reprenait nonchalamment son chemin. Tout en gardant l'œil fixé sur le cul de la jeune femme, Bennett tapota la poitrine de Mozart du revers de la main.

« Je veux que tu la suives. Elle est peut-être pas la seule à nous avoir espionnés, en Roumanie. Vois où elle va, et appelle Denise avant de faire quoi que ce soit.

— Pourquoi Denise ?

— Elle est douée pour faire parler les femmes. Je veux pas que tu lui découpes le visage avant qu'elle nous ait dit pour qui elle bosse et à combien de personnes elle a parlé.

— Mais je pourrai la tuer quand on en aura fini avec elle, hein ?

— Seulement quand Denise le dira. Maintenant, dépêche-toi, ou tu risques de la perdre dans la foule. »

Il aurait été en réalité assez difficile de perdre Jasmine de vue, même au milieu d'une foule de plusieurs milliers de personnes. Bennett la regarda faire une curieuse petite danse en marchant sur le trottoir de l'autre côté de la rue, et se demanda comment elle avait pu les duper à ce point, lui et ses hommes. Elle avait joué l'idiote, mais elle était tellement douée pour ça. *Beaucoup trop*. Il était furieux de s'être fait piéger par quelqu'un d'aussi stupide. Et l'idée qu'elle n'avait eu qu'à lui lécher l'anus pour lui soutirer des informations le faisait se sentir encore plus minable. Il se consola en se disant que Denise et Mozart la feraient payer pour ce qu'elle avait fait.

Mozart bondit hors du van et commença à la suivre dans la rue, gardant ses distances pour s'assurer de ne pas se faire remarquer.

De son côté, Bennett cria à l'intention de Frankenstein, à l'arrière du van : « Il est temps de se mettre au boulot. Va chercher la fille de Pincent. Je te retrouve sur le parking derrière l'école. »

27

Bébé arriva à sa répétition avec trente minutes de retard. La vérité était qu'elle n'avait pas du tout envie d'être là. Elle avait bien trop de soucis, comme ce qu'elle dirait aux autres lorsqu'elle leur raconterait son funeste rendez-vous avec Jason Moxy. Mais ce qui l'inquiétait le plus était le soudain silence radio de son père.

Dans la salle principale, les répétitions avaient déjà commencé. Le chorégraphe, Camberwick Bender, se tenait au milieu de la pièce, vêtu d'un pull vert criard et d'un pantalon crème. Il faisait signe aux acteurs en agitant sa canne dans les airs tel un chef d'orchestre. Tous les principaux comédiens étaient présents – à l'exception de Jason Moxy – et faisaient de leur mieux pour suivre les instructions de Camberwick. En arrière-plan, une équipe de danseurs les accompagnait pour cette scène, celle de la grande séquence de danse du lycée.

Dès que Camberwick vit Bébé entrer dans la salle derrière les autres, il jeta sa canne au sol et hurla :
« COUPEZ ! »

Tout le monde s'immobilisa et se tourna vers Bébé.
« Bébé, tu es en retard ! hurla Camberwick. Et où est Jason ?

— Désolée, dit-elle. J'étais malade, ce matin. Et je ne sais pas où est Jason.

— "Je ne sais pas où est Jason", répéta Camberwick dans une imitation assez pauvre de Bébé. Pouah, j'essaie de mettre en scène *Grease* et aucune de mes têtes d'affiche ne daigne arriver à l'heure. C'est pas *Boulevard du Crépuscule*, ici, au cas où vous n'auriez pas remarqué ! »

Camberwick posa les deux mains sur ses hanches et tapa impatiemment du pied. Bébé ne savait pas si elle devait répondre quelque chose, et elle était légèrement décontenancée par la remarque sur *Boulevard du Crépuscule*, qui semblait n'avoir absolument rien à voir dans l'histoire. Quoique.

« Bon, reste pas là comme une idiote ! cria Camberwick. Mets-toi en place. On n'a pas toute la journée. » Il se tourna vers les autres et tapa dans ses mains. « Allez, allez, c'est reparti. Pas de temps à perdre. »

Bébé courut rejoindre les autres acteurs et se mit en position. Un des danseurs fut choisi pour succéder à Jason Moxy. C'était un garçon charmant et musclé, mais Bébé voyait dans ses yeux que remplacer l'acteur principal le rendait un peu nerveux. Il semblait tellement concentré sur ses pas de danse qu'il en oubliait Bébé. Elle lui prit les deux mains et enchevêtra ses doigts dans les siens avant que la musique ne commence. Dès que tout le monde fut en position, Camberwick alluma le vieux ghetto-blaster gris qu'il insistait pour utiliser pendant les répétitions. Quelques secondes plus tard, les premières notes de la chanson *Born to Hand Jive*, des Sha Na Na, retentissaient.

Bébé connaissait parfaitement la chorégraphie, et se concentrer dessus lui permettait de se changer les idées et d'oublier temporairement ce qui se passait dans sa vie.

Malheureusement, à la moitié de la scène, Camberwick s'écria à tue-tête : « COUPEZ ! », et la musique se tut de nouveau.

Le chorégraphe jeta sa canne sur le sol et remit ses mains sur ses hanches, pour que tout le monde comprenne qu'il était fâché. Sa colère était apparemment dirigée contre un individu qui venait d'apparaître derrière Bébé. Elle se retourna pour voir qui était le nouveau retardataire et vit un géant vêtu de noir affublé d'épaisses lunettes de protection. Il ressemblait trait pour trait à la créature de Frankenstein. Plus inquiétant encore, un holster pendait à sa hanche, et un pistolet en dépassait.

« Qui êtes-vous ? » hurla Camberwick à son intention.

Frankenstein l'ignora. Il examina la pièce du regard, pivotant lentement la tête de droite à gauche. Il finit par s'immobiliser lorsque Bébé apparut dans son champ de vision. Derrière ses grosses lunettes, ses yeux se fixèrent sur elle, et il marcha dans sa direction d'un pas décidé. Bébé regarda autour d'elle s'il n'y avait pas quelqu'un d'autre qui aurait pu attirer son attention. Mais il devint évident que Bébé était sa cible lorsqu'il s'arrêta devant elle et l'attrapa par le bras.

« Tu viens avec moi », dit-il d'une voix monocorde.

Son emprise était beaucoup plus ferme que nécessaire. Bébé lui frappa la main dans l'espoir qu'il la lâche, mais il n'en fit rien. Camberwick tenta de prendre sa défense.

« Est-ce que quelqu'un pourrait dire à ce clown que les auditions pour *Frankenstein Junior* ne commencent que dans un mois ? »

Frankenstein tourna lentement la tête et observa Camberwick d'une manière qui laissait penser qu'il n'appréciait pas vraiment d'être traité de clown. Ce qui se confirma lorsqu'il tendit la main vers sa hanche pour sortir le pistolet de son étui dans un mouvement lent, presque robotique. Il pointa l'arme sur le chorégraphe.

Celui-ci leva les mains au-dessus de sa tête. « Ne tirez pas, je plaisantais. Je suis sûr que vous êtes un excellent acteur. »

Soit Frankenstein n'entendit pas l'excuse, soit il ne la jugea pas satisfaisante, puisqu'il pressa la détente et tira dans la poitrine de Camberwick. Une tache de sang pourpre et épais apparut au milieu de son pull vert. Sa mâchoire tomba et son visage se figea lorsqu'il comprit ce que signifiait la douleur fulgurante dans sa poitrine. Il tituba en arrière avant de tomber à la renverse, atterrissant lourdement sur le dos, les yeux rivés au plafond, luttant désespérément pour avaler une dernière bouffée d'air.

C'est à ce moment-là que la terreur s'empara de toutes les personnes présentes dans la pièce. Un des danseurs couina comme un cochon moribond, et ce fut le signal qu'attendaient tous les autres pour se ruer vers les sorties en poussant des cris d'animaux sauvages. *Tous les autres sauf Bébé.* Elle ne pouvait pas bouger car la main de Frankenstein serrait son bras comme un étau. Il replaça le pistolet dans son étui et l'attira à lui.

« Tu viens avec moi ou tu es la prochaine à mourir », dit-il de sa voix sourde.

Bébé essaya de se débattre. « Qu'est-ce que vous me voulez ? »

Frankenstein l'ignora. Il se baissa, pressa son épaule contre la taille de Bébé et la souleva du sol. Avant qu'elle n'ait eu le temps de comprendre ce qu'il se passait, elle se retrouva sur son épaule, la tête en bas. Il plaça un de ses bras monstrueux autour de ses cuisses et se dirigea vers la sortie au fond de la salle. Bébé serra les poings et le frappa de toutes ses forces dans le dos. Mais donner des coups de poing lorsque l'on a la tête en bas est beaucoup plus difficile qu'il n'y paraît. Elle ne parvenait pas à rassembler assez de forces pour le frapper – en même temps, Frankenstein n'aurait probablement senti qu'un léger chatouillement.

« Laissez-moi descendre ! » cria-t-elle.

Frankenstein ignora sa requête et poursuivit son chemin vers la sortie. Tout ce que Bébé pouvait voir, c'était le sol en bois et l'arrière des jambes de son ravisseur, qui ressemblaient à des troncs d'arbres. Peu à peu, tous les autres acteurs et danseurs avaient disparu, et leurs cris n'étaient plus qu'un écho lointain qui se dissipait peu à peu.

Mais soudain, une puissante voix masculine s'éleva au-dessus du reste. Bébé ne savait pas exactement d'où elle venait, mais elle était forte et évoquait une certaine autorité.

« Repose la fille et lâche ton arme, *fils de pute.* »

Frankenstein s'immobilisa, et Bébé rassembla son courage, se préparant à la possibilité d'être violemment jetée sur le sol. De sa position inversée, elle réussit à se redresser légèrement et à tendre le cou pour tenter d'apercevoir le propriétaire de la voix.

Elle le repéra à l'autre bout de la salle, devant une porte à double battant. Il était vêtu en jean bleu des pieds à la tête, avec des bottes de cow-boy marron et des cheveux châtains ondulés maintenus par un bandeau Harley-Davidson. Sa main gauche s'agitait près du pistolet dans l'étui sur sa hanche.

« Qui êtes-vous ? demanda Frankenstein de son ton toujours aussi robotique.

— Je suis Rodeo Rex, répondit l'autre homme. Et toi, t'es qui, putain ? »

La réponse de Frankenstein fut simple et efficace. Il était plutôt de l'école « Tire le premier ». Avant que Rex n'ait eu l'occasion d'attraper son revolver à six coups, Frankenstein dégaina son pistolet, visa le cœur de Rex, et tira à trois reprises.

28

De retour au motel, Jasmine se déshabilla et se glissa dans des sous-vêtements sexy en préparation de l'après-midi coquin qu'elle s'apprêtait à passer avec Jack. Elle s'enveloppa dans sa robe de chambre rose favorite et s'installa sur le canapé devant la télévision. Elle avait récemment acheté un coffret de DVD d'occasion et était impatiente de retrouver sa série télévisée préférée.

Elle était en train de piocher dans un gros pot de pop-corn en regardant le générique du premier épisode, lorsque Jack l'appela sur son téléphone portable.

« Salut, mon cœur, dit-elle.

— Salut, Jaz, c'est quoi, ce bruit ? »

Elle attrapa la télécommande et coupa le son.

« C'était la télé. Je rattrape mon retard dans *Săpun Gunoi*.

— Qu'est-ce que c'est que ça ?

— Tu sais, ce feuilleton roumain qu'on regardait à Bucarest ? Je l'ai trouvé en DVD dans un magasin d'occasions, au coin de la rue. »

Cette nouvelle laissa Jack perplexe un moment. Au bout de quelques secondes de silence, il finit par répondre.

« Tu ne comprends même pas ce qu'ils disent, et tu es rentrée en Amérique, tu te souviens ? Tu peux regarder la télé américaine !

— Je sais, mais je voulais savoir qui a tué le mari de la blonde. »

Elle entendit Jack pousser un long soupir.

« Quand tu sauras qui c'est, dis-le-moi, mais après on arrête de regarder ce truc, OK ?

— OK... Mais ça commence à devenir pas mal.

— Je n'en doute pas. Écoute, je rentre à la maison. J'allais m'arrêter pour prendre du chinois à emporter. Y a quelque chose en particulier qui te ferait plaisir ? »

Jasmine réfléchit longuement.

« Hmm, tu peux me prendre quelque chose avec du riz, s'il te plaît, mon cœur ?

— Quelque chose avec du riz ? Comme quoi ?

— Je sais pas. Des frites ?

— Des frites, d'accord. Je prendrai d'autres trucs quand même, au cas où. À tout de suite.

— D'accord, bébé. Je t'aime !

— Je t'aime aussi. Bye. »

Jasmine reposa son téléphone et remit le son de la télévision. Elle ne put regarder que cinq nouvelles minutes de *Săpun Gunoi* avant d'être interrompue à nouveau, cette fois-ci par un coup à la porte suivi d'une voix féminine.

« Room service ! »

Jasmine bondit hors du canapé et courut à la porte. Elle n'avait rien commandé, mais s'ils tenaient à lui apporter des chocolats, elle les accepterait avec plaisir. Lorsqu'elle ouvrit, elle se trouva face à un visage qu'elle reconnut d'emblée. C'était Denise, la Roumaine bisexuelle qui présentait une ressemblance troublante avec Jon Voight. Elle portait un jean et un sweat rouge, pas vraiment le type d'uniforme que l'on s'attend à voir sur une employée de motel.

« Tiens, salut Denise ! dit-elle avec une joie parfaitement simulée. Depuis quand tu travailles ici ? »

Denise ne répondit pas. Elle entra de force dans l'appartement et balança sa main dans le visage de Jasmine, l'expédiant aussi loin que possible de la porte ouverte.

Jasmine tituba en arrière mais réussit à ne pas tomber. « Qu'est-ce que tu veux ? » demanda-t-elle.

Denise n'avait pas besoin de répondre. Jasmine savait déjà que son apparition n'annonçait rien de bon, ce qui se vérifia lorsqu'un homme en treillis et marcel noir apparut dans l'entrebâillement, derrière Denise. Jasmine le reconnut également aussitôt. C'était Mozart, l'acolyte fort déplaisant de Bennett. Il entra nonchalamment dans la chambre.

« Bonjour, Jasmine, dit-il d'une voix mielleuse en refermant la porte derrière lui.

— Salut. »

Mozart se dirigea vers la télévision et l'éteignit. « Assieds-toi », dit-il d'un ton ferme en désignant le canapé.

Jasmine s'exécuta et s'assit avant que Mozart n'ait eu le temps de le lui demander une deuxième fois, resserrant pudiquement sa robe de chambre autour de sa poitrine.

« Qu'est-ce que vous voulez ? » demanda-t-elle.

Mozart tendit la main derrière son dos et sortit un pistolet qu'il avait coincé dans son pantalon. Il frotta le canon du bout des doigts comme pour le faire briller.

« Je veux savoir à qui tu as parlé.

— Je parle à des tas de gens. Tu me connais, je suis une vraie pipelette. Un jour, j'étais coincée à Monkey World et y avait ce gros orang-outang... »

Mozart fit un signe de tête à Denise, qui réagit immédiatement. Elle attrapa Jasmine par le col de sa robe de chambre et la tira hors du sofa. Puis elle arracha le tissu pour voir ce que Jasmine portait en dessous.

« Te gêne pas, surtout », dit Jasmine.

Denise la gifla du revers de la main. Avec ses doigts épais et ses jointures particulièrement larges, la gifle eut l'effet d'un coup de poing assez puissant pour faire tomber Jasmine sur le sofa. Sa robe de chambre s'ouvrit, ressemblant désormais davantage à une cape de super-héros.

« Aïe ! » couina Jasmine en se frottant la joue. Elle envisagea de riposter en la frappant à l'entrejambe, mais avec Mozart qui brandissait son pistolet à quelques mètres de là, Jasmine se dit que le coup de poing dans la chatte n'était pas vraiment la meilleure des idées.

Mozart se racla la gorge et posa un regard beaucoup plus long que nécessaire sur le corps de Jasmine.

« Tu sais, Jasmine, dit-il. Au cas où tu ne serais pas au courant, Denise est une spécialiste de la violence contre les femmes. Elle aime tabasser les femmes presque autant que les hommes, et Dieu sait qu'elle aime ça. Mes testicules meurtris s'en souviennent encore. Ils ressemblent à de grosses prunes bleues. Peut-être que je te les montrerai, tout à l'heure. Mais le truc, Jasmine, c'est que j'aime quand Denise me torture. Je suis un peu tordu, comme mec. Je prends grave mon pied. Mais *toi*, je doute que ça te plaise autant. Et Denise, ça la fait vraiment tripper d'entendre ses victimes hurler de douleur. D'ailleurs, tu sais quoi ? J'aimerais beaucoup t'entendre hurler de douleur, aussi.

— Vous n'avez qu'à passer du Justin Bieber », répliqua Jasmine, agacée par son discours à rallonge.

Mozart réagit instinctivement. Il lui décocha un violent coup qui la renversa sur le côté. En sentant sa robe de chambre glisser encore davantage, elle s'empressa de se couvrir de peur que Mozart ne s'échauffe en reluquant ses sous-vêtements, qui étaient destinés à Jack, et personne d'autre.

« Alors, poursuivit Mozart, soudain beaucoup plus calme. Quand tu distribuais des pipes, et Dieu sait quoi d'autre encore, aux hommes à Bucarest, est-ce que l'un d'entre eux t'a dit ce qui m'avait rendu célèbre ? »

Jasmine garda les yeux fixés au sol.

« Non, bredouilla-t-elle.

— Eh bien, beaucoup de gens me connaissent comme l'homme aux mille visages, c'est le petit surnom que m'ont trouvé les journalistes, et il semble que ce soit resté. Mais mon vrai talent, celui pour lequel mes amis me connaissent...

— Tu as des amis ? demanda Jasmine, fière de sa provocation.

— *Denise.* »

À la mention de son nom, Denise frappa une nouvelle fois Jasmine au visage du revers de la main. Ce coup fut beaucoup plus douloureux que le précédent, et Jasmine décida d'arrêter les provocations inutiles.

« Comme je disais, reprit Mozart. Mes amis me connaissent pour ma capacité à flairer le mensonge. Ils m'appellent "le Polygraphe", ce qui, au cas où tu ne serais pas au courant, est un type de détecteur de mensonge. Tu es sûrement en train de te dire que c'est vraiment un surnom pourri, et j'aurais tendance à être de ton avis, mais c'est un surnom parfaitement adapté. Parce que j'ai un don. Je peux sentir un mensonge avant même qu'il n'ait été prononcé. Les humains ont toutes sortes de tics faciaux qui se déclenchent quand ils sont sur le point de mentir, et je les connais tous, des plus évidents, comme se gratter le nez, aux plus complexes, ceux des menteurs chevronnés. Alors, la prochaine fois que je pose une question et que tu décides de faire semblant de ne pas savoir de quoi je parle, penses-y. Ton langage corporel te trahira. Prétendre que tu ne sais pas de quoi je parle alors que tu le sais parfaitement est simplement un autre type de mensonge. Et les mensonges me déçoivent beaucoup. Alors, la prochaine fois que tu me déçois, je ferai un petit signe de la tête à l'intention de Denise, comme ça. » Il fit un signe de tête à Denise. « Et quand je ferai ça, Denise te traînera hors du sofa. Elle retirera tes vêtements. Et ensuite, pendant que tu seras nue devant moi, elle commencera à découper des parties de ton corps. Denise est très douée, pour ça. Moi, j'ai tendance à m'en prendre directement au visage, à tout arracher d'un coup. Mais elle, elle choisit des parties du corps beaucoup plus sensibles à la douleur, et qui ne causent pas la mort. C'est une sorte de Michel-Ange du sang et des cicatrices, n'est-ce pas, Denise ? »

Denise regarda Jasmine avec mépris. « Je peux te garder vivante dans des douleurs intolérables pendant des jours et des jours, si je dois en arriver là. »

Jasmine ne l'avait pas remarqué jusque-là, mais Denise avait un grand couteau de chasse glissé dans un étui fixé à sa cuisse. Elle déglutit. Elle sentit une larme commencer à monter, mais elle secoua la tête pour la contenir. Il était hors de question qu'elle laisse ces deux tordus savoir qu'ils l'intimidaient.

Mozart s'accroupit pour la regarder dans les yeux. « Tu comprends ce que je suis en train de dire, Jasmine ? Parce que je voudrais pas que tu viennes te plaindre plus tard de ne pas avoir été mise au courant des règles du jeu. Dis un mensonge, ou envisage seulement d'en dire un, et je fais signe à Denise. OK ? »

Jasmine acquiesça.

« Bien. Alors, commençons. »

29

Rodeo Rex avait été confronté à pas mal de colosses dans sa vie, mais Frankenstein était sans aucun doute le plus imposant qu'il ait vu depuis bien longtemps. Lorsqu'il remarqua les boulons en métal qui dépassaient de son cou, il se dit que c'était soit un acteur déguisé, soit un excentrique adepte des piercings extrêmes. Dans tous les cas, il était à l'origine des coups de feu et de la marée hurlante qui venait de quitter l'École des arts du spectacle à toutes jambes. Et il trimbalait une fille sur son épaule. La fille que Rex était venu chercher.

« Qui êtes-vous ? demanda Frankenstein.

— Je suis Rodeo Rex. Et toi, t'es qui, putain ? »

La réponse de Frankenstein fut pour le moins impolie. Il dégaina un pistolet, visa le cœur de Rex, et tira trois fois.

BANG !

BANG !

BANG !

Tout homme normalement constitué serait mort sur le coup, car Frankenstein était un pro de la gâchette. Mais Rex n'était pas un homme normalement constitué. Il avait une main droite magnétique. Il lui suffit de lever le bras pour que les trois balles fussent déviées de leur trajectoire et se logent dans le creux de sa main gantée. Il la desserra et les laissa tomber. Elles heurtèrent le sol dans un cliquetis et se dispersèrent sur le parquet.

« Tu t'attendais pas à ça, hein ? » dit-il en sortant sa propre arme du holster à sa hanche.

Frankenstein laissa tomber Bébé sur le sol. Elle atterrit la tête la première, et son crâne heurta le plancher. Le reste de son corps passa par-dessus sa tête dans une sorte de roulade, et elle se retrouva allongée sur le dos, sonnée, les yeux fixés au plafond.

Frankenstein visa et vida son chargeur sur Rex. Comme son apparence le suggérait, ce type était un véritable crétin, visiblement incapable d'apprendre de ses erreurs.

Rex récupéra une nouvelle fois toutes les balles dans sa main magnétique. Lorsque Frankenstein fut à court de munitions, il continua de tirer à vide pendant quelques secondes, un peu désorienté, incapable de comprendre comment Rex pouvait encore être debout. Ce dernier laissa tomber la dernière fournée de balles sur le sol, une par une, cette fois, pour ménager un effet dramatique. En tout, huit cartouches roulèrent sur le sol.

« Merci, trou d'balle, dit Rex. À mon tour. »

Il pointa son six coups en direction de la poitrine de Frankenstein, qui était, par son ampleur, une cible assez difficile à rater. Comme son adversaire, il tira trois balles coup sur coup. Chacune toucha Frankenstein à la poitrine, mais les impacts eurent pour seul effet de le faire reculer d'un pas. Aucune ne transperça sa peau. Elles traversèrent son tee-shirt, laissant des petits trous dans le tissu qui permirent à Rex d'être sûr de ne pas avoir raté sa cible. Mais la peau de Frankenstein n'avait pas la moindre égratignure. Les balles avaient simplement rebondi sur son corps.

« C'est quoi, ce bordel ? » marmonna Rex.

Malgré sa longue expérience avec les armes à feu, Rex n'avait jamais tiré sur quelqu'un qui résistait aux balles. Il en avait rencontré quelques-uns qui réussissaient à rester debout un moment, mais ils avaient toujours des trous dans le corps, et ils saignaient toujours. Ce type n'avait pas la moindre éraflure. *C'est quoi, ce bordel, en effet ?*

Frankenstein n'appréciait pas plus que Rex de se faire tirer dessus. Une fois remis de ses émotions, il jeta le pistolet vide sur le sol, bomba le torse, et marcha en direction de Rex.

Rex, loin d'imaginer l'ironie de la situation, tira ses trois dernières munitions sur Frankenstein. Les deux premières l'atteignirent à la poitrine, et en voyant qu'elles étaient toujours sans effet, il visa sa tête, dans l'espoir de trouver son point faible. Et il comprit rapidement qu'il n'en avait pas. Les balles ne servaient qu'à le ralentir momentanément.

Rex soupira et replaça son arme dans son holster.

« D'accord, d'accord, dit-il. Ce sera donc les poings. »

Et dans ce domaine, Rex était un adversaire redoutable. Il se servait de ses poings depuis de nombreuses années, et gagnait fort bien sa vie de cette manière lorsque le travail manquait. Un de ses points forts était sa capacité à tirer profit des faiblesses de ses adversaires. Il avait l'œil pour détecter le moindre défaut dans leurs techniques, la moindre imperfection physique.

Frankenstein s'approchait de lui avec la démarche d'un rhinocéros en colère. Rex détecta immédiatement son point faible. C'était un gros pataud rigide, qui marchait d'un pas lourd et attaquait de front. C'était une erreur fréquente, chez les mastodontes comme lui. Une chose qu'aucun des adversaires de Rex ne parvenait à réaliser, c'était que même s'il était un homme imposant, il était beaucoup plus rapide qu'il en avait l'air, et souple comme une ballerine, même s'il n'aurait probablement pas apprécié qu'on l'imagine en train de faire des pirouettes en tutu.

Rex leva les poings et attendit que Frankenstein fût assez près. Lorsqu'ils furent à un mètre l'un de l'autre, Frankenstein tendit les deux mains et se jeta sur Rex. Celui-ci l'esquiva d'un rapide mouvement sur le côté. À côté de Frankenstein, il semblait être en mode avance rapide. Avant même que Frankenstein ne réalise qu'il n'agrippait que du vide, Rex lui décocha un puissant uppercut de sa main en métal.

CLANC !

Le coup de poing atteignit la mâchoire de Frankenstein à un angle parfait. La tête du grand lourdaud partit violemment vers l'arrière. Il recula d'un pas, puis d'un autre, pour tenter de retrouver l'équilibre sur ses grands pieds, qui le gênaient plus qu'autre chose.

« Tu l'as senti, celui-là, salope ? » fanfaronna Rex.

Frankenstein s'ébroua comme un chien mouillé avant de tenter maladroitement une nouvelle attaque. Il se dirigea, lentement mais sûrement, vers Rex et balança un crochet du droit qui n'arriva que légèrement plus rapidement qu'un télégramme en provenance du pôle Nord. Rex l'évita sans trop de difficultés, se rapprocha de lui, et envoya un nouvel uppercut.

CLANC !

Le coup fut encore plus puissant que le premier. Il le souleva du sol et l'envoya valser dans les airs. Il atterrit sur le dos deux mètres plus loin, à quelques pas de Bébé, qui avait réussi à se mettre à genoux et observait le spectacle, complètement abasourdie.

« T'inquiète pas, ma jolie, dit Rex. J'en ai pour une seconde. »

Rex marcha à grandes enjambées jusqu'à Frankenstein et donna un coup de pied dans la main avec laquelle il essayait de se relever. Il contourna le balourd échoué, balançant des coups dans ses membres chaque fois qu'il essayait de s'en servir comme levier.

« T'es qui, toi, bordel ? demanda-t-il. Et qu'est-ce que tu veux à la fille ? »

Il répéta la question encore et encore face au silence de Frankenstein, qui semblait n'avoir qu'une idée en tête : se relever.

Frankenstein, malgré sa puissance et sa résistance aux balles, avait beaucoup de mal à apprendre de ses erreurs. Il était hors de question qu'il réponde aux questions de Rex alors qu'il était allongé sur le dos, et il était hors de question que Rex le laisse se relever avant qu'il lui dise *qui il était, bordel, et ce qu'il voulait à la fille.*

Mais c'est à ce moment-là qu'intervint une distraction qu'aucun des deux n'attendait.

« Joey ! »

Rex s'immobilisa en entendant Bébé hurler et se tourna pour voir qui était le Joey en question. Un homme venait d'entrer dans la salle par la sortie de secours.

30

Lorsque Joey arriva sur le parking à l'arrière de l'École des arts du spectacle, il comprit d'emblée que quelque chose n'allait pas. Une horde de jeunes gens déferlait en hurlant par la sortie de secours à l'arrière du bâtiment.

Il gara sa moto juste devant et entra en trombe dans l'école, fonçant dans la meute de comédiens en fuite. Qu'est-ce qu'ils fuyaient comme ça ? Est-ce qu'il y avait une pénurie de miroirs dans lesquels se regarder amoureusement ? Est-ce qu'ils reconstituaient la scène de l'évacuation de la salle de cinéma du film *Le Blob* ? Est-ce qu'on leur avait demandé de lire l'intégrale de Shakespeare ? Ou simplement une page ?

Joey attrapa un des acteurs déguisés en T-Birds et le plaqua contre un mur de casiers, serrant ses poings sur le col de son blouson en cuir noir.

« C'est quoi, ce bordel ? » demanda-t-il.

Le gamin tenta maladroitement de se libérer de l'emprise de Joey, mais il comprit très vite qu'il serait plus rapide de répondre à la question.

« Y a un taré déguisé en Frankenstein qui tire sur tout ce qui bouge, gémit-il.

— Où ça ?

— Dans la salle principale. Laisse-moi partir, putain !

— Où est la salle principale ? »

Il montra du doigt le couloir. « Par là ! À gauche, puis à droite. »

Joey libéra le gamin, qui déguerpit aussitôt dans le couloir désormais désert, à l'exception de quelques retardataires.

Joey se précipita dans la direction indiquée par le T-Bird et se retrouva dans un couloir vide. Vide, mais pas silencieux. Un boucan infernal provenait d'une pièce sur la droite. À en juger par les nombreux cris, une bagarre était en cours. Joey courut jusqu'au bout du couloir et arriva devant une porte coupe-feu. Elle avait été ouverte de force, et il pouvait entendre de l'autre côté une voix d'homme qui hurlait : « *T'es qui, toi, bordel ?* »

Joey passa la tête par la porte. La première chose qu'il vit fut Bébé qui reculait dans sa direction. Derrière elle, tout au fond de la salle, deux hommes étaient en train de se battre. L'un des deux était à terre pendant que l'autre, une montagne de muscles déguisée en biker, le rouait de coups de pied.

« Bébé », murmura Joey, juste assez fort pour qu'elle fût la seule à l'entendre. La jeune fille se retourna, et son visage inquiet s'illumina en voyant l'Iroquois.

« Joey ! » couina-t-elle.

Le gros biker, celui qui donnait des coups dans le mec étendu sur le sol, s'interrompit un instant et se tourna vers Joey, son regard immédiatement attiré par le blouson en cuir rouge.

Bébé courut vers lui.

« Il faut qu'on se tire de là !

— Pourquoi ? Qu'est-ce qui se passe, ici ? »

Bébé attrapa sa veste des deux mains. « Le type qui ressemble à Frankenstein a essayé de me kidnapper, dit-elle. Mais y a l'autre type, là, Rodeo Rex, qui a débarqué, et ils ont commencé à se tirer dessus. »

Rodeo Rex cria à son intention : « C'est toi, l'Iroquois ? »

Joey ne savait que répondre. On l'avait averti que Rodeo Rex cherchait à le tuer, et il venait de réaliser que le type au sol qui se faisait tabasser par Rex était Frank Grealish. Le T-Bird du couloir avait raison lorsqu'il avait dit qu'un type ressemblant à Frankenstein avait débarqué.

« Je crois que Rex est de notre côté », murmura Bébé.

Rodeo Rex avait toujours les yeux fixés sur Joey, dont il attendait une réponse. Il ne regardait plus Frankenstein, et comme Joey l'avait appris pendant l'opération Blackwash, Frank Grealish savait se battre, même lorsqu'il était au sol. La grosse brute attrapa la jambe de Rex juste sous le genou et tira dessus d'un geste brusque. Rex perdit l'équilibre et tomba à la renverse, se cognant le crâne contre le parquet.

Bébé tira sur la veste de Joey en désignant le couloir. « Il faut qu'on se tire d'ici, dit-elle. Rex a tiré sur Frankenstein je sais pas combien de fois, mais les balles rebondissent sur lui ! »

Joey l'ignora et interpella Frank Grealish, qui était maintenant assis dos à eux. « Frank ! Qu'est-ce que tu fais là ? »

Frankenstein se retourna aussitôt. Il observa un moment Joey derrière ses lunettes de protection noires, avant de se pencher pour attraper Rodeo Rex par les cheveux et lui écraser de nouveau le crâne contre le sol. Rex roula sur le dos, sonné, et légèrement agacé.

Frankenstein se releva et observa Joey. Face à son silence, Joey l'interpella une nouvelle fois.

« Frank, c'est Joey, tu te souviens de moi ? »

Rodeo Rex se mit péniblement à genoux. Il semblait complètement à l'ouest, mais il avait encore assez d'esprit pour crier un avertissement à Joey. « Il veut la fille ! »

Bébé tira Joey par le bras, essayant de l'attirer dans le couloir, loin de Frankenstein.

« Sérieusement, il faut qu'on se tire, ce mec est invincible !

— C'est impossible, dit Joey. Reste ici ! »

Il se dégagea de l'emprise de Bébé et se dirigea vers Frankenstein, qui marchait dans leur direction. Le langage corporel du colosse ne laissait aucun doute quant à ses intentions – il voulait en découdre.

« Frank, tu te souviens de moi ? De l'opération Blackwash ? » demanda Joey en levant les mains pour essayer de calmer son ancien camarade.

Dès qu'il fut assez près, Frankenstein balança un coup de poing assez académique en direction de la tête de Joey. Celui-ci l'évita aisément et s'accroupit, se préparant à riposter. Manifestement, Frank Grealish n'avait appris aucun nouveau mouvement depuis l'époque où ils s'entraînaient au combat ensemble. Joey envoya un petit coup sec et rapide dans l'entrejambe de son adversaire. Le bon vieux « coup dans les couilles » était une méthode infaillible pour faire perdre ses moyens à n'importe quel homme. Mais cette fois-ci, la technique se retourna contre lui. Au lieu d'entrer en contact avec une cible molle, il eut l'impression de donner un coup de poing dans une cloche en fer de deux tonnes. Une douleur vive se propagea dans son bras, et il pivota sur le côté pour esquiver la riposte de Frankenstein.

Pour sa prochaine attaque, Joey se décala vers l'intérieur et décocha un coup de poing bien placé dans le ventre de Frankenstein. Et il eut *un mal de chien*. « Il », c'est-à-dire Joey. Il avait l'impression d'avoir envoyé son poing dans un mur en béton. Il bondit hors d'atteinte et agita ses doigts pour s'assurer qu'aucun n'était cassé. Frankenstein, de son côté, n'eut même pas le souffle coupé. Peut-être était-il vraiment invincible, après tout.

À l'autre bout de la salle, Rodeo Rex était de nouveau sur pied.

« Fichez le camp ! hurla-t-il. Vous pouvez pas le battre, c'est un putain de robot ou je sais pas quoi !
— S'il te plaît, cria Bébé. Écoute-le. Il faut qu'on se tire d'ici ! »

Joey esquiva un nouveau coup de poing hasardeux de Frankenstein et recula de quelques pas. Ce faisant, il l'obligea à tourner le dos à Rodeo Rex. Celui-ci chargea à travers la pièce comme un taureau enragé. Lorsqu'il fut assez près de Frankenstein, il se projeta dans les airs et envoya un nouveau coup qui heurta de plein fouet la tempe de Frankenstein. Contrairement à celui de Joey, l'impact produisit un puissant *CLANC*, rappelant celui d'une batte de base-ball entrant en contact avec un casque de football américain. La tête de Frankenstein tourna à quatre-vingt-dix degrés et il tituba vers la gauche, sévèrement déséquilibré. Il repositionna son pied gauche sur le sol et frappa à nouveau le biker géant, l'atteignant à l'épaule. Il n'avait peut-être pas de main métallique, mais le coup fut malgré tout assez puissant pour déséquilibrer Rex, qui tomba le cul par terre dans un bruit sourd. Ce dernier leva les yeux et cria à Bébé : « Cours, putain ! Ton copain te suivra ! »

Bébé regarda Joey d'un air suppliant, puis suivit le conseil de Rex et se rua vers la sortie. Joey avait deux possibilités. Rester et aider Rex, ou courir après Bébé. Il n'eut pas à réfléchir longtemps. Il se précipita dans le couloir et rattrapa rapidement Bébé.

« Viens. Ma moto est dehors. On fiche le camp. »

En arrivant au bout du couloir, Joey se retourna et vit que Frankenstein avait laissé Rodeo Rex derrière et les suivait d'un pas lourd, les pourchassant comme une créature de film d'horreur de série B.

Quelques secondes plus tard, Joey et Bébé atteignirent enfin la sortie de secours à l'arrière de l'école et déboulèrent en trombe sur le parking. La moto de Joey était toujours là où il l'avait laissée, juste à côté de la sortie. Une petite foule s'était amassée au fond du parking pour essayer de voir ce qui se passait à l'intérieur, mais ils semblaient tous prêts à détaler si d'autres tireurs fous apparaissaient. Joey grimpa sur sa moto et alluma le contact. Bébé se hissa derrière lui, glissa ses bras autour de sa taille et enfouit sa tête dans son cou.

« Tiens-toi bien, Bébé, ça pourrait être mouvementé. » Elle resserra ses bras autour de lui et ils quittèrent le parking, fonçant à travers la foule pour rejoindre la rue.

En s'éloignant, ils entendirent de nouveaux cris de panique. Frankenstein venait de défoncer les portes de la sortie de secours et de débouler sur le parking.

Il marcha vers le van de Solomon Bennett, garé sur une place pour handicapé. Il ouvrit la portière côté passager et grimpa à l'intérieur. Solomon Bennett était toujours assis derrière le volant.

« Il a réussi à partir, boss, désolé, dit Frankenstein.

— Pas grave, répondit Bennett en démarrant. En voyant Joey Conrad débarquer, j'ai pris la liberté d'installer un mouchard sur sa moto quand il était à l'intérieur. On les retrouvera tous les deux plus tard.

— Et l'autre type ? demanda Frankenstein.

— Quel autre type ?

— Rodeo Rex. »

Bennett fronça les sourcils. « "Rodeo Rex" ? » répéta-t-il en ricanant. Ça ressemblait à un nom tout droit sorti d'un western à petit budget des années 1970. « Jamais entendu parler. »

Il n'eut malheureusement pas l'occasion d'attendre de voir par lui-même qui était ce Rodeo Rex, puisque des sirènes de police commencèrent à se faire entendre, de plus en plus proches. Bennett guida le van jusqu'à la rue.

« On s'occupera de ce type une autre fois, dit-il. Pour le moment, voyons où Joey Conrad nous conduit. »

31

Jack Munson gara sa voiture sur la place de parking attribuée à l'appartement numéro dix-sept du Bates Motel. Il avait acheté assez de chinois pour nourrir quatre personnes, même si ce n'était que pour lui et Jasmine. Elle n'avait pas été très précise sur ce qu'elle voulait manger, aussi Munson avait-il commandé tout un tas d'entrées et de plats à base de poulet.

Il attrapa le grand sac en papier marron contenant la nourriture et sautilla hors du véhicule. À peine eut-il claqué la portière qu'il entendit une puissante moto entrer dans le parking, derrière lui. Il se tourna et vit Joey Conrad arriver sur sa moto jaune et rouge avec Bébé qui se cramponnait à lui comme si sa vie en dépendait.

Ils se garèrent sur la place libre à côté de la voiture de Munson, et Joey coupa le contact tandis que Bébé descendait.

« Oh, mon Dieu, Jack, Dieu merci, tu es là ! » Elle était visiblement dans un état de panique avancé, un peu comme la veille, lorsqu'elle avait débarqué à sa porte avec l'histoire de Danny Zuko et de la falaise. Munson ne savait pas trop si c'était la conduite légèrement inconsciente de Joey qui l'avait mise dans cet état, ou autre chose.

C'était autre chose.

« Tout va bien ? » demanda Munson.

Joey descendit de sa moto.

« Pas vraiment, non, dit-il. Je viens de me battre avec Frank Grealish.

— Frankenstein est ici ? Tu l'as vu ? Où ça ?

— Il était à l'école de théâtre de Bébé.

— Il m'a balancée sur son épaule et a essayé de me kidnapper, précisa-t-elle. Mais après, y a ce type, Rodeo Rex, qui a débarqué, et ils se sont tapé dessus.

— Rodeo Rex ? »

Joey confirma. « Je l'ai vu de mes propres yeux. On s'est relayés pour essayer de botter le cul à Frankenstein. Mais je t'assure, ce putain de Frank Grealish est invincible. Tu peux le frapper autant que tu veux, bordel, tu peux même lui tirer dessus, il ne ressent pas la douleur, il ne marque pas les coups, et il ne saigne pas. Une fois que j'ai eu compris ça, on a déguerpi et on est venus directement ici. »

Munson écoutait ce que Joey et Bébé étaient en train de dire, et commençait même à comprendre, bien que leurs propos fussent complètement décousus, mais il avait vu quelque chose qui accaparait son attention.

« Joey, tu ne peux pas rester ici, dit-il.

— Quoi ? Pourquoi ? »

Il montra du doigt la moto de Joey. « Ils ont foutu un mouchard dessus. »

Joey regarda dans la direction pointée par Munson. Il y avait un petit boîtier en plastique fixé sous le siège.

« D'où ça vient, cette merde ? dit-il en tendant la main pour l'arracher.

— Laisse-le, dit Munson d'un ton sec.

— Hein ?

— C'est du travail bâclé, quelqu'un a fait ça en urgence. Qui que ce soit, ils sont peut-être déjà à ta poursuite. Tu devrais continuer à rouler, retourne en ville, et colle-le sur un camion, ou n'importe quoi susceptible de rester en mouvement. »

Joey posa ses mains sur sa tête.

« Merde.

— Vas-y, dit Munson. Bébé peut rester avec moi. On va récupérer Jasmine en vitesse et puis on ira dans un endroit plus sûr. Appelle-nous un peu plus tard. Si j'utilise le mot "exquis" à un moment ou à un autre, ça veut dire qu'il y a un problème, compris ? »

Joey acquiesça. « "Exquis", compris. » Il attira Bébé à lui et planta un baiser sur ses lèvres.

« Ça va aller. On se voit tout à l'heure.

— D'accord, dépêche-toi ! » dit-elle, consciente de l'urgence de la situation.

Joey grimpa sur sa moto et mit le contact.

« Jack, gardez-moi un peu de cette bouffe chinoise que je sens d'ici, dit-il.

— T'inquiète, y en a assez pour un régiment. »

Joey se dirigea vers la sortie et quitta en trombe le parking, rejoignant la rue dans une cacophonie de crissements de pneus, klaxons, et insultes diverses hurlées par des conducteurs furieux.

« Viens, Bébé, dit Munson. On récupère Jasmine et on se tire d'ici. »

Il se dirigea vers l'appartement dix-sept, glissa sa clé dans la serrure et ouvrit la porte.

« Après toi, Bébé », dit-il en souriant.

Bébé entra dans la chambre, suivie de Munson, qui referma la porte derrière eux.

Mais à peine furent-ils entrés que Bébé s'écria : « Oh, mon Dieu ! »

32

Les missions de surveillance étaient celles qu'Elvis aimait le moins. Rester assis dans une voiture à surveiller un appartement et attendre que quelqu'un arrive était incroyablement pénible.

Il était arrivé au Bates Motel un peu avant neuf heures du matin et avait garé sa Cadillac violette près de l'entrée, assez loin de l'appartement dix-sept pour ne pas éveiller de soupçons. Il se regarda dans le rétroviseur et fut extrêmement déçu de constater qu'en plus de se sentir merdique, il avait une mine effroyable. Ses yeux étaient rouges et gonflés, ses cheveux ne ressemblaient à rien, et il avait la sensation que son odeur n'était pas non plus des plus plaisantes. C'était souvent le cas lorsqu'il sortait boire des coups dans son costume en cuir noir. Il enfila ses lunettes de soleil et ouvrit une bouteille de Shitting Monkey.

Cette bière était un super remède à la gueule de bois. Elle en était aussi la cause, mais il y avait quelque chose dans ce truc qui lui permettait d'avoir les idées claires dès le matin. Elvis n'était pas alcoolique ou quoi que ce soit, mais quand il décidait de se bourrer la gueule, il aimait faire durer la chose au moins quarante-huit heures. Il en était pour le moment à sa trentième heure de beuverie, qui se terminerait vraisemblablement autour de minuit, ce qui lui laisserait un peu de temps pour faire une petite sieste et être en forme pour empêcher le pape de se faire assassiner la veille de Noël – c'est-à-dire le lendemain.

Il examina l'étiquette sur la bouteille. Ça ne l'avait jamais frappé jusqu'alors, mais Shitting Monkey, c'était quand même un nom curieux pour de la bière. Et le logo, qui représentait un primate en train de déféquer, une bouteille de bière à la main, que pouvait-il bien signifier ? Buvez cette bière et vous chierez comme un babouin le lendemain matin ? Elvis y réfléchit pendant quelques minutes. Peut-être était-ce une sorte d'avertissement subtil, comme les FUMER TUE sur les paquets de cigarettes. Plus il y pensait, plus il se disait que c'était probablement le cas. Il s'était plus d'une fois retrouvé coincé sur les toilettes à chier comme un babouin après des nuits de beuverie à la Shitting Monkey.

Mais le plus gros problème d'Elvis pour l'heure, c'était le manque de sommeil. Dès qu'il commença à contempler les différents sens possibles du logo, son esprit se déconnecta peu à peu de la réalité. Il ferma ses yeux endoloris et plongea dans un doux sommeil. Moins d'une demi-heure plus tard, il fut réveillé en sursaut par le bruit d'une moto vrombissant devant sa voiture.

Mais le temps qu'il se souvienne où il était, soit plusieurs secondes plus tard, elle avait disparu depuis longtemps. Elvis avait la bouche sèche et son costume en cuir lui collait à la peau, probablement à cause des litres de sueur qu'il avait produits en dormant. Il décolla les fesses de son siège pour se repositionner et jeta un œil à l'horloge sur le tableau de bord. Dix heures trente-huit. Il avait besoin d'un soda. Et en y réfléchissant, il décida qu'il avait également besoin d'un cheeseburger. Il regarda vers l'appartement dix-sept et vit que la voiture de Jack Munson était revenue. Classique. Tu piques du nez pendant une surveillance et tu rates le meilleur. C'était vraiment la mission la plus chiante du monde.

Il étira ses bras et réfléchit à ce qu'il devait faire. Devait-il passer nonchalamment devant le numéro dix-sept pour essayer de voir par la fenêtre ? Ou valait-il mieux garder ses distances et poursuivre la surveillance de loin ?

La réponse était évidente. Il baissa la vitre côté passager et balança sa bouteille à moitié vide de Shitting Monkey tiède sur le parking. Puis il alluma le contact et entama une marche arrière.

Il était grand temps d'aller chercher un cheeseburger chez McDowell's, à l'angle de la Quatrième Rue et de Main Street.

33

« Oh, mon Dieu ! »

Munson se retourna pour voir ce qui avait provoqué cette réaction. Lorsqu'il posa les yeux sur ce qu'elle avait vu, son sang se glaça dans ses veines. Jasmine était étendue sur le ventre près du sofa. Le côté de son visage était couvert de bleus, ensanglanté, et ses longs cheveux noirs habituellement immaculés étaient souillés de traînées de sang. *Son sang.* Sa robe de chambre était sur le sol à l'autre bout de la pièce. Son soutien-gorge avait disparu et son dos était constellé d'hématomes. Sa culotte noire était à moitié baissée et ses bas déchirés tombaient sur ses genoux.

Bébé se précipita vers elle. « Jaz ! Tu m'entends ? » Elle se pencha et écarta les cheveux du visage de Jasmine.

En voyant sa petite amie étendue sur le sol et couverte de sang, Munson resta paralysé. Le sac de nourriture glissa de sa main et tomba par terre. Son premier réflexe fut de rejoindre Bébé auprès de Jasmine, mais ses années d'entraînement lui revinrent à l'esprit. Et si la personne qui avait fait ça était toujours dans l'appartement ? Son regard se posa sur la porte de la chambre à coucher. Toutes sortes d'idées se bousculaient dans son esprit, dont la plus dérangeante était qu'il n'avait pas son arme, qu'il avait laissée sur la table de nuit.

Il avança d'un pas hésitant vers la chambre. Mais il n'alla pas plus loin. La porte s'ouvrit dans un fracas et un homme en sortit, armé d'un pistolet braqué sur Munson. Il le reconnut immédiatement. C'était Mozart, *l'homme aux mille visages.*

Celui-ci sourit de toutes ses dents avant de baisser son arme. Munson savait ce qui l'attendait. Le pistolet était équipé d'un silencieux. Il entendit le coup de feu étouffé, mais il n'aurait pas pu dire s'il l'avait perçu avant ou après que la balle avait percé sa rotule. Il s'effondra sur le sol comme si quelqu'un venait de lui briser la jambe en deux, hurlant de douleur, et sa tête heurta violemment le mur derrière lui.

« Sympa de passer nous voir, Jack », dit Mozart.

Une femme à l'allure masculine vêtue d'un sweat rouge et qui ressemblait comme deux gouttes d'eau à Jon Voight jeune apparut derrière Mozart. Elle passa devant lui en le bousculant et attrapa Bébé, l'éloignant du corps de Jasmine. Elle plaqua sur le visage de la jeune fille un mouchoir imprégné d'un puissant anesthésiant qui lui fit perdre conscience presque immédiatement. Ses jambes cédèrent sous son poids et elle tomba en arrière dans les bras de la femme.

« Bon boulot, Denise, dit Mozart. Appelle Solomon et dis-lui qu'on a la fille de Pincent. »

Denise sortit un téléphone portable de sa poche et s'éloigna pour appeler Solomon Bennett.

De son côté, Mozart porta de nouveau son attention sur Munson. « Comme je disais, Jack, c'est vraiment sympa de passer, surtout pour nous apporter la fille de Devon. »

Munson porta ses deux mains à ce qu'il restait de son genou pour essayer d'endiguer l'hémorragie. Le sang s'écoulait par un nouveau trou dans son jean. Il avait connu de nombreuses situations fort douloureuses par le passé, mais une balle dans le genou était de loin la plus intense de toutes.

« Qu'est-ce que tu veux ? » demanda-t-il en grimaçant de douleur.

Ce ne fut pas la voix de Mozart qu'il entendit ensuite. C'était celle de Jasmine. Elle était toujours vivante. Mal en point, mais vivante.

« Jack, je suis vraiment désolée », réussit-elle à articuler. Elle avait l'air complètement défoncée, dans tous les sens du terme.

Il la regarda dans les yeux. Elle semblait tellement souffrir que, pendant un court instant, il oublia sa propre douleur. Même avec le visage contusionné et ensanglanté, Jasmine était toujours la plus belle femme qu'il ait jamais vue. La voir dans cet état était bien plus douloureux que n'importe quels sévices que Mozart pouvait lui infliger. Il devait rester fort pour elle.

« T'inquiète pas, Jaz, dit-il. Ça va aller. »

La silhouette de Mozart se dressa au-dessus de Munson. Il replaça son arme sous la ceinture de son pantalon.

« Regarde-toi, Jack, dit-il avec un regard haineux. Tu te crois plus malin que nous, hein ? Tu crois que, puisque la loi est de ton côté, ce que tu fais a plus d'honneur que ce qu'on fait, nous, n'est-ce pas ? Mais sans la loi, tu es tout aussi mauvais que les gens que tu espionnes, si ce n'est plus.

— De quoi tu parles ? »

Munson entendait parfaitement ce que Mozart disait, mais sa vision était de plus en plus trouble. Il perdait beaucoup de sang et commençait à se sentir défaillir. Mais il savait qu'il devait rester conscient. Pour Jasmine et Bébé.

Derrière l'écran brumeux qu'il avait devant les yeux, il vit Mozart brandir un grand couteau à dents devant son visage.

« De quoi je parle ? dit Mozart d'un ton méprisant. Je parle de toi et de ta putain d'hypocrisie.

— Laisse partir Jasmine.

— Je ne reçois pas d'ordre de toi, Jack. Tu m'entends ?

— D'accord, dit Munson, qui avait de plus en plus de mal à faire la conversation tant son esprit était embrumé. Qu'est-ce que tu veux ? »

Mozart attrapa le visage de Munson de sa main libre et serra sa mâchoire entre ses doigts. « Tu veux vraiment savoir ce que je veux ? grogna-t-il en se rapprochant de Munson. Je veux... ton visage ! »

34

Le royal cheese de McDowell's était un remède magique contre la gueule de bois. Elvis l'arrosa d'un grand Coca light avant de retourner au motel avec la ferme intention de finir le paquet de frites qui l'accompagnait. Il les ferait peut-être descendre avec une autre bouteille de Shitting Monkey.

Il se gara à la même place que plus tôt. La voiture de Jack Munson était toujours stationnée devant l'appartement dix-sept, mais il y avait également un Transit blanc garé à côté, sur la place réservée à l'appartement dix-huit. Comme rien d'intéressant ne semblait se passer, Elvis ferma les yeux et commença à mâcher bruyamment ses frites. Il avait tellement faim qu'il était capable de manger en dormant. Les frites étaient grasses et légèrement trop cuites, juste comme il les aimait.

Malheureusement, sa dégustation fut rapidement interrompue par un bruit de portière. Il ouvrit les yeux et vit qu'une femme assez laide vêtue d'un sweat rouge venait d'ouvrir la double porte à l'arrière de la camionnette blanche. La porte de l'appartement dix-sept était également ouverte. Un grand type qui ressemblait à Frankenstein en sortit, avec une jeune femme sur son épaule. Elvis regarda de plus près. Par chance, ses lunettes de soleil lui permettaient de le faire en toute discrétion. La fille sur l'épaule de Frankenstein n'était pas Jasmine. Elvis se demanda un instant s'il n'avait pas espionné le mauvais appartement depuis le début. Ce serait assez embarrassant. Frankenstein balança la jeune femme à l'arrière de la camionnette et grimpa derrière elle. L'autre, celle qui ressemblait à Jon Voight, ferma le coffre et se dirigea vers la portière passager.

Puis un autre homme sortit de l'appartement dix-sept. Un homme avec un cache-œil du côté droit. Il devait approcher de la cinquantaine et ressemblait à un croisement entre Charlton Heston et un pirate. Il grimpa côté conducteur. Elvis avait maintenant une décision à prendre. Aller les voir et demander poliment qui étaient ces fils de pute ? Ou finir ses frites ? Ce n'était pas une décision à prendre à la légère.

Finalement, il ne fit ni l'un ni l'autre puisque son téléphone portable sonna dans sa poche. C'était Rex. Elvis avala une bouchée de frites et répondit.

« Hey, mec, ça roule ?

— J'ai passé une putain de matinée ! dit Rex d'un ton plaintif.

— Qu'est-ce qui s'est passé ? T'as l'air énervé.

— J'ai trouvé la copine de l'Iroquois.

— Cool.

— Pas vraiment. Elle était sur l'épaule de Frankenstein, un putain de mastodonte de mes couilles. J'ai tiré six fois sur ce fils de pute et les balles rebondissaient sur lui.

— Hein ?

— Ouais. Puis l'Iroquois a débarqué et je me suis retrouvé à me battre à mains nues avec ce connard de Frankenstein pour les aider, lui et sa copine, à s'enfuir. »

Elvis écoutait son histoire tout en regardant la camionnette blanche faire demi-tour pour quitter le motel.

« Frankenstein, tu dis ? demanda-t-il, interrompant Rex qui continuait à pester, cette fois-ci contre la police qui avait bloqué toutes les routes, ou quelque chose du genre.

— Ouais, Frankenstein. Le type lui ressemble comme deux gouttes d'eau.

— Et la fille ? Elle ressemble à quoi ?

— Qu'est-ce que ça peut te faire ?

— Je crois que je viens de voir Frankenstein balancer une fille à l'arrière d'une camionnette blanche.

— Quoi ?

— Un type qui ressemble à Frankenstein vient de sortir de l'appartement de Jack Munson avec une lesbienne et un pirate.

— Et l'Iroquois ? Il portait un blouson rouge. Il est là aussi ? »

Elvis sentait sa gueule de bois revenir au galop. La conversation était assez difficile à suivre, en particulier en observant la camionnette blanche se diriger vers la sortie du parking.

« Ils sont tous dans un van blanc, dit-il. Tu veux que j'aille leur en toucher un mot ?

— NON ! cria Rex. Quoi que tu aies en tête, ne le fais pas !

— Pourquoi ?

— Tu n'écoutais pas quand j'ai dit que j'avais tiré six fois sur Frankenstein ?

— Pas particulièrement, non. Écoute, ils sont en train de partir avec la fille à l'arrière du van. Qu'est-ce que tu veux que je fasse ?

— Suis-les. Mais garde tes distances. Appelle-moi dès qu'ils arrivent à destination. »

Elvis se regarda une nouvelle fois dans le rétroviseur. Il était toujours aussi effrayant. Ses cheveux en particulier ne ressemblaient à rien. Et pour couronner le tout, ses frites étaient en train de refroidir.

« Et Jack et Jasmine ? Je devrais pas aller vérifier s'ils vont bien ? Je veux dire, tous ces gens viennent de sortir de leur appartement.

— Tant pis pour eux, dit Rex. Suis le van. Je serai au motel dans cinq minutes pour jeter un œil sur Jack et Jasmine.

— OK. »

Elvis raccrocha et replaça le téléphone dans sa poche. La camionnette blanche était à la sortie du parking, attendant de pouvoir s'engager dans la circulation. C'est alors que quelque chose de terrible se produisit. Les frites qu'Elvis avait posées sur le siège passager, pour piocher dedans en surveillant la camionnette, se renversèrent sur le plancher.

« Putain de merde ! »

Il se pencha pour les ramasser. La moitié était sortie du paquet. Il allait devoir faire une croix dessus. Il replaça ce qu'il réussit à sauver sur le siège passager et regarda dans le rétroviseur. La camionnette blanche avait disparu.

« Saloperie ! »

Et puis merde, décida-t-il. De toute façon, le plus urgent était de vérifier que Jack et Jasmine allaient bien, et, avec un peu de chance, il pourrait utiliser leur salle de bains pour régler son problème de cheveux et faire un petit bain de bouche. Il sortit de la voiture et s'immobilisa un instant. Il n'avait aucune idée de ce qu'il allait trouver dans l'appartement dix-sept, ni même de la raison qu'il allait donner pour avoir frappé à leur porte, mais bon, il n'avait pas vraiment le temps d'en trouver une.

Il roula des épaules et se détendit le cou avant de traverser le parking d'une démarche assurée, avec toute la confiance d'un homme qui n'a absolument aucune idée de ce qu'il fait, et qui n'en a rien à foutre. Une fois devant la porte de l'appartement, il leva le poing pour frapper. Ses phalanges étaient à deux centimètres du battant lorsqu'il entendit un hurlement à l'intérieur, qui lui donna immédiatement la chair de poule. C'était la voix de Jasmine.

Et c'était ce qu'il y avait de bien, avec Elvis. Lorsqu'il entendait une demoiselle en détresse, il n'y réfléchissait pas à deux fois. Il y allait.

Il recula d'un pas et enfonça la porte de son épaule droite. Au fil des années, il avait fait sortir toutes sortes de portes de leurs gonds, alors défoncer celle, miteuse, d'un motel était un jeu d'enfant pour le King. Le verrou sauta et elle s'ouvrit. Son élan le propulsa directement dans l'appartement. La première chose qu'il vit fut un cadavre étendu sur le sofa contre le mur du fond. C'était Jack Munson. Enfin, il supposa que c'était Jack. C'était difficile à dire avec certitude puisque, comme Elvis le constata avec horreur, le corps n'avait pas de visage. Là où il aurait dû se trouver, il n'y avait qu'un crâne recouvert de morceaux de muscles sanglants.

Elvis détourna le regard. La plupart des gens auraient vomi devant un tel spectacle. Merde, Elvis avait vomi pour bien moins, mais aucun cadavre, peu importe les mutilations qu'il avait subies, ne l'empêcherait de courir aider Jasmine, une fille qu'il aimait beaucoup depuis qu'il l'avait laissée s'asseoir dans le cockpit qui les avait ramenés de Roumanie. En quelques instants, l'épave imbibée d'alcool se transforma en sauveur de ces dames.

Les hurlements de Jasmine, en provenance de la chambre à coucher, s'intensifiaient. Elvis fonça dans la porte, qui s'ouvrit avec fracas. En voyant ce qui se passait, son sang ne fit qu'un tour. Jasmine était allongée sur le ventre, sur le lit au milieu de la pièce. Un homme trapu aux cheveux bruns était assis sur elle à califourchon, lui enfonçant le visage dans l'oreiller. De sa main libre, il débouclait sa ceinture. Il était sur le point de violer Jasmine. Lorsqu'il entendit Elvis débouler dans la chambre, l'homme se tourna face à lui et resta un moment immobile, déstabilisé par cette apparition inattendue. Mais le plus déstabilisé des deux était probablement Elvis, pour une raison bien différente. L'homme sur le lit, la brute qui s'apprêtait à violer Jasmine, portait le visage de Jack Munson en masque, fixé à sa tête par des élastiques. Elvis resta bouche bée, choqué par le spectacle malsain qu'il venait d'interrompre, et ne parvenait pas à comprendre.

L'autre homme ne tarda pas à réagir. Il lâcha Jasmine et sortit un couteau ensanglanté de l'étui fixé à sa cuisse gauche. Et c'était *un putain d'énorme couteau.* Il s'éloigna de Jasmine et, toujours à genoux sur le lit, agita son arme devant lui, plus dans l'espoir de faire fuir Elvis que de l'attaquer avec. Le King n'avait aucunement l'intention de fuir, mais il ne put s'empêcher d'avoir un mouvement de recul, perturbé par ce qu'il avait devant les yeux. L'homme au visage de Munson se laissa glisser au pied du lit, la lame pointée vers Elvis, prêt à passer à l'attaque.

Elvis rangea la scène horrifiante dans un coin de son esprit et leva les poings, prêt à en découdre.

« T'es qui, putain ? demanda-t-il.

— Qu'est-ce que ça peut te faire ? » demanda le visage derrière le masque de Jack Munson.

Elvis haussa les épaules. « Je préfère savoir à qui je botte le cul. »

L'homme donna des petits coups de couteau en direction d'Elvis, tâtant le terrain.

« Mon nom est Mozart, dit-il. T'as sûrement entendu parler de moi, j'ai une réputation.

— Plus pour longtemps. »

Mozart se jeta sur Elvis, pointant son couteau sur sa gorge. Le King, malgré toutes les cochonneries qu'il avait ingurgitées, l'esquiva sans effort en se déportant prestement sur le côté. La lame effleura son visage, et il riposta en attrapant le poignet de son adversaire, l'empêchant d'attaquer de nouveau. Il compléta son geste en enfonçant sa botte droite dans le genou gauche de Mozart. Un craquement ignoble retentit. Sa jambe céda et il s'effondra en avant, allant à la rencontre du second coup de pied d'Elvis, qui l'atteignit cette fois au visage. Trois dents volèrent hors de sa bouche, accompagnées d'une giclée de sang qui macula tout un pan du lit.

À partir de là, désarmer Mozart fut un jeu d'enfant. Elvis le délesta de son couteau et pressa son pied sur sa poitrine. Il se pencha en avant et lui arracha le masque humain. Il le jeta sur le sol et grimaça en voyant le sang que le masque avait laissé sur le bout de ses doigts. Mozart était à ses pieds, gémissant de douleur. Elvis se dressa au-dessus de lui et pointa le propre couteau du salopard contre son globe oculaire.

« Ne le tue pas ! cria Jasmine, qui avait rampé sur les oreillers et s'était recroquevillée contre la tête de lit.

— Pourquoi ? demanda Elvis, sans quitter Mozart des yeux.

— Ses amis ont pris Bébé. Il sait où elle est ! Il peut nous conduire à elle. »

Elvis éloigna l'arme de l'œil de Mozart, mais garda sa botte pressée contre sa poitrine pour le maintenir cloué au sol. Le visage de Mozart était salement amoché et couvert de sang, le sien, et probablement celui de Jack Munson. Il lui adressa un sourire plein de mépris et cracha du sang sur la botte d'Elvis.

Celui-ci tourna la tête vers Jasmine et vit à quel point elle était bouleversée et traumatisée. Elle avait des bleus et des boursouflures autour des yeux, et son nez était ensanglanté. Le haut de son corps était nu et couvert de traînées de sang. Et elle avait de toute évidence pleuré, *beaucoup pleuré*. Elvis regarda de nouveau Mozart. Puis il retira son pied de sa poitrine et lui martela le crâne jusqu'à ce qu'il perde connaissance.

35

Joey sillonnait la ville depuis quinze minutes, vérifiant régulièrement que personne ne le suivait. Même s'il ne voyait rien de suspect, le fait de savoir qu'il y avait un système de pistage sur sa moto l'avait rendu légèrement paranoïaque. Il finit par entrer dans un parking à étages et monta jusqu'au troisième. Voyant que tout semblait relativement calme, il se gara et descendit de sa moto.

Le boîtier était fixé à son siège par du Scotch double face. C'était vraiment du travail d'amateur. Il examina les environs du regard. Le troisième étage n'était rempli qu'à moitié. Plus important encore, il semblait n'y avoir aucun piéton. Il arracha le boîtier et se faufila derrière un pick-up garé un peu plus loin. Il jeta l'appareil dans la benne du véhicule et regarda autour de lui. Personne ne l'avait vu. Et personne ne semblait l'avoir suivi jusqu'ici. Il retourna à sa moto et appela Bébé sur son téléphone portable. Il était éteint. Agacé, il essaya d'appeler Jack. Au bout de six ou sept sonneries, alors qu'il s'apprêtait à raccrocher, quelqu'un répondit enfin. Ce n'était pas Jack.

« Allô ? dit une voix d'homme.

— Qui est-ce ? demanda Joey.
— Rodeo Rex. Et vous, qui êtes-vous ?
— Qu'est-ce que vous faites avec le téléphone de Jack ?
— Joey ?
— J'ai demandé ce que vous faisiez avec le téléphone de Jack.
— Écoute, mon pote, si tu es bien qui je pense, tu ferais bien de revenir *illico* là où tu as laissé ta petite amie. »

Joey envisagea la possibilité que ce soit Rodeo Rex qui ait installé le mouchard sur sa moto. Il était à l'école de théâtre, ce qui en faisait un suspect idéal, et il faisait des mystères. Mais comment pouvait-il savoir que Joey avait déposé Bébé quelque part ?

« Qu'est-ce que vous avez fait à Bébé ?
— Moi ? Rien.
— Alors, qu'est-ce que vous faites avec le téléphone de Jack ?
— Jack est mort.
— Quoi ?
— Frankenstein est arrivé avant moi. Il a pris Bébé avec lui, alors pourquoi tu ramènes pas rapidement tes fesses pour qu'on puisse discuter de la façon dont on va la récupérer ? »

En entendant que Jack était mort, le cœur de Joey se serra. Il le connaissait depuis qu'il était gamin, et il l'avait toujours cru indestructible. Et c'était aussi un très bon ami. Il espérait de tout son cœur que Rex mentait.

« Qu'est-il arrivé à Jack ? demanda-t-il sèchement.

— Ramène-toi et tu verras par toi-même. Je te donne cinq minutes, après ça je me tire. Les flics vont bientôt débarquer. »

Rodeo Rex raccrocha. Joey respira profondément. Était-ce un piège ? Bébé avait-elle réellement été enlevée ? Il considéra les faits pendant quelques instants. Bébé n'avait pas répondu à son téléphone, et celui de Jack était entre les mains de Rodeo Rex. Si Joey voulait connaître la vérité, alors sa seule option était de retourner au Bates Motel.

Rex avait dit qu'il attendrait cinq minutes, ce qui signifiait que Joey allait devoir mettre le turbo s'il voulait arriver à temps. Il enfourcha sa moto et fila à travers la ville, se frayant un chemin entre les voitures à une vitesse dangereusement élevée. Un chauffeur sur deux semblait soudain avoir décidé de changer de file sans mettre son clignotant, ou de débouler devant lui dans des croisements encombrés, et tous les feux sans exception passaient au rouge dès qu'il s'en approchait. Mais il en fallait plus pour déstabiliser Joey. Il slaloma entre les voitures et grilla tous les feux rouges qu'il croisa jusqu'au motel.

Lorsqu'il arriva sur le parking, une grosse Harley-Davidson était garée devant l'appartement dix-sept. Rodeo Rex était à califourchon dessus, dans son jean bleu et sa veste en jean sans manches. Rex était un de ces types qu'on pouvait difficilement oublier.

Lorsque Joey roula jusqu'à lui, Rex leva sa main gantée dans une tentative de salut. Joey ralentit et examina le parking du regard. Les deux mains de Rex étaient visibles, et il n'y avait personne d'autre en vue. Alors, à moins qu'un sniper fût caché dans un immeuble de l'autre côté de la rue, Joey devait admettre que Rex venait en paix.

Il se gara à côté de la Harley et descendit de sa moto. Il remarqua d'emblée l'état de la porte de l'appartement dix-sept. Quelqu'un avait défoncé la serrure. Rex tendit sa main gantée et attrapa le bras de Joey d'une poigne d'acier.

« Je rentrerais pas là-dedans, si j'étais toi, dit-il.

— Ça tombe bien, parce que tu n'es pas moi, répondit Joey, alors enlève ta putain de main.

— Ils ont découpé le visage de Jack.

— Quoi ?

— Si t'as vraiment besoin de le voir par toi-même, il est par terre, dans le salon. Mais grouille-toi, parce qu'il faut qu'on se tire d'ici. Mon pote Elvis est arrivé juste à temps pour sauver Jasmine, et il a attrapé un des types qui ont fait ça. Viens avec moi et on pourra l'interroger pour savoir où ils ont emmené ta copine. »

Rex lâcha le bras de Joey, qui se rua immédiatement à l'intérieur. Dès qu'il passa la porte, il vit le corps étendu sur le sofa, horriblement mutilé. Il reconnut la chemise rose dont il s'était moqué au Olé au Lait un peu plus tôt. Elle était couverte de sang coagulé qui formait des croûtes épaisses sur le tissu. Rex l'avait prévenu que le visage de Jack avait été découpé, mais il espérait que ce fût une exagération ou une métaphore. Malheureusement, ce qu'il avait devant les yeux était bien réel, et cent fois pire que tout ce qu'il aurait pu imaginer. Jack avait été mutilé, massacré d'une façon totalement indigne d'un homme de sa stature. C'était quelqu'un de bon et honnête qui avait dédié sa vie à la protection de ceux qui n'avaient pas les moyens de se défendre. Un homme comme lui, qui avait enduré tant d'épreuves, ne méritait pas une telle fin.

Joey frissonna et essaya de chasser de son esprit cette vision cauchemardesque. Il marcha d'un pas rapide jusqu'à la chambre. Il y avait encore plus de sang que dans le salon, et le lit ressemblait à un champ de bataille. Il ouvrit la porte de la salle de bains et constata qu'elle était vide. Il y avait du sang dans l'évier et sur le miroir. Il espérait secrètement trouver Bébé saine et sauve quelque part dans l'appartement. Il aurait dû s'en douter. Le seul moyen de savoir ce qui était arrivé à Bébé était d'aller avec Rex.

Il sortit de l'appartement en prenant soin de ne pas poser les yeux sur Munson. Rex l'attendait sur sa Harley. Il posa sur Joey un regard plein de compassion.

« Je suis désolé, mec.

— Qui l'a tué ? Frankenstein ? »

Rex secoua la tête.

« Un type qui se fait appeler Mozart. Il s'est fait un masque avec le visage de Jack et l'a porté en essayant de violer la fille, Jasmine. Elvis les a tous les deux emmenés dans une de nos planques. Jasmine sait ce qui s'est passé là-dedans, mais elle est traumatisée et incapable de communiquer pour le moment. Ce fils de pute de Mozart, y a que lui qui peut nous permettre de retrouver Frankenstein et de découvrir ce qu'ils comptent faire de ta copine.

— C'est pas vraiment Frankenstein, tu sais.

— J'avais compris, merci.

— Je l'ai connu y a plusieurs années. Il s'appelait Frank Grealish, à l'époque. On faisait partie de la même opération gouvernementale, destinée à faire de nous des assassins invincibles.

— Ça a visiblement bien marché, dit Rex.
— Non. Frank est mort.
— Hein ?
— Il est mort. Enfin, c'est ce que tout le monde pensait. Un scientifique complètement givré qui se fait appeler docteur Jekyll a essayé de le rendre résistant aux balles. Ça s'est mal passé, mais comme nous l'avons tous les deux constaté, la peau pare-balles ne fonctionne pas si mal que ça. »

Rex réagit étonnamment bien à ce que Joey venait de dire. « Frankenstein et le docteur Jekyll, dit-il en hochant la tête d'un air approbateur. C'est pour eux que Dieu m'a envoyé sur terre. »

Joey ne savait pas trop quoi penser de Rex. Il semblait être un type bien, plutôt cool, même, mais d'où est-ce qu'il sortait ?

« Et toi, qu'est-ce que tu viens faire dans l'histoire ? demanda Joey. Jack m'a dit que tu me cherchais. Est-ce qu'on va avoir un problème, tous les deux ?

— Non, mec. J'ai entendu dire que tu voulais tuer le pape. C'est vrai ? »

Joey secoua la tête.

« Non, mais c'est ce que tout le monde pense, apparemment.

— C'est passé aux infos.
— Je sais. La seule explication, c'est que quelqu'un veut essayer de me faire porter le chapeau. J'en ai rien à carrer du pape, j'ai aucune raison de vouloir le tuer.
— Bien, dit Rex. Ça m'étonnerait pas que Frankenstein soit impliqué là-dedans. Alors, allons

demander à son pote Mozart. Peut-être qu'on pourra récupérer ta copine et sauver le pape par la même occasion. »

Il tapota sa montre du bout du doigt.

« On a vingt-deux heures et seize minutes.
— Pour ?
— Pour sauver le pape. »

36

Joey suivit la Harley de Rex à travers la ville. Après avoir arpenté les rues à une allure que Joey jugeait beaucoup trop paisible, Rex finit par s'engager dans une petite allée près du QG des Hells Angels. L'endroit semblait tout aussi miteux et délabré que le reste du quartier. Rex se gara sous un abri et se dirigea d'un pas rapide vers une porte en métal rouillé, à l'arrière. Joey l'imita et le rejoignit au moment où il composait un code sur un élégant clavier high-tech. Un léger clic se fit entendre, et la porte s'entrouvrit lentement. Rex la poussa et entra, suivi de Joey.

« C'est votre planque ? demanda Joey.

— Cet endroit appartient aux Outsiders, un groupe de Hells Angels. Et je suis plutôt respecté, dans le milieu. »

Ils entrèrent dans l'arrière-salle, qui était en réalité une sorte de débarras. Des boîtes étaient entassées jusqu'au plafond tout autour de la pièce, et il y avait des établis jonchés de diverses pièces de motos. Mais ce n'était pas ce qui intéressait Joey. Ce pour quoi il était venu était tout au fond. L'homme qui avait tué Jack Munson et qui savait où trouver Bébé. Mozart était avachi sur une chaise, à moitié inconscient. Il ne tenait droit que grâce aux cordes autour de sa poitrine, de ses jambes et de ses bras. Son visage et ses épaules étaient couverts de sang, ainsi que ses mains et ses pieds, et ses cheveux étaient en bataille. Les deux personnes qui l'avaient mis dans cet état se tenaient dans un coin à l'écart. Jasmine était assise sur un établi, ses fines jambes marron pendant au-dessus du sol. Elle portait un minishort rouge et un soutien-gorge noir. Malgré les bleus et boursouflures sur son visage, Joey reconnut immédiatement la jeune femme qu'il avait rencontrée au Minou Joyeux avant de décapiter son boss. Elvis soignait ses plaies avec du coton trempé dans un bol d'eau chaude. Joey ignorait si Elvis était son vrai nom, mais il n'y avait aucun doute sur sa ressemblance avec le King. Du costume en cuir noir qu'Elvis portait pour sa tournée Comeback Special de 1968 aux lunettes de soleil à monture dorée, en passant par la banane noire, ce type était le sosie parfait du King.

Joey interpella Jasmine en souriant le plus chaleureusement possible.

« Hey, Jasmine, tu te souviens de moi ?

— Tu es Joey ? » demanda-t-elle en esquissant un sourire courageux.

Ses dents étaient tachées de sang, ce qui rendait son sourire un peu moins agréable qu'en temps normal.

« Ouais.

— Tu as l'air plutôt normal, sans ton masque. »

Elvis arrêta un instant de s'occuper de Jasmine pour regarder Joey. « C'est l'Iroquois ? » demanda-t-il à Rex.

Rex tapota l'épaule de Joey. « Ouais. Joey, je te présente Elvis. »

Elvis désigna Mozart.

« Fais-toi plaisir avec ce fils de pute, si ça te dit.

— Merci, je vais pas me gêner, répondit Joey en se dirigeant vers le prisonnier.

— C'est un vrai connard, ajouta Elvis en balançant un morceau de coton ensanglanté par terre pour en prendre un nouveau dans le paquet à côté de Jasmine. Mais c'est notre seule piste. »

Jasmine descendit de l'établi et ramassa le coton sanglant qu'Elvis venait de jeter. Puis elle se dirigea vers Mozart et plaça sa main sur ses narines. Il tressaillit, revenant soudain à la réalité lorsque sa bouche s'ouvrit involontairement pour prendre de l'air. Sans perdre une seconde, Jasmine enfonça le coton imbibé de sang dans sa bouche.

« Tu peux le torturer autant que tu veux, dit-elle à Joey. Mais ne le tue pas tant qu'on ne sait pas où est Bébé. »

Mozart cracha la majeure partie de la boule de tissu sur le sol et essaya de racler le reste collé sur sa langue avec les rares dents qu'il lui restait.

« Ce fils de pute est têtu, dit Elvis. J'ai déjà arraché tous ses ongles de pieds, et Jasmine a écrasé deux cigarettes sur sa bite.

— Sympa, dit Joey. Il a parlé ?

— Nan. Il a un vocabulaire très limité. »

Joey se plaça devant Mozart et attrapa sa mâchoire.

« Mozart, c'est ton vrai nom ? demanda-t-il.

— Va te faire foutre.

— Où est Bébé ?

— Va. Te. Faire. Foutre.

— Tu vois », dit Elvis.

Joey lâcha le visage de Mozart. « Qu'est-ce qu'on va faire de lui, alors ? »

Elvis tendit la main vers sa poche arrière et en sortit un portefeuille en cuir marron qu'il envoya à Joey. « Y a toutes ses pièces d'identité, là-dedans. Ce type a au moins dix noms différents. »

Joey ouvrit le portefeuille et parcourut les différentes pièces d'identité. Elvis avait raison. Mozart avait tout un tas d'alias et de déguisements sur divers laissez-passer et permis de conduire. Et aucun n'était d'une quelconque aide.

« Comment tu connais Frank Grealish ? demanda Joey.

— Va te faire foutre.

— Bon sang, dit Joey. J'ai passé cinq ans dans un hôpital psychiatrique, et la plupart des patients étaient plus doués en conversation que ce minable. »

Rex écarta Joey. « Laisse-moi essayer. »

Il s'approcha de Mozart, son imposante silhouette se dressant au-dessus du prisonnier, et lui attrapa les couilles dans sa main en métal. Puis il serra fort. *Très fort.*

Mozart hurla de douleur. Le hurlement dura plusieurs longues secondes, mais à aucun moment il ne sembla décidé à révéler quoi que ce soit. Rex finit par lâcher ses testicules et recula d'un pas.

« Pourquoi vous lui coupez pas la bite ? » suggéra Jasmine.

Rex grimaça.

« Ce n'est pas quelque chose qu'on a l'habitude de faire.

— Pourquoi ? Je peux le faire, si vous voulez. »

Elvis posa sa main sur l'épaule de Jasmine.

« On essaie d'éviter de faire ça. C'est vraiment en dernier recours.

— Et ? Rien à foutre, il le mérite, répliqua-t-elle sur un ton de défi. Où est le couteau ? »

Rex décida d'intervenir. « Jasmine, ce qu'Elvis essaie de dire, c'est qu'une fois que tu coupes la bite d'un mec, il n'a plus aucune raison de vivre. On sera foutus. Un type à qui on vient de couper la bite dira que dalle. »

Joey s'accroupit devant Mozart et le regarda dans les yeux. Il attrapa une touffe de ses cheveux et tira violemment dessus.

« Écoute, mon pote, pourquoi tu ne nous dis pas où est Bébé avant qu'on ne laisse cette charmante jeune femme mettre la main sur un couteau rouillé ? J'ai l'impression qu'elle n'attend qu'une chose, c'est de te couper la queue.

— Va te faire foutre. »

Joey lui décocha un violent coup de poing au visage, qui lui brisa le nez dans un horrible craquement. Puis il secoua sa main éclaboussée de sang et agita ses doigts endoloris. Quelques gouttes du sang de Mozart coulèrent sur le sol.

« D'accord, dit Rex pour essayer de calmer les choses. Peut-être qu'on pose les mauvaises questions. Il est évident que ce type ne balancera pas ses potes, alors essayons autre chose.

— Comme quoi ? » demanda Joey.

Rex lui fit signe de s'écarter et tenta une approche plus douce, s'accroupissant d'un air innocent devant Mozart.

« Monsieur Mozart, j'aimerais juste savoir qui va tuer le pape. Est-ce que c'est ton ami Frankenstein ?

— Va te faire foutre.

— Je vois. Dis-moi juste comment tuer Frankenstein et je m'assurerai que ta mort soit rapide. Dis-moi encore une fois d'aller me faire foutre, et je laisse Jasmine faire ce qu'elle voudra de ta bite. »

Mozart leva les yeux vers Rex. Du sang coulait de son nez, et il avait visiblement du mal à respirer. « Frankenstein ne peut pas être tué, tête de nœud, dit-il. Dès qu'ils sauront où je suis, il débarquera et vous tuera tous. »

Joey intervint à nouveau.

« Écoute-moi bien, bouffon, si tu crois que tes potes vont te retrouver grâce au mouchard qu'ils ont mis sur ma moto, j'ai peur que tu sois déçu. Je me suis débarrassé de cette merde y a un moment, déjà.

— Tu vois, dit Rex. Personne ne vient te sauver. Alors pourquoi tu ne nous dis pas où trouver Frankenstein ? Si tu es si sûr qu'il ne peut pas être tué, ça ne devrait pas trop t'embêter qu'on lui rende une petite visite, si ? »

Mozart cracha du sang sur la botte de Rex. « Vous pouvez me faire ce que vous voulez. Mes potes sont probablement en train de faire la même chose à votre précieuse petite Bébé. Elle vous a probablement déjà balancés. »

Joey poussa calmement Rex sur le côté pour pouvoir s'approcher de Mozart. Il lui décocha un nouveau coup de poing dans la mâchoire. Sa tête partit violemment en arrière, et il recommença à hurler de douleur, accompagnant ses cris de grosses giclées de sang.

« Ça sert à rien ! se plaignit Joey. Ce type ne va rien nous dire. On perd notre temps.

— Va te faire foutre, répéta Mozart, pour ce qui semblait être la centième fois.

— Bon sang, il est vraiment pénible, en plus, dit Joey en envisageant de le frapper une nouvelle fois avant de se raviser, comprenant que ce serait une perte de temps.

— Pourquoi vous lui plantez pas un couteau dans le cul ? » suggéra Jasmine.

Rex se tourna vers Elvis.

« Qu'est-ce que t'en penses ?

— Je pense que tu devrais faire un tour au bar au coin de la rue. »

Rex hocha la tête.

Joey ne savait pas si c'était une sorte de code entre eux, mais aller boire des coups n'était pas vraiment sa priorité pour le moment.

« Qu'est-ce que vous voulez aller foutre là-bas ? demanda-t-il sèchement.

— Tu sais, notre ami que tu as rencontré l'autre soir ?

— Le Bourbon Kid ?

— Ouais. »

Rex désigna Mozart. « Il est dans le bar au coin de la rue. Il saura le faire parler. »

37

Lorsque Bébé revint à elle, elle sentit une douleur lancinante dans son crâne. Ses vêtements lui collaient à la peau comme si elle les portait depuis plusieurs jours, et des mèches de cheveux étaient agglutinées sur son front. Elle était allongée sur quelque chose de mou, dans une position extrêmement inconfortable. Elle roula sur le dos et ouvrit les yeux. Elle était dans un lit qui n'était pas le sien. Alors, où diable était-elle ?

Elle entendit la voix de son père l'appeler. « Bébé, tu es réveillée ? »

Elle tourna la tête. Elle se trouvait dans une pièce sombre. En voyant un évier et un égouttoir, elle crut qu'il s'agissait d'une cuisine, mais en examinant le lieu dans son ensemble, elle comprit que c'était une caravane. Un homme en chemise et pantalon à pinces qui ressemblait à son père était assis sur une chaise près du lit.

« Papa ? C'est toi ? demanda-t-elle en se redressant et en se frottant les yeux.

— Oui, Bébé. »

Devon se leva de la chaise et s'assit près d'elle sur le lit. Il lui caressa le bas du dos. « Tu es en sécurité, maintenant, Bébé. »

Bébé tendit les bras et le serra contre elle.

« Je suis désolée de les avoir laissés m'emmener, dit-elle. J'ai merdé.

— Tu n'as pas merdé, Bébé. C'est moi qui ai merdé. J'aurais dû le voir venir. »

Quelques images fort déplaisantes traversèrent l'esprit de Bébé. Elle se souvint d'avoir vu Jasmine étendue de tout son long sur le sol du motel. Et Jack aussi était là. Elle s'écarta de Devon. « Papa, qu'est-ce qui est arrivé à Jack et à Jasmine ? »

Devon caressa les cheveux emmêlés de sa fille. « Je ne sais pas, Bébé, mais tu dois te préparer au pire. »

Bébé essaya de chasser de son esprit ce qui avait pu arriver à ses amis. « Qu'est-ce que ces gens nous veulent ? » demanda-t-elle.

Devon posa un baiser sur sa joue. « Ça va aller, dit-il. Mais laisse-moi leur parler. »

Ils furent interrompus par le bruit du verrou de la porte de la caravane, qui s'ouvrit sur la silhouette de Solomon Bennett. Il entra, accompagné de la montagne de muscles de Frankenstein, qui devait se courber pour ne pas se cogner au plafond. Ils laissèrent la porte ouverte derrière eux, permettant à un rayon de lumière d'entrer. Bennett portait un tee-shirt noir et un treillis assorti. Il semblait agacé.

« Dis-moi, Devon. Qui est ce Rodeo Rex ?

— Quoi ?

— Rodeo Rex, c'est qui, ce type ? Frankenstein dit qu'il s'est pointé à l'école de Bébé avec Joey Conrad. C'est qui ?

— Rodeo Rex ? » répéta Devon, en faisant semblant d'essayer de comprendre.

En réalité, il savait parfaitement qui il était. Et il savait qu'il était de retour puisqu'il avait partagé un avion avec Jack Munson pour rentrer de Roumanie.

« Ouais. Rodeo Rex, rien que ça. C'est quoi, ce putain de nom de merde ?

— C'est le nom d'un mort.

— Fais pas le malin avec moi, Devon, sauf si tu veux voir ta fille mourir.

— C'est la vérité, dit-il. Je l'avais dans mon radar y a quelques années. On avait eu pas mal de signalements à travers le monde pour lui et son acolyte, un type qui se prend pour Elvis. Ils ont tué un paquet de gens, même s'ils n'ont jamais été officiellement épinglés pour ça.

— Donc, tu le connais ?

— J'ai entendu parler de lui, mais comme je disais, il est mort. C'est ce que j'ai entendu dire, en tout cas. Tu te souviens de Miles Jensen ? »

Bennett hocha la tête.

« Le Black qui se prenait pour Fox Mulder. Qu'est-ce qu'il vient faire là-dedans ?

— Y a quelques années, il a disparu sans laisser de traces d'une ville nommée Santa Mondega. Juste avant de disparaître, il a signalé la mort d'Elvis et de Rodeo Rex. On n'en a jamais eu la confirmation, mais on n'a reçu aucun signalement depuis. Donc, qui que tu aies vu, je doute que ce soit lui. »

Bennett s'approcha de Bébé et l'attrapa par le bras. Il la força à se lever d'un geste brusque qui accentua son mal de tête. « Tu étais là, dit-il en la secouant. Dis à papa ce que tu as vu. »

Bébé acquiesça d'un air confus en regardant son père.

« Un grand type a débarqué et a essayé d'empêcher Frankenstein de m'emmener. Il a dit qu'il s'appelait Rodeo Rex.

— Tu vois ! » s'exclama Bennett.

Frankenstein, qui n'était jamais très loquace, sortit temporairement de son mutisme.

« Il avait une main en métal, marmonna-t-il. Elle attire les balles.

— Alors, dis-moi », dit Bennett en glissant son bras autour de la taille de Bébé.

Il accompagna son geste d'un regard prédateur dans le but de déstabiliser Devon. « Pour qui est-ce qu'il travaille ? »

Devon haussa les épaules.

« Ça ressemble bien à Rodeo Rex. Je veux dire, ce qui le rend particulièrement facile à identifier, c'est cette main en métal. Mais comme je disais, le bruit court qu'il est mort depuis des années. Lui et son pote Elvis, ils sont tous les deux morts.

— Devon, tu sais pourquoi on a emmené ta fille ici, n'est-ce pas ?

— Parce que tu es un connard.

— Certes. Mais si la vie de ta fille a une quelconque valeur pour toi, et si tu ne veux pas qu'il lui arrive quoi que ce soit de désagréable, tu vas me dire où trouver Joey Conrad. Et tant que t'y es, dis-moi aussi où trouver Rodeo Rex et Elvis. Si tu as embauché ces types pour faire foirer ma petite surprise de demain, alors tu ferais mieux de les balancer immédiatement.

— Laisse partir Bébé et je te dirai tout ce que je sais. »

Bennett tendit la main vers Frankenstein, qui y plaqua un pistolet. Bennett le braqua sur la tête de Bébé et sourit d'un air suffisant à Devon. « Ne fais pas semblant d'être naïf, Devon, tu sais très bien que ça ne marche pas comme ça. Qu'est-ce qui nous attend au manoir Landingham, demain ? »

Dans ces circonstances, Devon n'avait d'autre choix que de coopérer. « Écoute, je ne sais rien au sujet de Rodeo Rex ou d'Elvis, dit-il. Mais je peux te donner Joey Conrad. »

Bébé sentit son cœur se serrer. Elle savait que son père n'avait pas d'alternative, mais l'idée que Frankenstein et compagnie réussissent à mettre la main sur Joey la rendait malade.

Bennett pressa son arme sous le menton de Bébé. « C'est un bon début, dit-il. Continue. »

Devon leur donna ce qu'ils attendaient. Il ne pouvait faire autrement.

« Il y a un bureau au rez-de-chaussée du manoir Landingham, avec un buste en bronze d'Adam West. Soulève la tête et appuie sur le bouton à l'intérieur. Il ouvre un passage secret qui donne sur un ascenseur. L'ascenseur conduit à un bunker souterrain. C'est là que se cache Joey Conrad.

— Tu vois, ce n'était pas si compliqué, dit Bennett. Maintenant, parle-moi de Rodeo Rex. »

Devon leva les mains. « Solomon, je te promets, sur la tête de ma fille, que je ne sais pas. Tue-moi si tu veux, mais sache que je ne risquerai *jamais* sa vie pour protéger celle d'un autre. »

Bennett baissa son arme et hocha la tête. « Je te crois, dit-il. Mais toi et ta fille, vous venez avec nous demain. Et si je vois débarquer Rodeo Rex, Elvis, Michael Jackson ou le putain de fantôme de James Dean, tu vas devoir la regarder mourir. »

38

Comme prévu, Joey et Rex avaient trouvé le Bourbon Kid en train de boire dans un bar glauque au coin de la rue quelques minutes après avoir quitté le QG des Hells Angels. Il était fidèle à lui-même : ivre et vêtu de son long manteau noir à capuche. Au début, en raison de son état d'ébriété passablement avancé, il ne sembla pas prêter la moindre attention à ce qu'ils racontaient. Mais lorsqu'ils mentionnèrent le fait qu'ils avaient besoin de ses talents pour torturer Mozart, il dessoûla immédiatement.

Quand les trois hommes arrivèrent au QG, Mozart était nettement plus amoché que lorsque Joey et Rex l'avaient quitté. Il était toujours attaché à la chaise, mais son visage était encore plus sanglant et boursouflé. Et il avait désormais une collection assez impressionnante de plaies rouge vif sur la poitrine et l'estomac qui semblaient lui causer une certaine gêne.

Elvis et Jasmine étaient assis sur un des établis, à quelques mètres de Mozart. Elvis avait réussi à calmer un peu la jeune femme après le supplice qu'elle venait de vivre et l'avait convaincue de boire un verre avec lui. Ils étaient tous les deux en train de siroter une bouteille de Shitting Monkey. Jasmine portait maintenant un jean qu'elle avait trouvé Dieu sait où, et la veste en cuir d'Elvis était posée sur ses épaules. Le King avait enfilé un tee-shirt blanc. Mais le plus surprenant était le masque noir que Jasmine portait sur la partie supérieure de son visage, le genre de masque que portent le Lone Ranger ou les acolytes de Batman. Elle tenait également une cigarette allumée entre ses doigts.

Rex cria à l'intention d'Elvis : « Vous avez réussi à en tirer quelque chose ? »

Le King ouvrit la bouche pour se libérer de tout le gaz qu'il avait ingurgité avant de répondre.

« Nan, on a carrément arrêté de lui poser des questions.

— Il est pourtant dans un sale état.

— Jasmine s'est amusée à cacher des cigarettes dans son trou du cul. »

Jasmine tendit un paquet de cigarettes.

« Vous en voulez une ? demanda-t-elle aux trois hommes.

— Non, merci », dit Rex.

Si elle avait eu des cigares, il aurait peut-être accepté, mais des cigarettes, jamais de la vie. Il claqua des doigts et fit un signe au Bourbon Kid. « Allez, au boulot. »

Le Kid retira sa capuche et se dirigea vers Mozart. Il s'arrêta à un mètre de lui pour voir ce qu'il avait déjà subi.

« Vous êtes certains que ce connard est Mozart ? » demanda-t-il.

Elvis attrapa le portefeuille de Mozart sur l'établi et le lança au Kid. « Y a tout un tas de pièces d'identité, là-dedans, si tu veux vérifier. »

Le Kid ouvrit le portefeuille et examina les différentes cartes. L'une d'entre elles sembla l'intéresser plus particulièrement. Il la sortit et la glissa dans une poche à l'intérieur de son manteau, puis il replia le portefeuille et l'envoya à Elvis.

« Je prendrais bien une clope, finalement », dit-il à Jasmine.

Jasmine lui balança le paquet. Il le rattrapa et le porta immédiatement à sa bouche pour en sortir une cigarette avec les dents. Personne ne fut surpris de la voir s'allumer toute seule lorsqu'il tira dessus avant de renvoyer le paquet à Jasmine, qui, au lieu de tendre les mains pour l'attraper, bomba le torse pour qu'il vienne se loger dans son décolleté. C'était un de ses tours préférés.

Elvis était visiblement impressionné. « Bien joué », dit-il.

Le Kid étudia Jasmine pendant un instant. Même s'il était probablement lui aussi bluffé par ce talent assez singulier, c'était autre chose qui l'intéressait. « Pourquoi est-ce qu'elle porte un masque ? » demanda-t-il.

Ce fut Elvis qui répondit.

« Je lui ai donné. C'est pour cacher ses bleus.

— Quels bleus ? »

Elvis désigna Mozart. « Ce fils de pute lui a mis pas mal de beignes, ce matin. »

Le Kid tira sur sa cigarette et fit sortir la fumée par ses narines, tout en la laissant pendre au coin de sa bouche. Pendant quelques instants, il sembla perdu dans ses pensées, apparemment peu impressionné par le fait que Mozart avait tabassé Jasmine. Mais il ne lui fallut pas longtemps pour décider que faire de cette information. Il recula d'un pas et enfouit sa main dans son manteau. Il en sortit un pistolet qu'il gardait caché sous sa veste. *Un truc énorme.* Il tendit le bras et braqua son arme sur le visage de Mozart.

En comprenant ce qui allait se passer, Rex et Joey hurlèrent immédiatement d'une même voix : « NOOOOON ! »

Mais leur cri fut vain. Même si le Kid l'avait entendu avant de presser la détente, ça n'aurait rien changé. Toutes les personnes présentes dans la pièce remarquèrent que le pistolet n'avait pas émis le traditionnel *BANG !* que l'on était en droit d'attendre d'une telle arme. Le bruit était plutôt le *BOOM !* profond et tonitruant caractéristique d'un canon.

Quelle que fût la chose que le Kid avait tirée, elle eut un effet assez spectaculaire. Elle ne se contenta pas de percer un trou dans le visage de Mozart, ni même de faire exploser son crâne. Le résultat fut beaucoup plus inhabituel. Sa tête se détacha de ses épaules, comme si un train invisible venait de le percuter. Et lorsqu'elle quitta son cou, elle se transforma en une bouillie rouge vif qui vint s'écraser contre le mur derrière lui. Et les dernières mesures du *BOOM* se doublèrent soudain d'un gros *SPLOUTCH*, lorsque ce qui avait été la tête de Mozart vint repeindre le mur. C'était comme si quelqu'un avait balancé un bidon de bolognaise grumeleuse.

Il y eut un moment de silence, le temps que tout le monde digère le spectacle de la grosse tache rouge sur le mur derrière le corps décapité de Mozart, qui était toujours assis bien droit sur sa chaise, une fontaine de sang jaillissant de son cou, agitant les bras comme s'il était toujours vivant.

Le Kid souffla la fumée qui sortait du canon de son arme et la replaça dans son manteau. Joey et Rex se tenaient derrière lui, la bouche grande ouverte.

Rex enfouit son visage dans ses mains, agrippant ses propres cheveux, et envisageant sérieusement d'en arracher quelques touffes. Lui, mieux que quiconque, aurait dû se douter que cela arriverait. Le Bourbon Kid faisait presque systématiquement l'inverse de ce qu'il fallait. Joey dit tout haut ce que Rex pensait tout bas, trop furieux pour l'exprimer.

« T'étais pas censé le tuer, espèce d'abruti ! T'as rien écouté de ce qu'on t'a dit ? On t'a dit de ne pas le tuer !

— C'était notre seule piste », ajouta Rex d'un air abattu, fermant les yeux dans l'espoir que lorsqu'il les rouvrirait, il réaliserait que ce n'était qu'un cauchemar.

Mais ce n'était évidemment pas le cas.

Le Kid expulsa de la fumée par les narines avant de justifier son geste.

« Je l'aimais pas.

— Parce que tu crois qu'on l'aimait, nous ? gronda Joey. On voulait *tous* le tuer, bordel, mais on avait besoin de lui. C'était notre seule putain de piste ! »

En observant les restes de la tête de Mozart, qui coulaient le long du mur, Jasmine se décida à poser une question qui la turlupinait.

« Pourquoi sa tête s'est transformée en ketchup ? demanda-t-elle.

— C'est un flingue spécial, répondit le Kid. Je l'ai fait moi-même. »

Joey poussa le Kid du bout du doigt.

« Tu m'écoutes ? gronda-t-il.

— Traiteur Gold Star », répondit le Kid.

Joey attendit qu'il explique cette remarque assez inopinée, mais il comprit rapidement qu'il ne le ferait pas de lui-même. « Mais encore ? Je suis censé deviner ce que ça veut dire ? » dit-il, visiblement furieux.

Le Kid plongea sa main dans son manteau. Cette fois, il en sortit la carte qu'il avait trouvée dans le portefeuille de Mozart. Il la tendit à Joey. Elle était en plastique noir, avec une photo de Mozart et le nom *Vincent McLane* écrit en lettres dorées. En haut de la carte, en lettres capitales, étaient écrits les mots TRAITEUR GOLD STAR.

« Qu'est-ce que c'est que ce truc ? » demanda Joey, dans l'espoir de recevoir enfin une réponse satisfaisante.

Le Kid enfouit sa main dans la poche arrière de son jean et en sortit deux autres cartes, toutes les deux similaires à la première. Il les tendit à Joey. C'étaient les badges de deux autres employés de Gold Star. Il reconnut le visage d'un des deux. C'était Face de Cochon, le fils de pute qui avait attaqué Joey et Bébé avec le fusil anesthésiant dans les bois, juste avant que le Bourbon Kid ne lui tire une flèche dans l'arrière du crâne.

Joey leva les yeux vers le Kid.

« Je comprends pas.

— Traiteur Gold Star, répéta le Kid. J'ai tué deux hommes, la nuit dernière, et ils avaient tous les deux ces cartes sur eux. »

Joey les prit des mains du Kid et les examina. « Ces types sont tout sauf des employés de traiteur », dit-il avec un sourire moqueur.

Le Kid tira sur sa cigarette et souffla la fumée pendant que les autres attendaient silencieusement une explication. Lorsqu'il fut prêt, il daigna enfin la leur donner.

« Gold Star est un traiteur de luxe qui travaille pour des clients très importants, comme le gouvernement, la royauté, des célébrités, ce genre de conneries. Demain, ils s'occuperont de la bouffe au gala de bienfaisance auquel le pape doit assister.

— Bordel de merde ! hurla Rex. T'aurais pas pu nous dire ça plus tôt ?

— Tu n'as pas demandé.

— Et tu sais où cet événement aura lieu ?

— Ouais. Mais avant de vous le dire... »

Il marqua une pause et désigna Joey.

« Je veux savoir pour qui il bosse.

— Quoi ? demanda Joey, surpris par la question.

— Pour qui est-ce que tu bosses ?

— Personne. De quoi tu parles ?

— C'est une question très simple, répondit calmement le Kid.

— Qu'est-ce que ça peut te foutre, pour qui je bosse ?

— Plein de choses. Réponds à la question. »

Joey soupira, irrité par l'apparent manque de pertinence de la question du Kid.

« Pour Devon Pincent, le père de ma petite amie, il me met sur la route de mauvaises personnes et je m'occupe d'eux. Ça te va ?

— Où est-il, en ce moment ?

— Qui ? Devon ? Aucune idée. J'arrive pas à le joindre. Je pense que les potes de Mozart l'ont enlevé.

On aurait peut-être pu en savoir plus si t'avais pas repeint le mur avec le visage de ce type. »

Le Kid tira une longue bouffée de sa cigarette et regarda Joey dans les yeux. « Est-ce qu'il t'a installé au manoir Landingham ? »

Joey fronça les sourcils.

« Ouais, pourquoi ?

— Tu t'es pas demandé pourquoi ce type t'avait attaqué avec des fléchettes empoisonnées, l'autre soir, alors qu'il aurait pu simplement te tuer ? »

Joey se remémora l'incident.

« Non, j'ai pas vraiment eu le temps d'y réfléchir. Pourquoi, tu as une théorie ?

— Eh bien, il se trouve que oui.

— Ça t'embêterait de la partager avec nous ? »

Le Kid laissa tomber sa cigarette sur le sol et l'écrasa du bout de sa chaussure.

« Il y avait deux types dans les bois autour du manoir Landingham, hier soir. Ils étaient en repérage pour trouver des issues de secours, des caméras de surveillance cachées, ce genre de trucs. Ils ont probablement cru que tu étais un vigile qu'ils pourraient interroger.

— Interroger ? demanda Joey. À quel sujet ?

— Le gala de bienfaisance du pape se tiendra au manoir Landingham, demain. »

Rex laissa éclater son soulagement. « Alléluia ! »

Le Kid regardait toujours Joey d'un air inquisiteur. « Alors, pourquoi ton boss t'a installé là-bas ? »

Joey sentit un frisson courir le long de sa colonne vertébrale.

« Il a dit qu'il avait une mission importante pour moi. Il m'a demandé de rester dans le bunker des

Landingham jusqu'à ce qu'il vienne me donner les détails de cette mission, mais il n'est jamais venu.

— Peut-être qu'il voulait que tu protèges le pape ? suggéra Rex.

— Ou que tu le tues », proposa le Kid.

Joey laissa échapper un soupir de frustration. « Je ne vais *pas* tuer le pape, OK ? Je pense que Rex a raison. Devon voulait probablement que je le protège. Ça doit être ces trous du cul qui bossent pour Gold Star qui veulent le buter. Mais comment ils ont réussi à se faire embaucher chez eux ? Ils doivent connaître quelqu'un qui bosse pour eux, ou un truc du genre. » Il marqua une pause. « Merde, j'en sais rien. »

Le Kid avait la réponse.

« Ils travaillent pas pour eux, du moins pas encore.

— Comment ça ? demanda Joey.

— Les employés de Gold Star ne connaissent jamais la localisation des événements sur lesquels ils vont bosser. Ils sont choisis le matin même et conduits directement sur le lieu, en l'occurrence le manoir Landingham. Mais ces fils de pute, dit-il en montrant du doigt les fausses pièces d'identité que Rex tenait dans ses mains, vont détourner le bus de Gold Star demain, tuer tous les employés et prendre leur place. Ensuite, ils vont voler un truc qui s'appelle le Brumalyte. »

Rex écrasa les cartes entre ses mains. « Et ils vont tuer le pape ! dit-il, furieux contre le Kid. Tu aurais dû nous raconter tout ça dès que tu l'as su ! »

Le Kid plongea la main à l'intérieur de son manteau et en sortit un Kinder Surprise, qu'il offrit à Rex.

« Tiens, prends un Kinder, ça te détendra.

— Je veux pas d'un putain de Kinder ! répliqua Rex d'un air renfrogné. Tu commences à m'énerver avec tes œufs en chocolat. C'est quoi, ton problème ?

— Y a un jouet à l'intérieur !

— Rien à foutre. »

Elvis avait écouté la conversation avec intérêt, sachant par expérience qu'il valait mieux ne pas intervenir dans les chamailleries entre Rex et le Kid. Il sauta de l'établi sur lequel il était assis.

« Est-ce que Frankenstein et le docteur Jekyll seront là ? » demanda-t-il.

Le Kid rangea son œuf en chocolat dans son manteau et haussa les épaules.

« J'imagine. Jekyll va empoisonner tous les invités avec un champagne de son cru. Frankenstein s'occupera de la baston.

— Comment tu sais tout ça ? demanda Joey.

— J'ai parlé à un des types avant de le tuer. Il m'a tout raconté. Je crois qu'il pensait que je l'épargnerais s'il coopérait. »

Rex éclata de rire, à la surprise de tout le monde. « Le pauvre type ne savait pas à qui il avait affaire », beugla-t-il.

Joey avait d'autres soucis en tête, plus personnels.

« Est-ce que tu sais où ils ont emmené Bébé ? demanda-t-il au Kid.

— Non. Tu pourras leur poser la question toi-même demain, quand ils se pointeront au manoir. »

Elvis renversa d'un coup de pied la chaise sur laquelle se tenait toujours le cadavre sans tête de Mozart. Du sang gicla un peu partout, et quelques pintes de plus se déversèrent sur le sol.

« Alors, Joey, dit Elvis, tu peux nous faire entrer dans le manoir, ce soir ?

— Carrément. »

Rex regarda sa montre.

« Bon, au moins on sait que Mozart n'était pas l'assassin, dit-il. L'aiguille tourne toujours. D'après ma montre, le pape doit toujours mourir dans un peu moins de vingt heures. Alors, c'est parti.

— Tu as une montre qui fait le compte à rebours jusqu'à la mort du pape ? » demanda Joey, déconcerté.

Rex leva les yeux au ciel. « Je te raconte en chemin. »

39

Blake Jackson avait toujours excellé dans l'art de cacher ses émotions. En l'occurrence, c'était son extrême nervosité qu'il tentait de masquer. Solomon Bennett venait de lui téléphoner pour le prévenir que Joey Conrad se cachait dans un bunker au sous-sol du manoir Landingham. La seule personne capable de foutre en l'air leur projet d'assassiner le pape vivait sous le bâtiment où le meurtre était censé avoir lieu. Aussi, lorsque Jackson arriva au manoir accompagné de deux mercenaires de Bennett déguisés en marines et armés de mitraillettes MP7, son anus était beaucoup plus contracté que d'ordinaire. Ils étaient tous les trois habillés en tenue de camouflage kaki, qui avait été choisie comme l'uniforme standard de tous les officiers en patrouille dans la propriété.

Ils s'arrêtèrent devant l'entrée principale dans une jeep militaire M38. Un camion de ravitaillement, conduit par un autre faux marine employé par Bennett et Jackson, se gara derrière eux.

Le camion transportait assez de caisses de la cuvée spéciale du champagne du docteur Jekyll pour mettre

K-O tous les invités du Miracle de Noël de Calhoon, plusieurs fois s'il le fallait.

Mme Landingham les attendait à l'entrée du bâtiment. C'était une veuve de soixante-dix ans, mais son immense fortune lui avait permis d'entretenir une certaine jeunesse, et ses cheveux auburn coupés au carré la rajeunissaient encore d'une bonne vingtaine d'années. Elle portait un élégant cardigan jaune sur un chemisier blanc et une jupe jaune assortie.

Jackson la salua d'un sourire chaleureux.

« Ravi de vous revoir, madame Landingham.

— De même, Blake, répondit-elle courtoisement. Vous êtes nombreux à venir, ce soir ?

— Personne d'autre n'arrivera avant cinq heures demain matin. Pouvons-nous entrer ?

— Bien sûr. Je peux vous offrir quelque chose à boire ?

— Non, ça va aller, merci », répondit Jackson.

En pénétrant dans le vestibule, Jackson s'émerveilla de la magnificence du lieu. L'entrée à elle seule était immense, avec des plafonds très hauts et des balcons tout autour de la pièce.

« Nous avons juste quelques détails de dernière minute à régler, dit Jackson, dans l'espoir que Mme Landingham comprenne le sous-entendu et les laisse seuls. Mes deux collègues font partie de l'équipe de déminage. Ils vont simplement jeter un œil pour vérifier qu'aucun explosif n'est caché ici. »

Mme Landingham sembla choquée.

« Est-ce qu'il y a une bombe dans ma maison ?

— J'en doute fort, madame Landingham. Mais ce serait idiot de ne pas vérifier, juste au cas où, en particulier pour un événement aussi important. On n'est jamais trop prudent.

— Je vous en prie, appelez-moi Dorothy, lui demanda-t-elle. Mais dites-moi, Blake, j'avais cru comprendre que toutes ces histoires de sécurité étaient déjà réglées.

— C'est le cas, répondit Jackson. Comme je disais, je préfère être trop prudent. Mais nous sommes surtout là pour le champagne, nous en apportons un camion entier.

— Mais nous en avons déjà beaucoup ! »

Elle semblait extrêmement offusquée que l'on sous-entende que son propre champagne n'était pas digne d'être servi au gala.

« La cave est pleine des meilleures bouteilles de vins et champagnes du monde entier. Et c'est le gouvernement qui les a fournies, donc ça m'est égal que vous les buviez. Elles sont là pour ça.

— Oh, mais je ne remets pas en cause la qualité de votre merveilleuse cave, Dorothy. Cependant, nous avons réussi à obtenir plusieurs caisses d'une cuvée très spéciale de Diamant Bleu. Il sera servi à volonté aux invités pendant le discours du pape. Il semble normal qu'un tel événement soit célébré avec le meilleur champagne au monde.

— Oh, je vois. »

Le chauffeur du camion apparut sur le seuil de la porte, manœuvrant un chariot chargé de deux grosses caisses.

« Où est-ce que je dépose ça ? » demanda-t-il.

Blake Jackson entoura de son bras l'épaule de Mme Landingham en lui souriant. Ses grands yeux marron et ses airs de star de cinéma fonctionnaient comme un charme, sur elle.

« Vous voulez bien conduire mon collègue aux cuisines et lui montrer où stocker ces bouteilles, s'il vous plaît ? demanda-t-il poliment. Elles doivent être gardées au frais, mais dans un endroit facile d'accès. »

Mme Landingham semblait fondre entre ses bras. Depuis la mort de son mari, il était facile d'abuser de sa vulnérabilité.

« Bien sûr, Blake, dit-elle en battant des cils.

— Parfait, dit Jackson en retirant son bras de son épaule. Pendant ce temps, on va faire ce qu'on a à faire, si ça ne vous dérange pas.

— Bien sûr. »

Mme Landingham fit signe au chauffeur de la suivre dans un couloir conduisant à la cuisine. Jackson ordonna à ses deux collègues de l'accompagner dans la direction opposée, vers le bureau.

Jackson n'y était jamais entré, mais il savait ce qu'il cherchait. Sur une table au milieu de la pièce se dressait le buste en bronze d'Adam West, dont Solomon Bennett lui avait parlé. Il se dirigea directement vers lui et poussa la tête de la statue vers l'arrière. Elle était plus lourde qu'elle en avait l'air, mais la tête se sépara facilement du cou, comme Bennett l'avait dit. Jackson pressa le petit bouton blanc au milieu du cou, et, presque immédiatement, un pan de la bibliothèque coulissa sur le côté, révélant un ascenseur.

« Parfait, dit-il en se tournant vers les autres. Je veux que vous descendiez là-dedans. Si vous voyez Joey Conrad, ou qui que ce soit d'autre, vous tirez à vue. Compris ?

— Oui, monsieur, répondirent les deux hommes d'une même voix.

— Et mettez l'ascenseur hors service. Je veux voir personne remonter. »

Un des hommes fronça les sourcils.

« Et nous ? Comment on est censés remonter ?

— J'enverrai quelqu'un vous chercher.

— Quand ça ?

— Quand Joey Conrad sera mort.

— Et s'il n'est pas là ?

— Vous attendrez jusqu'à ce qu'il se pointe.

— Et s'il ne se pointe pas ? »

Jackson respira lentement pour ne pas se mettre à hurler.

« S'il ne se pointe pas, vous allez devoir attendre toute la nuit. Quelqu'un viendra vous chercher demain.

— Quand ?

— Quand le pape sera mort. »

40

Au QG des Hells Angels, Joey et Rex passèrent la soirée à nettoyer les restes de Mozart éparpillés un peu partout dans la pièce. Elvis resta avec Jasmine, faisant de son mieux pour lui faire oublier la journée cauchemardesque qu'elle avait passée. Elle était relativement calme et silencieuse, peut-être parce qu'elle ne voulait pas se confier à un groupe de mecs qu'elle connaissait à peine. Le Bourbon Kid sortit tout seul, affirmant qu'il avait mieux à faire de son temps.

Lorsqu'ils eurent fini de nettoyer, Elvis se changea et enfila un costume bleu clair avec des boutons de manchette en or. Jasmine portait toujours la veste qui allait avec son pantalon en cuir noir, et il n'avait pas le cœur de lui demander de la lui rendre.

Vers minuit, ils partirent pour le manoir Landingham, dans l'espoir qu'à cette heure-ci les agents de sécurité soient moins sur leurs gardes. Elvis les y emmena tous les quatre dans sa Cadillac violette. Cette voiture était sa plus grande fierté, et il la conduisait comme s'il se baladait sur une petite route de campagne un dimanche matin. Joey était à l'arrière avec Jasmine, qui semblait beaucoup apprécier le CD des meilleures chansons de

Noël de Bugs Bunny. Elle se trémoussait de droite à gauche en chantant par-dessus la musique, même s'il était évident qu'elle ne connaissait absolument pas les paroles. Pour sa défense, elle commençait en général à maîtriser le refrain de chaque chanson lorsqu'il passait pour la troisième fois. Elle semblait étonnamment peu touchée par les traumatismes de sa journée. Seulement quelques heures plus tôt, elle n'était qu'une petite chose tremblante et terrifiée, mais après une demi-heure de Bugs Bunny et les Looney Tunes, c'était une nouvelle femme. Joey savait que, sous son masque, elle était probablement toujours aussi dévastée. Mais c'était ça, le truc, avec les gens qui portaient des masques. Impossible de dire ce qu'ils pensaient vraiment.

Rodeo Rex était assis à l'avant avec Elvis. Bugs Bunny n'était pas vraiment sa tasse de thé, mais dès qu'il tendait la main pour éjecter le CD ou allumer la radio, Elvis lui donnait un coup sur les doigts.

Lorsqu'ils approchèrent de la zone où se trouvait l'ouverture du tunnel souterrain conduisant à l'intérieur du manoir Landingham, Joey se pencha en avant et tapota sur l'épaule d'Elvis, criant par-dessus la musique :

« Il faudra sortir juste là, entre les deux arbres qui forment une voûte. »

Le King leva le pied de l'accélérateur et quitta la route principale pour rejoindre le chemin cahoteux. Joey continua à lui indiquer la direction jusqu'à ce qu'ils aperçoivent la dépendance abandonnée un peu plus loin. Elvis s'arrêta devant la grande porte de garage en métal qui empêchait les intrus d'entrer.

« Et maintenant ? » demanda-t-il.

Joey pressa le bouton d'une clé électronique dans sa poche. La porte du garage se mit en mouvement, remontant jusqu'au toit.

« Tu peux rentrer, maintenant.

— Cet endroit a l'air vraiment merdique », dit Rex en se penchant en avant pour essayer de mieux voir à travers le pare-brise.

Il faisait nuit noire, et la dépendance n'était pas éclairée, aussi Elvis roulait-il au pas, craignant le pire pour sa Cadillac adorée. Lorsqu'ils furent à l'intérieur, la porte en métal redescendit derrière eux. À première vue, ils eurent l'impression d'être garés dans une vieille grange, mais dès que le portail fut complètement refermé, le sol sous la voiture se mit à bouger. Jasmine arrêta de chanter les Looney Tunes.

« C'est bizarre, dit-elle. On descend.

— Pas de panique, la rassura Joey. C'est tout à fait normal. »

Rex n'était pas du même avis. « Ça a rien de normal, putain. »

La Cadillac descendit dans l'obscurité la plus totale avant de s'immobiliser. Avant que qui que ce soit n'ait eu le temps de dire : « *C'est quoi, ce bordel ?* », des réverbères s'allumèrent autour d'eux. Ils étaient quinze mètres sous terre, dans un tunnel assez large pour deux voitures.

« Continue tout droit pendant une centaine de mètres, dit Joey.

— Wow ! s'exclama Jasmine en tapant des mains. C'est trop cool. Une route souterraine !

— On appelle ça un tunnel, ma belle », dit Rex.

Ils s'y engagèrent, jusqu'à ce qu'ils atteignent une nouvelle porte de garage en métal renforcé. Elvis baissa le volume de la stéréo juste au moment où Bugs Bunny et Jasmine commençaient à chanter « *Deck the halls with boughs of holly* ».

Elvis regarda Joey dans le rétroviseur.

« Et maintenant ?

— Juste une seconde », dit Joey.

Il pressa de nouveau la clé dans sa poche, et le panneau en métal commença à se lever.

Et ils constatèrent aussitôt qu'ils avaient un problème. *Un putain de gros problème.* Le rideau révéla tout d'abord deux paires de rangers, puis, quelques secondes plus tard, les deux treillis de leurs propriétaires.

« T'attends quelqu'un ? demanda Elvis à Joey.

— Putain de merde, non ! »

Il était impossible d'arrêter la porte une fois qu'elle commençait à se lever. Ils aperçurent ensuite les ceintures en cuir noir des deux soldats, puis leurs mains et leurs bras. Et les mitraillettes qu'ils braquaient sur eux.

Les deux hommes, les faux marines dépêchés au sous-sol par Blake Jackson, se tenaient devant la voiture de stock-car jaune et rouge de Joey, qui était toujours garée devant l'entrée. Dès qu'ils aperçurent les passagers du véhicule, les deux marines ouvrirent le feu. Le pare-brise se retrouva criblé des balles crachées par les deux MP7.

Joey attrapa immédiatement Jasmine et la poussa derrière les sièges avant, hors de vue des tireurs. Elle était tellement concentrée sur la musique qu'elle n'avait pas remarqué le danger. Cela dit, Elvis et Rodeo Rex ne semblaient pas beaucoup plus préoccupés. Ils ne baissèrent même pas la tête lorsque les deux hommes ouvrirent le feu, noyant la voix de Bugs Bunny du son de leurs mitraillettes. Rex passa la tête entre les deux sièges et regarda Joey et Jasmine.

« Vous inquiétez pas, dit-il. Le pare-brise est blindé. »

Prudemment, Joey aida Jasmine à se redresser. Elle avait arrêté de chanter, c'était déjà ça. Mais les balles continuaient à pleuvoir. Les deux marines se rapprochèrent lorsqu'ils réalisèrent qu'elles ne touchaient pas leurs cibles. Il ne sembla pas leur venir à l'esprit qu'elles ne traverseraient jamais les vitres blindées de la voiture. Tout ce qu'ils parvenaient à faire, c'était ruiner la peinture d'Elvis.

Celui-ci leva la main en se tournant vers Rex et dit quelque chose que Joey ne réussit pas à entendre par-dessus les coups de feu. Rex hocha la tête et ouvrit la boîte à gants. Il y plongea la main et en sortit un Desert Eagle doré, qu'il tendit à Elvis. Ce dernier prit le pistolet et vérifia qu'il était chargé. Puis il remonta le volume de la stéréo.

See the blazing Yule before us,
Fa la la la la, la la la la.
Strike the harp and join the chorus,
Fa la la la la, la la la la.

À la fin du second *Fa la la la la*, qui se mariait parfaitement aux *rat-a-tat-a-tat* des mitraillettes, les deux marines se trouvèrent à court de munitions.

C'était le moment qu'attendait Elvis pour baisser la vitre électrique côté conducteur et tirer deux coups avec son pistolet doré, un pour chaque homme. Le premier reçut la balle en plein visage et recula d'un pas. Mais ce fut son ami qui toucha le sol en premier, grâce à la seconde balle d'Elvis, qui l'atteignit à la gorge et remonta jusqu'à son cerveau. Un joli spray de sang gicla de l'arrière de son crâne lorsqu'il s'écroula. L'autre s'effondra à côté de lui quelques secondes plus tard. *Deux balles, deux morts. Quel œil.*

Elvis se renfonça dans son siège, fit tourner le pistolet dans sa main et le tendit à Rex par la crosse. Rex le replaça dans la boîte à gants à côté de plusieurs paquets de cigarettes à moitié vides.

Le King remonta la vitre électrique, puis tourna la tête vers Joey.

« Je me gare où ? »

41

Rex et Elvis furent extrêmement impressionnés par la cachette souterraine de Joey. Ils passèrent tous les deux plusieurs longues minutes à s'émerveiller devant la collection de gadgets, armes et ordinateurs. Les meubles aussi étaient vraiment classe. Jasmine s'était immédiatement prise d'intérêt pour la salle de bains, et après avoir demandé la permission à Joey, elle y disparut pour prendre une douche.

« Il nous faut un endroit comme ça, dit Rex en admirant les écrans de surveillance.

— C'est l'endroit le plus cool où j'aie jamais vécu, ça va me manquer, admit Joey.

— J'imagine, répondit Rex avec une sincère compassion. Mais après-demain, peu importe comment les choses se termineront, ce bâtiment grouillera de flics et d'agents du FBI. »

Elvis était en admiration devant le lit double qui venait de sortir du mur grâce à un simple bouton. Une vraie œuvre d'art, songea-t-il. Malheureusement, après l'avoir observé un moment, il se remémora le moment terrible où Mozart avait attaqué Jasmine dans la chambre du motel. Il se demanda comment elle tenait le coup. À en juger par les sons en provenance de la salle de bains, ça n'allait pas trop mal. Par-dessus le bruit du puissant jet d'eau, il pouvait l'entendre continuer à chanter *Deck the Halls* à tue-tête, en imitant la voix de Bugs Bunny.

Rex passa devant Elvis pour rejoindre l'ascenseur. Il pressa le bouton sur le mur. Les portes s'ouvrirent, et il entra pour jeter un œil à la cabine.

« Ils ont bousillé ton ascenseur, cria-t-il.

— Qu'est-ce qu'ils ont fait ? cria Joey à son tour.

— Ils ont bousillé ton ascenseur.

— J'ai bien compris, je demandais ce qu'ils avaient fait. »

Rex sortit de la cabine. « Ils ont arraché tous les fils et détruit les câbles de traction. Ce truc n'ira nulle part. »

Elvis cessa un instant d'admirer le lit pour aller voir ce que Joey regardait sur son ordinateur.

« Qu'est-ce que tu fous, mec ? demanda-t-il.

— Je regarde la liste d'invités pour le gala de demain.

— T'as accès à la liste d'invités ?

— Devon m'a installé un compte qui me donne accès à tout ce que Mme Landingham a sur son disque dur. »

Sur l'écran, Joey faisait défiler les photos de tous les badges d'identification des invités du Miracle de Noël. Certains étaient assez laids, remarqua Elvis.

« C'est le pape ? demanda-t-il en montrant une photo.

— Ouais.

— J'aime bien son chapeau. »

Joey ignora sa remarque et continua à parcourir la liste d'invités. Rex les rejoignit, se postant derrière l'autre épaule de Joey.

« Qu'est-ce que tu cherches, exactement ? demanda-t-il.

— Eh bien, puisque l'ascenseur est foutu, je cherche quatre types dont on pourrait voler l'identité pour pouvoir entrer par l'entrée principale, demain.

— Quatre ?

— Ouais, le Bourbon Kid vient toujours, non ? »

Rex éclata de rire et porta sa main à sa poitrine comme s'il était en train de faire une crise cardiaque. « Pendant un court moment, j'ai cru que tu voulais embarquer Jasmine là-dedans – quel idiot. »

Joey secoua la tête.

« Non, c'est beaucoup trop dangereux pour elle, en particulier après ce qu'elle a vécu aujourd'hui.

— Je confirme, approuva Rex. Cette fille est une catastrophe ambulante. Et pour le Bourbon Kid, oublie. S'il se décide à venir, il voudra pas d'une fausse pièce d'identité. Il passera par l'entrée principale, comme un véritable trou du cul.

— Bon, ça simplifie les choses, dit Joey. Je dois juste trouver un groupe de trois. Le problème, c'est qu'il faut que ce soit des gens que les autres invités ne connaissent pas, sinon ils pigeront tout de suite qu'on est des imposteurs.

— Ça va prendre combien de temps ? demanda Elvis.

— Ça pourrait prendre un certain temps, alors, je t'en prie, fais comme chez toi. »

Elvis s'ennuyait déjà à mourir. Passer la soirée devant un écran d'ordinateur n'était pas vraiment sa définition d'un bon moment. Il retourna à sa voiture pour prendre un paquet de cigarettes. Il avait laissé les vitres de la Cadillac ouvertes pour aérer un peu, il put donc facilement accéder à la boîte à gants. Il l'ouvrit et deux paquets tombèrent par terre. Il se baissa pour en ramasser un, pestant intérieurement contre Rex pour avoir foutu le bordel en rangeant le pistolet.

Lorsqu'il se releva, prêt à tirer une cigarette, il se rendit compte que Jasmine avait arrêté de chanter. L'eau de la douche coulait toujours, mais pour la première fois depuis plusieurs heures, elle était silencieuse. Il glissa le paquet dans sa veste et se dirigea vers la salle de bains. Ni Rex ni Joey ne lui prêtaient attention, aussi ouvrit-il la porte pour entrer.

La salle de bains baignait dans la vapeur de l'eau brûlante. Mais Elvis n'était pas là pour profiter d'un bain de vapeur. Ni même pour essayer de reluquer le corps nu de Jasmine. Il était là pour une raison beaucoup plus noble. L'empêcher de se faire exploser le cerveau avec le pistolet qui avait disparu de sa boîte à gants.

Les vêtements de la jeune femme étaient éparpillés sur le sol. Elvis suivit la piste qu'elle avait involontairement laissée derrière elle, qui commençait par la veste en cuir qu'il lui avait prêtée, suivie de son soutien-gorge, d'un minishort brillant, d'un string, et, pour finir, du masque qu'elle avait porté pour cacher les contusions autour de ses yeux. Elle était assise sur le carrelage de la douche, de l'eau brûlante coulant sur son corps nu.

Ses mains étaient agrippées à la crosse du Desert Eagle doré. Le canon était dans sa bouche, le pouce de sa main droite posé sur la détente. Si elle n'appuyait qu'un tout petit peu plus, c'en serait fini de son joli minois.

« Tu vas vraiment me manquer, si tu fais ça », dit Elvis.

Jasmine leva les yeux, étonnée. Elle ne l'avait pas vu arriver. Malgré l'eau qui coulait à flots sur elle, il pouvait voir qu'elle pleurait. Et elle tremblait aussi, même si l'eau était brûlante. Il s'approcha lentement et s'accroupit près d'elle. Il posa sa main sur sa tête et caressa ses cheveux, replaçant quelques mèches égarées derrière ses oreilles.

Jasmine continuait à sangloter, tremblant comme une feuille.

« Je peux t'avouer quelque chose ? » demanda Elvis d'une voix douce.

Jasmine esquissa un mouvement tremblotant de la tête qu'Elvis décida de prendre comme un « oui ».

« Tu es la personne la plus fun que j'aie rencontrée cette semaine », murmura-t-il tendrement à son oreille.

Elle sanglota de plus belle et se mit à toussoter, faisant claquer ses dents contre le canon du pistolet. Elle desserra légèrement la main, et, pendant un très court instant, Elvis eut l'impression de voir un minuscule sourire dans ses yeux. Il tendit la main et écarta délicatement ses doigts de la crosse de l'arme, la retirant lentement de sa bouche.

Elle baissa la tête, la pressa entre ses genoux, et fut prise de sanglots incontrôlables. Elvis rangea le pistolet à l'arrière de son pantalon et lui frotta les épaules et le dos.

« Je sais que la journée a été épouvantable, dit-il. Mais tu as des amis, ici.

— J'ai entendu ce que vous disiez à mon sujet. »

Elvis repensa à ce qu'avait raconté Rex au sujet de Jasmine un peu plus tôt, avec sa discrétion habituelle – une catastrophe ambulante qu'il valait mieux éviter d'emmener demain. « Fais pas attention à Rex, dit-il en continuant à lui frotter le dos. Il t'a pas encore bien cernée, c'est tout. Il ne voit que ce que tu montres à la surface. Moi je vois beaucoup plus loin. Tu es aussi intelligente que sexy. »

Elle toucha les boursouflures autour de ses yeux. « Je me sens pas super sexy, là, maintenant. »

Elvis lui adressa un sourire réconfortant. « Si tu n'étais pas sexy, pourquoi est-ce que je serais entré en douce dans la salle de bains pour te mater sous la douche ? »

Jasmine sourit. *Mission accomplie !* Elle avait vraiment un sourire magnifique. Elvis ne l'avait jamais remarqué auparavant, mais maintenant plus que jamais, il illuminait son visage.

« Tu es entré dans la salle de bains pour me mater sous la douche ? demanda-t-elle, feignant d'être choquée.

— Ouais. Tu pensais que c'était pour quoi ? »

Son sourire s'agrandit un peu plus encore. Elle tendit la main vers les cheveux d'Elvis et donna un petit coup à sa banane. « Tu ferais mieux de me passer une serviette pour que je puisse me couvrir. »

Elvis se leva et attrapa une serviette bleue sur un portant. Jasmine se leva et se laissa envelopper dedans, offrant son corps nu à sa vue. Il n'aurait pas su dire si c'était intentionnel ou non. C'était peut-être sa façon à elle de le remercier d'être arrivé au bon moment. Peu importe, avec ou sans les bleus et les boursouflures, elle était vraiment canon.

« Tu raconteras pas ça aux autres, hein ? dit-elle en essuyant ses larmes.

— Raconter quoi ? »

Elle sourit de nouveau. Peu à peu, elle retrouvait son éclat et sa chaleur naturels.

« Je n'aurais pas pressé la détente, dit-elle.

— Je sais. Tu te servais juste du pistolet pour travailler de nouvelles techniques de fellation, c'est ça ?

— Comment t'as deviné ? »

Ils échangèrent un regard complice. Il n'y avait rien de plus à dire. Un lien de confiance et d'amitié s'était créé entre eux, et ils savaient qu'il ne se briserait jamais. Elvis ne lui dirait jamais que le pistolet n'était pas chargé. Et elle, de son côté, ne lui dirait jamais qu'elle le savait car elle avait déjà pressé la détente deux fois avant qu'il ne la trouve.

Elvis quitta la salle de bains en refermant délicatement la porte derrière lui. Il sortit une cigarette et l'alluma avec son Zippo avant de rejoindre Rex et Joey devant l'ordinateur.

« Sale petit voyeur, dit Rex sans même le regarder, les yeux rivés sur les photos qui défilaient toujours sur l'écran.

— De quoi tu parles ? demanda Elvis en tirant sur sa cigarette.

— Elle vient de voir son mec se faire buter et t'essaies de la mater sous la douche. Classe.

— J'avais juste besoin de pisser. J'ai rien vu. »

Rex secoua la tête d'un air désapprobateur.

« C'est ça, ouais.

— On devrait l'emmener avec nous, demain, dit Elvis. On aura l'air moins suspects si on a une femme avec nous. »

Rex baissa la voix. « Hors de question. Il faut qu'elle reste en dehors de ça. Ces types ne rigolent pas. Ils ont des mitrailleuses. C'est trop dangereux pour une femme. »

Jasmine sortit de la salle de bains, vêtue uniquement de la serviette bleue qu'Elvis lui avait donnée, et qui ne laissait pas grand-chose à l'imagination.

« Je t'entends, tu sais, siffla-t-elle à l'intention de Rex. Ces gens sont responsables de ce qui est arrivé à Jack, et ils ont kidnappé Bébé. Alors je viens avec vous, que ça te plaise ou non. »

Rex leva les mains, sur la défensive.

« Écoute, ma belle, c'est pour toi que je dis ça. On est tes amis et on ne veut pas qu'il t'arrive quoi que ce soit. Il faudra être sacrément chevronné pour survivre là-haut, demain.

— Je connais des techniques, dit Jasmine. J'ai travaillé comme prostituée pendant presque toute ma vie. Et dans ce milieu, tu ne fais pas long feu si tu n'as pas un ou deux tours dans ton sac.

— Tu "connais des techniques" ? répéta Rex d'un ton moqueur. Comme quoi ? Du kung-fu ?

— Tu veux voir ? demanda Jasmine.

— Moi oui, en tout cas », dit Elvis.

Il se pencha et murmura à l'oreille de Joey :

« Cinq dollars qu'elle lui envoie un coup de pied dans les burnes.

— Deal. »

Jasmine s'approcha de Rex et se posta devant lui, les mains sur les hanches.

« Prêt ? demanda-t-elle d'un ton plein de défi.

— Vas-y », répondit Rex d'un air blasé.

Jasmine ouvrit sa serviette, offrant son corps nu à son regard. Rex écarquilla les yeux et déglutit bruyamment. Son visage s'empourpra de honte, et son regard chercha désespérément un endroit où se poser.

« Qu'est-ce que tu penses de mes tatouages ? » demanda farouchement Jasmine.

Le plus curieux, c'était qu'elle n'en avait pas. Rex, complètement décontenancé, ne savait pas où il était censé regarder. Cette confusion temporaire était tout ce dont Jasmine avait besoin. Elle balança son pied droit directement entre ses jambes. Le coup, assez puissant pour transformer un essai à cinquante mètres, l'atteignit de plein fouet dans les couilles.

Rex porta ses mains à ses testicules et tomba à genoux, gémissant de douleur. Jasmine s'enveloppa de nouveau dans sa serviette, mettant abruptement fin au peep-show. Rex donna un coup de tête contre le sol tout en produisant un bruit qui laissait penser qu'il allait être malade.

Elvis laissa tomber sa cigarette et se mit à taper dans ses mains.

« Putain de spectacle !

— Tu vois, dit Jasmine. Je connais des techniques, OK ? »

Elle regarda Elvis et Joey avec un sourire rayonnant.

Elvis continuait d'applaudir.

« Putain, Jaz, c'est la meilleure technique que j'aie jamais vue.

— J'approuve, dit Joey en tendant un billet de cinq dollars au King.

— Alors, je viens avec vous ? demanda Jasmine. Je peux être un Dead Hunter ? »

Rex, toujours agenouillé, leva la tête et se massa les testicules en tirant délicatement dessus pour essayer de leur faire retrouver leur position normale.

« Tu peux venir avec nous demain, croassa-t-il. Mais tu ne peux pas être un Dead Hunter.

— Pourquoi ?

— Tu dois buter quelqu'un si tu veux faire partie du groupe. Moi, Elvis et le Bourbon Kid, on est tous les trois recherchés pour meurtre. »

Joey pivota sur sa chaise pour continuer à travailler sur les photos. Quatre visages le regardaient. Quatre cartes d'identité appartenant à trois hommes et à une femme.

« Je pense avoir trouvé ce qu'on cherche.

— Qu'est-ce que t'as ? » demanda Elvis en s'empressant de le rejoindre.

Joey les regarda tous les trois. « J'ai besoin d'une photo de chacun de vous. »

Le visage de Jasmine s'illumina.

« J'ai des super photos de moi sur mon téléphone.

— Il m'en faut juste une de ton visage.

— Tant mieux, parce que tu n'auras rien d'autre. »

Rex se releva et se dirigea péniblement vers Joey. « Qu'est-ce que t'as trouvé ? »

Joey montra les quatre badges d'identification affichés sur l'écran.

« Je vais mettre nos photos sur ces cartes pour en faire des nouvelles. On pourra prendre la place de ces quatre personnes au gala, demain.

— C'est qui ? » demanda Rex en regardant l'ordinateur de plus près.

Elvis se pencha à son tour et comprit immédiatement pourquoi Joey avait choisi ces quatre personnes. « Ça me plaît, dit-il. C'est un putain de plan. »

42

Depuis trois semaines, Dante et Kacy travaillaient pour le traiteur Gold Star. Ils n'avaient jamais eu l'intention d'y faire carrière, mais Kacy s'était liée d'amitié avec une des employées et avait découvert ce qu'était réellement l'entreprise Gold Star. C'était tellement plus qu'un simple traiteur. C'était une passerelle vers les gens riches et célèbres. Si une star de Hollywood ou un baron du pétrole organisaient une fête privée et voulaient que la discrétion soit assurée, alors Gold Star était *la* compagnie à choisir. Et c'était ça qui avait immédiatement plu à Dante et à Kacy – la possibilité de détrousser des gens pleins aux as.

Leurs deux missions précédentes avaient été assez glauques. La première s'était déroulée pendant une sorte d'orgie pour gens riches et célèbres. Tous les invités portaient un masque, et c'était à peu près tout. Ils avaient eu l'impression de débarquer sur le tournage d'*Eyes Wide Shut*. Ce qui ne voulait pas dire que Tom Cruise y était, même si ce n'était pas impossible étant donné le nombre d'acteurs et actrices présents. Le principal problème de cet événement était qu'avec tous les convives se baladant dans leur plus simple appareil, il n'y avait pas grand-chose à voler. Tous les portefeuilles et sacs à main étaient placés en lieu sûr, il n'y avait donc plus que les bijoux. Ils avaient bien essayé, mais lorsque Kacy avait suggéré à Dante d'attraper l'anneau d'une blonde, il avait mal compris et lui avait attrapé le postérieur, ce qui avait failli lui coûter son travail.

Le second événement était beaucoup moins glamour. Une vieille dame qui avait beaucoup plus d'argent que de bon sens avait organisé une fête d'anniversaire surprise à un million de dollars pour son caniche. Celui-ci avait invité tous ses amis, mais les caniches et les épagneuls transportant rarement beaucoup de cash sur eux, il n'y avait pas eu grand-chose à rafler ce soir-là, si ce n'était une boîte de friandises pour chien que Dante avait volée par principe.

Mais cette troisième mission, d'après les bruits qui couraient, allait être celle qu'ils attendaient tant. Suzy, l'amie de Kacy, avait entendu dire qu'ils seraient conduits dans un manoir à la campagne pour un gala de charité organisé par un milliardaire. Et il était possible que le pape fût présent. Et peut-être même Bono, du groupe U2. Dante détestait Bono, alors l'idée de lui voler quelque chose, ou même simplement de lui envoyer son poing dans la figure, était particulièrement réjouissante.

À sept heures du matin le jour J, Dante et Kacy reçurent tous les deux le même SMS. Il donnait la localisation du parking qu'ils devaient rejoindre à la sortie de la ville. Les règles habituelles s'appliquaient. Laissez votre téléphone chez vous et n'apportez ni appareil photo ni magnétophone.

Dante les y conduisit dans une Coccinelle qu'il avait volée la veille. Il n'avait pas réalisé, sur le moment, que c'était une vraie merde. Elle cahota et crachota pendant vingt kilomètres avant de les lâcher sur une autoroute déserte avec rien d'autre que des rochers à perte de vue. Et encore des rochers.

Kacy se tourna vers son mari et le regarda d'un air plein de reproche, quelque chose qu'elle semblait faire assez souvent. « T'as vraiment le chic pour voler des voitures de merde, hein ? » se plaignit-elle.

Il remarqua son regard désapprobateur et répondit en conséquence – avec un grand sourire. Ils étaient en couple depuis si longtemps maintenant qu'il savait qu'il n'avait qu'à lui sourire de toutes ses dents pour se faire pardonner ses bêtises. Ils venaient tous les deux d'avoir trente ans et auraient dû se comporter comme des adultes, mais Dante aimait toujours voler des trucs, et de son côté, Kacy adorait le voir à l'œuvre.

Il se pencha vers elle et l'embrassa sur la bouche, ses épais cheveux noirs chatouillant son visage. Et elle lui rendit son baiser, comme elle le faisait toujours.

« On va devoir y aller en courant », dit Dante.

Kacy soupira et baissa le pare-soleil pour se regarder dans le miroir. Elle attacha ses longs cheveux bruns en une queue-de-cheval et vérifia son maquillage.

« Tu es superbe, ma puce, dit Dante.

— Profites-en parce que ce sera peut-être plus le cas après avoir couru trente kilomètres.

— T'es sexy quand t'es essoufflée. »

Elle lui décocha un regard noir, qui s'adoucit dès qu'il croisa le sien. Dante et son foutu sourire à vous faire fondre le cœur.

« Alors, c'est parti, dit-elle. On est déjà à la bourre. »

Ils sortirent de la voiture et commencèrent à marcher sur l'autoroute. Le ciel était sans nuages, et le soleil matinal était éblouissant.

« Ils ont vraiment choisi un endroit merdique pour nous récupérer, se plaignit-il.

— C'est pour que les journalistes ne sachent pas où on va.

— Bah, il suffirait qu'ils nous suivent, ou qu'ils suivent ta copine Suzy, celle aux cheveux rouges.

— Peut-être, mais soyons honnêtes, s'ils nous avaient suivis toute cette semaine, ils auraient perdu pas mal de temps. »

Ils entendirent soudain le son strident d'un klaxon. Dante attrapa Kacy et l'attira sur le bord de la route, juste avant qu'un grand bus argenté ne les frôle.

« Merde, dit Kacy. Je parie que c'est notre bus ! »

Gold Star disposait de son propre parc de véhicules. Et une chose était sûre, c'était qu'ils n'étaient jamais dorés et que les mots Gold Star n'apparaissaient jamais sur la carrosserie. La seule façon de les identifier était d'examiner leur plaque d'immatriculation. Et seuls les organisateurs de l'événement connaissaient leurs numéros. Même les employés de Gold Star les ignoraient. Le seul moyen qu'ils avaient de savoir que c'était un bus de leur compagnie, c'était le chauffeur, toujours le même. Il s'appelait Bubba, était gros et transpirait beaucoup.

Dante attrapa Kacy par la main et l'entraîna à la poursuite du bus. Heureusement, ils ne coururent qu'une centaine de mètres avant qu'un break freine à leur niveau. Kacy regarda par la vitre et reconnut

Chantelle, une blonde d'une cinquantaine d'années qui, par chance, était un des superviseurs de Gold Star. Chantelle transportait déjà deux autres employés à l'arrière de sa voiture. Elle tendit la main et entrouvrit la portière côté passager.

« Je vous dépose ? demanda-t-elle.

— Putain, ouais, répondit Dante.

— Un de vous n'a qu'à se serrer avec les autres à l'arrière. L'autre peut monter devant avec moi. »

Dante ouvrit la portière passager pour Kacy, qui s'installa sur le siège avant. Un des voyageurs assis à l'arrière ouvrit à Dante, qui grimpa à son tour, claquant la portière au moment où Chantelle repartait dans un crissement de pneus.

Dante jeta un œil aux deux personnes assises à côté de lui. Il n'en reconnut aucune. L'une était une jeune femme assez peu féminine qui aurait pu être le sosie de Jon Voight jeune. L'autre était un maigrichon qui devait avoir entre trente et quarante ans et arborait une grosse touffe de cheveux roux permanentés.

« Vous êtes nouveaux ? demanda Dante.

— Ouais, répondit la femme.

— Enchanté. Je suis Dante, et la jolie brune à l'avant est mon épouse, Kacy. »

La femme sourit.

« Je suis Denise, dit-elle. Et ça, c'est Henry. On est des amis de Chantelle. On remplace deux employés qui ont appelé ce matin pour dire qu'ils étaient malades.

— Oh, cool. Qui est malade ? »

Denise ne répondit pas. Elle tapota le siège de Chantelle et lui demanda d'augmenter le volume de la radio. Celle-ci s'exécuta, tournant la molette au maximum comme pour s'assurer que plus un mot ne serait échangé pendant le reste du trajet.

Le point de rendez-vous était le parking d'une grande surface. Lorsqu'ils arrivèrent, le bus était déjà là, et tous les autres employés de Gold Star étaient à bord. Chantelle se gara entre deux BMW et coupa le moteur en même temps que, Dieu merci, la musique assourdissante.

« On dirait qu'on est pile à l'heure », dit-elle.

Dante sortit du break et ouvrit la portière passager, tirant précipitamment Kacy hors de la voiture.

« On est pressés ? » grommela-t-elle.

Dante murmura dans son oreille : « Dépêche-toi, le bus est presque plein. Je veux pas avoir à m'asseoir à côté de quelqu'un d'autre. »

Kacy comprit d'emblée ce que Dante voulait dire. Ils avaient déjà été séparés une fois, et elle avait dû s'installer à l'avant, sur un strapontin merdique à côté de Bubba. C'était un bon gars, mais il avait de gros problèmes de flatulences, et après avoir passé une demi-heure à respirer ses pets suintants, Kacy avait eu la nausée pendant tout le reste de la journée. Les deux amoureux s'empressèrent donc de rejoindre le bus, traversant le parking en courant.

Ils montrèrent leurs badges d'identification à Bubba par la porte vitrée de la cabine. Lorsqu'il les eut autorisés à monter à bord, ils constatèrent avec désarroi que le seul siège de deux personnes disponible était à l'avant du bus, juste derrière lui. Dante, qui était un vrai gentleman, autorisa Kacy à s'asseoir près de la fenêtre, au cas où le chauffeur aurait mangé épicé au petit déjeuner.

La personne suivante à monter à bord fut Henry. Il insista pour s'asseoir sur le petit strapontin près de Bubba. Dante et Kacy échangèrent des petits coups de coude complices en ricanant, amusés à l'idée d'observer Henry inhaler les pets de Bubba pendant tout le trajet jusqu'à Dieu sait où.

Une minute entière passa avant que Denise grimpe à son tour. Elle repéra un siège libre au niveau de la moitié du bus et se dirigea vers lui.

« Où est Chantelle ? demanda Kacy lorsqu'elle passa devant eux.

— Elle se sent pas très bien, répondit Denise. Elle nous rejoindra plus tard. »

Le car démarra et quitta le parking. Ils passèrent devant la voiture de Chantelle, qui était toujours assise sur le siège conducteur. À première vue, elle semblait endormie. Mais plus tard dans la journée, un passant remarquerait qu'elle avait du fil à fromage enroulé autour du cou. Denise s'en était servie pour l'étrangler depuis la banquette arrière, inaugurant sans le savoir une longue série de meurtres.

Car la mort de Chantelle, aussi tragique fût-elle, n'était qu'un avant-goût du carnage à venir.

43

Lorsque Rex, Elvis et Joey commencèrent à réfléchir à un plan pour le lendemain, Jasmine eut l'impression de regarder une de ces séquences musicales d'un épisode de l'*Agence tous risques*, où les mecs construisaient un tank avec toutes les merdes qu'ils trouvaient par terre. Rex et Elvis avaient rempli un sac de sport avec des armes et des munitions. Joey fabriquait des badges d'identification Gold Star vraiment cool, et Jasmine les divertissait en chantant en duo avec Bugs Bunny.

Vers quatre heures du matin, ils décidèrent de faire une petite pause et d'essayer de dormir. Jasmine se blottit contre Elvis dans le lit. Rex s'installa à l'arrière de la Cadillac, et Joey dans sa voiture de stock-car.

Ils ne réussirent pas à dormir plus de trois heures, mais c'était suffisant.

À sept heures du matin, ils se remirent au travail. Ils laissèrent le sac de sport dans le bunker pour venir le récupérer plus tard. Leur plan était de faire descendre quelqu'un par une corde ou une échelle dans la cage d'ascenseur une fois qu'ils seraient dans le bâtiment principal. C'était le seul moyen de faire entrer les armes sans passer par la sécurité. Ce n'était pas la meilleure idée du monde. En réalité, tout le monde était d'accord pour dire que c'était un « plan de merde », mais c'était le meilleur plan de merde qu'ils avaient trouvé.

À sept heures trente, ils étaient tous les trois cachés dans les bois, et, d'après la montre de Rex, il restait moins de cinq heures avant l'assassinat du pape. Plusieurs limousines et autres voitures de luxe en route pour le manoir Landingham passèrent devant eux. Près d'une heure s'écoula avant que le véhicule qu'ils attendaient ne montre le bout de son nez. C'était un immense car marron aux fenêtres teintées sur lequel étaient écrits en grosses lettres rouges les mots DOUBLE FANTASY.

Elvis donna un petit coup de coude à Jasmine. « Au boulot, ma belle. »

Double Fantasy était un célèbre quatuor de sosies de stars de la pop. Ils voyageaient dans le monde entier pour émerveiller les gens avec leurs imitations de Jon Bon Jovi, David Bowie, Britney Spears et Elvis Presley.

Jasmine était plutôt excitée à l'idée de prendre la place du sosie de Britney Spears, même si elle avait essayé de les convaincre qu'elle imitait beaucoup mieux Bon Jovi. Ils avaient dû lui expliquer que si elle imitait Bon Jovi, Rodeo Rex devrait imiter Britney Spears, et il n'avait pas vraiment les attributs adéquats.

Pour la première partie de leur plan, Jasmine avait pour mission de « faire semblant » d'être stupide en utilisant ses talents d'actrice. Elle courut au milieu de la route lorsque le car approcha et commença à agiter les bras dans tous les sens. Avec son mini-short, son soutien-gorge noir et son visage couvert d'hématomes, elle imitait à la perfection la demoiselle en détresse. Personne ne fut donc surpris de voir le bus s'arrêter et Jon Bon Jovi en descendre et arborant un débardeur jaune et un pantalon en cuir noir. Et il avait un magnifique mulet tout droit sorti des années 1980.

« Qu'est-ce qui se passe, ma jolie ? » demanda-t-il en s'approchant d'elle.

Un autre homme descendit du véhicule. Jasmine comprit qu'il était censé être David Bowie dans sa période Ziggy Stardust. Il était pâle comme la mort, et ses cheveux étaient orange vif. Il était affublé d'une combinaison moulante assez effrayante, à rayures verticales vertes et rouges. Et il portait des bottes orange.

« Pourquoi on s'arrête, bordel ? » cria-t-il à Bon Jovi.

Jasmine fit ce que Rex lui avait demandé un peu plus tôt. Elle resta immobile et joua l'imbécile. Rex, Joey et Elvis sortirent alors discrètement des buissons sur le bord de la route, derrière Bon Jovi et Bowie. Elvis grimpa dans le car tandis que Rex et Joey s'approchèrent sur la pointe des pieds des deux sosies.

David Bowie les avait de toute évidence entendus arriver puisqu'il se retourna immédiatement pour voir ce qui se passait, fonçant tête baissée sur le poing de Rex. Un gros *CLANC* retentit lorsque la main en métal percuta le front de Bowie. Il tomba en arrière, sa perruque orange volant dans les airs. Il était inconscient avant même de toucher le sol.

Joey marcha en direction de Bon Jovi. Celui-ci leva les poings, prêt à en découdre.

« Baisse les mains, tu risques de te blesser », l'avertit Joey.

Bon Jovi l'ignora et balança un coup en direction de la tête de Joey. Celui-ci l'esquiva en se baissant et, tel un boxeur, se décala sur sa gauche pour riposter d'un coup de poing vif et puissant dans l'estomac de Bon Jovi. La rock star de pacotille se plia en deux et tituba vers l'arrière en se tenant le ventre, manquant d'air.

Rex s'approcha de Joey.

« Pourquoi tu l'as pas mis K-O ? demanda-t-il sur un ton plein de reproche.

— J'ai préféré lui donner un coup de poing foireux », répondit Joey.

Jasmine n'était pas sûre d'avoir bien entendu. « Qu'est-ce que c'est, un coup de poing foireux ? »

Joey n'eut pas besoin de répondre. Jon Bon Jovi leur offrit immédiatement une démonstration de ses effets. Il se mit à péter extrêmement bruyamment, portant ses deux mains à son cul. Son regard trahissait sa panique. Un nouveau bruit de pet, beaucoup plus humide, se fit entendre à travers le cuir de son pantalon. Il tomba à genoux et s'effondra en avant, atterrissant aux pieds de Jasmine, se tordant de douleur, dans une infâme odeur de merde.

Jasmine se couvrit le nez et la bouche. « Beurk, qu'est-ce que vous avez mangé ? » demanda-t-elle.

Rex, quelque peu étonné, examina du regard le sosie de Bon Jovi. Le type était dans une grande détresse et semblait extrêmement embarrassé. Rex se tourna vers Joey.

« Tu l'as fait se chier dessus ? Pourquoi ?

— C'est un truc que j'ai appris pendant l'opération Blackwash. Si tu frappes ta victime pile au bon endroit, juste sous l'abdomen, et avec juste assez de puissance, les intestins se détendront et le type se chiera dessus. »

Rex fit une moue désapprobatrice. Il ne semblait pas du tout impressionné. Il leva sa botte droite et l'abattit violemment sur le crâne du sosie merdeux de Bon Jovi, qui se mit à saigner abondamment du nez et perdit connaissance.

« Un bon vieux coup de pied dans la tête, c'est beaucoup plus simple », dit Rex, fier de sa démonstration.

Joey hocha la tête. « Je sais bien, mais je me suis dit que ce type voulait tomber *"in a blaze of glory* !"»

Rex soupira. « T'as fait ça juste pour caser le titre d'une chanson de Bon Jovi ? T'es encore pire que mon pote Sanchez. »

Jasmine tapota l'épaule de Rex pour faire une suggestion.

« Il a peut-être fait une overdose de *Bad Medicine* ?
— Tu vas pas t'y mettre, toi aussi ? grommela Rex. C'est vraiment pas le moment de faire des blagues pourries. »

Il se tourna vers Joey.

« Tu te débrouilles pour emmener ce tas de merde dans les bois. Hors de question que je le touche.
— Bon, d'accord. »

Joey attrapa le sosie odorant par les aisselles et le traîna jusqu'aux bois. Rex ramassa David Bowie et le suivit.

Jasmine regarda autour d'elle. Il n'y avait rien de plus à faire ici, aussi décida-t-elle de monter dans le car pour voir comment Elvis s'en sortait avec les deux autres chanteurs. Lorsqu'elle approcha, le King passa la tête par la porte et lui fit signe de se dépêcher.

« Jaz, vite, j'ai besoin de toi. »

Elle grimpa à l'intérieur et constata que les choses semblaient légèrement hors de contrôle, dans le car

Double Fantasy. Tout était sens dessus dessous. Une lampe était par terre, son ampoule réduite en miettes. À côté gisait un autre sosie d'Elvis, un gros en combinaison blanche, qui saignait d'une blessure à la tête. Sa perruque était tombée, et, sans elle, il ressemblait moins à Elvis qu'à l'acteur préféré de Jasmine, Elias Koteas.

« T'inquiète pas pour lui, dit Elvis. Il roupille. »

Le vrai problème se tenait devant lui. Il s'écarta pour que Jasmine puisse jeter un œil à la jolie petite Britney Spears recroquevillée au fond du car. Elle portait la combinaison rouge du clip de *Oops !... I Did It Again* et semblait terrifiée. En voyant Jasmine, elle la supplia de l'épargner.

« S'il vous plaît, ne me faites pas de mal.

— Je ne vais pas te faire de mal », dit Jasmine avec un sourire rassurant.

Elvis s'éclaircit la voix. « Ouais, tu comprends, Jaz, je peux pas la mettre K-O. Je frappe pas les femmes, alors j'ai besoin de ton aide. »

Jasmine poussa Elvis sur le côté et s'éloigna de lui, se rapprochant à reculons de Britney Spears. « Tout va bien, ma belle, dit-elle en la regardant par-dessus son épaule. Je ne vais pas te faire de mal. »

Elle se plaça de façon à protéger Britney Spears d'Elvis, qui fronça les sourcils.

« Qu'est-ce que tu fous ?

— Je t'ai dit qu'on ne lui ferait pas de mal ! » répondit Jasmine, avant de faire un clin d'œil pour qu'Elvis sache qu'elle mentait.

Lorsqu'elle fut assez près de Britney, elle fit la démonstration d'une autre de ses techniques de combat. Celle-ci était encore plus impressionnante que le numéro

« mate mes seins pendant que je t'envoie mon pied dans les couilles », dont Rex avait été victime la veille. Jasmine était une jeune femme extrêmement souple. Et un de ses meilleurs tours consistait à envoyer sa jambe au-dessus de sa tête tout en restant debout. C'est ainsi qu'elle leva la jambe droite comme pour donner un coup de pied, mais le mouvement ne s'arrêta que lorsque son pied fut derrière son oreille. Le bout de sa chaussure à talon frappa Britney au visage. Sa tête partit en arrière et s'écrasa au fond du placard contre le mur derrière elle. Elle loucha et s'effondra sur le sol, inconsciente, exactement comme Elvis l'avait demandé.

« Alors ? » demanda Jasmine avec un sourire triomphant.

Elvis la regarda par-dessus ses lunettes de soleil.

« Bon sang, c'était magnifique, dit-il. Par contre, y a quelque chose qui dépasse de ton short.

— Je comptais m'en débarrasser, de toute façon. »

Le coup de pied acrobatique avait fait remonter son minishort rouge dans une position qui semblait pour le moins inconfortable. Plutôt que de le remettre en place, elle le baissa et le fit voler dans les airs du bout du pied. Elvis le rattrapa dans sa main droite. Jasmine défit son soutien-gorge, qu'elle lui envoya également.

« Reste pas là à regarder comme un idiot ! dit-elle. Aide-moi plutôt à enlever la combinaison de Britney. »

Jasmine ne portait désormais rien d'autre que ses chaussures à talons. Et bien qu'Elvis fût un gentleman, il eut la même réaction que n'importe quel homme face au corps nu de Jasmine. Il arrêta de l'écouter et la regarda de haut en bas.

« Hello, Elvis, ici la Terre. Aide-moi à sortir Britney de sa combinaison ! » dit Jasmine en claquant des doigts.

Elvis sortit de son hébétement, mais Jasmine ne put s'empêcher de remarquer la bosse qui venait d'apparaître sous son pantalon de costume bleu.

« Heu, oui, OK. La combinaison.

— Il faudra aussi que tu remontes la fermeture dans mon dos. Dépêche-toi avant que les autres débarquent. C'est pas un peep-show, je te rappelle ! »

Il leur fallut moins de deux minutes pour retirer le vêtement du corps toujours inconscient de Britney Spears et aider Jasmine à l'enfiler. Par chance, il lui allait comme un gant.

« Alors, de quoi j'ai l'air ? demanda Jasmine en tournant sur elle-même.

— Pas mal du tout, répondit Elvis.

— Merci pour tout », dit Jasmine.

Elle posa un baiser sur la joue d'Elvis, juste avant que Rex et Joey ne montent à bord du car. Rex regarda le gros qui gisait inconscient dans sa combinaison blanche avant d'apercevoir Britney Spears, étendue sur le sol en sous-vêtements.

« Qu'est-ce que vous avez foutu, bordel ? marmonna-t-il. On a déjà attaché les deux autres dans les bois ! »

Elvis s'assit sur le canapé convertible près de la fenêtre.

« J'aidais Jasmine à se changer, dit-il en respirant bruyamment.

— Ça, je veux bien te croire, répondit Rex. Mais ce serait bien que tu sortes ce gros lard du bus. Je vais pas le faire à ta place.

— Laisse-moi juste une minute. J'ai besoin de m'asseoir un moment.

— Il bande », précisa Jasmine.

Rex soupira. « Pour changer. »

En entendant une voiture approcher, ils se rappelèrent soudain l'urgence de la situation. Joey, qui se savait protégé par les vitres teintées, pressa son visage contre une des fenêtres.

« Bon Dieu ! s'exclama-t-il.

— Quoi ? demanda Rex.

— C'est le pape ! »

Tous à l'exception d'Elvis se levèrent aussitôt pour regarder par les fenêtres. Quatre Bentley noires passèrent l'une après l'autre, à moins d'un mètre d'intervalle, comme un cortège funéraire. Le pape était assis à l'arrière de la troisième voiture.

Rex regarda sa montre. D'après le chronomètre, il ne lui restait que trois heures à vivre.

44

Le car du traiteur Gold Star avait parcouru moins de deux kilomètres lorsque Bubba fut soudain pris de spasmes et glissa de son siège, s'effondrant sur le plancher. Pendant quelques secondes incertaines, les passagers crurent que le bus allait s'écraser, mais Henry, le nouveau avec la touffe orange, s'installa prestement sur le siège conducteur et immobilisa le véhicule.

Kacy était sur le point de venir en aide à Bubba, mais Denise, la copine de Henry, l'empêcha de se lever. Elle avait suivi une formation d'infirmière, affirmat-elle, et pouvait gérer la situation toute seule. Elle le souleva du sol et pratiqua la manœuvre de Heimlich, sans grands résultats. Il faut dire que ses gestes ressemblaient plus à ceux d'une catcheuse qu'à ceux d'une infirmière. Elle finit par le soulever et le jeter sur le sol, aux pieds de Kacy.

Puis elle tenta de rassurer les passagers pendant que Henry redémarrait. « Il n'y a plus rien à voir ! »

Kacy regarda le visage de Bubba. Ses yeux étaient injectés de sang et il tentait tant bien que mal de respirer, la bouche grande ouverte.

« Je crois qu'il fait une réaction allergique, ou quelque chose du genre, suggéra-t-elle.

— Et moi je crois que tu devrais la fermer, répondit Denise sur un ton agressif. Je suis infirmière, pigé ? Ce dont il a besoin, c'est d'être laissé tranquille. »

Elle s'adressa de nouveau au reste des voyageurs, élevant la voix pour être entendue jusqu'au fond. « Que tout le monde reste assis. On continue jusqu'à notre destination. Ne vous inquiétez pas pour Bubba. »

Denise resta à genoux au milieu du couloir, donnant occasionnellement un coup dans la poitrine du pauvre homme sans raison apparente, tandis que Henry conduisait le bus beaucoup plus vite que Bubba, comme s'il était soudain urgent qu'ils arrivent à destination.

Au bout d'environ un kilomètre, Dante se pencha en avant et lui tapota l'épaule. « Donc, vous savez où on va ? » demanda-t-il.

Henry se tourna vers lui. « C'est un secret. Je ne peux rien dire. »

Kacy tapota son autre épaule. « Vous savez s'il y aura des gens célèbres ? »

La touffe orange de Henry chatouilla le nez de Dante lorsqu'il se tourna de l'autre côté pour répondre à Kacy. Ses cheveux sentaient assez mauvais. Dante grimaça lorsque l'odeur s'engouffra dans ses narines. *Ce type doit se laver les cheveux avec de la merde de chien !*

« On est presque arrivés, dit Henry. Vous allez adorer, vous verrez. »

Kacy attrapa la main de Dante et lui murmura à l'oreille :

« Ce serait génial qu'il y ait des acteurs ou des chanteurs célèbres, non ?

— J'ai entendu dire que Dirk Benedict était en ville.

— Qui ? »

Dante ne répondit pas. Il venait d'apercevoir un panneau sur le bord de la route.

« Ça fait pas vraiment rêver, ça, dit-il.

— Quoi donc ?

— On se dirige vers la vieille zone industrielle. Celle où il y a tous les dealers.

— Quels dealers ?

— Tu te souviens de LeBron et de Tina ?

— Les millionnaires en survêts assortis ?

— Ouais. C'est là qu'ils ont leur QG. »

Kacy resserra sa main autour de la sienne. « Je t'en prie, dis-moi que tu leur as rien volé. »

Dante l'embrassa sur le front. « Tu t'inquiètes pour un rien », la rassura-t-il.

Quelques minutes plus tard, ils arrivèrent dans la zone industrielle en question. Henry gara le bus dans un grand entrepôt. Dante y était déjà venu. Mais, à l'époque, il était rempli de cartons et de sachets de drogue. Les choses avaient bien changé. Ce n'était manifestement plus le QG de l'empire LeBron. Le lieu était complètement vide.

« Qu'est-ce qu'on fout ici ? » demanda-t-il en enfonçant son index dans l'épaule de Henry.

Henry l'ignora et tira sur une poignée qui ouvrit les portes à l'avant du bus. Un homme trapu avec une coupe militaire grimpa à bord. Il portait le même uniforme noir et blanc que tous les passagers, mais il était évident qu'il ne travaillait pas pour Gold Star. D'autant qu'il était armé d'une mitraillette.

« Tout le monde descend ! cria-t-il. Vous avez dix secondes. S'il reste encore quelqu'un dans le bus après ça, je lui fais exploser le crâne ! »

Son avertissement fut remarquablement efficace. En moins de dix secondes, tout le monde était descendu, soit par la porte avant, soit par la porte de secours à l'arrière. Tout le monde sauf Henry et Denise, ainsi que le pauvre Bubba, qui gisait toujours sur le plancher et se retrouva piétiné par les employés affolés.

Deux autres hommes armés, également déguisés en employés de Gold Star, guidèrent tout le monde hors du bus et jusqu'au mur le plus éloigné de l'entrée. En tout, soixante personnes furent alignées comme du bétail le long du mur. Quiconque osait demander ce qui se passait recevait pour toute réponse un coup de pied dans le dos ou le canon d'une arme braqué sur lui.

Un des hommes armés, un barbu au crâne rasé, hurla : « Tout le monde à genoux face au mur. Le premier qui se retourne sera abattu ! Ne jouez pas à ça avec moi. Faites ce qu'on vous dit et personne ne sera blessé ! »

Dante et Kacy, qui étaient les premiers à être descendus, étaient les passagers les plus éloignés des hommes armés. Aussi Dante réussit-il, bien qu'il fût à genoux face au mur, à voir ce qui se passait du coin de l'œil.

Un second groupe d'employés, habillés exactement comme l'équipe Gold Star, montait à bord du bus. Même Dante, qui ne brillait pas particulièrement par son intelligence, comprit qu'une bande de voleurs et de terroristes était en train de prendre leur place.

Mais un homme se démarquait des autres. Il n'était pas monté à bord, et il ne portait pas l'uniforme des employés de Gold Star. Ce type avait deux boulons en métal qui dépassaient de son cou. On aurait dit Frankenstein. Il était habillé en noir et avait un pistolet dans un étui sur sa cuisse. Et il se tenait à côté d'une moto argentée vraiment classe. Dante se dit que ça valait peut-être le coup d'essayer de la voler s'ils se sortaient de cette merde en un seul morceau.

D'un signe de la tête, Frankenstein donna un ordre silencieux aux deux hommes armés qui avaient aligné tout le monde contre le mur. Ils coururent immédiatement rejoindre les autres dans le bus.

Un type avec un cache-œil de pirate passa la tête par la porte et cria à Frankenstein : « Ferme bien tout quand t'en auras terminé. On se retrouve là-bas ! »

Frankenstein hocha silencieusement la tête.

Kacy donna un petit coup de coude à Dante et murmura à son oreille :

« C'est quoi, ce bordel ?

— Je sais pas. Reste près de moi. »

La tête de l'homme au cache-œil disparut dans le bus, qui quitta l'entrepôt avec la nouvelle équipe de Gold Star.

Kacy commençait à paniquer.

« Frankenstein va tous nous buter.

— Ne t'inquiète pas, murmura Dante. Je vais trouver un plan. »

Un peu plus loin parmi les captifs, un des hommes éclata en sanglots. Dante le reconnut. C'était Ramjam, un jeune Pakistanais connu pour ses crises de panique en situation de stress. « Je vous en prie, ne nous tuez pas ! » hurla-t-il naïvement.

Quelques autres employés de Gold Star lui firent signe de se taire, mais ses sanglots étaient de plus en plus bruyants et incontrôlables. Il répétait en boucle : « Je veux pas mourir aujourd'hui. » Si Dante avait eu une arme, il lui aurait tiré dessus juste pour le faire taire. Ramjam ne rendait service à personne, et surtout pas à lui. Sans surprise, ses pleurnicheries commencèrent à agacer Frankenstein, qui sortit son pistolet de son holster.

« La ferme, salope, dit-il d'une voix monocorde. Personne ne va mourir. Vous attendez tous ici. »

Malheureusement, Ramjam ne le croyait pas. Dans un moment de panique, il se releva d'un bond et partit en courant. Il passa à toute vitesse devant Frankenstein pour rejoindre l'ouverture par laquelle le bus venait de sortir. Frankenstein se tourna lentement, le regardant courir. Puis il leva le bras et pointa son arme sur lui.

BANG !

La balle transperça le dos de Ramjam et ressortit par sa poitrine dans une fontaine de sang. Ses jambes cédèrent sous son poids, et il s'effondra sur le sol, raide mort.

Le sort de Ramjam aurait dû servir d'avertissement, mais il eut malheureusement l'effet opposé. Il déclencha un mouvement de panique générale. Un nabot, que Dante ne connaissait que sous le nom de Bo le Nabot, s'enfuit à son tour, mais il ne fit que la moitié de la distance parcourue par Ramjam avant d'être abattu de la même manière. Et soudain, comme une meute de lemmings, la moitié des employés décidèrent d'imiter les deux idiots, comme s'il s'agissait d'une idée brillante, ce qui n'était évidemment pas le cas. Frankenstein les descendit un à un, s'assurant que personne ne s'approche de la sortie.

Dante attrapa Kacy et l'embrassa.

« Attends qu'il soit à court de munitions et qu'il doive recharger ! dit-il. Après, tu cours aussi vite que possible vers la sortie. Je ferai diversion.

— Viens avec moi ! répondit Kacy, qui devait hurler pour se faire entendre par-dessus les coups de feu et les cris.

— Fais-moi confiance, j'ai un plan.

— Je pars pas sans toi ! »

Frankenstein abattit encore une dizaine de personnes avant de devoir s'interrompre pour recharger. Dante poussa alors Kacy vers la porte. « Cours ! cria-t-il. Je te rattrape. J'ai un plan, promis. Vas-y ! »

Kacy l'embrassa une dernière fois avant de se ruer vers la sortie avec les autres. Dante inspira profondément et s'élança dans l'angle mort de Frankenstein. Le gros nigaud ne vit rien venir. Il était trop occupé à recharger son pistolet pour faire feu sur le reste des employés en fuite. Dante se rappela ce qu'il avait appris en jouant au football américain au lycée. Il faut toujours tacler les malabars juste sous le genou. Il se jeta donc comme un taureau enragé sur Frankenstein, enfonçant ses épaules à l'arrière de ses genoux. C'étaient sans aucun doute les jambes les plus épaisses que Dante eût jamais vues, et, pendant un instant, il se demanda si son plan allait fonctionner. Mais, de la même manière qu'on lui avait appris à toujours viser les genoux, on lui avait également dit de ne jamais se retirer avant la fin du tacle. Il lui fallut un certain temps, mais les genoux de Frankenstein finirent par céder et il tomba en avant. Dante grimpa sur son dos et passa ses bras autour de son cou. Il serra de toutes ses forces. Malheureusement, le cou de Frankenstein était aussi solide que ses jambes. C'était comme essayer d'étrangler un réverbère. Ses efforts n'eurent pas le moindre effet sur le géant. Frankenstein se releva, tandis que Dante s'agitait derrière lui, toujours pendu à son cou.

La priorité de toute personne normalement constituée aurait été de se débarrasser de l'homme sur son dos qui tentait de l'étrangler. Pas Frankenstein. Il ignora Dante et reporta son attention sur les prisonniers en fuite. Kacy était en train de courir vers la sortie. Dante ne la quitta pas des yeux et laissa échapper un long soupir de soulagement lorsque les balles tirées par Frankenstein l'épargnèrent, tuant cinq ou six autres personnes à sa place.

Ce ne fut que lorsque tous les employés furent soit morts, soit hors de l'entrepôt, courant comme des dératés, que Frankenstein décida de se débarrasser du parasite suspendu à son cou. Il tendit sa main libre et attrapa Dante par le col de sa chemise, le souleva et le jeta par-dessus son épaule. Dante atterrit sur le dos, les yeux fixés sur Frankenstein. L'impact de son corps contre le sol en béton le secoua un peu, le mettant momentanément sur la touche.

Frankenstein se redressa et pointa son arme sur le front de Dante. Il était sur le point d'appuyer sur la détente lorsqu'il fut déconcentré par un crissement de pneus venu de nulle part. Il quitta Dante des yeux et regarda vers la sortie.

Dante leva la tête pour voir ce qui arrivait. Une Pontiac Firebird noire fonçait sur eux. Dante rassembla assez d'énergie pour rouler sur le côté, évitant de justesse la Firebird, qui fondit droit sur Frankenstein en rugissant. La grosse brute essaya de s'écarter du chemin au dernier moment, mais ses pieds avaient à peine quitté le sol lorsque la voiture lui rentra dedans. Il rebondit sur le capot, puis contre le pare-brise, et enfin sur le toit, avant d'atterrir sur le béton dans un lourd fracas. Le conducteur immobilisa la Firebird dans un impressionnant dérapage au frein à main. La portière côté passager s'ouvrit et Kacy en sortit.

« J'ai trouvé de l'aide ! » cria-t-elle.

Étant donné qu'elle n'était partie que depuis une poignée de secondes, Dante dut admettre qu'il était assez impressionné. Mais avant qu'il n'ait eu le temps de la féliciter, Frankenstein se redressa lentement. Avoir été percuté par une voiture lancée à une vitesse effrénée n'avait visiblement eu aucun effet sur lui. Ce type était un putain de Terminator. Ou une de ces fourmis qui refusaient de mourir, peu importe ce que vous vaporisiez dessus.

Mais Kacy ne plaisantait pas en disant qu'elle avait trouvé de l'aide. La portière côté conducteur de la Firebird s'ouvrit, et le Bourbon Kid en sortit.

45

Joey et Rex attachèrent les sosies de Britney Spears et d'Elvis à un arbre près de Jon Bon Jovi et de David Bowie. Le gaffer sur leur bouche les empêcherait d'appeler à l'aide. Et grâce à Bon Jovi et à son pantalon en cuir souillé, une douce odeur de merde flottait autour d'eux.

Dès que Rex se fut assuré que les prisonniers ne pourraient pas se libérer, lui et Joey retournèrent dans le car. Rex s'installa derrière le volant, s'attribuant le rôle de chauffeur sans demander l'avis de personne. Tandis qu'il essayait de comprendre la fonction des différents boutons sur le tableau de bord, Joey récupéra la perruque orange du sosie de David Bowie, que le vent avait emportée au milieu de la route.

Il avait depuis longtemps été décidé que Joey jouerait le rôle de David Bowie, mais c'était avant qu'il ne voie le déguisement. Le costume de Ziggy Stardust était loin d'être viril, et encore moins effrayant. Alors, même si les autres ressemblaient désormais tous aux chanteurs qu'ils étaient censés imiter, Joey décida de rester dans ses habituels jean et tee-shirt noirs, et peut-être même sa veste en cuir rouge. Elvis et Rex n'avaient pas besoin de se changer puisqu'ils ressemblaient déjà naturellement à Elvis et à Bon Jovi. Joey avait accepté de porter la perruque uniquement s'il le fallait, c'est-à-dire si sa vie en dépendait. Mais la combinaison moulante, *plutôt crever*.

Il rejoignit Elvis et Jasmine à l'arrière du car. Ils étaient tous les deux installés sur une confortable banquette matelassée, il dut donc se rabattre sur une chaise en plastique près de l'évier de la cuisine.

Jasmine avait remis son masque, qui n'était pas vraiment assorti à sa combinaison rouge, mais elle n'avait pas d'autre choix. Ses contusions attireraient bien plus l'attention que le masque, qui passait facilement pour un élément de son déguisement.

« Essaie la perruque, dit-elle en repérant la boule de cheveux orange qu'il tenait entre ses mains.

— Je suis pas sûr que ça m'aide beaucoup à ressembler à David Bowie », répondit Joey.

Elvis le regarda par-dessus ses lunettes de soleil.

« Peut-être, dit-il, mais au moins tu ne ressembleras pas non plus à l'Iroquois.

— Comment je suis censé prendre ça ?

— Eh bien, dit Elvis en essayant de se montrer diplomate. Tout le monde pense que tu veux tuer le pape. Alors, ce serait pas mal que tu changes un peu ton apparence. »

Le visage de Jasmine s'illumina soudain. « Je vais te maquiller, dit-elle, rayonnante. Je vais te peindre le visage en blanc et rouge comme Ziggy Stardust. »

À l'avant, Rex avait finalement réussi à mettre l'autocar en marche, et ils roulaient désormais à une vitesse digne d'une virée du club du troisième âge.

Plusieurs véhicules de luxe les doublèrent à toute allure, mais ils finirent par arriver devant le portail du manoir Landingham, rejoignant une file de voitures et de limousines qui attendaient d'entrer.

Il leur fallut près de vingt minutes pour avancer de trente mètres, car les marines qui gardaient l'entrée vérifiaient longuement les badges et les pièces d'identité de tous les invités. Mais cela permit à Jasmine de peindre le visage de Joey en blanc avec le maquillage des chanteurs de Double Fantasy. Elle utilisa du rouge à lèvres rouge pour dessiner une ligne diagonale allant de son menton à ses cheveux.

Lorsque sa transformation en David Bowie du pauvre fut terminée, Joey rejoignit Rex à l'avant, juste à temps pour voir approcher du car un marine blond et trapu vêtu d'une tenue de camouflage.

Sans tourner la tête, Rex murmura discrètement à Joey :

« Espérons que ça marche, sinon on est foutus.

— Ce n'est pas notre plus gros problème, dit Joey.

— Ah ?

— Non, ce qui m'inquiète, c'est qu'on ne sait pas si ces hommes sont de vrais soldats, ou s'ils font partie du gang de Solomon Bennett.

— Qu'est-ce que ça change ?

— Les hommes de Solomon s'attendent sûrement à ce qu'on tente un truc aussi bidon. Pas les vrais soldats. »

Rex grimaça.

« Je me sentirais un peu mieux si on avait des armes.

— Moi aussi, mais on n'en a pas, alors arrête de chouiner.

— Toi, arrête de chouiner ! »

Le marine tapota sur la vitre de Rex. Celui-ci la baissa et lui adressa un sourire hypocrite. « Bonjour, monsieur l'officier », dit-il.

Le marine passa sa tête par la vitre.

« Bonjour, dit-il. Je suis le soldat Downey. Comment allez-vous ?

— Très bien, merci.

— Vous êtes le groupe Double Fantasy, c'est bien ça ?

— Tout à fait, répondit Rex. Je suis Jon Bon Jovi. »

Il fit un signe de tête en direction de Joey. « Lui, c'est David Bowie. Elvis et Britney Spears sont à l'arrière. »

Le soldat Downey consulta sa liste. « D'accord, dit-il. Je vais quand même devoir monter à bord. Préparez vos badges d'identification, s'il vous plaît. »

Joey les avait déjà tous à la main. Il se pencha vers Rex et les tendit au soldat Downey. « Voilà nos badges », dit-il.

Le militaire le regarda, étudiant son visage pendant un moment. Il semblait sur le point d'émettre un commentaire sur la quantité de maquillage que Joey portait, mais au bout d'un certain temps, il se ravisa. « Donnez-les-moi, s'il vous plaît. »

Le soldat sortit de sa poche un petit appareil de la taille d'un téléphone portable et les scanna, les comparant un par un à la photo qui s'affichait sur son appareil. Joey avait réussi à remplacer les photos de la base de données centrale par les leurs. Le seul problème serait que le soldat Downey ait déjà vu leurs visages dans les fichiers de la police ou dans le journal, et qu'il les reconnaisse. Lorsque Downey eut fini, il tendit les cartes à Rex, qui les rendit à Joey.

« Ouvrez, s'il vous plaît, dit Downey, je dois quand même monter à bord. »

Il contourna le bus par l'avant pour rejoindre la portière électrique de l'autre côté. Rex pressa un bouton sur le tableau de bord pour l'ouvrir. Les essuie-glaces se mirent en marche. Il appuya de nouveau pour les éteindre. Il tenta sa chance avec un autre bouton, et de l'eau gicla sur le pare-brise.

« Qu'est-ce que tu fabriques ? » demanda Joey.

Rex murmura du coin de la bouche. « Je cherche le putain de bouton pour ouvrir la porte. »

Joey se leva et ouvrit la portière manuellement. Le soldat Downey monta à bord et regarda Rex d'un air curieux.

« Vous avez peur qu'il se mette à pleuvoir ? demanda-t-il.

— On n'est jamais trop prudent, répondit Rex.

— C'est vrai, dit Downey. Vous n'auriez pas vu un autre autocar, celui du traiteur ?

— Non, pourquoi ?

— On n'attend que deux cars, aujourd'hui. En vous voyant arriver au loin, j'espérais que c'étaient les employés du traiteur. Ces incapables sont encore à la bourre.

— Quelle bande de trous du cul, dit Joey.

— Ouais. Enfin bref, j'en ai pour une minute. »

Le soldat Downey avait un sac-poubelle transparent avec lui. Il passa plusieurs minutes à vérifier le moindre recoin du bus, à la recherche d'explosifs ou d'armes. Il avait visiblement l'habitude de ce genre de véhicules, puisqu'il trouva immédiatement tous les placards et rangements. Il jeta tout ce qui ne lui plaisait pas dans son sac en plastique. Les membres d'origine de Double Fantasy avaient caché pas mal de trucs que le soldat ne jugea pas vraiment appropriés à ce type d'événement. Lorsqu'il eut terminé, il avait dans son sac trois types de drogues douces, deux godemichés, un plug anal, un bong et une chaîne de perles anales.

« Vous savez vous amuser, hein, petits coquins ? dit-il à Elvis et à Jasmine en jetant un dernier coup d'œil à l'arrière du bus.

— C'est pas à nous, tout ça, dit Jasmine.
— C'est à qui, si c'est pas à vous ? demanda Downey.
— Oh, ça appartient aux... »

Elvis donna un coup de coude à Jasmine et se racla la gorge, dans l'espoir qu'elle n'avoue pas qu'ils avaient volé l'autocar des vrais chanteurs.

Downey les regarda d'un air suspicieux. « Ça appartient aux... ? »

Jasmine répondit la première chose qui lui vint à l'esprit. « Au chauffeur, ça appartient au chauffeur. C'est un vrai pervers. »

Le soldat Downey jeta un coup d'œil à Rex, puis de nouveau au sac plein de drogue et de sex-toys. À en croire sa soudaine expression de dégoût, il devait être en train d'imaginer Rex se divertir avec ces divers objets.

« Je vois, dit-il. Et il utilise tout ça tout seul ? »
Jasmine hocha la tête.
« Je crois qu'il a une autre chaîne anale, d'ailleurs.
— Où ça ?
— À votre avis ? »

Le visage du militaire se tordit en une grimace de dégoût, qui n'aurait pas été bien différente s'il venait de boire du lait tourné. « Beurk, il peut la garder. »

Il se dirigea vers la sortie en prenant soin de laisser une distance de sécurité entre lui et Rex. Il ferma la porte derrière lui et leur fit un signe de la main avant d'indiquer à ses collègues au portail qu'ils pouvaient les laisser passer. Rex remit en marche les essuie-glaces deux ou trois fois avant d'avoir une illumination et de desserrer le frein à main pour qu'ils puissent avancer. L'autocar passa le portail et entra dans l'enceinte du domaine. Joey regarda dans le rétroviseur si le soldat Downey s'intéressait toujours à eux, mais il était passé à un autre véhicule qui faisait la queue derrière une file de limousines. C'était le bus qu'il attendait, celui du traiteur Gold Star.

46

Bébé et Devon avaient été forcés de monter à bord du bus de Gold Star avec les mercenaires de Bennett. Comme tous les autres passagers, ils étaient déguisés en serveurs. Bébé portait une jupe noire avec un chemisier blanc et un gilet sans manches noir. Devon portait un pantalon noir, une chemise blanche et un gilet.

On les fit s'asseoir sur la banquette arrière, cernés par deux des mercenaires qui avaient reçu l'ordre de s'assurer qu'ils se tiennent à carreau.

Jekyll essayait de conduire pendant que Bennett, penché par-dessus son épaule, lui donnait des indications en pointant du doigt dans toutes les directions, ce qui commençait à taper sérieusement sur les nerfs de Jekyll, un peu comme quand Keanu Reeves met la pression à Sandra Bullock dans le film *Speed*.

Bébé murmura à l'oreille de Devon : « Est-ce qu'ils vont nous tuer ? »

Devon ne voulait pas faire paniquer Bébé, mais elle devait connaître la vérité, du moins une partie. « Ils ne vont pas te tuer, dit-il calmement. Solomon me l'a promis. Et c'est peut-être un vrai trou du cul, mais c'est aussi un homme de parole. D'un autre côté, je suis quasi sûr que si son plan foire, tu deviendras une gêne plus qu'autre chose. Donc, si tu as la moindre opportunité de t'enfuir, je te conseille de le faire. »

Il savait que ce n'était pas forcément ce que Bébé avait envie d'entendre. Elle aurait préféré qu'il lui dise que tout allait bien se passer. Mais tout n'allait pas bien se passer. Devon le savait.

« Et toi ? demanda Bébé d'une voix tremblante d'inquiétude en voyant qu'ils arrivaient à destination. Ils vont te tuer ? »

Devon prit Bébé dans ses bras et l'embrassa sur le front. « Ils veulent me faire porter le chapeau pour tout ce bordel, dit-il. Je vois pas bien comment ils pourront faire ça sans me tuer. »

Bébé s'accrochait toujours à l'espoir que les choses tournent bien.

« Joey nous sauvera. Je le sais, murmura-t-elle.

— Mais s'il n'y parvient pas, son corps viendra rejoindre le mien. C'est un bouc émissaire encore plus parfait que moi. »

L'homme à la gauche de Bébé, qui avait reçu l'ordre de la surveiller, lui serra le bras.

« Vous allez la fermer, oui ? dit-il avec un regard mauvais. Vous commencez à me taper sur le système. »

Solomon Bennett dut l'entendre puisqu'il se retourna immédiatement et se dirigea vers la banquette arrière. En le voyant foncer ainsi sur eux, Devon réalisa que sur toutes les personnes présentes dans le bus se faisant passer pour des serveurs et serveuses, Bennett était de loin le moins convaincant. Avec son vilain cache-œil qui lui donnait l'air d'un pirate, il risquait de détonner un peu à un gala en présence du pape. Quoique, en cette période d'égalité des chances, ce n'était peut-être plus aussi surprenant qu'autrefois.

« Je ne veux plus vous entendre prononcer un seul mot, toi et ta fille, Devon, c'est clair ? » dit Bennett en approchant son visage de celui de Devon.

Devon l'ignora et posa une question qui le taraudait depuis un certain temps.

« Qu'est-ce qui est arrivé aux employés d'origine ? Ils sont morts ?

— Probable, répondit Bennett en haussant les épaules. Frankenstein a tendance à avoir la gâchette facile quand on le laisse sans surveillance. »

Devon secoua la tête.

« Je peux comprendre tes raisons de vouloir voler le Brumalyte, ou même de tuer le pape, dit Devon. Mais assassiner des innocents ? Tu me déçois.

— Tu sais quoi ? Va te faire foutre ! »

Comme Devon s'en doutait, la pression commençait à monter pour Bennett. Il était plus facile que jamais de jouer avec ses nerfs. Malheureusement, tous ses espoirs de le pousser à bout disparurent lorsque le docteur Jekyll hurla de l'avant du bus :

« Solomon, on est arrivés ! »

Bennett retrouva son calme et adressa un sourire sardonique à Devon. « Admire un peu la facilité avec laquelle on va entrer », jubila-t-il.

Il retourna d'un petit pas rapide à l'avant du car et reprit sa position au-dessus de l'épaule de Jekyll. Le bus faisait la queue derrière plusieurs véhicules, principalement des limousines. Des marines vérifiaient un à un les passagers et les véhicules, s'assurant qu'il n'y avait rien de suspect.

Au bout de dix minutes, le bus s'arrêta devant le portail principal, et un jeune marine blond monta à bord. Devon le reconnut immédiatement. C'était le soldat Downey, un jeune homme bon et honnête qu'il connaissait depuis des années.

Downey prit les badges du docteur Jekyll et de Solomon Bennett, qu'il scanna avec un petit appareil. Tout semblait en ordre puisque, après un rapide échange avec Bennett, il s'adressa au reste des passagers.

« Merci de préparer vos badges pour le contrôle ! »

Devon murmura à l'oreille de Bébé : « Je connais cet homme. Il saura que quelque chose ne va pas en me voyant. Avec un peu de chance, il ne dira rien à personne avant d'être sorti du bus. »

Le soldat Downey descendit le couloir, vérifiant les badges de chaque employé. Solomon Bennett le suivait de près, passant la moitié de son temps à regarder par-dessus son épaule pour adresser des petits sourires narquois à Devon. Lorsque Downey atteignit le fond du bus, il regarda Devon et Bébé, ainsi que les deux hommes assis de chaque côté.

« Vos badges, s'il vous plaît. »

Devon et Bébé tendirent les badges qu'on leur avait donnés. Downey les scanna sur son appareil et leur rendit. Il scanna ensuite ceux des deux autres hommes. À aucun moment il ne sembla reconnaître Devon. Lorsqu'il eut terminé, il tourna les talons et se retrouva nez à nez avec Solomon Bennett, qui s'était subrepticement glissé derrière lui.

« Tout est en ordre ? demanda Bennett.

— On dirait, répondit Downey. Vous pouvez passer le portail. Il y aura un second contrôle de sécurité à l'entrée du bâtiment principal. Tout le monde devra passer par un détecteur de métaux, pour être sûr que vous ne fassiez pas entrer des bombes en douce, n'est-ce pas. »

Bennett rit poliment.

« Bien sûr.

— Bien », dit Downey.

Il se faufila entre Bennett et les sièges pour retourner à l'avant avant de s'immobiliser.

« Il y a autre chose, dit-il.

— Quoi donc ?

— Joey Conrad s'est pointé dans un bus avec trois autres personnes. Ils se font passer pour des chanteurs. Je les ai laissés entrer. Je me suis dit que c'était la meilleure chose à faire. »

Devon entendit ce que Downey venait de dire, sans y comprendre quoi que ce soit. Jusqu'à ce qu'il voie le visage de Solomon Bennett se fendre d'un large sourire.

« Parfait, dit Bennett. Vous avez bien fait. Si quelqu'un apprenait que Joey Conrad était ici, tout serait immédiatement annulé. Bon boulot, soldat.

— Je ne sais pas qui étaient les autres personnes, mais ils n'avaient pas l'air très dangereux. J'ai fouillé le bus, et ils n'avaient pas d'armes, juste une impressionnante collection de sex-toys.

— C'est bon à savoir, merci.

— Merci, monsieur. »

Le soldat Downey retourna à l'avant du bus, laissant Solomon Bennett se pavaner devant Devon.

« Tout soldat a un prix, dit-il d'un air suffisant. Tu n'imagines pas combien de tes hommes travaillent pour moi. »

47

Frankenstein se redressa et s'épousseta. La collision avec la voiture du Bourbon Kid avait déchiré son débardeur au col, mais il n'y avait pas la moindre goutte de sang, pas la moindre égratignure pouvant laisser penser qu'il venait d'être victime d'un accident qui aurait tué sur le coup n'importe quel être humain.

Le Bourbon Kid était vêtu tout en noir, mais il avait troqué son habituel trench contre un blouson noir sans manches. Il plongea la main à l'intérieur et en sortit un pistolet. Il le pointa en direction du cœur de Frankenstein et tira trois balles coup sur coup. Elles atteignirent toutes les trois Frankenstein à la poitrine, le faisant reculer de quelques pas. Mais il resta sur ses pieds, et les balles ricochèrent sur lui.

Le Kid réaligna son arme, visant cette fois le visage de son adversaire.

BANG !

À nouveau, Frankenstein vacilla légèrement vers l'arrière, mais la balle rebondit sur le bout de son nez. Il s'ébroua et fit un pas de plus en direction du Kid.

BANG !

Une nouvelle balle, plus précise, s'écrasa sur les lunettes de protection noires de Frankenstein. Et elle rebondit également. Sa peau n'était manifestement pas la seule à résister aux balles. Ses lunettes également.

C'était peine perdue. Le Kid rangea son pistolet dans sa veste. Le moment était venu d'en venir aux poings.

Frankenstein recommença à avancer d'un pas lourd. Cette fois-ci, au lieu de marcher droit sur les balles, il se rapprocha assez pour se prendre un poing. Le Bourbon Kid lui envoya un foudroyant crochet du droit dans le menton, assez puissant pour mettre n'importe quel homme à terre et l'y laisser pendant une semaine. Mais le seul effet qu'il eut sur Frankenstein fut de faire légèrement dévier sa tête sur le côté. Il s'en remit très vite, secouant la tête pour retrouver ses esprits avant d'essayer d'attraper le Kid.

Dante et Kacy gardaient leurs distances tandis que Frankenstein se jetait péniblement sur le Bourbon Kid. Il ratait sa charge chaque fois, recevant en retour un coup de poing dans le visage ou un coup de pied façon kung-fu dans l'estomac. La chose était en train de se transformer en une de ces bagarres sans fin. Le Kid était beaucoup trop rapide et agile pour se faire toucher, mais Frankenstein était insensible à la douleur. Il ne pouvait pas être blessé, pas par une balle, et encore moins par un coup de poing ou de pied.

Le Kid finit par faire quelques pas en arrière et ressortir son pistolet. Il visa de nouveau la tête de Frankenstein. Tandis que son imposant adversaire s'apprêtait à faire une nouvelle embardée dans sa direction, le Kid l'interpella.

« C'est quoi, ton nom ? »

Dante fut ravi de pouvoir l'aider. « C'est Frankenstein ! »

Le Kid l'ignora et continua à tourner autour de Frankenstein, dont la principale faiblesse semblait être son incapacité à pivoter rapidement. Le Kid cria une nouvelle fois :

« Qu'est-ce que tu fais ici ? »

Dante répondit encore à la place de Frankenstein. « Il fait partie d'un groupe qui a détourné notre bus ! »

Le Kid se tourna vers Dante et le fusilla du regard.

« C'est quoi, son problème ? demanda Dante à Kacy.

— Je pense avoir compris.

— Quoi ?

— Il essaie de faire parler Frankenstein pour pouvoir lui tirer dans la bouche, parce que tout le reste de son corps résiste aux balles. »

Dante fronça les sourcils. Lorsque Kacy lui expliquait quelque chose, il lui fallait toujours un certain temps pour que son cerveau interprète ce qu'elle disait. Il observa le Kid et Frankenstein, qui poursuivaient leur petite danse. Le Kid provoquait Frankenstein, parfois avec des questions, parfois avec des insultes, mais son ennemi restait muet. Il était tout à fait possible qu'en dépit de son air de demeuré, Frankenstein sût exactement ce que le Kid essayait de faire, puisqu'il gardait sa bouche résolument fermée.

Dante tapota le bras de Kacy. « Tu crois que je devrais aider ? »

Elle le tapa à son tour sur le bras, mais beaucoup plus fort. « Non, reste ici. Le Kid gagne toujours ses combats, non ? »

Kacy n'avait pas tort. Même s'ils n'avaient pas vu le Bourbon Kid depuis des années, chaque fois qu'ils l'avaient rencontré, il avait foutu une raclée à quelqu'un, et ce quelqu'un était en général beaucoup plus imposant que lui.

Mais ce combat était différent. Il durait déjà depuis plus longtemps que tous les autres et commençait à ressembler à ces matchs de boxe avec paiement à la séance, où les adversaires recevaient l'ordre de faire durer la rencontre aussi longtemps que possible.

L'affrontement prit une nouvelle direction lorsque le Bourbon Kid, las d'essayer de faire parler Frankenstein, replaça son arme dans sa veste et fonça tête baissée sur lui.

Son impressionnant adversaire ouvrit grands les bras pour le rattraper. S'il réussissait à bloquer le Kid, il prendrait immédiatement l'avantage. Mais juste au moment où il s'apprêtait à enserrer le Kid de ses énormes biceps, celui-ci glissa sur le sol, fauchant Frankenstein. Le géant perdit l'équilibre et tomba à la renverse.

Rapide comme l'éclair, le Kid se jeta sur son ennemi terrassé. Il s'assit à califourchon sur sa poitrine et sortit son arme, qu'il pressa contre la bouche de Frankenstein, essayant de le forcer à desserrer les lèvres. En voyant que cette technique ne fonctionnait pas, il se servit de sa main libre pour pincer les narines de Frankenstein. L'empêcher de respirer par le nez semblait être le seul moyen de le forcer à ouvrir la bouche.

Celui-ci riposta en refermant ses deux mains autour de la gorge du Kid dans le but de bloquer sa trachée et de l'étouffer. Ils se retrouvèrent alors dans une situation d'impasse mexicaine. Celui qui gagnerait serait celui qui suffoquerait en premier.

Mais ce que le Kid ne savait pas, c'était que Frankenstein avait un énorme avantage au jeu de la suffocation. Les boulons en métal qui sortaient de son cou n'étaient pas une simple coquetterie. C'étaient des valves qui lui permettaient de respirer sans la moindre difficulté.

48

Après que Rex eut garé le bus sur la place de parking qui leur était réservée derrière le manoir, les imposteurs de Double Fantasy se dirigèrent vers l'entrée du bâtiment, où se trouvait le second contrôle de sécurité.

Les hommes de la société privée en charge de la sécurité étaient un peu plus détendus que les militaires. Ils savaient qu'il était peu probable que les invités ayant réussi à passer le barrage des marines représentent un quelconque danger. Et ils n'avaient pas à s'embêter à vérifier s'ils transportaient des armes puisque le détecteur de métaux s'en chargeait pour eux. Ils se contentèrent de scanner à nouveau leurs badges et de bavarder cinq minutes avec eux pour savoir quelles chansons ils allaient interpréter.

Malgré tout, deux choses les ralentirent un peu. Premièrement, un des hommes insista pour que Jasmine retire son masque afin de vérifier si son visage correspondait bien à celui de la photo. Pour expliquer ses bleus, elle dut inventer une histoire au sujet d'un gang de chèvres en colère qui l'auraient attaquée alors qu'elle faisait son footing. Les gardes furent assez fascinés par cette histoire et lui posèrent tout un tas de questions, ce qui ne fit que ralentir un peu plus la procédure.

Le second contretemps fut le moment inévitable où la main magnétique de Rex fit sonner le détecteur de métaux. S'ensuivit un nouveau délai de plusieurs minutes, pendant lequel les gardes émirent d'abord quelques doutes avant d'admettre que ce n'était pas un problème, tout en s'émerveillant sur sa main, qu'ils trouvaient vraiment cool. Une fois qu'ils furent remis de leurs émotions et qu'ils réalisèrent que la queue pour entrer dans le manoir commençait à sérieusement s'allonger, ils autorisèrent les faux chanteurs à passer.

Le responsable des animations, une jeune femme prénommée Lucy, les attendait dans le hall. C'était une petite blonde d'une trentaine d'années vêtue d'un uniforme rose qui lui donnait l'allure d'une hôtesse de l'air. Ses cheveux étaient coiffés en queue-de-cheval, et elle portait un casque avec un micro pointé vers sa bouche.

Elle les escorta jusqu'à leurs loges tout en leur offrant un aperçu de l'histoire du bâtiment, de ses meubles et de sa décoration. Jasmine était la seule à porter un quelconque intérêt à la visite guidée, posant fréquemment des questions au sujet des statues de célébrités disposées un peu partout dans les couloirs. Mais tout se passait comme sur des roulettes. Lucy semblait prendre beaucoup de plaisir à bavarder avec Jasmine, tandis que les garçons en profitaient pour repérer les zones où la sécurité était un peu moins stricte.

Leur loge était au second étage, à l'arrière de la bâtisse. Lucy les y accompagna et les informa qu'ils devaient y rester jusqu'à quinze heures, heure à laquelle on viendrait les chercher pour qu'ils se produisent devant les invités. Elle leur souhaita bonne chance, puis les quitta pour s'occuper d'un problème visiblement urgent à en juger par la quantité de grossièretés qu'elle adressa à son micro.

Un long bureau surmonté d'un miroir occupait tout un pan de mur de la loge. Jasmine se rua dessus en sautillant et s'assit tout excitée devant la glace pour vérifier son maquillage et sa coiffure et s'assurer que son masque était bien en place.

Rex se dirigea vers le fond de la pièce pour jeter un œil par la fenêtre. Elle donnait sur le parking à l'arrière du bâtiment. Même s'ils n'étaient qu'au deuxième étage, la hauteur était loin d'être négligeable.

« Alors, qu'est-ce qu'on fait, maintenant ? » demanda Elvis qui venait de le rejoindre.

Rex vérifia le décompte sur sa montre.

« Eh bien, la bonne nouvelle, c'est qu'on n'aura pas à pousser la chansonnette. On ne monte pas sur scène avant cinq heures, et, d'après le compte à rebours, tout sera terminé dans une heure et demie.

— Tu crois vraiment que le compte à rebours va donner l'heure précise du meurtre ? » demanda Elvis.

Il avait toujours des réserves quant à la fiabilité de ce truc, même s'il n'était pas plus sceptique que Rex.

« J'ai appelé Scratch, hier soir, répondit Rex. Et il est catégorique, donc j'imagine qu'on va devoir lui faire confiance.

— Ne traînons pas, alors, c'est parti ! »

Rex se détourna de la fenêtre et regarda autour de lui. « Où est passé Joey ? » dit-il en examinant la pièce.

Elvis scruta la loge à son tour. Joey avait disparu.

« Jasmine, tu as vu Joey partir ? » demanda-t-il.

Jasmine secoua la tête. « Je l'ai même pas vu entrer. »

Rex se précipita vers la porte et regarda dans le couloir. Personne en vue. Il referma et se tourna vers Elvis.

« Il est parti. »

Le King semblait perturbé.

« Imagine que Joey veuille vraiment tuer le pape. On vient de l'aider à entrer dans le bâtiment.

— Je doute que Joey veuille le tuer, dit Rex. Il a aucune raison de faire un truc pareil.

— Je suis d'accord, approuva Elvis. J'aime bien Joey, mais bon, on n'a pas encore rencontré l'Iroquois. Joey a dit que quand il enfilait ce masque, il perdait le contrôle, et quelque chose d'autre prenait le dessus. Peut-être que c'est l'Iroquois qui veut tuer le pape. Je veux dire, Joey a l'air assez normal, mais il sort d'un asile de fous, non ? »

Rex devait admettre qu'Elvis n'avait pas tort. Joey était un mec bien, mais ils ne connaissaient pas l'Iroquois. Malheureusement, le temps ne jouait pas en leur faveur. Ils ne pouvaient pas se permettre de le gaspiller pour se lancer à la recherche de Joey, qui était peut-être tout simplement parti aux toilettes.

« OK, voilà le plan, dit Rex. Jasmine, tu restes ici au cas où Joey revienne. S'il revient, dis-lui qu'Elvis et moi, on est partis chercher le bureau.

— Le bureau ? demanda Jasmine, un peu perdue.

— Ouais. C'est là qu'il y a le passage secret vers l'ascenseur. Je vais faire descendre Elvis dans la cabine pour qu'il aille chercher les armes dont on a besoin pour faire ce qu'on a à faire. Même si je suis pas bien sûr de savoir ce que c'est. »

Ce plan ne semblait pas vraiment du goût d'Elvis. « Hors de question que tu me fasses descendre, s'insurgea-t-il. C'est moi qui te fais descendre ! »

Rex se dirigea vers la porte. « On en discute en chemin. »

49

Le Bourbon Kid suffoquait entre les mains de Frankenstein. Au-dessus des poings géants serrés autour de sa gorge, sa tête semblait sur le point de se détacher de son corps. Dante et Kacy devaient agir rapidement, car le visage du Kid était en train de virer au bleu.

Dante attrapa Kacy par la main.

« Je crois qu'on ferait mieux de se séparer, dit-il en l'attirant vers la sortie de l'entrepôt.

— Et le Kid ? On devrait pas essayer de l'aider ?

— Y a rien à faire. Je veux dire : qu'est-ce qu'on pourrait bien faire de plus ? »

Dante n'avait pas tort. Kacy n'avait pas la moindre idée de la manière dont ils pourraient venir à son secours. Et à l'allure où allaient les choses, ils seraient eux-mêmes entre les mains de Frankenstein d'une seconde à l'autre s'ils ne déguerpissaient pas.

Elle plongea son regard dans celui de Dante. Elle savait que s'il y avait quoi que ce soit à tenter pour aider le Kid, Dante risquerait le coup. C'était l'homme le plus courageux qu'elle connaissait. C'était entre autres pour ça qu'elle l'aimait. Il avait risqué sa vie pour la protéger à de nombreuses reprises, et c'était manifestement ce qu'il était une nouvelle fois en train de faire. Elle le laissa la conduire vers la sortie, courant aussi vite que possible. Kacy sourit d'un air désolé au Bourbon Kid en passant devant lui, mais elle n'aurait pas su dire s'il l'avait remarqué ou non.

Dès qu'ils furent à l'extérieur, ils virent au loin un groupe de survivants qui couraient le long de l'autoroute déserte pour rejoindre la ville. Kacy maudit cette règle stupide interdisant aux employés de Gold Star d'emporter leur téléphone portable au travail. À cause d'elle, ils se retrouvaient coincés au milieu de nulle part sans aucun moyen d'appeler à l'aide.

« Suivons les autres ! » suggéra Kacy, qui était déjà à bout de souffle.

Dante l'attira dans la direction opposée, vers un autre entrepôt désaffecté.

« Pas question, dit-il. Si Frankenstein s'en sort, il ira droit sur eux. Il vaut mieux qu'on reste de notre côté. »

Le second entrepôt avait un immense portail en métal large de quinze mètres. Il était fermé par d'énormes cadenas aux coins inférieurs.

« Il doit y avoir une autre entrée, non ? » dit Dante, cherchant du regard une porte plus facile à forcer.

Trois coups de feu retentirent à l'intérieur de l'entrepôt qu'ils venaient de fuir. Dante et Kacy échangèrent un regard et comprirent qu'ils pensaient tous les deux à la même chose. Qui avait tiré, le Bourbon Kid ou Frankenstein ?

Kacy repéra une benne à ordures et tira Dante dans sa direction.

« Cachons-nous là-dedans ! » dit-elle, priant pour qu'il comprenne le mérite de son plan.

Ils se précipitèrent vers la benne. Dante souleva le couvercle et Kacy commença à grimper. Elle réussit à hisser le haut de son corps sur le rebord et Dante se chargea du reste, pressant ses mains contre son cul pour la pousser tête la première. Par chance, il n'y avait rien d'autre que des boîtes en carton aplaties, qui amortirent sa chute. Dante grimpa après elle et tira le couvercle derrière eux, laissant juste assez de jour pour qu'ils puissent voir ce qui se passait à l'extérieur.

Ils entendirent un moteur démarrer à l'intérieur de l'autre entrepôt. Quelques secondes plus tard, Frankenstein passa la porte sur sa moto argentée dans un furieux vrombissement. Il tenait un pistolet dans la main droite, avec lequel il s'apprêtait à tirer sur les personnes en fuite qui s'étaient bêtement ruées vers l'autoroute.

Kacy embrassa Dante sur la joue. « Parfois, tu me surprends », dit-elle.

Dante sourit mais ne répondit pas. Il regarda Frankenstein accélérer et filer vers l'autoroute. Les employés de Gold Star avaient disparu dans un virage, mais leur destin était facile à deviner. Leurs hurlements ne retentirent que pendant quelques secondes avant qu'ils ne tombent un à un sous les balles de Frankenstein.

La joie que ressentit Kacy à l'idée d'avoir échappé à Frankenstein fut rapidement réduite à néant lorsqu'elle entendit le reste de ses amis et collègues se faire massacrer. À cela s'ajoutait la question de savoir ce qui était arrivé au Bourbon Kid. Il n'était toujours pas sorti de l'entrepôt.

« Tu crois qu'il a tué le Kid ? » demanda Kacy dans un murmure.

Dante prit un moment pour réfléchir à sa réponse, ce qui ne lui arrivait que rarement. Il examina le bâtiment dans l'espoir de voir le Kid en sortir à pied ou au volant de sa voiture. Mais il ne vit rien.

« Je pense pas qu'il soit mort, finit-il par décider. Je vois pas le Kid se faire buter comme ça.

— Alors, pourquoi il ne sort pas ?

— Je sais pas. Mais attendons ici un moment, juste au cas où Frankenstein reviendrait pour nous. Si le Bourbon Kid ne sort pas d'ici dix minutes, on ira voir ce qui lui est arrivé.

— Et qu'est-ce qu'on fait s'il est mort ?

— On prend sa caisse et on fout le camp d'ici. Je suis sûr qu'il serait ravi de savoir que j'en ai hérité. »

Kacy aimait assez l'idée de se faire balader en ville par Dante dans une Pontiac Firebird aussi classe. Ils observèrent en silence l'entrée pendant quelques minutes, attendant un signe du Bourbon Kid. Il commençait à faire froid, et Kacy réfléchit à la situation. Elle était en train de surveiller un entrepôt à genoux dans une benne à ordures. Ce n'était pas vraiment l'idée qu'elle se faisait de la vie de femme mariée.

« Si on sort d'ici vivants, je démissionne, déclara-t-elle.

— Moi aussi, dit Dante. Je parie qu'on sera même pas payés pour aujourd'hui. »

Il lâcha le couvercle de la benne, qui se referma complètement, les laissant dans le noir absolu. Il passa sa main dans les cheveux de Kacy, comme il le faisait souvent lorsqu'il avait une idée derrière la tête.

« Qu'est-ce que tu fais ? demanda-t-elle d'un air méfiant.

— Je crois que le plus sûr, c'est de se cacher là-dedans jusqu'à ce qu'il fasse nuit. Après, on pourra sortir en douce. »

Il se pencha et l'embrassa tendrement sur la bouche.

« Il fait super froid, ici, dit-elle en s'écartant.

— Mais tout ce danger, c'est plutôt excitant, non ? »

Kacy ferma les yeux et sentit les lèvres de Dante se presser contre les siennes.

« Mon cœur, c'est pas le moment », dit-elle en posant sa main sur son entrejambe. Il était manifestement déjà très excité. C'était une des choses qu'elle préférait chez Dante – il avait tout le temps envie d'elle, en particulier à des moments légèrement inopportuns. Il l'embrassa à nouveau, avec toujours plus de fougue.

« On l'a encore jamais fait dans une benne à ordures », dit-il en commençant à déboutonner fiévreusement son chemisier.

Kacy lui rendit ses baisers et déboucla sa ceinture. « D'accord, mais on fait ça vite, alors. »

50

Jasmine était seule dans la loge depuis dix minutes lorsqu'elle commença à se sentir nerveuse. C'était la première fois qu'elle se retrouvait sans personne à ses côtés depuis la mort de Jack, et elle n'aimait pas ça. Des images de ce qui lui était arrivé se bousculaient dans son esprit. Elle avait besoin de quelque chose pour se changer les idées. Mais il n'y avait même pas de télévision, dans la loge. Elle aurait aimé avoir son téléphone portable pour pouvoir appeler quelqu'un, mais ils n'étaient pas autorisés dans l'enceinte du manoir. Et de toute façon, qui pourrait-elle bien appeler ? Quand on se sent un peu seul, c'est toujours bon de savoir qu'il y a quelqu'un à joindre juste pour dire bonjour. Jasmine réalisa soudain qu'elle n'avait plus une telle personne dans sa vie. Appeler Jack pour lui demander ce qu'il faisait était un de ses passe-temps favoris. Mais même si elle avait eu son portable avec elle, elle n'aurait eu personne à qui parler. Lorsqu'elle travaillait au Minou Joyeux, les autres filles n'étaient pas autorisées à avoir un téléphone, elle avait donc perdu contact avec toutes les autres prostituées, à l'exception de Bébé.

Elle se fit la promesse que lorsqu'elle se sentirait seule, elle continuerait à appeler Jack et laisserait un message sur son répondeur. Peut-être qu'ils arriveraient jusqu'à lui au paradis des espions, et qu'il lui enverrait un câlin invisible. S'il était encore en vie, il lui dirait, en tant qu'amant, que tout allait bien se passer. Mais en tant qu'espion, il lui dirait d'arrêter de se morfondre sur la mort d'un collègue. Comme il lui avait répété des dizaines de fois : *Concentre-toi sur la mission ou tu te feras tuer*.

Sa mission actuelle était d'essayer d'intégrer le gang de Rodeo Rex. Devenir un Dead Hunter lui garantirait de nouveaux amis, qu'elle garderait pour la vie. Leur style de vie semblait vraiment excitant et dangereux. Et elle aurait de nouvelles connaissances à appeler lorsqu'elle se sentirait seule. Elle savait qu'elle pouvait réussir à avoir le numéro d'Elvis. C'était le genre de personne sur qui l'on pouvait compter en cas de crise, et, un peu comme Jack, il semblait la comprendre mieux que la plupart des gens. Et c'était aussi le genre de mec qui l'emmènerait manger dans un endroit sympa, comme un KFC ou un Burger King.

Un coup frappé à la porte interrompit ses rêveries. Elle tourna sur sa chaise. La porte s'ouvrit, et Lucy, la responsable des animations, passa sa tête dans l'entrebâillement.

« Hey, dit Lucy en parcourant la pièce du regard. Où sont les autres ?

— Heu, ils sont allés chercher du matériel dans le car.

— Quel genre de matériel ?

— Oh, juste des tenues, pour se changer, tout ça.

— Est-ce qu'ils en ont pour longtemps ?

— C'est possible. »

Lucy semblait agitée.

« D'accord, on va devoir se débrouiller juste avec vous, alors. Vous êtes Britney Spears, c'est bien ça ?

— Heu, non, dit Jasmine en secouant la tête. Je suis Jasmine. Britney Spears est probablement à l'autre bout du monde, en ce moment.

— Ce n'est pas ce que je voulais dire.

— Vous confondez avec Christina Aguilera ? Ça m'arrive souvent. »

Lucy semblait décontenancée, comme si elle n'arrivait pas à savoir si Jasmine était sérieuse ou non.

« Non, dit-elle. Ce que je voulais dire, c'est que vous êtes le sosie de Britney Spears du groupe Double Fantasy, non ?

— Ah. Oui. Oui, je suis le sosie de Britney Spears, c'est bien ça.

— C'est la combinaison rouge qui vous a trahie, dit Lucy. Parce que sinon, vous ne ressemblez pas vraiment à Britney. Vous avez déjà envisagé de devenir le sosie de Janet Jackson ? Vous lui ressemblez beaucoup plus. »

C'était un compliment plutôt flatteur, et, pendant un moment, Jasmine s'imagina gagner sa vie en chantant *What Have You Done for Me Lately ?*. Mais elle revint rapidement à la réalité et se rappela l'importance de rester concentrée sur sa mission.

« Ce n'est pas grâce à mon physique que j'ai eu le rôle, dit-elle. C'est grâce à ma voix. Je sonne exactement comme Britney Spears. Si vous fermiez les yeux en m'écoutant, vous seriez incapable de faire la différence.

— Parfait, parce qu'on a besoin de vous sur scène immédiatement.
— Pardon ?
— On a un problème. L'équipe du traiteur est arrivée avec près d'une heure de retard. Les invités commencent à s'impatienter, alors on a besoin que vous veniez chanter quelques chansons sur scène. Ça les occupera un peu.
— Hein ?
— Allez, dépêchons-nous. On a besoin de vous immédiatement. »

Jasmine n'aimait pas beaucoup l'idée de quitter la loge, où elle se sentait en relative sécurité.

« Je devrais attendre que les garçons reviennent, dit-elle.
— On n'a pas le temps. Le boss a besoin de vous maintenant. Et au prix où on vous paie, soit vous ramenez votre cul sur scène sur-le-champ, soit vous dégagez ! »

Au ton de sa voix, il était évident que Lucy ne plaisantait pas. Et l'expression sur son visage suggérait qu'il ne valait mieux pas la contrarier. Jasmine essaya de trouver une excuse convaincante.

« Je crois que tous les instruments sont restés dans le bus, dit-elle, assez fière d'avoir trouvé quelque chose d'aussi plausible.
— Quels instruments ? » demanda Lucy.

Son ton était de plus en plus suspicieux.

« Les guitares, la batterie, le saxophone, vous voyez. Je joue du triangle, moi.
— Mais votre manager nous a envoyé un CD avec toutes les pistes instrumentales. Vous n'avez pas besoin d'instruments. Vous devez juste chanter sur la bande.

— Oh, dit Jasmine. C'est ce genre de concert ? D'accooord !

— Ouais. Je vais juste réarranger la *setlist* pour que deux de vos chansons passent en premier. Vous allez chanter *Oops !... I Did It Again* et *Toxic*, ça vous va ? »

Il n'y avait manifestement aucun moyen d'y échapper. Jasmine allait devoir jouer le jeu jusqu'à ce qu'elle trouve une bonne excuse pour se tirer d'affaire. Quoique, plus elle y pensait, plus elle se disait que ça pourrait être drôle. Elle avait toujours rêvé de devenir une pop star, et même si ce n'était que pour quelques minutes, une telle chance ne se présentait pas deux fois dans une vie.

« *Oops !... I Did It Again* et *Toxic* ? répéta-t-elle. OK, aucun problème. Vous avez un de ces écrans avec les paroles, au cas où je les oublierais ? »

Lucy pencha la tête sur le côté et esquissa un sourire sarcastique. « Très drôle, dit-elle. Allez, dépêchez-vous. Vous devez être sur scène d'ici cinq minutes. »

51

Sa décision de rejoindre les rangs de Solomon Bennett avait valu au soldat Downey pas mal de nuits blanches. Il ne s'était jamais considéré comme un traître, mais Bennett l'avait convaincu que voler le Brumalyte pour une cause aussi noble que la défense de son pays était un acte patriote. Le vendre à un groupe de millionnaires et de compagnies pharmaceutiques, en revanche, n'était pas dans l'intérêt des masses. Mais maintenant que le jour était venu et que Downey avait joué son rôle en aidant Bennett et ses hommes à entrer dans le domaine du manoir Landingham, il commençait à douter sérieusement de sa décision. Il était trop tard pour faire marche arrière, en particulier avec la somme conséquente que Bennett lui donnait. Mais des gens allaient mourir. À long terme, le plan de Bennett aiderait peut-être à sauver des milliers, voire des millions de vies, mais à court terme, des innocents allaient perdre la vie. Aujourd'hui.

Tim Downey souffrait de problèmes d'anxiété depuis aussi loin qu'il se souvienne. Et le sommeil agité n'en était qu'un des symptômes. Le plus pénible, c'étaient les douleurs à l'estomac dont il souffrait de façon chronique.

Dès onze heures trente ce matin-là, l'étau invisible de l'angoisse s'était resserré autour de son estomac. Car dès que Frankenstein se pointerait au manoir, Downey avait pour ordre de faire une chose qu'il redoutait plus que tout. Il allait devoir tuer son ami, le soldat Dane O'Kane. Downey et O'Kane étaient les deux marines en charge de surveiller l'entrée principale une fois que tous les invités seraient là. Lorsque Frankenstein arriverait, Downey était censé pointer son arme sur le crâne d'O'Kane et lui faire exploser la cervelle. Et chaque fois qu'il y pensait, son estomac se retournait. Downey décida donc de profiter des trente minutes qu'il lui restait avant le moment fatidique pour aller faire un dernier tour au petit coin. Il se souvint des mots pleins de sagesse que son père avait prononcés sur son lit de mort. « Il vaut mieux tuer son meilleur pote après avoir chié un bon coup. » Bon, ce n'était peut-être pas mot pour mot ce qu'il avait dit, mais l'idée était là.

Il laissa O'Kane seul devant le portail et se dirigea vers le bâtiment principal. Le simple fait de trottiner était très inconfortable. Lorsqu'il franchit à toute vitesse les détecteurs de métaux à l'entrée du bâtiment, son pistolet déclencha l'alarme.

Un des agents de sécurité, un petit jeune du nom de Liam, lui demanda de déposer son arme et de repasser dans le détecteur, par simple précaution. Lorsqu'il passa à nouveau, sans sonner cette fois, Liam lui rendit son pistolet.

« C'est où, les chiottes les plus proches ? » demanda Downey en faisant de son mieux pour ne pas se tortiller en serrant les cuisses, comme un enfant qui aurait désespérément besoin d'aller au petit coin.

Liam montra du doigt l'escalier au milieu du hall.

« Là-haut, dit-il. Les hommes armés n'ont pas le droit d'utiliser les mêmes toilettes que les invités. À l'étage, ce sera à droite.

— Merci. »

Alors que Downey se ruait vers les marches, Liam cria à son intention :

« Attention, ils ont eu un petit accident, là-haut. Quelqu'un a été malade sur les urinoirs. Tout est bloqué et ça déborde. Y a de la pisse partout ! »

Downey se fichait pas mal de la quantité de pisse ou de vomi sur le sol. Tout ce qui l'intéressait, c'était la cabine bien propre avec du papier toilette matelassé dont il allait bientôt pouvoir profiter. Le pied.

Il se précipita dans le couloir au premier étage et trouva rapidement les toilettes pour hommes dont Liam lui avait parlé. Il entra en trombe dans la pièce et commença à défaire sa ceinture pour gagner du temps. La puanteur de pisse et de vomi était pire que ce qu'il avait imaginé. Les toilettes des gares sentaient bien meilleur que cet endroit. Les enceintes fixées au mur diffusaient une musique d'ambiance, peut-être dans le but de noyer le genre de bruits que Downey était sur le point de produire. Il reconnut la chanson qui passait. C'était *Little Drummer Boy*, de David Bowie et Bing Crosby. Encore une putain de chanson de Noël, comme si Downey n'en avait pas entendu assez ce dernier mois.

Sur sa gauche, il vit les longues pissotières à l'ancienne contre lesquelles Liam l'avait mis en garde. C'était un des problèmes du manoir Landingham. Il y avait pas mal de vieilleries. L'urinoir ressemblait à une auge à cochons, assez large pour que six hommes puissent pisser l'un à côté de l'autre tout en discutant football, les yeux fixés droit devant eux. La cuve en métal, qui arrivait à hauteur de genoux et était profonde d'une quinzaine de centimètres, avait certainement causé un certain nombre d'éclaboussures assez embarrassantes. Il était rempli à ras bord d'une mer d'urine jaune foncé sur laquelle flottaient des morceaux de vomi. Le liquide avait débordé sur le sol et se répandait jusqu'aux trois cabines du mur opposé.

Tu parles d'un endroit chic.

Downey marcha sur la pointe des pieds sur les zones épargnées par le vomi pour rejoindre la première cabine. Un morceau de papier scotché sur la porte indiquait en lettres noires :

HORS SERVICE

Nom d'un chien !

Le minuteur imaginaire des intestins de Downey avait déjà commencé à faire le décompte jusqu'au lâcher, et il savait que lorsqu'il arriverait à zéro, qu'il soit assis sur une cuvette de toilettes ou non, son cul libérerait le curry de la veille. Et pas qu'un peu.

Cinq.

Quatre.

Par chance, aucun mot n'indiquait que la deuxième était hors d'usage. Il débarqua à l'intérieur et était sur le point de baisser son pantalon lorsqu'il remarqua que le siège n'avait pas de lunette. Et le rebord de la cuvette était aspergé de pisse. Il était hors de question qu'il s'assoie sur ce truc, ni même qu'il s'accroupisse au-dessus.

Trois.

Deux.

Il n'avait pas d'autre choix. Il allait devoir utiliser la cabine numéro trois, ou chier par terre.

Il revint sur ses pas et se rua dans la troisième et dernière cabine. Mais il n'eut pas l'occasion d'examiner l'état des lieux, car quelque chose se dressait sur son chemin. Un grand type en blouson rouge, qui portait un masque jaune en forme de tête de mort avec une crête rouge au sommet.

L'Iroquois.

Un.

L'Iroquois tendit la main et attrapa Downey par la mâchoire, le soulevant à plusieurs centimètres du sol. Tout en serrant les fesses de toutes ses forces, le soldat vit par les trous dans le masque les yeux qui le fixaient. Ils étaient morts, dépourvus de toute émotion.

Et soudain, sans prévenir, l'Iroquois le balança contre l'immonde urinoir débordant de cochonneries. Il atterrit sur le sol au moment exact où les muscles de son sphincter se relâchaient, remplissant son caleçon d'une montagne d'excréments qui eut le mérite d'adoucir un peu la chute. La merde se répandit sous ses vêtements, le long de ses jambes et de son dos.

L'Iroquois sortit de la cabine. Il se pencha en avant et attrapa Downey par une poignée de cheveux blonds. Il le souleva et projeta son crâne contre le récipient en métal. L'impact s'accompagna d'un fracas métallique et d'un tremblement qui causa un raz de marée de pisse et de vomi qui se répandit à l'arrière de son crâne, sur sa nuque, sous sa chemise.

Downey tenta péniblement de se remettre debout pour essayer de se défendre, mais ses bottes glissaient sur le sol souillé. Il tendit les bras pour tenter de s'agripper à quelque chose, et ses mains plongèrent dans l'urinoir. Ses doigts s'enfoncèrent dans la piscine de pisse chaude. L'Iroquois l'attrapa à nouveau par les cheveux et plongea sa tête dans la cuve.

De l'urine mêlée à des morceaux de vomi et de maïs s'engouffra dans sa bouche et ses narines. Pris au dépourvu, il laissa le liquide glisser dans sa gorge et sa cavité nasale. Il se débattit, tentant désespérément de sortir la tête pour reprendre de l'air, mais la prise de l'Iroquois était trop puissante.

Downey se mit à battre des bras et essaya de placer ses mains sur le rebord dans l'espoir d'appliquer assez de pression pour se soulever et sortir sa tête des quinze centimètres de pisse. Sa lutte dura moins d'une minute avant qu'il ne finisse par succomber, se noyant dans un lac d'immondices, souillé par sa propre merde.

L'Iroquois sortit le corps de l'urinoir et le traîna jusqu'à la cabine avec l'avis « hors service ». Il l'ouvrit d'un coup de pied et traîna sa victime à l'intérieur. Il installa le cadavre sur le siège des toilettes et prit un moment pour contempler son expression de poisson mort. Il venait d'accomplir son premier meurtre de la journée et se sentait revivre. Quel pied. Et quel soulagement de porter à nouveau le masque.

Il soulagea Downey de son arme, qu'il nettoya dans un lavabo en même temps que ses propres mains, profitant du savon gratuit. Un rapide coup d'œil dans le miroir lui rappela à quel point il était classe quand il portait ce masque. Il se sentait de nouveau invincible. Une voix dans sa tête s'adressa à lui :

Trouve Bébé et Devon. Tue tous les autres.

52

Il fallut à Rex et à Elvis un peu plus de temps qu'ils ne l'imaginaient pour trouver le bureau. Ils s'étaient quelque peu égarés à cause de broutilles telles que « ma gauche ou ta gauche ? », qui leur avaient valu une visite du manoir dont ils se seraient bien passés.

Finalement, Rex ouvrit une des portes et passa sa tête dans l'entrebâillement. C'était la bonne pièce.

« C'est ici », dit-il triomphalement. Il entra et fit signe à Elvis de le suivre.

Celui-ci entra à son tour et regarda autour de lui.

« Elle ressemble à toutes les autres, marmonna-t-il. Qu'est-ce qu'elle a de si spécial ?

— Le buste d'Adam West sur la table. »

Il y avait effectivement un grand bureau en bois ancien au milieu de la pièce, sur lequel se dressait le buste en question. Rex s'en approcha et poussa sa tête vers l'arrière, comme Joey lui avait expliqué. Il pressa le petit bouton qui se trouvait au milieu du cou et regarda autour de lui, attendant que quelque chose de cool se produise. Presque aussitôt, la bibliothèque sur le mur d'en face glissa sur le côté, révélant une cage d'ascenseur, mais pas de cabine.

Elvis jeta un coup d'œil dans le couloir pour vérifier que personne ne les avait vus entrer dans le bureau, puis il referma prudemment la porte pour les protéger des regards des curieux.

« OK, et maintenant ? » demanda-t-il.

Rex se dirigea vers la cage d'ascenseur et regarda vers le bas. « Bordel, c'est profond. »

Elvis traversa la pièce en roulant des hanches, en claquant des doigts et en fredonnant au rythme du juke-box invisible qui jouait constamment du rock'n'roll dans sa tête. Il retira ses lunettes de soleil et suivit le regard de Rex. La cabine qu'ils avaient vue dans le bunker de Joey était une dizaine de mètres plus bas.

« Ça fait une sacrée chute, dit-il, au risque d'enfoncer une porte ouverte.

— Sans blague. Tu penses pouvoir descendre là-dedans ?

— Jamais de la vie, mec ! C'est toi qui devrais descendre.

— Pourquoi ce serait moi qui devrais descendre dans ce putain de trou ?

— T'as une main magnétique. Tu pourras t'agripper à des trucs métalliques en descendant. »

Le visage de Rex se tordit en une grimace crispée.

« Bon Dieu de merde, cette main est une putain de malédiction, parfois, marmonna-t-il.

— Je monterai la garde.

— T'as plutôt intérêt. »

Rex s'assit, les jambes dans le vide. Puis il se retourna et se laissa glisser, agrippant le rebord de sa main normale. La cage était flanquée de poutres métalliques. Il tendit sa main aimantée et attrapa une des poutres. La force magnétique était assez puissante pour l'empêcher de tomber tandis qu'il gesticulait dans tous les sens pour trouver quelque chose où son autre main pourrait s'accrocher. Lentement, petit à petit, il commença à ramper le long de la paroi.

« C'est pas aussi facile que ça en a l'air, lança-t-il à l'intention d'Elvis.

— Ça a l'air plus facile que les acrobaties ridicules de Tom Cruise dans *Mission Impossible 4*.

— Hein ?

— Tu sais, quand il escalade cet immeuble avec un gant magnétique. Au moins, tu tomberas de moins haut.

— Elvis.

— Ouais.

— Ferme ta putain de gueule. »

Il fallut à Rex à peine plus d'une minute pour descendre assez bas pour pouvoir se laisser tomber sur le toit de la cabine. Le bruit du choc résonna jusqu'en haut de la cage d'ascenseur.

« Du calme, mec, dit Elvis. Tu fais un boucan à réveiller les morts. »

Rex l'ignora et ouvrit la trappe du toit de la cabine. C'était un peu juste pour un homme de sa carrure, mais en forçant un peu, il réussit à se glisser à l'intérieur. Il se laissa tomber sur le sol.

« C'est bon, j'y suis ! cria-t-il en direction d'Elvis.

— Cool. Bouge-toi le cul, alors. »

Rex sortit de l'ascenseur et jeta un œil à la grotte de Joey. Elle était exactement comme ils l'avaient laissée plus tôt dans la matinée, et c'était un soulagement de ne pas se retrouver nez à nez avec des soldats armés.

Il se dirigea directement vers le bureau au centre de la grotte pour jeter un œil aux écrans de surveillance. Il prit un moment pour bien les regarder, essayant de repérer Joey, et, plus important encore, voir où était le pape et ce qu'il faisait. Les écrans montraient des tas d'agents de sécurité arpentant les couloirs du bâtiment principal, mais aucun signe de Joey.

La plupart des moniteurs changeaient régulièrement de point de vue, passant d'un angle à l'autre. Un des moniteurs centraux diffusait des images de la salle à manger, où se pressaient les invités. La pièce était immense. Il y avait une quarantaine de tables rondes réparties dans toute la salle, et une zone surélevée ressemblant à une scène. L'ambiance rappela à Rex celle des MTV Awards. Il y avait travaillé en tant qu'agent de sécurité, une fois, et avait été chargé d'empêcher les invités de cracher sur un jeune artiste canadien pendant qu'il était sur scène. C'était une des pires missions qu'on lui eût jamais confiées. Il avait passé la moitié de la nuit à écouter des chanteurs tous plus bêtes les uns que les autres balancer les pires banalités sur la politique et l'importance de donner de l'argent aux œuvres caritatives. Le simple fait d'y repenser lui donna des frissons.

Heureusement, Bono ne semblait pas faire partie des deux cents invités entassés dans la salle de réception du manoir. Le pape était assez facile à repérer puisqu'il était assis à une table près de la scène et était vêtu d'une grande soutane blanche. Tous les autres hommes portaient des costumes de soirée noirs avec des chemises blanches. La plupart des femmes étaient en robes de cocktail noires ou argentées. Pour le moment, il n'y avait aucun signe d'agitation, ou, pire encore, de Frankenstein. Tout le monde était assis à sa place, et tout semblait calme.

Rex se détourna des moniteurs et se dirigea vers le sac de sport qu'ils avaient rempli d'armes la veille. Il y avait également une épaisse corde qu'il allait devoir lancer à Elvis pour qu'il puisse faire remonter le sac par la cabine d'ascenseur. Le plan qu'ils avaient échafaudé lui semblait de plus en plus merdique, et ils avaient déjà eu leur lot de plans merdiques, récemment.

Rex n'avait fait que deux pas vers le sac de sport lorsqu'il repensa soudain à quelque chose qu'il venait de voir sur un des moniteurs. Son esprit lui jouait-il des tours ? Avait-il réellement vu l'image qui était désormais ancrée dans son esprit ? Il fit demi-tour et fixa de nouveau l'écran relayant en direct ce qui se passait dans la salle de réception. Le pape faisait de grands gestes à l'intention des autres personnes assises avec lui à la table d'honneur. Il semblait montrer quelque chose du doigt en riant. Peut-être racontait-il une blague ? Rex craignait que ce fût autre chose. L'image passa du pape à une autre zone de la pièce. Il fallut trois nouveaux changements de caméra avant le retour de celle qui avait tant perturbé Rex. Ses pires craintes se confirmèrent. Jasmine était sur scène, chantant et dansant devant les invités.

53

Après avoir ressenti une certaine appréhension à l'idée de chanter devant un public si nombreux, Jasmine décida que la meilleure chose à faire était de prendre les choses comme elles venaient et d'essayer de s'amuser. Si les gens n'étaient pas convaincus par ses talents, qu'est-ce que ça pouvait bien faire ? Ce n'était pas tous les jours qu'on avait la chance de se faire passer pour Britney Spears devant certaines des personnes les plus riches au monde. Avoir un masque qui cachait la moitié de son visage facilitait aussi un peu les choses, puisque nul ne pouvait voir à quel point elle était nerveuse.

Son plus gros problème était qu'elle ne connaissait pas les paroles des chansons qu'elle était censée chanter. Elle réussirait à se débrouiller pour les refrains, en improvisant un peu si nécessaire, mais les couplets étaient un véritable cauchemar, en particulier un passage de *Oops !... I Did It Again* complètement incompréhensible au sujet d'un mec qui balance un truc dans l'océan avant de plonger pour le récupérer. *Je me demande ce qu'a fumé la personne qui a écrit ces conneries*, songea-t-elle.

Heureusement, Jasmine savait danser. Elle n'avait pas une chorégraphie précise pour accompagner les chansons, mais une chose était sûre, elle savait remuer son cul. Ainsi, chaque fois que les paroles lui échappaient – c'est-à-dire la majeure partie du temps –, elle se mettait à twerker, à se trémousser, ou à se frotter contre des danseurs imaginaires.

Malgré ses quelques lacunes, le public semblait apprécier, en particulier certains messieurs assez âgés. Il y avait un petit vieux installé à la table devant la scène qui portait une robe blanche, un long collier et un petit chapeau blanc. Jasmine se demanda qui était ce riche travesti. Était-ce Elton John traversant une phase Björk ? Peu importait, c'était un travesti heureux, et Jasmine ne pouvait qu'apprécier. Il donnait régulièrement des coups de coude aux autres messieurs assis à sa table, et la montrait du doigt comme s'ils ne l'avaient pas remarquée. Lorsqu'elle réalisa une variante assez personnelle du grand écart, elle craignit qu'il ne fasse une crise cardiaque.

Vers le milieu de la seconde chanson, les immenses doubles portes au fond de la salle à manger s'ouvrirent, et une équipe de serveurs et serveuses entra. Ils poussaient des chariots chargés de bouteilles de champagne et de petits-fours. Les invités étaient tellement fascinés par la performance de Jasmine qu'ils les remarquèrent à peine placer des seaux à champagne sur leurs tables et commencer à remplir leurs verres.

Jasmine était au milieu d'un *moonwalk* particulièrement convaincant, lorsque son regard se posa sur une des serveuses qui versaient du champagne aux invités proches de la scène. Elle la reconnut immédiatement. C'était Denise, la pouffiasse qui avait débarqué au motel avec Mozart. Elle était autant responsable que lui du meurtre de Jack. Son sang se figea dans ses veines. Elle détourna les yeux, espérant que son masque suffirait pour que Denise ne la reconnaisse pas.

À la fin de la chanson, les invités applaudirent poliment, à l'exception du vieux monsieur en robe blanche, qui se leva et l'applaudit frénétiquement. Quel qu'il fût, il semblait avoir une certaine influence, puisque toute la salle l'imita dans une *standing ovation*. Jasmine sourit et tapa dans ses mains. Elle parcourut du regard la pièce, et les visages qui lui souriaient, et se demanda qui était le pape. C'était difficile à dire parce que tous les hommes se ressemblaient, à l'exception du type en robe devant la scène.

Lucy entra alors sur scène et se tint innocemment près de Jasmine, se joignant aux applaudissements avec un grand sourire hypocrite. Elle lui cria à l'oreille pour se faire entendre par-dessus la clameur de la foule :

« Merci, vous pouvez y aller.

— Vous êtes sûre ? demanda Jasmine tout en soufflant des baisers aux hommes du public. Je veux bien en faire une autre…

— Quittez immédiatement la scène, s'il vous plaît. »

Lucy l'écarta d'un coup de coude et prit le contrôle du micro.

« Mesdames et messieurs, dit-elle pour calmer la foule. Le moment que vous attendez tous est enfin arrivé. Je vous demande de faire un tonnerre d'applaudissements pour l'organisatrice de ce merveilleux gala, le général Alexis Calhoon ! »

Jasmine, toujours plantée à côté de Lucy, applaudit avec enthousiasme lorsque le général Calhoon entra sur scène depuis les coulisses. C'était une très belle femme à la peau mate, et même si elle avait bien une cinquantaine d'années, sa silhouette était très athlétique. Et la robe de cocktail noire qu'elle portait rendit Jasmine assez jalouse.

Tandis que Calhoon s'approchait, Lucy murmura à l'oreille de Jasmine. « Sérieusement, foutez le camp. Quittez cette putain de scène ! »

En s'exécutant, Jasmine passa devant Alexis Calhoon et glissa un mot à son oreille : « Ne soyez pas nerveuse, j'ai chauffé la salle pour vous. »

Calhoon sourit poliment mais ne répondit pas. Elle s'approcha du micro et accepta timidement l'accueil chaleureux du public.

Jasmine resta derrière le rideau pour entendre ce que Calhoon allait dire, tout en espérant apercevoir enfin le pape. Elle avait entendu dire que ce n'était pas rien, de le rencontrer, que ça en imposait autant que de voir Nelson Mandela ou Christian Slater. Ça lui servirait certainement pour impressionner en société. Et puis le pape était très célèbre, et il avait le bras long, aussi Jasmine espérait-elle qu'il monte sur scène pour raconter des anecdotes croustillantes sur d'autres célébrités.

Malheureusement, elle n'aurait pas l'occasion de l'entendre raconter des blagues, puisque quelqu'un l'attaqua par-derrière avant même que le général Calhoon ne soit parvenue à calmer les invités. Denise avait quitté la salle de réception pour l'attendre en coulisse. Elle passa un bras autour de la taille de Jasmine et pressa une fourchette en argent contre son œil.

« Écoute-moi bien, pauvre idiote, dit-elle dans un sifflement. Tu fais le moindre bruit et je t'enfonce cette fourchette dans l'œil. »

Elle éloigna Jasmine de la scène et lui fit descendre quelques marches qui menaient vers un couloir désert. La fourchette en argent resta dangereusement proche de l'œil de Jasmine. Mais ce n'était qu'une fourchette. Pas une arme. Si Jasmine voulait avoir une chance de s'enfuir, elle allait devoir le faire rapidement, avant qu'ils ne croisent un des camarades de Denise.

« Où est-ce qu'on va ? demanda Jasmine.

— C'est moi qui pose les putains de questions, siffla Denise sur un ton qui trahissait sa colère. Tu peux commencer par me dire ce qui est arrivé à Mozart ! »

Denise essayait de faire avancer Jasmine dans le couloir, mais elle avait quelques difficultés à maintenir sa prise, tant la combinaison rouge était glissante.

« Sa tête est tombée », dit Jasmine.

Denise la plaqua violemment contre le mur et pressa la fourchette contre son œil. « Essaie pas de faire la maligne, petite salope ! gronda-t-elle. Est-ce qu'il est vivant ou non ? »

Jasmine repensa aux conseils que Jack lui avait donnés au cas où quelqu'un la menacerait. Si elle voulait avoir une chance de se libérer de Denise, c'était maintenant ou jamais. Aussi décida-t-elle de se lancer.

Elle fit semblant de commencer à répondre à sa question avant de lui donner un coup de tête tout en éloignant la fourchette de son œil. Denise tituba d'un pas vers l'arrière, les yeux figés de stupeur. Comme la plupart des petits tyrans, elle n'aimait pas vraiment être prise à son propre jeu. Elle se frotta le front là où Jasmine l'avait cogné.

En réalisant qu'elle ne faisait pas le poids face à quelqu'un comme Denise, qui avait suivi un entraînement militaire, Jasmine décida que le mieux à faire était de prendre ses jambes à son cou. Elle partit comme une flèche vers l'escalier au bout du couloir, pourchassée par Denise qui hurlait des insultes en lui ordonnant de s'arrêter.

Courir dans un escalier avec des talons hauts demandait un certain entraînement, que Jasmine n'avait pas. Elle essaya de grimper les marches deux par deux, ce qui fonctionna assez bien jusqu'à ce qu'elle rate la dernière et trébuche, s'étendant de tout son long sur le palier. Elle se tourna alors sur le dos, prête à chasser Denise à coups de talon.

C'est à ce moment-là qu'elle réalisa qu'elle n'avait plus rien à craindre. Quelqu'un attendait Denise, caché derrière le mur en haut des marches. Jasmine rampa à reculons tout en gardant un air terrifié pour que Denise ne se doute de rien et continue à courir, ce qu'elle fit, brandissant sa fourchette, prête à se jeter sur elle.

L'expression de mépris et de colère qui déformait le visage de Denise disparut immédiatement lorsque le bras de l'Iroquois se referma autour de sa gorge dans une prise de kung-fu. Son corps continua à se ruer sur Jasmine, mais sa tête partit en arrière, et, une seconde plus tard, elle s'effondra sur le sol. Elle tomba à la renverse, dévalant quatre ou cinq marches avant de s'immobiliser, portant ses mains à son cou, le souffle coupé.

L'Iroquois s'approcha d'une démarche menaçante et attrapa une des jambes de Denise pour la traîner en haut de l'escalier. Son corps se tortillait dans tous les sens tandis que sa tête heurtait les marches, l'empêchant de reprendre son souffle. Il la lâcha lorsque ses jambes furent sur le palier, laissant le haut de son corps s'agiter sur les marches. Puis il se baissa et attrapa une poignée de cheveux sur le haut de son crâne pour soulever sa tête de quelques centimètres. Dans son autre main, il tenait la fourchette en argent avec laquelle elle avait menacé Jasmine. Lentement, il la brandit au-dessus de sa tête avant de l'abattre violemment, l'enfonçant dans l'œil gauche de Denise. S'ensuivit un immonde bruit de succion et un *pop* qui se mêlèrent aux hurlements de Denise. L'Iroquois plaqua sa main contre sa bouche pour étouffer ses cris avant qu'ils ne se fassent repérer. Ce qui suivit se plaça assez haut sur l'échelle des choses répugnantes que Jasmine avait vues récemment. Elle dut détourner le regard lorsque l'Iroquois sortit l'œil de Denise, toujours empalé au bout de la fourchette, de son orbite, et l'enfourna dans sa bouche avant de lui refermer la mâchoire et d'arracher la fourchette, dont l'œil se détacha en entrant en contact avec l'arrière de ses dents.

Jasmine plaqua une main sur sa bouche, les yeux fixés sur Denise qui s'étranglait et toussait tout en essayant de se débattre. Mais c'était peine perdue. L'Iroquois la retourna sur le ventre.

Qu'est-ce qu'il fabrique, maintenant ? se demanda Jasmine.

Denise recracha son œil, qui roula en bas de l'escalier. Ce fut à ce moment-là que Jasmine comprit ce que l'Iroquois manigançait. En temps normal, elle aurait fermé les yeux, mais après ce que Denise et Mozart lui avaient fait subir la veille, elle voulait voir la pouffiasse mordre la poussière. Ou, en l'occurrence, *mordre l'escalier*. Au moment où elle ouvrit la bouche, l'Iroquois enfonça sa botte droite à l'arrière de son crâne. Son visage se fendit en deux sur la marche. Un horrible craquement se fit entendre lorsque sa mâchoire se sépara du reste de sa tête. Le sang et la cervelle qui étaient jusqu'à présent bien au chaud à l'intérieur du crâne de Denise se répandirent sur l'escalier, rattrapant bientôt son œil.

Jasmine exprima son approbation. « Bien joué ! Cette salope l'a bien mérité. »

L'Iroquois s'éloigna du corps et arracha son masque. Il sortit un écouteur de son oreille gauche et un petit lecteur MP3 de la poche intérieure de sa veste. L'écouteur vibrait légèrement au rythme de la musique, jusqu'à ce qu'il l'éteigne.

« Qu'est-ce que tu écoutais ? demanda Jasmine.
— La BO de *Halloween*.
— C'est bien ?
— Parfait pour ce que j'ai à faire, mais l'écouteur est un peu gênant. »

Il pointa le doigt vers le bout du couloir. « Y a la cabine du DJ un peu plus loin, au-dessus de l'auditorium. Demande-lui de passer du John Carpenter, et assure-toi que ce soit diffusé par tous les haut-parleurs du bâtiment. Je veux l'entendre où que je sois. »

Jasmine fronça les sourcils.

« Pour quoi faire ?
— Parce que je vais massacrer tout le monde.
— Mais pourquoi il te faut de la musique ?
— Ça me rappelle le moment où mes parents ont été assassinés. »

Jasmine ne savait pas quoi répondre à une telle remarque, aussi changea-t-elle rapidement de sujet.

« Et si le DJ refuse ?

— *Montre-toi persuasive.* »

Avant que Jasmine puisse demander de quel type de persuasion il voulait parler, ils furent interrompus par le bruit d'un déferlement de coups de feu quelque part dans le bâtiment. Joey replaça son masque sur son visage et fixa sur elle des yeux plus sombres et vides que jamais.

« Quand tu te seras occupée de la musique, je te suggère de trouver un endroit où te cacher, dit-il. On dirait que Frankenstein vient d'arriver. »

54

« Rex, putain, qu'est-ce que tu fous là-dedans ? »

Elvis attendait Rex depuis ce qui lui semblait une éternité, lorsque son pote apparut enfin sur le toit de l'ascenseur, chargé du sac de sport et d'une corde. Il poussa le sac dans la trappe de l'ascenseur et grimpa derrière, avec la corde enroulée autour de son épaule.

Rex cria dans sa direction :

« On ferait bien de se bouger le cul. Jasmine vient de finir de chanter.

— Chanter ? Qu'est-ce que tu racontes ?

— Je t'explique dans une minute. Attrape la corde ! »

Rex jeta la corde vers le haut de la cabine. Elvis se pencha pour la rattraper avant de disparaître dans le bureau. Il attacha une des extrémités autour d'un pied de table, tirant plusieurs fois dessus pour s'assurer qu'elle était bien fixée, et renvoya l'autre à Rex.

Leur plan était d'attacher le sac de sport rempli d'armes et de munitions pour qu'Elvis puisse le hisser jusqu'en haut. Rex se servirait ensuite de la corde pour le rejoindre dans le bureau. Mais, comme d'habitude, quelque chose devait mal tourner.

Un tonnerre de coups de feu résonna soudain quelque part dans le manoir. Elvis l'entendit parfaitement de là où il était. Rex dut l'entendre également puisqu'il lui cria :

« Qu'est-ce que c'était que ce bordel ?

— On est peut-être à la bourre, hurla Elvis vers la cabine. Je crois que les choses sérieuses ont commencé ! »

La réponse de Rex fut noyée par les tirs d'armes automatiques, de plus en plus assourdissants. Ce qui ressemblait au début à l'œuvre d'un tireur isolé s'était transformé en un feu d'artifice de détonations. Les tireurs étaient au moins cinq ou six. Une fusillade faisait rage quelque part.

Elvis courut jusqu'à la porte. Il baissa la poignée et l'entrouvrit pour voir ce qui se passait. Il n'y avait personne en vue, mais, de là d'où venaient les coups de feu, des voix masculines hurlaient des paroles complètement indéchiffrables.

Elvis fit un pas hésitant dans le couloir et le longea en direction de l'origine des tirs. Arrivé au bout, il remarqua un couple de statues de cire grandeur nature des personnages de Keanu Reeves et d'Alex Winter dans le film *L'Excellente Aventure de Bill et Ted*. Dans d'autres circonstances, Elvis aurait pris un moment pour s'interroger sur ce choix décoratif pour le moins douteux, mais il ne fallait pas oublier que cette maison appartenait à quelqu'un qui avait fait construire une Batcave dans son sous-sol. En outre, Elvis avait d'autres préoccupations beaucoup plus importantes, comme savoir qui était responsable de ce putain de boucan.

Lorsqu'il atteignit le bout du couloir, les coups de feu cessèrent. Il plaqua son dos contre le mur et tendit le cou pour essayer de voir ce qu'il en était. L'équipe d'agents de sécurité chargés de contrôler les invités à l'entrée avait été massacrée. Leurs cadavres jonchaient le sol du hall.

Il s'avança sur la pointe des pieds pour essayer d'apercevoir le tireur. À en juger par la position des morts, il était évident que les tirs venaient de l'extérieur. Elvis s'immobilisa lorsqu'il vit une ombre se profiler sur le sol du hall, dominant les agents terrassés. La silhouette de plus en plus menaçante d'un homme avançait lentement vers l'entrée principale.

Frankenstein.

Une montagne de muscles de près de deux mètres de haut, vêtue d'un tee-shirt noir moulant, d'un treillis et de ce qui ressemblait à des lunettes de plongée. Son tee-shirt et son pantalon étaient tous les deux criblés d'impacts de balles, mais il ne semblait pas avoir la moindre égratignure. Un énorme Uzi pendait à son épaule, et ses poches étaient gonflées de munitions. Il passa le détecteur de métaux, qui se mit à sonner furieusement.

Elvis recula et se cacha de nouveau derrière le mur pour ne pas risquer d'être repéré.

Frankenstein marcha parmi les corps éparpillés des hommes qu'il venait de tuer et sortit un nouveau chargeur de sa poche. Il rechargea son Uzi tout en contemplant son œuvre, puis il tourna le dos à Elvis et prit la direction du couloir menant à la salle de réception.

« EXCELLENT ! »

Elvis resta un moment incrédule. Si les statues de cire de Bill et de Ted n'étaient pas du meilleur goût, le fait qu'elles soient capables de balancer de façon impromptue des répliques du film était carrément stupide. L'abruti qui les avait installées avait fait en sorte qu'un enregistrement d'une réplique se déclenche toutes les heures.

Et le cri arriva jusqu'aux oreilles de Frankenstein, qui fit volte-face et vida son chargeur sur Bill et Ted, criblant les statues de balles. En quelques secondes, elles se retrouvèrent plus trouées que les poches du Vatican. Puis il aperçut Elvis et pointa son pistolet dans sa direction.

Elvis se baissa juste à temps pour éviter une volée de balles qui lui passa devant le nez et se logea dans le mur derrière lui. Il tourna les talons et courut se réfugier dans le bureau. Frankenstein oublia immédiatement la salle de réception et se lança à la poursuite d'Elvis.

Celui-ci entra en trombe dans le bureau et claqua la porte derrière lui avant de se ruer sur la cage d'ascenseur ouverte. Rex était en train d'en émerger, agrippé à la corde qu'Elvis avait nouée autour d'un pied de table. Le sac rempli d'armes pendait à son épaule.

« T'étais où, putain ? marmonna Rex. Cette saloperie de sac pèse une tonne !

Soudain, une rafale de tirs se déversa sur la porte du bureau. Frankenstein se rapprochait, et il voulait le faire savoir.

« C'est quoi, ce bordel ? » demanda Rex.

Elvis donna un coup de talon sur le front de Rex, qui lâcha prise et disparut au fond de la cage d'ascenseur qu'il avait eu tant de mal à escalader.

Le King sauta derrière lui dans la cabine, attrapant la corde au passage. Il commença à descendre au moment où Frankenstein défonçait la porte du bureau, qui sortit de ses gonds.

Putain !

Cette teigne était tellement pressée qu'elle ne prenait même pas la peine d'utiliser la poignée. *Quel fils de pute.*

Dès qu'il fut débarrassé de la porte, Frankenstein se déchaîna sur sa mitraillette. Elvis sentit une rafale de balles rebondir sur le mur au-dessus de sa tête. Une manœuvre d'évitement était nécessaire. Il lâcha la corde et se laissa tomber. Heureusement pour lui, Rex était étendu sur le toit de l'ascenseur, essayant de comprendre ce qu'il avait fait pour mériter de se prendre un coup de pied dans le visage. Elvis atterrit sur lui et glissa immédiatement ses jambes dans la trappe ouverte. Il tomba sur le sol de l'ascenseur et roula hors de portée des balles.

Frankenstein tira une dernière fois dans la cage d'ascenseur. Puis tout fut silencieux. Elvis entendit Frankenstein replacer la bibliothèque devant l'ouverture. Mais Rex ne donnait aucun signe de vie. Pas le moindre grognement.

Elvis se leva. « Rex ? T'es toujours là-haut ? » demanda-t-il, les yeux rivés sur la trappe, dans l'espoir de le voir passer sa tête à travers.

Rex ne répondit pas, mais une averse de balles se déversa par l'ouverture, et atterrit aux pieds d'Elvis.

Rex se montra enfin, fusillant Elvis du regard.

« Saleté !

— Je viens de te sauver le derche », protesta Elvis.

Rex se glissa à travers la trappe et retomba sur ses pieds. Il leva sa main aimantée. Le gant qui la protégeait était en pièces.

« Je crois que j'ai battu mon record, dit Rex. J'ai attrapé au moins une vingtaine de ces merdes. »

Sa main magnétique rebutait peut-être le sexe opposé, mais elle se révélait parfois bien utile dans le cadre de son boulot.

« Donc, dit Elvis, j'étais en train d'essayer de te dire que Frankenstein venait d'arriver.

— Sans blague ! »

Rex retira son gant et le balança par terre. « Pourquoi il s'en est pris à toi ? »

Elvis épousseta quelques débris de son épaule avant de répondre.

« Il a tué les agents qui gardaient la porte, et après il s'est lancé à ma poursuite. Faut croire qu'il en pince pour moi.

— Bon, c'est peut-être pas si mal, dit Rex. Au moins, ça a laissé le temps à Jasmine de foutre le camp de la salle de réception avant qu'il se pointe là-bas. »

Elvis le regarda par-dessus ses lunettes de soleil.

« Qu'est-ce qu'elle foutait, exactement, dans la salle de réception ?

— Regarde un peu ça. »

Rex se dirigea vers la rangée de moniteurs diffusant les images du domaine. Il montra celui sur lequel il avait vu Jasmine un peu plus tôt. « Mate-moi ça, dit-il. Elle était sur scène, à l'instant, elle chantait et tout. »

Elvis regarda les écrans. Les invités semblaient ne pas encore avoir entendu les coups de feu. Ils étaient tous en train de s'extasier devant quelqu'un qui faisait un discours sur l'estrade. Lorsque l'angle changea et que le moniteur montra la scène dans son ensemble, Rex fut soulagé de voir que Jasmine avait disparu. Malheureusement, le pape avait pris sa place. Il parlait devant un public captivé.

Sur un autre moniteur, ils virent Frankenstein se diriger droit vers la salle de réception tout en rechargeant son Uzi.

Rex consulta sa montre. « Merde, plus que douze minutes avant qu'il tue le pape. »

Elvis secoua la tête. « *Douze minutes ?* répéta-t-il, incrédule. Je dirais plutôt *douze secondes* ! »

55

Après la journée extrêmement angoissante qu'elle venait de passer, Alexis Calhoon fut soulagée de monter enfin sur scène pour son moment de gloire. Plus que quelques minutes et elle en aurait fini avec ça. Un jeune technicien apporta à côté d'elle un chariot contenant vingt canettes de Brumalyte, signe que le moment était venu de faire un petit discours. Toutes les personnes présentes savaient déjà ce qu'était le Brumalyte. C'était après tout la raison de leur présence. C'étaient des investisseurs, des donateurs, des acheteurs, ou simplement des curieux pleins aux as, dont aucun n'était là pour voir Calhoon faire un discours. Elle se sentait un peu comme l'assistant d'un magicien. La comparaison n'était d'ailleurs pas complètement à côté de la plaque, compte tenu de la nature quasi miraculeuse du produit qu'elle allait présenter.

Après s'être rapidement présentée et avoir fait l'éloge du chariot contenant le remède miracle contre le cancer de la peau, Calhoon fit signe au pape de la rejoindre sur scène pour expliquer aux invités comment le Brumalyte lui avait sauvé la vie. Quelle meilleure publicité que la recommandation d'un homme, et pas n'importe lequel, qui semblait plus mort que vivant lors de sa dernière apparition en public ?

Malheureusement, Calhoon se rendit immédiatement compte que le pape n'était pas encore tout à fait remis de son opération, ni prêt à s'exprimer en public. Rufus, son secrétaire, l'aida à se traîner jusqu'au micro. Les médicaments qui lui avaient été prescrits pour soulager les douleurs des suites de l'opération le rendaient visiblement somnolent et instable.

Avant de tendre le micro au pape, Calhoon s'adressa une dernière fois aux invités.

« Mesdames et messieurs, nous avons placé sur vos tables un des meilleurs champagnes au monde. Je vous propose donc de porter un toast au premier bénéficiaire du remède miracle contre le cancer de la peau. » Elle prit la main du pape et le guida jusqu'au micro. « Merci d'accueillir le pape ! »

La salle se mit à vibrer au rythme des acclamations des invités surexcités, qui levèrent leur verre de champagne en l'honneur du saint homme.

Calhoon s'écarta pour laisser le pape s'adresser au public. Si sa démarche pour le moins hésitante laissait supposer qu'il était sous l'influence de quelque drogue, les marmonnements incompréhensibles qui constituaient son discours ne laissaient plus aucun doute. Il semblait complètement ivre, ou, pire encore, *défoncé*. Quel embarras.

« Salut tout le monde, dit-il en levant deux doigts en V pour former le signe de la paix. On m'a filé pas mal de cachetons, alors désolé si j'ai l'air un peu à côté de la plaque. Mon secrétaire, Rufus, dit que j'ai l'air bourré. Je suis pas bourré, mais bon, *vive la vodka* ! »

Calhoon se retint d'enfouir son visage entre ses mains. Le pape essayait d'être drôle, mais l'humour n'était pas son fort. Et son accent d'Europe de l'Est à couper au couteau n'arrangeait pas vraiment les choses, en particulier lorsqu'il essayait de se la jouer *hipster*. Par chance, les invités semblaient trouver son petit numéro assez amusant. Il faut dire que la chose était pour le moins inattendue. Calhoon, de son côté, était incapable d'en profiter, tant elle s'inquiétait de le voir tomber.

Tandis que le public continuait d'applaudir son pathétique « vive la vodka », le pape tentait de garder l'équilibre en pressant une main sur le chariot transportant le Brumalyte. À la façon dont il s'appuyait dessus, Calhoon craignit qu'il ne le fasse tomber de la scène. Elle imagina la une de tous les journaux du pays – « Ivre, le pape détruit les flacons contenant un remède miracle contre le cancer ».

Le pape s'éclaircit la voix avant d'offrir au public une petite anecdote. Lorsque les invités se calmèrent et que le silence se fit de nouveau, Calhoon perçut un bruit suspect à l'extérieur. La salle de réception était censée être insonorisée, mais quelque chose faisait un sacré raffut. Et l'oreille affûtée de Calhoon crut reconnaître des coups de feu. Le pape, trop occupé à raconter sa virée en aéroplane avec Nelson Mandela, ne remarqua bien évidemment rien.

Calhoon ne fut pas la seule à entendre les détonations. Certains invités commencèrent à échanger des murmures en se retournant vers les portes du fond.

Mais dans l'immédiat, ce n'était pas le problème le plus urgent. Un vieux monsieur assis près de la scène commença à avoir une sorte d'attaque. Son visage devint écarlate, et il porta ses mains à sa gorge. Avant que les autres invités aient pu faire quoi que ce soit, il laissa échapper un profond soupir et s'effondra dans son assiette, renversant son verre de champagne. La femme assise à côté de lui se mit à hurler. Plusieurs personnes se levèrent d'un bond pour porter secours au vieil homme.

À en croire le fracas en provenance d'une table au fond de la pièce, quelqu'un d'autre venait de succomber. Cette fois, c'était une jeune femme. Elle tomba de sa chaise, emportant la nappe et la vaisselle dans un vacarme infernal.

Une troisième personne s'effondra. Puis une quatrième.

Au milieu de toute cette panique, le pape raconta la fin de son histoire d'aéroplane et s'écarta du micro en titubant, marmonnant la chute avec un petit rire. Il semblait penser que les cris en provenance du public étaient en réaction à son amusante anecdote. S'il y avait une seule personne dans la salle qui n'avait pas la moindre conscience du danger dans lequel ils se trouvaient, c'était bien lui. Calhoon savait qu'elle devait immédiatement le mettre en sécurité.

Les invités continuaient à tomber comme des mouches. Certains s'effondraient dans leurs assiettes tandis que d'autres glissaient de leurs chaises. Ceux toujours conscients hurlaient de panique, hystériques, craignant pour la vie de leurs proches, mais surtout terrorisés à l'idée d'être les prochains. Le mystérieux virus ne semblait toucher aucun des serveurs. La plupart se tenaient près des tables, regardant tranquillement les gens succomber les uns après les autres.

Calhoon se précipita auprès du pape, qui riait toujours de sa propre blague. Il était surexcité.

« Cette blague marche à tous les coups, dit-il en souriant à Calhoon.

— Non, c'est le champagne, répondit-elle, espérant qu'il détecte l'inquiétude dans sa voix. C'est le champagne qui leur fait ça !

— Hein ?

— Ces gens sont en train de mourir. Ils ont été empoisonnés par le champagne ! »

Le pape sembla retrouver peu à peu ses esprits. Il observa la salle et remarqua les invités qui gisaient inconscients en contrebas.

« Doux Jésus ! »

L'esprit de Calhoon passa en mode réflexion intensive pour essayer de trouver un sens à ce qui se passait. L'explication la plus logique était une attaque terroriste. Elle attrapa la manche du pape et cria dans son oreille :

« Il faut qu'on vous sorte d'ici. »

Le pape sortit un mouchoir en tissu d'une poche à l'intérieur de sa soutane et commença à se moucher. La grande majorité des convives étaient à présent inconscients, les uns affalés sur leurs assiettes, les autres étendus sur le sol. Une poignée étaient toujours debout, mais ils étaient comme pétrifiés par la peur et l'incompréhension.

Calhoon était agacée par l'attitude nonchalante du pape. Il était trop occupé à inspecter le contenu de son mouchoir pour réaliser qu'il était en danger. On l'avait visiblement bourré de médicaments, qui l'empêchaient de comprendre la gravité de la situation. Mais pouvait-elle pour autant lui crier dessus ? Ou le gifler et lui demander de se reprendre ? Y avait-il un protocole pour réprimander le pape ?

Elle tenta de l'attirer vers l'arrière de la scène. Mais un nouveau problème se matérialisa à l'autre bout de la salle. Un homme d'une quarantaine d'années qui n'avait pas été empoisonné par le champagne ouvrit les portes et partit en courant dans l'espoir de fuir le chaos, et, peut-être, d'aller chercher de l'aide.

BANG !

Le coup de feu interrompit sa course. L'homme s'effondra sur le sol, du sang jaillissant d'un trou au milieu de son front. Tous les hurlements cessèrent au moment où les invités comprirent qu'il y avait un tireur fou dans le bâtiment.

Calhoon tira le pape jusqu'à la volée de marches sur le côté de la scène pour tenter de l'éloigner du chaos. « Venez, je dois vous sortir de là ! » cria-t-elle.

Le pape semblait déconcerté.

« Pourquoi ?

— Parce que des hommes sont là pour vous tuer !

— Me tuer ? Pourquoi ? »

Une voix masculine en bas de l'escalier cria à leur intention : « Inutile d'essayer de vous enfuir ! »

Calhoon connaissait cette voix. Elle ne l'avait pas entendue depuis des années. C'était celle de Solomon Bennett. Il gravissait les marches, son arme pointée sur elle. Et il n'était pas seul. Derrière lui, Devon Pincent et sa fille, Bébé, étaient escortés par un homme qui n'était autre que le scientifique fou de Bennett, le docteur Henry Jekyll.

Calhoon resta bouche bée. « Solomon ? »

Il lui sourit et gravit à petites foulées les dernières marches jusqu'à la scène. « Vous vous souvenez de notre dernière rencontre ? dit-il, d'une voix de plus en plus forte à chaque syllabe. Vous avez essayé de me faire tuer ! »

Calhoon recula d'un pas, consciente que Bennett risquait de lui tirer dessus à tout moment. Son pistolet était braqué sur son estomac. Elle fit un nouveau pas en arrière et percuta malencontreusement le pape, perturbant son équilibre déjà très précaire. Il n'en fallut pas plus pour qu'il commence à tituber, penchant dangereusement vers l'avant. Avant que Calhoon n'ait eu le temps de le rattraper, il bascula de la scène. Sa tête heurta le rebord d'une table et il s'effondra sur le sol de la salle de réception, rejoignant les autres invités déjà inconscients. Dans sa chute, sa soutane se souleva, recouvrant sa tête et révélant un grand slip kangourou blanc. Calhoon remarqua malgré elle qu'il y avait une vilaine trace de pneu sur les fesses.

Bennett attrapa Calhoon par la gorge et pressa son pistolet contre ses côtes.

« Oubliez le pape, grogna-t-il. C'est pas pour lui qu'on est là. Vous êtes la seule personne que j'ai envie de tuer, pour le moment.

— Vous êtes ici juste pour me tuer ?

— NON ! »

Bennett semblait offusqué. « Vous auriez pas un peu la grosse tête ? On est là pour le Brumalyte que vous nous avez volé. »

Le docteur Jekyll poussa Devon et Bébé sur scène. Ils avaient tous les deux les mains menottées derrière le dos. Jekyll était censé les surveiller, mais dès qu'il vit le chariot chargé de Brumalyte, il se précipita à ses côtés et se mit à le caresser comme si c'était un chat.

« Solomon ! cria-t-il. Je prends le chariot pour le mettre dans le bus !

— Bonne idée, dit Bennett. Prends quelques hommes pour t'aider, ça a l'air lourd. »

Calhoon leva les mains en signe de reddition lorsque Bennett enfonça l'arme un peu plus profondément entre ses côtes.

« Vous avez fait tout ça pour vingt canettes de Brumalyte ? demanda-t-elle, incrédule.

— Et comment, répondit Bennett. On peut pas vous laisser le gaspiller pour guérir les cancers de ces saletés de riches. C'est beaucoup trop précieux pour ça. Il doit servir à créer des soldats invincibles, comme Frank Grealish.

— Frank Grealish ? »

Calhoon n'avait pas oublié ce nom. Bon sang, elle se rappelait les moindres détails de l'incident qui avait causé son décès.

« De quoi est-ce que vous parlez ? Il est mort. Votre stupide expérience l'a tué !

— Je crains de devoir vous contredire. »

Bennett montra du doigt l'entrée de la salle de réception. « Laissez-moi vous présenter, ou plutôt vous *re*présenter, Frank Grealish, dit-il. "Frankenstein", de son petit nom. »

Frankenstein se tenait face aux portes. Calhoon avait du mal à en croire ses yeux. Elle l'avait déclaré mort cinq ans plus tôt. Et pourtant, il était bien là, et il ressemblait trait pour trait à l'homme tué devant ses yeux, à l'exception des cheveux bruns et courts qui avaient poussé sur son crâne, chauve au moment de la funeste expérience. Il tenait entre ses mains un Uzi et cherchait quelqu'un sur qui vider son chargeur.

Bennett lâcha la gorge de Calhoon, qui recula d'un pas en titubant et se caressa le cou pour soulager la douleur.

« Qu'est-ce que vous avez foutu ? demanda-t-elle, les yeux fixés sur Frankenstein.

— Regardez ça », dit Bennett.

Il cria à l'intention des employés du traiteur qui arpentaient la salle :

« Les gars, tous les agents de sécurité sont morts. Allez chercher des armes ! »

Les serveurs et les serveuses se précipitèrent en masse dans le couloir pour aller piller les cadavres de tous les agents et marines que Frankenstein avait massacrés depuis son entrée dans le bâtiment. De son côté, le colosse enjamba les corps et entra à la recherche de sa prochaine victime.

Les seuls invités toujours conscients étaient ceux qui n'avaient pas bu de champagne, soit une vingtaine. Lorsque Frankenstein entra dans la pièce, l'une d'entre eux, une petite brune qui tenait amoureusement la tête de son mari dans ses bras, hurla de terreur.

Erreur fatale.

Frankenstein braqua l'Uzi sur elle et l'abattit calmement. Pendant un instant, la salle fut plongée dans un silence de mort, jusqu'à ce que les survivants affolés se mettent à courir dans toutes les directions. Frankenstein les tua un à un sans la moindre lueur d'émotion dans le regard.

56

Devon examina le carnage. Partout où il regardait, il y avait des tables et des chaises renversées. Des personnes inconscientes étaient empilées les unes sur les autres sous les tables. Et puis il y avait les morts. Frankenstein avait assassiné toutes les personnes qui pensaient avoir échappé au pire en ne buvant pas de champagne empoisonné. Le seul survivant était le pape, qui gisait inconscient derrière une table renversée, hors de la vue de Frankenstein, sa soutane sur la tête.

Sur scène, Devon, Bébé et Alexis Calhoon n'en menaient pas large. Leur vie était entre les mains de Solomon Bennett, qui, de son estrade, observait le chaos qu'il avait créé, s'émerveillant de la perfection avec laquelle son plan avait été exécuté, ce qu'il devait en grande partie à Frankenstein.

De son côté, le docteur Jekyll semblait obnubilé par le Brumalyte. Deux des hommes de main déguisés en serveurs l'aidaient à descendre le chariot. Le reste des hommes de Bennett étaient en train de revenir dans la salle de réception après avoir dépouillé de leurs armes les cadavres des agents de sécurité éparpillés dans le manoir.

Solomon Bennett s'approcha de Devon par l'arrière et utilisa une petite clé argentée pour le libérer de ses menottes. Il fut soulagé de pouvoir à nouveau bouger les bras. Les avoir coincés derrière son dos pendant si longtemps était extrêmement inconfortable. Il se frotta les poignets pour que le sang recommence à circuler dans ses mains.

« Ça va mieux ? demanda Bennett.

— Comment tu espères pouvoir te tirer de ce bordel ? dit Devon, ignorant sa question.

— Facile, répondit Bennett d'un air suffisant. Grâce à mon merveilleux cerveau.

— Vous venez de tuer des centaines d'innocents !

— Non. Ceux qui ont bu le champagne sont simplement inconscients, ils seront de nouveau sur pied d'ici une dizaine de minutes.

— Et ceux qui n'ont pas bu de champagne ? Pourquoi vous les avez tous tués ? »

Bennett sourit. « Je suis heureux que tu poses la question. Il était malheureusement nécessaire de les tuer, pour qu'ils ne soient pas témoins de ce qui va se passer ensuite. »

Devon posa une question dont il savait que la réponse ne lui plairait pas. « Qu'est-ce qui va se passer, ensuite ? »

Bennett passa son bras autour des épaules de Devon et désigna Alexis Calhoon. Elle se tenait près d'eux, avec un des hommes de Bennett qui pressait son arme dans son dos.

« Devon, je veux que tu tires une balle dans la tête d'Alexis.

— Quoi ?

— Tu m'as bien entendu. »

D'une voix suppliante, Devon tenta de le raisonner. « Mais tu as le Brumalyte. C'est pour ça que tu es là, non ? Tu as déjà gagné ; tu n'es pas obligé de faire ça.

— C'est vrai, dit Bennett. Mais toi, oui. »

Il sortit un téléphone portable qu'il avait réussi à faire rentrer en douce dans le bâtiment et l'agita devant le nez de Devon.

« Tu vois, je vais te filmer en train de tuer Calhoon. Mais avant que tu lui envoies une balle dans le crâne, tu vas annoncer au monde que tu es responsable de tous les meurtres de la journée parce que tu étais en colère que Calhoon t'ait suspendu.

— Je ferai rien de tel. »

Bennett soupira. « On a déjà eu cette conversation, Devon. » Il retira sa main de l'épaule de Devon et attrapa violemment Bébé par le bras, l'éloignant de son père. Il la poussa alors du haut de la scène et elle tomba la tête la première sur le sol, près d'un amas de gens inconscients, dans un cri de douleur. Avec ses mains menottées derrière son dos, elle n'avait pas pu amortir la chute.

« Salopard ! rugit Devon.

— Tu ne m'as pas laissé le choix », dit Bennett.

Il cria en direction de Frankenstein : « Frankenstein, montre à la fille de Devon avec quelle galanterie tu traites les femmes que tu emmènes dîner ! »

Frankenstein traversa le hall à grandes enjambées, utilisant les corps des morts et des inconscients comme pierres de gué. Il attrapa Bébé et la souleva du sol. Puis il la tourna face à la scène et pressa le canon de son Uzi sur sa tempe.

Devon lança un regard furieux à Bennett.

« Tu as promis que rien n'arriverait à Bébé !

— Et je suis un homme de parole, répondit Bennett. Mais si tu refuses de flinguer le général Calhoon, Frankenstein va s'énerver, et la cervelle de ta petite fille adorée va redécorer la salle.

— Tu es complètement malade », dit Devon en secouant la tête.

Bennett appuya sur quelques touches de son téléphone, se préparant à enregistrer.

« Lorsque les autres invités se réveilleront, ils n'auront aucun souvenir de moi, ni d'aucun de mes hommes. La seule preuve de ce qui s'est passé ici aujourd'hui sera enregistrée sur ce téléphone.

— Tu n'es pas sérieux ?

— Je suis on ne peut plus sérieux. La police trouvera le téléphone et comprendra que tu es derrière tout ça.

— Ils n'y croiront jamais.

— Tu ne seras malheureusement plus là pour donner ta version de l'histoire, alors j'ai bien peur que si. »

Bennett sortit un pistolet de l'arrière de son pantalon et le tendit à Devon. « Il n'y a qu'une seule balle, dit-il. Braque-le sur Alexis, fais un petit discours pour expliquer que tu veux lui donner une bonne leçon pour t'avoir viré, et tire-lui dans le visage. C'est un plan extrêmement simple. Si tu en dévies ne serait-ce que d'un millimètre, si tu essaies de faire foirer le truc, Frankenstein tuera ta fille. Fais exactement ce que je t'ai dit, et je la laisserai partir avant qu'on te bute. »

Bébé hurla : « NON ! »

Au fond de lui, Devon savait depuis le début que les choses finiraient ainsi. Il avait passé les dernières heures à réfléchir aux options qui s'offraient à lui pour n'arriver qu'à une solution. *Fais ce que Bennett demande.* C'était le seul moyen de laisser à Bébé la moindre chance de survie.

« Je dois le faire, Bébé, dit-il. Je n'ai pas le choix. »

Bébé regarda son père en sanglotant, impuissante. Elle espérait qu'il trouverait un moyen de les sauver tous les deux. Elle priait pour qu'il ait un plan secret et que tout rentre dans l'ordre. Malheureusement, il n'en avait pas.

« Papa, ne fais pas ça ! » cria-t-elle.

Devon regarda le pistolet dans sa main. Il n'avait qu'une balle. *Une balle.* Que pouvait-il en faire ? Ses options étaient plus que limitées. S'il tirait sur qui que ce soit d'autre qu'Alexis Calhoon, Frankenstein tuerait Bébé. Il regarda Bennett droit dans les yeux.

« Tu promets que tu la laisseras partir ?

— Je le promets. Mais si tu fais quoi que ce soit de stupide, elle mourra sous tes yeux. Et tu ne pourras t'en prendre qu'à toi-même. »

Devon regarda une dernière fois Bébé et essaya de la réconforter avec un sourire chaleureux.

« Je suis si fier de toi. Je t'aime.

— Je t'en supplie, ne fais pas ça », dit-elle dans un sanglot.

Devon inspira profondément. Un frisson parcourut son corps lorsque la réalité de ce qui allait se passer le frappa soudain. Pour la première fois depuis qu'on lui avait tendu l'arme, il croisa le regard d'Alexis Calhoon. L'homme de main l'avait forcée à se mettre à genoux avant de s'éloigner pour s'assurer de ne pas être dans le champ de la caméra de Bennett. Il fallait au moins lui reconnaître une chose – son courage. Elle n'avait pas versé une seule larme. Mais il était évident qu'elle était terrifiée puisqu'elle tremblait de tout son corps. Elle regarda Devon dans les yeux et hocha la tête.

« Fais ce que tu as à faire, Devon », dit-elle d'une voix tremblante.

Solomon Bennett fit un pas en arrière et leva son téléphone portable. « Devon, rapproche-toi d'elle. »

Devon se dirigea d'un pas hésitant vers Calhoon. Il s'arrêta à côté d'elle et braqua l'arme contre son crâne.

« Parfait ! cria Bennett d'une voix joviale. C'est parti pour *Le Meurtre d'Alexis Calhoon*, scène 1, prise 1. Action ! »

57

Jasmine n'eut aucun mal à trouver la cabine du DJ. Malheureusement, le seul moyen d'y entrer était par une porte située à l'arrière. Elle était fermée à clé, mais une petite fenêtre carrée permettait de voir à l'intérieur. Il y avait un DJ, assis derrière une table de mixage et un écran d'ordinateur. Derrière le bureau, une grande fenêtre donnait sur la salle de réception et la scène sur laquelle Jasmine venait de faire une démonstration de ses talents d'imitatrice.

Elle tapa à la porte, assez fort pour attirer l'attention du DJ. Celui-ci se retourna pour voir qui frappait. Dès que Jasmine vit son visage, elle sut qu'elle pourrait lui faire passer toutes les chansons qu'elle voudrait, dans n'importe quelle pièce du manoir. Ses joues étaient rouges, et ses cheveux châtains formaient une touffe informe qu'il avait probablement taillée lui-même. Et son nez était énorme. *Putain de massif*, comme aurait dit Jasmine. Il n'était pas seulement très long, il était aussi extrêmement large. L'extrémité de ses narines arrivait au même niveau que le coin externe de ses yeux. Ce type était un *freak*. Mais Jasmine était loin de le juger. À vrai dire, elle aimait les types un peu bizarres. Plus ils étaient laids et ringards, plus elle les aimait. Les *nerds* savaient s'y prendre avec les femmes. Enfin, non, ils ne savaient absolument pas s'y prendre, mais ils essayaient. Et Jasmine pouvait en faire ce qu'elle voulait. L'expérience lui avait appris que si elle se démerdait pour ne serait-ce qu'effleurer l'entrejambe d'un type comme lui, il serait prêt à lui offrir son exemplaire favori du *Surfeur d'argent*.

Donc ouais, Jasmine aimait les *geeks*, les *freaks*, les types moches et les *weirdoes* gentillets au moins autant qu'elle aimait les mâles dominants comme Jack Munson. Elle adressa un sourire coquin au DJ. En moins de deux secondes, il avait bondi de son fauteuil et déverrouillé la porte, l'invitant à entrer.

« Wow, dit-elle en balayant du regard la cabine aussi bordélique que malodorante. C'est toi qui es en charge de tout ça ? »

Il hocha la tête comme un petit chien tout excité.

« Ouais.

— Tu t'appelles comment ?

— Roland Chang.

— Roland ? Trop cool, c'est mon prénom préféré ! »

Elle épousseta quelques miettes accrochées au pull-over bleu marine de Roland.

« Tu veux bien passer un morceau pour moi ?

— C'était toi, Britney Spears, tout à l'heure, non ? bafouilla-t-il, ses joues roses virant au rouge tomate comme s'il parlait à une femme pour la première fois. *T'étais géniale !*

— Cool, merci ! Alors, tu veux bien passer une chanson pour moi ? »

Roland regarda nerveusement autour de lui.

« Heu, pas pour le moment, mais un peu plus tard, sans problème. Tu veux laquelle ?

— Quelque chose de, hmm... »

Son regard se perdit dans le vide tandis qu'elle essayait de se souvenir de la musique que Joey avait demandée.

« Carpenter ? Tu vois de qui je parle ? De la musique flippante, apparemment.

— Oui, je vois, dit Roland. Mais je ne peux pas la mettre maintenant. Il se passe quelque chose dans la salle de réception. Ils sont tous en train de tomber dans les pommes. Si je commence à passer de la musique, je vais me faire virer.

— Mais j'ai besoin que tu le fasses maintenant », dit Jasmine en époussetant d'autres miettes de son pantalon de survêtement tout en effleurant plus ou moins accidentellement sa bite.

Roland se raidit – à hauteur des épaules – et déglutit. « Je peux vraiment pas, dit-il. Est-ce qu'il y a autre chose que je peux faire pour toi ? »

Jasmine examina sa table de mixage. Il y avait tout un tas de boutons, qui semblaient connectés à son écran d'ordinateur. Rien à voir avec la petite chaîne hi-fi qu'elle avait à B Movie Hell, ou le lecteur de cassettes qu'elle utilisait en Roumanie. Elle n'avait aucune idée du fonctionnement de ce truc. Elle avait besoin de Roland.

Aux grands maux les grands remèdes. Jasmine se mit à genoux, rampa sous le bureau, et leva les yeux vers Roland. Une expression d'incompréhension se dessina sur son visage, se mêlant à quelques restes de chocolat.

« Qu'est-ce que tu fais ? demanda-t-il. Tu peux pas rester là-dessous.

— Si tu passes du Carpenter dans toutes les pièces du bâtiment immédiatement, je te suce la bite pendant toute la chanson. »

Roland resta bouche bée, incapable de prononcer quoi que ce soit. Même s'il n'avait plus besoin d'être convaincu, chaque seconde comptait, aussi Jasmine en rajouta-t-elle une couche.

« Tu peux passer tout l'album, si tu veux », dit-elle.

Roland retrouva soudain ses esprits. Il se rua sur la table de mixage et commença à tripoter les boutons et à pianoter sur son clavier. Pendant ce temps, Jasmine baissa son pantalon de jogging jusqu'à ses chevilles avant de s'attaquer à son slip *Capitaine Caverne*.

Il bandait déjà, et Jasmine, qui avait une vaste expérience en la matière, savait qu'il ne tiendrait jamais pendant toute la chanson. Le bon côté, c'était qu'il y avait de grandes chances qu'elle réussisse à lui faire envoyer la purée sans même avoir à lui toucher la bite. Lui titiller les testicules pendant cinq secondes ferait l'affaire.

Tandis que Jasmine réfléchissait à la technique qu'elle allait utiliser tout en émettant de petits gémissements, elle entendit un léger tintement au-dessus de sa tête. Et alors qu'elle s'apprêtait à prendre les couilles de Roland entre ses mains, il tomba en arrière et s'effondra sur le dos, le sexe dressé vers le plafond. Jasmine envisagea la possibilité qu'il se soit évanoui, submergé par l'excitation. Mais elle vit ensuite du sang couler de son crâne, s'immisçant entre les rainures du parquet.

Elle sortit de sous le bureau et l'examina de plus près. Roland avait un trou au milieu du front. Sa bouche était ouverte, mais elle l'était depuis un certain temps, son expression n'avait donc pas vraiment changé. Jasmine lui donna un coup de coude dans la poitrine.

« Roland, murmura-t-elle. Ça va ? »

Aucune réponse.

Elle le poussa à nouveau du bout du doigt et essaya même de lui chatouiller les testicules, mais il ne broncha pas. Elle s'apprêtait à lui enfoncer deux doigts dans l'anus lorsqu'elle entendit un autre tintement. La fenêtre de la cabine était en train de se briser.

La jeune femme tendit l'oreille et entendit soudain un déluge de coups de feu en provenance de la salle de réception. Celui qui venait de tirer sur Roland était désormais en train de s'en prendre aux invités, qui hurlaient à pleins poumons.

Elle remonta le slip et le bas de survêtement de Roland pour lui éviter l'embarras d'être trouvé mort avec une gaule d'enfer. Puis elle se releva et jeta un œil par-dessus la table de mixage pour voir ce qui se passait en bas. Le trou dans la vitre insonore lui permettait également d'entendre. Lorsque les coups de feu cessèrent, elle entendit des gens parler. La plupart des voix provenaient de la scène. Puis elle entendit Bébé hurler juste en dessous d'elle.

« Papa, ne fais pas ça ! »

Jasmine se pencha un peu plus par-dessus le bureau et vit Bébé entre les mains de Frankenstein, qui lui pressait un pistolet contre la tempe.

Ce qui se passait sur scène était encore plus inquiétant. Alexis Calhoon était à genoux, face à Devon, qui braquait son arme sur son visage. Un type avec un cache-œil filmait la scène sur son téléphone portable.

Il était temps pour Jasmine de passer à l'action. Elle devait faire diversion. La seule solution qui s'offrait à elle était la table de mixage. C'était de toute façon pour ça qu'elle était dans cette cabine, et, vu les circonstances, il était urgent de mettre ce que Joey avait demandé.

Elle se baissa pour ne pas être vue et observa l'écran d'ordinateur. Roland était en train de préparer la musique de film d'horreur qu'elle lui avait réclamée. Sur l'écran, elle vit un bouton vert avec le mot « Lecture ». Elle appuya sur la touche « Entrée » du clavier et croisa les doigts.

À son grand soulagement, un morceau se lança presque aussitôt. Roland avait fait ce qu'elle lui avait dit et programmé le système pour que la chanson soit diffusée par tous les haut-parleurs du manoir. Et bon sang, c'était fort !

Malheureusement, il y a avait un léger problème. Joey avait demandé le thème d'un film d'horreur de John Carpenter, mais ses instructions avaient un peu souffert de la transition de Jasmine à Roland, et de Roland à l'ordinateur.

« *We've only just begun…* »

Jasmine était loin d'être une spécialiste de John Carpenter, mais elle savait reconnaître Karen Carpenter. Tant pis. Ce n'était certes pas la musique de *Halloween*, mais la chanson eut tout de même l'effet escompté. Elle détourna l'attention de tout le monde et fit gagner un peu de temps à Devon.

Frankenstein leva la tête et aperçut Jasmine juste avant qu'elle ne se cache derrière le bureau. Il retira le canon de son Uzi de la tempe de Bébé, le braqua sur la cabine et commença à tirer.

Jasmine se réfugia sous la table de mixage et plaqua ses mains sur ses oreilles pour noyer le bruit des coups de feu, et, surtout, des Carpenters. La vitre vola en éclats autour d'elle sous l'impact des balles. Elle avait rempli sa mission. Elle leur avait fait gagner du temps. C'était désormais aux garçons de prendre la situation en main.

Mais où diable étaient-ils ?

58

Joey se faufila le long du couloir à l'étage du manoir jusqu'à ce qu'il atteigne le balcon au-dessus du hall d'entrée. C'était de là que venaient les coups de feu. Il vit le principal responsable, Frankenstein, marcher en direction de la salle de réception, laissant sur son chemin une traînée de cadavres.

Joey s'abrita derrière un pilier et parcourut rapidement du regard l'étage inférieur pour voir s'il reconnaissait Elvis ou Rex parmi les cadavres. Aucun signe d'eux, ce qui signifiait qu'ils étaient peut-être toujours en vie.

Il était sur le point de descendre l'escalier pour suivre Frankenstein lorsqu'un groupe de six serveurs de Gold Star sortit de la salle pour prendre leurs armes et munitions aux agents de sécurité victimes du mastodonte.

Joey se cacha derrière une imposante colonne en marbre et resta silencieux. Il entendit un des hommes s'adresser aux autres.

« Fouillez le bâtiment et tuez tous ceux que vous croisez, sauf si c'est l'Iroquois. Bennett le veut vivant. Compris ? »

Les serveurs émirent quelques grognements pour montrer qu'ils avaient compris avant de se disperser dans les couloirs, à la recherche de victimes potentielles. Quelques-uns se dirigèrent vers l'escalier principal, qui menait au balcon sur lequel Joey se cachait.

Il n'avait pas d'autre choix que de faire demi-tour et essayer de trouver un autre moyen d'entrer dans la salle de réception. Même s'il était armé, les chances qu'il sorte vainqueur d'une fusillade contre les mercenaires de Solomon Bennett depuis sa position actuelle étaient minces.

« PLUS UN GESTE, CONNARD ! »

Merde. Un petit chanceux avait tourné au bon endroit, dans le couloir juste derrière Joey. C'était un voyou au crâne rasé, qui semblait savoir se servir d'une arme. Il avait posé un genou à terre et braquait son pistolet sur la poitrine de Joey.

« JETTE TON ARME IMMÉDIATEMENT ! »

Le cri de Crâne d'œuf avait alerté les autres faux serveurs. Grâce à l'entraînement qu'il avait suivi pendant l'opération Blackwash, Joey était capable de calculer ses chances de survie en une milliseconde. Et il les estima à une chance sur cent. Son seul espoir était d'avoir entendu un des hommes dire qu'ils avaient reçu l'ordre de le capturer vivant. Si possible.

Fais confiance aux chiffres, se dit-il. *Une opportunité de tuer tous ces types finira par se présenter.*

Tandis que les mercenaires se rapprochaient de tous côtés, il prit la décision de se rendre.

« D'accord, je pose mon arme », cria-t-il.

Il leva une main et se pencha en avant pour poser son flingue sur le sol en prenant soin de ne pas faire de mouvement brusque. Crâne d'œuf se rapprocha. Il avait les deux mains agrippées à son calibre, qu'il gardait braqué sur Joey tout en s'avançant lentement vers lui.

« Sur la tête, dit-il. Les mains sur la tête ! »

Joey se releva lentement et obtempéra. Crâne d'œuf courut se placer derrière lui et le poussa énergiquement vers l'escalier menant au hall d'entrée. Six autres mercenaires étaient sur le palier, pistolet au poing. Crâne d'œuf cria à leur intention :

« Mikey, c'est bon, je l'ai. J'ai aussi son arme. »

Le chef du groupe, Mikey, un voyou à queue-de-cheval, semblait tout droit débarqué des années 1980. Il se tenait devant ses hommes, essayant d'avoir l'air d'un dur, une mitraillette pendue à l'épaule.

« C'est donc toi, l'Iroquois ? » dit-il avec un sourire plein de mépris lorsque Joey approcha.

Crâne d'œuf le bouscula vers l'avant pour le faire trébucher sur Mikey. Celui-ci le poussa en arrière et lui arracha son masque d'Iroquois. Il le tint entre ses mains et l'étudia avec un sourire suffisant.

« Tu fais moins le malin sans ton petit masque, hein ? »

Tandis que les mercenaires se félicitaient de leur exploit, Joey réfléchit aux options qui s'offraient à lui. Il y avait quatre hommes sur le palier à ses côtés, et deux autres deux marches plus bas, ainsi que le malabar chauve derrière lui, qui lui enfonçait le canon de son arme dans le dos.

La cible la plus facile était ce dernier. Il suffirait de reculer d'un pas et de lui flanquer un coup de pied dans le genou pour le mettre hors d'état de nuire et le désarmer. Il devrait ensuite utiliser Mikey comme bouclier humain. Cette partie ne devrait pas non plus être trop difficile puisque Mikey avait un masque dans une main et un pistolet-mitrailleur dans l'autre, dont il ne pouvait pas se servir avec une seule main. Il resterait alors cinq hommes sur le palier et dans l'escalier.

Ses réflexions furent interrompues par ce qui aurait dû être le signal qu'il attendait pour commencer à tuer. Mais la musique qui retentit n'était pas le thème de *Halloween* composé par John Carpenter.

C'était Karen Carpenter qui chantait *We've Only Just Begun*.

Bon sang, Jasmine !

Soit, il allait devoir s'en contenter. Joey avait déjà décidé dans sa tête de l'ordre dans lequel il allait tuer les mercenaires.

Il adressa un grand sourire à Mikey. « Vous allez tous mourir. »

Celui-ci répondit par un sourire sarcastique. « Je crève d'impatience de te voir... »

SPLOUTCH !

La tête de Mikey disparut avant qu'il n'ait eu le temps de finir sa phrase. Le *splouch* laissa place à un *ploc* lorsque la substance rouge et visqueuse qui avait été sa tête éclaboussa la fenêtre au fond du palier. Son corps resta debout, tandis qu'une fontaine de sang jaillissait de son cou.

Joey ne connaissait qu'une seule personne qui possédait un flingue capable de transformer le crâne d'un homme en milkshake. Le Bourbon Kid.

59

Le corps décapité de Mikey finit par s'effondrer sur le sol lorsque ses genoux cédèrent. Le sang continuait à jaillir de son cou et commençait à se répandre sur l'escalier. Ses camarades étaient abasourdis. Contrairement à Joey, ils n'avaient jamais vu la tête d'un homme se détacher de ses épaules et voler dans les airs, pour finir en bouillie sur le carreau d'une fenêtre. Joey avait donc un léger avantage puisqu'il savait exactement ce qui était en train de se passer.

La distraction lui permit de mettre à exécution le plan qu'il avait élaboré. Il recula d'un pas vers Crâne d'œuf, se retourna et envoya le plat de sa main dans la mâchoire de son ennemi. Les dents de Crâne d'œuf volèrent en éclats et du sang gicla de sa bouche. Le coup l'assomma avant même qu'il touche le sol. Joey lui arracha son pistolet et se tourna vers les mercenaires restants.

SPLOUTCH !

Une autre tête vola juste sous le nez de Joey, telle une rafale de vent écarlate, et s'écrasa avec un nouveau *ploc* contre le mur, non loin de la fenêtre où celle de Mikey avait terminé.

BANG !

Joey abattit l'ennemi le plus proche d'une balle à l'arrière du crâne.

BANG !

Il en descendit un autre d'une balle dans le visage.

Il en restait deux, qui n'avaient nulle part où aller et étaient absolument pétrifiés. Un des deux laissa tomber son arme sur le sol et leva les mains en signe de capitulation. Son camarade, convaincu des mérites de son geste, l'imita.

C'était le moment que le Bourbon Kid attendait pour sortir de sa cachette, dans l'embrasure de la porte de l'entrée principale. Il entra dans le bâtiment, affolant les détecteurs de métaux avec l'artillerie cachée sous son long manteau noir. Il tenait un putain d'énorme pistolet dans sa main, qu'il braqua sur un des mercenaires.

Le pauvre bougre cria : « C'est bon, c'est bon, on se rend ! »

SPLOUTCH !

Se rendre n'était pas une option lorsque le Bourbon Kid avait décidé de s'offrir un petit massacre. Le type subit le même sort que les autres, si ce n'était que la bouillie de cervelle, crâne, visage et cheveux aspergea la poitrine et le visage de son pote quelques marches plus haut.

Le dernier survivant, un homme dégingandé aux cheveux blonds presque rasés et désormais croûtés de sang et de cervelle, tomba à genoux et recracha le sang de son ami qui venait de lui voler dans la bouche.

Le Bourbon Kid interpella Joey : « Tu veux te faire le dernier ? »

Malgré la charpie qui recouvrait le visage du type, il était évident qu'il était terrifié. Joey baissa son arme et la rangea à l'arrière de son pantalon. Il se pencha pour ramasser son masque et le glissa sur sa tête. Il se sentit tout à coup beaucoup plus à l'aise. Une fois que le masque fut confortablement fixé autour de son crâne, il marcha en direction de l'escalier et du dernier mercenaire.

Il s'immobilisa trois marches au-dessus de l'otage terrifié et lui envoya un coup de pied de karaté impressionnant au visage. Son pied entra lentement en contact avec le menton de son adversaire, dont la tête partit en arrière. La puissance du coup le souleva à plusieurs centimètres au-dessus du sol. Il tomba à la renverse et fit des roulés-boulés dans l'escalier. À mi-chemin, son épaule rebondit sur le rebord d'une des marches et ses jambes passèrent par-dessus sa tête, lui permettant d'atterrir plus ou moins sur ses pieds. Mais il perdit de nouveau l'équilibre et fonça la tête la première sur le poing du Bourbon Kid, lancé à la vitesse d'un train express. Sa tête partit une nouvelle fois vers l'arrière et se détacha presque de ses épaules. Il tomba à la renverse dans l'escalier, *et ce fut la fin.*

Les marches étaient jonchées de corps, certains décapités, d'autres non, mais tous salement amochés. Joey sauta sur la rampe en bois verni et se laissa glisser jusqu'au Bourbon Kid.

« Content de te voir enfin avec ton masque, dit le Kid. Mais c'est quoi, cette musique de merde ?

— J'ai demandé à Jasmine de passer du John Carpenter.

— Je comprends mieux. »

Joey n'avait jusqu'alors pas eu l'occasion de voir de près le pistolet du Kid. C'était une arme assez impressionnante.

« Il a quoi de spécial, ce flingue ? demanda-t-il. Il pourrait tuer Frankenstein ? »

Le Kid secoua la tête.

« Déjà essayé.

— Je me disais : il faudrait qu'on réussisse à lui faire ouvrir la bouche, ça doit être son talon d'Achille. Je vise plutôt bien, donc...

— Déjà essayé. »

Joey fronça les sourcils derrière son masque.

« Quand est-ce que t'as essayé tout ça ?

— Ce matin.

— Et qu'est-ce qui s'est passé ?

— Ça a pris un certain temps, mais j'ai fini par trouver comment le tuer.

— Alors, pourquoi est-ce qu'il est toujours en vie ?

— Il a grimpé sur sa moto et s'est enfui comme une poule mouillée.

— OK, mais pas moyen qu'il s'enfuie, cette fois. On va se le faire ! »

Joey récupéra deux Browning 9 mm semi-automatiques sur les marches. Il vérifia qu'ils étaient chargés pendant que le Kid allumait une cigarette.

« Prêt ? demanda Joey.

— J'ai pas l'air prêt ?

— Si. Alors c'est parti, ça va saigner ! »

L'Iroquois et le Bourbon Kid se dirigèrent côte à côte vers la salle de réception. Le vacarme qui faisait rage à l'intérieur filtrait à travers les portes fermées.

« Au fait, comment est-ce qu'on tue Frankenstein ? demanda Joey. Tu ferais bien de me le dire, juste au cas où il t'arriverait un truc. »

Le Kid plongea la main sous sa veste et en sortit un petit objet.

« Avec ça, dit-il.
— Comment ? »

Le Kid expira de la fumée par les narines. « Tu trouveras bien », répondit-il.

Ils s'arrêtèrent à quelques pas des doubles portes de la salle, que l'impact des balles avait transformées en gruyère. Impossible de se cacher derrière.

« Quand tu veux, dit Joey.
— Juste une seconde. »

Le Kid jeta sa cigarette sur le sol et se retourna vers le hall d'entrée comme s'il venait de voir quelque chose.

« Qu'est-ce qui se passe ? demanda Joey.
— T'entends ça ? »

Joey tendit l'oreille. Les coups de feu avaient cessé. Malheureusement, Karen Carpenter chantait toujours. Mais il y avait autre chose. Ce n'était pas encore assez puissant pour couvrir la chanson, mais ce n'était qu'une question de secondes.

60

Devon Pincent s'était fait une promesse. S'il réussissait à quitter le manoir Landingham en un seul morceau, il trouverait un moyen de remercier Jasmine. Il était à quelques secondes de tirer sur Alexis Calhoon lorsqu'elle avait réussi à faire diversion en diffusant *We've Only Just Begun* par les haut-parleurs. Il l'avait vue disparaître derrière la table de mixage de la cabine du DJ juste avant que la musique commence.

Une trentaine des mercenaires de Solomon Bennett étaient réapparus dans le hall, armés des pistolets qu'ils avaient volés aux agents de sécurité. Sur ordre de Bennett, ils se mirent tous à tirer sur les vitres de la régie. Frankenstein se joignit à eux, une main sur son Uzi, l'autre fermement agrippée à Bébé.

Le vacarme fut assourdissant. Les vitres volèrent en morceaux et se répandirent sur le sol de la salle de réception. Les murs et les portes sous la cabine furent également criblés de balles.

Mais tout ce qu'ils réussirent à prouver fut leur manque d'organisation. C'était un spectacle assez curieux, qui rappelait un peu la scène de *Predator* dans laquelle Arnold Schwarzenegger et ses potes vidaient quelques milliers de cartouches sur un arbre sans jamais rien toucher.

La diversion permit à Devon de gagner un peu de temps. Il profita de ce que personne ne regardait dans sa direction pour tirer au plafond la balle destinée à Alexis Calhoon sans que personne semble remarquer quoi que ce soit, tant ils étaient occupés à faire feu sur Jasmine dans la régie.

Alexis Calhoon profita également de la diversion. Elle se jeta à terre et roula derrière une paire de lourds rideaux rouges au fond de la scène.

Immédiatement après avoir donné l'ordre à ses hommes de tirer sur Jasmine, Solomon Bennett leur hurla d'arrêter. Lorsque les détonations finirent par se calmer un peu, on l'entendit s'égosiller : « ARRÊTEZ DE TIRER, PUTAIN DE MERDE ! »

Les coups de feu cessèrent presque aussitôt. Un silence de mort aurait dû régner sur la salle, mais c'était sans compter sur la musique.

Bien que Devon n'ait jamais été très fan des Carpenters, leur musique était toujours plus agréable que le vacarme de trente abrutis débordant de testostérone vidant leurs chargeurs sur une jeune femme sans défense réfugiée dans une cabine de DJ.

Solomon Bennett secoua la tête et se frotta les oreilles. « Bon sang de bonsoir ! dit-il. Ça suffit. J'ai les oreilles qui sifflent, bordel ! » Il se tourna vers Devon. « Alors, où est-ce qu'on en était ? »

L'espace d'une seconde, Bennett reprit son air suffisant, qui disparut aussitôt lorsqu'il réalisa que Calhoon avait disparu.

« *Merde !* Elle est où ? » beugla-t-il à l'intention de Devon.

Celui-ci haussa les épaules. « Peut-être que ton pote le docteur Jekyll l'a emmenée ? »

Bennett regarda fiévreusement autour de lui, ce qui était un spectacle assez étrange. Avec son œil unique, il devait beaucoup tourner la tête, comme s'il s'échauffait la nuque avant de présenter une figure de gymnastique particulièrement complexe.

Alors que Bennett commençait à comprendre que ses plans étaient en train de s'effondrer, un énorme rugissement retentit dans le couloir au bout du hall. Tout le monde s'immobilisa et se tourna vers la double porte sous la cabine du DJ. Quelque chose arrivait sur eux.

« Qu'est-ce que c'est encore que ce bordel ? » marmonna Bennett.

Devon plaqua ses mains sur ses oreilles lorsque tous les mercenaires de Bennett – dont Frankenstein, qui avait toujours une main sur Bébé – braquèrent leurs armes sur l'entrée, prêts à faire feu.

CRASH !

Une Cadillac violette défonça les portes, qui volèrent en éclats dans toutes les directions. La voiture rebondit au passage sur quelques invités – morts ou simplement inconscients.

Le conducteur de la Cadillac était un sosie d'Elvis en costume bleu. Il tira sur le frein à main et la voiture pivota à quatre-vingt-dix degrés dans un crissement de pneus. Après la journée plus que bizarre qu'il avait passée, Devon n'était pas réellement surpris de voir un sosie d'Elvis Presley au volant d'une Cadillac violette débarquer dans une salle de réception pleine de serveurs armés jusqu'aux dents et d'un Frankenstein résistant aux balles.

Les coups de feu reprirent, encore plus furieusement qu'avant, lorsque Frankenstein et tous les hommes de Bennett s'attaquèrent à la voiture. Mais Elvis savait qu'il n'avait rien à craindre. La Cadillac, avec ses vitres blindées, était probablement l'endroit le plus sûr de la salle. En revanche, la peinture était foutue. Pour s'assurer que les balles continuent à pleuvoir sur lui, Elvis leva le majeur et fit des gestes obscènes en direction des abrutis qui, échauffés, tirèrent de plus belle.

Trois autres hommes étaient arrivés et s'abritaient derrière la voiture. Leurs têtes surgirent au-dessus de la Cadillac et ils commencèrent à ouvrir le feu sur les hommes de Bennett. Devon aperçut Joey. Avec son masque d'Iroquois, il était difficile de ne pas le repérer. Il était accroupi derrière le capot. Les deux autres hommes à ses côtés étaient Rodeo Rex et le Bourbon Kid. La cavalerie était arrivée.

Devon décida d'imiter Calhoon et disparut derrière le rideau rouge au fond de la scène. Il espérait de tout son cœur que les garçons réussiraient à tuer Frankenstein et Solomon Bennett sans que Bébé soit blessée.

Mais Devon devait bien admettre qu'il n'avait jamais été témoin d'une fusillade aussi étrange. Il courut discrètement jusqu'au bord de la scène et passa sa tête par le rideau pour essayer de voir ce qu'il se passait. Alexis Calhoon s'approcha subrepticement de lui et lui tapota l'épaule.

« Qu'est-ce qui se passe ? cria-t-elle dans son oreille.

— Vous êtes toujours là ? dit Devon. Je vous croyais déjà en route pour Belize !

— J'aurais bien aimé, mais il n'y a pas de sortie de ce côté. »

Elle montra du doigt la Cadillac violette malmenée par les mercenaires de Bennett.

« Ils sont tous avec vous ?

— Ils n'ont rien à voir avec moi, à part Joey Conrad. »

L'Iroquois, Rodeo Rex et le Bourbon Kid étaient surpassés en nombre, et ils semblaient avoir sous-estimé la puissance de feu des hommes de Bennett. Elvis était coincé derrière le volant, distribuant à qui mieux mieux des doigts d'honneur. Les trois autres étaient assaillis de tous côtés par des tirs nourris qui les empêchaient de lever la tête pour répliquer.

Devon réalisa avec inquiétude que Frankenstein ne semblait pas décidé à lâcher Bébé. Tout en continuant à faire feu, il se dirigeait vers la Cadillac, traînant la jeune fille derrière lui.

« Oh, Seigneur, il va arriver quelque chose à Bébé », gémit-il.

Calhoon agrippa son épaule pour le retenir au cas où il essaierait de lui venir en aide. « On ne peut rien faire, dit-elle. Espérons juste qu'ils aient un plan. »

Devon tapota la main sur son épaule.

« Vous devriez y aller, dit-il. Tirez-vous !

— Je ne peux pas, répondit-elle en jetant un œil au chaos qui continuait à faire rage. Le pape est toujours là-dedans. Je ne peux pas le laisser mourir à un gala que j'ai moi-même organisé ! »

61

L'idée de s'abriter derrière la Cadillac d'Elvis leur avait paru plutôt bonne, au début. Mais c'était avant que trente mercenaires armés de pistolets automatiques ne rejoignent le camp de Frankenstein. Joey, Rex et le Bourbon Kid se cachèrent derrière la voiture et attendirent que la tempête de balles se calme.

« Rappelez-moi, qui a eu cette idée ? hurla Joey par-dessus le bruit assourdissant des coups de feu.

— Moi ! hurla Rex à son tour.

— C'est vraiment une idée de merde ! Je tenais juste à ce que tu le saches.

— T'en as une meilleure ? »

Rex était assis dos à la portière, entre Joey et le Bourbon Kid. Il avait tiré le sac de sport rempli d'armes et de munitions hors de la voiture et le tenait près de lui. Le Bourbon Kid regarda par-dessus son épaule vers le sac.

« J'ai un plan, cria-t-il à l'oreille de Rex. Donne-moi ces deux Glock. »

Rex attrapa deux Glock 9 mm et les tendit au Kid.

« Qu'est-ce que tu vas faire ? hurla-t-il.

— Il faudrait que tu te lèves pour attirer les balles de Frankenstein jusqu'à ce qu'il soit à court de munitions !

— Pardon ?
— Allez ! »

Rex n'était pas complètement convaincu que sa main magnétique serait capable d'attraper le déluge de balles qui fuseraient dans sa direction s'il passait la tête par-dessus le toit de la Cadillac. Il avait déjà tenté le coup, ils l'avaient fait tous les trois, mais ça n'avait pas vraiment été une réussite. Ils avaient dû se réfugier presque immédiatement derrière la voiture, et Rex avait désormais un trou de balle au sommet de son Stetson préféré pour prouver à quel point c'était une idée pourrie.

« Pourquoi il faut toujours que ce soit moi ? » se plaignit Rex.

Joey lui donna une tape sur le bras.

« Parce que c'est toi qui as eu cette idée de merde !
— Et qu'est-ce que vous comptiez faire avant qu'Elvis et moi on débarque avec la voiture ? »

Il n'avait pas tort. Avant de voir la Cadillac débarquer dans le manoir, Joey et le Bourbon Kid s'apprêtaient à entrer comme des fleurs dans la salle de réception, sans la moindre protection.

Le Bourbon Kid s'impatientait. « Magne-toi, putain ! »

Rex devait bien admettre que c'était lui qui avait eu l'idée de se cacher là, et il était le seul à avoir une main magnétique capable d'attraper les balles de revolver, la règle tacite des fusillades en salles de réception voulait donc qu'il se lève et affronte les projectiles. Il plongea la main dans le sac de sport et en sortit une carabine à canon scié, la mythique Winchester « Mare's Leg » utilisée par Woody Harrelson dans *Bienvenue à*

Zombieland. Elle ne tirerait jamais le même volume de balles que les Glock et n'avait ni la puissance ni la précision du Desert Eagle d'Elvis, mais elle avait vraiment la classe.

Rex agita sa main en métal au-dessus du toit de la voiture pour tester les serveurs. Il attrapa deux balles en moins d'une demi-seconde. Ça n'allait pas être une partie de plaisir. Il inspira profondément et se leva. Il posa sa carabine sur le toit et tira sur le premier mercenaire venu. Un crétin suicidaire avait eu la bonne idée de charger dans sa direction armé d'une mitraillette. La balle de Rex transforma son visage en une vilaine charpie.

Tous les autres s'étaient réfugiés derrière des tables et des chaises renversées et faisaient feu par intermittence sur la voiture. Frankenstein était tout au bout de la salle. Il marchait vers la Cadillac, une main refermée sur l'épaule de Bébé, l'autre sur l'Uzi qui tirait à l'aveugle.

Rex réussit à attraper une trentaine de balles dans sa main. Quatre ou cinq autres traversèrent à nouveau son chapeau, passant à quelques millimètres de sa tête. Immanquablement, deux balles le touchèrent. La première ne fit que lui effleurer l'épaule gauche, mais l'autre se logea directement dans son biceps droit. Il replongea derrière la voiture, grimaçant de douleur. *Cette connerie faisait un mal de chien*. Mais ce n'était pas la première balle qu'il recevait, et il savait comment ignorer la douleur.

« Frankenstein est hors jeu, il est en train de recharger ! » cria-t-il au Bourbon Kid.

Frankenstein était en effet à court de munitions et essayait d'attraper celles qu'il avait rangées dans les poches de son treillis. Ce n'était pas chose aisée avec un seul bras, mais il refusait toujours de lâcher Bébé.

Le Bourbon Kid était sur le point de se lever pour tirer lorsque Joey intervint avec une requête de dernière minute.

« Ne tue pas le trou du cul au cache-œil ! Il est à moi ! »

Le Kid se leva et braqua son Glock par-dessus la voiture. Pendant les dix secondes qui suivirent, il tira sur tout ce qui bougeait, à l'exception de Frankenstein et du « trou du cul au cache-œil ».

Lorsque son chargeur fut vide, il s'accroupit près de Rex.

« Je les ai tous butés, dit-il.

— Tous ? demanda Rex.

— Ouais. Tu crois quoi, que je m'amusais à tirer sur les chaises ? »

Joey était aussi perplexe que Rex.

« C'est impossible. Ils étaient au moins trente !

— Trente-deux, pour être précis, dit le Kid. Et je t'ai laissé le trou du cul au cache-œil. Alors arrête un peu de chouiner et bute ce fils de pute, OK ? »

Joey ne se le fit pas dire deux fois. Il se leva et se pencha sur la voiture. Solomon Bennett était tout au fond de la salle, caché derrière une table renversée, mais sa tête dépassait assez pour que Joey réussisse à le dégommer. Une étincelle apparut dans l'œil valide de Bennett lorsqu'il vit le masque de l'Iroquois apparaître au-dessus de la Cadillac. Il sortit de sa cachette et braqua l'arme qu'il tenait dans sa main droite sur le masque. Mais il n'eut pas l'occasion de faire feu. Car Joey était un tireur hors pair. Il pressa la détente de son Browning semi-automatique. Une seule balle suffit, qui se logea droit dans l'œil valide de Bennett et ressortit à l'arrière de son crâne dans une giclée de sang. Le choc le fit soudain se redresser et tituber en arrière comme un boxeur qui viendrait d'être mis K-O mais ne s'en serait pas encore rendu compte. Quelques secondes plus tard, le reste de son corps comprit ce que son cerveau savait déjà. Il s'effondra sur le pape inconscient.

Le seul homme de main encore debout était Frankenstein. Il n'avait toujours pas lâché Bébé, mais avait fini par réussir à recharger son Uzi. Joey disparut derrière la voiture juste avant que Frankenstein ne se remette à tirer machinalement sur la Cadillac.

« T'as eu le pirate ? demanda Rex.

— En plein dans son putain d'œil !

— Tant mieux, hurla Rex. Alors maintenant, comment est-ce qu'on tue Frankenstein ? »

Elvis se pencha vers le siège passager et passa la tête par la vitre.

« Les mecs, quoi que vous fassiez, vous feriez bien de vous bouger le cul, parce que je crois pas que Frankenstein protégera la fille de ces zombies. »

Il y eut un moment de silence, le temps que tout le monde réfléchisse à ce qu'Elvis venait de dire. Même les Carpenters s'étaient tus.

« Des zombies ? demanda Joey, exprimant à haute voix la question que tout le monde se posait. *Quels zombies ?* »

Elvis passa son Desert Eagle doré par la vitre et le braqua sur quelque chose derrière l'épaule de Joey.

BANG !

La balle siffla près de l'oreille de l'Iroquois. Tout le monde prit un moment pour digérer ce qui venait de se passer. Un des invités, qui gisait inconscient près des portes défoncées, venait de se relever. Son apparence avait complètement changé. Sa peau était devenue fine et grise comme du papier calque. De grosses veines bleues étaient apparues sur son cou, son visage et ses mains, et ses yeux étaient injectés de sang.

La balle d'Elvis l'atteignit en pleine poitrine. Sa chemise blanche se teinta de rouge et il tomba en arrière contre le mur, expulsant du sang de ses poumons. Hélas, il n'était pas le seul à s'être transformé en mutant. Un à un, les invités se relevaient d'entre les morts. Certains avaient commencé à arracher avec les dents des morceaux de chair des hommes de Bennett. Mais la plupart étaient obnubilés par les survivants.

Frankenstein, de son côté, ne semblait pas le moins du monde perturbé par les morts-vivants. Ils ne pouvaient lui faire aucun mal. Il se remit donc à tirer sur la voiture tout en continuant à marcher dans sa direction.

Rodeo Rex vérifia sa montre. Le compte à rebours tournait toujours. Il tendit le poignet pour la montrer à Elvis.

« La vision de la Dame Mystique n'a pas changé ! cria-t-il. On a moins de quatre minutes pour empêcher quelqu'un dans cette pièce de tuer le pape ! »

Elvis s'extirpa de la Cadillac par la vitre ouverte et recula jusqu'à Rex.

« Alors, butons ces putains de zombies ! rugit-il.

— Ça va pas être facile avec Frankenstein qui nous tire dessus, marmonna Rex.

— Vous en faites pas pour Frankenstein, dit Joey. On s'en occupe, avec le Kid.

— Ouais, ben vous feriez bien de vous bouger, répliqua Rex d'un ton qui trahissait l'urgence de la situation. Parce que le pape est par terre à l'autre bout de la salle, et si un de ces putains de zombies de merde le repère, il en fera qu'une bouchée ! »

62

Jasmine avait passé toute la fusillade cachée sous la table de mixage de la régie. Le sol autour d'elle était jonché de débris de verre, et le bureau derrière lequel elle s'abritait était parsemé d'impacts de balles. Pendant une courte accalmie, elle entendit quelques voix familières dans la salle. Rex, Elvis, Joey et le Bourbon Kid étaient encore en train de se chamailler.

Prudemment, elle sortit de sa cachette en prenant soin d'éviter les éclats de verre et jeta un œil par-dessus le bureau pour essayer de voir ce qui se passait. La première chose qu'elle vit fut le corps sans vie de Solomon Bennett. Il était allongé sur le vieux travesti en robe blanche, et un filet de sang s'écoulait d'un trou béant à l'arrière de son crâne.

Elle repéra ensuite Frankenstein. Il traînait Bébé vers la Cadillac violette d'Elvis, qui était garée en travers près de la porte de la salle.

Puis elle vit un groupe d'invités se relever. Elle crut tout d'abord qu'ils s'étaient remis des effets du champagne empoisonné. Mais elle remarqua ensuite qu'ils se déplaçaient en titubant lourdement, et pas uniquement à cause du poison. Leurs yeux étaient injectés de sang, et de grosses veines bleues couraient sur leurs visages. Il était évident qu'ils avaient un sérieux problème. Ses soupçons se confirmèrent lorsque quelques-uns commencèrent à planter leurs dents dans les cadavres étendus par terre.

Elle pressa la touche « Entrée » sur le clavier de la table de mixage pour faire taire les Carpenters, qui devaient probablement agacer tout le monde, et se pencha en avant pour mieux voir ce que les garçons étaient en train de fabriquer juste en dessous de la régie.

Elle vit Elvis sortir de la voiture par la vitre côté passager, son Desert Eagle doré à main. Rodeo Rex était assis à côté de lui, brandissant une carabine avec laquelle il tirait sur tous les zombies qui s'approchaient. L'Iroquois et le Bourbon Kid étaient accroupis de chaque côté de la voiture, et semblaient sur le point de se jeter sur Frankenstein.

Jasmine repéra un sac de sport rempli d'armes entre Elvis et Rex. Il lui vint alors à l'esprit que si elle réussissait à mettre la main sur un pistolet, elle pourrait tuer un des invités mutants. Maintenant qu'ils n'étaient plus humains, elle pouvait en flinguer un sans craindre d'avoir des remords. Et si elle réussissait à faire ça, alors Rex devrait tenir sa promesse et l'accepter dans le gang des Dead Hunters. *Jasmine voulait vraiment faire partie du gang.* Elle se pencha un peu plus par-dessus le bureau et cria à l'intention du King :

« Elvis, chéri, envoie-moi un flingue ! »

Elvis leva les yeux, et, en dépit des deux invités mutants qui s'approchaient dangereusement de lui, réussit à plonger la main dans le sac pour en sortir un petit pistolet, qu'il jeta en direction de la régie.

Son lancer était parfait. Malheureusement, Jasmine était loin d'être aussi douée avec ses mains, pas dans ce domaine en tout cas. Elle réussit à attraper la crosse de sa main droite, mais la heurta de sa main gauche. L'arme retomba, rebondissant sur la tête de Rodeo Rex avant de finir par terre.

Jasmine retourna vite se cacher, craignant de croiser le regard assassin de Rex. Elle posa la main sur le clavier pour retrouver l'équilibre et appuya par mégarde sur lecture, diffusant à travers tous les haut-parleurs la chanson *Yakety Sax* à plein volume.

Avant qu'elle n'ait eu le temps de l'éteindre, Frankenstein leva les yeux et la repéra. Il y avait quelque chose avec la musique qui semblait l'agacer particulièrement. Il braqua son Uzi sur la régie et ouvrit le feu. Jasmine plongea sur le sol et rampa vers la porte donnant sur le couloir. Si elle voulait tuer un zombie et devenir un Dead Hunter, elle allait devoir le faire du rez-de-chaussée.

Tandis qu'elle ouvrait la porte et rampait jusqu'au couloir, Frankenstein se retrouva de nouveau à court de munitions. Et il venait de vider son dernier chargeur. Sans s'en douter, Jasmine venait d'offrir aux garçons l'opportunité de se mesurer à lui.

63

Depuis le début de la fusillade, Bébé essayait en vain de se libérer de Frankenstein. Mais c'était peine perdue. Ses mains étaient menottées derrière son dos, et Frankenstein était si puissant qu'il avait à peine remarqué ses tentatives. Il était bien trop occupé à tirer sur tout ce qui bougeait, ou ne bougeait pas, d'ailleurs. Il avait vidé son chargeur plusieurs fois, le remplissant avec les cartouches qu'il gardait dans sa poche. Mais après sa dernière offensive contre Jasmine dans la cabine du DJ, il se retrouva enfin à sec. Il jeta son pistolet et se mit à en chercher un autre sur les cadavres éparpillés dans la salle de réception.

Il repéra le canon d'un autre Uzi, qui dépassait sous la jambe d'une serveuse morte près d'une des nombreuses tables renversées. Il traîna Bébé jusqu'à la table et se baissa pour ramasser l'arme. Bébé savait que c'était sa meilleure – et peut-être dernière – chance de se libérer. Elle se débattit et se contorsionna dans tous les sens, en vain. Même lorsque Frankenstein était en équilibre instable, penché en avant, il était impossible de s'en défaire. En désespoir de cause, elle envisagea d'essayer sa technique secrète. Joey avait visiblement la même chose en tête puisque, depuis sa cachette derrière la Cadillac, il hurla :

« Bébé, fais-lui le coup du pingouin ! »

N'importe qui d'autre aurait trouvé cette requête pour le moins déplacée dans de telles circonstances, mais Bébé savait précisément ce que cela signifiait. Et c'était plutôt rassurant de savoir que Joey avait eu la même idée qu'elle.

Du bout des doigts, elle attrapa la boucle de ceinture de Frankenstein, qu'elle réussit à ouvrir d'un habile mouvement du pouce et de l'index. La première partie de la manœuvre fut un succès. Frankenstein, trop occupé à décrocher l'Uzi de l'épaule de la serveuse, n'avait rien remarqué. Bébé attrapa alors son pantalon et le baissa d'un coup sec.

Comme tout homme qui sentirait son pantalon lui tomber aux chevilles sans qu'il s'y attende et qui ne porterait pas de sous-vêtements, le premier réflexe de Frankenstein fut d'oublier tout le reste pour essayer de le remonter. Sans s'en rendre compte, il relâcha son étreinte sur le bras de Bébé, qui en profita pour se libérer. Puis, s'empêtrant dans son pantalon, il perdit l'équilibre. Bébé avait utilisé cette technique avec succès de nombreuses fois. La règle d'or était : *plus ils sont gros, plus ils tombent facilement*. Elle roula hors de portée du colosse et trouva refuge derrière une table.

Au même moment, le pied droit de Frankenstein s'emmêla avec le gauche, et il dut poser une main sur le sol pour ne pas s'effondrer. En réalisant que Bébé lui avait échappé, il tendit le bras pour essayer de la rattraper. Il tenta maladroitement quelques pas avant de tomber sur le menton, son cul blanc et imberbe dressé vers le plafond, tel un enfant apprenant à marcher.

Le timing était parfait. Le Bourbon Kid sortit comme une furie de derrière la Cadillac et se rua sur Frankenstein, brandissant le poing comme s'il s'apprêtait à le fister. Mais ce n'était pas exactement ce qu'il avait en tête. D'une main, il tira la fesse droite du géant, révélant un anus qui se déploya tel un trou noir. De l'autre main, il y enfonça un Kinder Surprise, aussi profondément que possible. Et l'œuf rentra comme dans du beurre. Sa forme ovale et lisse en faisait l'objet parfait à insérer dans un rectum béant.

Joey était lui aussi sorti de sa cachette. Il cria à Bébé : « Éloigne-toi des zombies ! »

Celle-ci avait bien vu quelques invités mutants se relever d'entre les morts, mais ce n'était pas son souci principal lorsqu'elle était entre les mains de Frankenstein. Maintenant qu'elle était libre, elle remarqua à quel point ils étaient nombreux. Elle se releva et courut vers la scène, en zigzaguant entre les bras tendus des morts-vivants aux yeux rouges, ce qui était assez périlleux avec les mains menottées derrière le dos.

Heureusement, Rodeo Rex et Elvis protégeaient ses arrières. Dès qu'un mutant s'approchait d'elle, l'un des deux lui faisait exploser la cervelle ou un membre grâce à son puissant pistolet.

Bébé gravit les marches conduisant à la scène et se retourna pour voir ce qui était arrivé à Frankenstein.

Le géant au cerveau atrophié avait cessé d'essayer de remonter son pantalon. Toute sa colère était dirigée contre le Bourbon Kid, ce qui était assez compréhensible puisque ce dernier venait de lui enfoncer un œuf en chocolat d'une taille conséquente dans le derrière. Et comme pour l'énerver encore plus, le Kid se pavanait près de sa victime, le défiant de se relever et de se battre.

Frankenstein ne se fit pas prier. Il se redressa péniblement, semblant oublier que son pantalon était toujours à ses pieds. Mais dès qu'il fut debout, le Bourbon Kid passa à la deuxième étape de son plan d'attaque. Il bondit dans les airs et envoya son poing dans la mâchoire de Frankenstein, qui pivota à quatre-vingt-dix degrés, se retrouvant face à l'Iroquois.

Joey s'était discrètement placé derrière Frankenstein pendant que le Kid faisait diversion avec son attaque « Kinder Surprise ». Lorsque Frankenstein termina son demi-tour involontaire, Joey lui envoya un coup de poing rapide, précis, et extrêmement puissant dans l'estomac.

Bébé s'attendait à voir Joey et le Bourbon Kid poursuivre leurs attaques à tour de rôle, mais ils reculèrent tous les deux.

Frankenstein s'ébroua et scanna la pièce du regard à la recherche d'un autre pistolet. Il repéra l'Uzi qu'il était sur le point de ramasser avant que Bébé ne baisse son pantalon. Il fit un pas dans sa direction. Et n'alla pas plus loin.

Un bruit ressemblant à un coup de tonnerre noya soudain les détonations et la musique. La pièce semblait sur le point de se mettre à trembler, mais tout le monde comprit rapidement que le seul orage en vue grondait dans l'estomac de Frankenstein. Le « coup de poing foireux » si cher à Joey commençait à faire effet.

Le corps entier de Frankenstein commença à gonfler à une vitesse impressionnante. Ses bras s'écartèrent tel le Christ sur la croix et sa poitrine se souleva. Son estomac gronda encore plus fort et commença à se dilater. Il était en train d'imploser. Les premières victimes furent ses lunettes de protection noires, propulsées à l'autre bout de la salle, suivies de près par ses yeux, qui furent projetés hors de leurs orbites et volèrent dans deux directions opposées.

Et puis il y eut le sang.
Beaucoup de sang.

Il jaillit d'abord de ses orbites béantes, puis de ses oreilles, sa bouche et ses narines. Et une fontaine de liquide rouge et visqueux fusa de son anus dans le pire cas de diarrhée que l'histoire ait connu.

La mort de Frankenstein fut fulgurante. La vie quitta son corps aussi rapidement que le sang et autres fluides corporels qui se répandaient autour de lui. Ses genoux ne plièrent même pas lorsqu'il tomba comme une planche et s'effondra sur le sol, aplatissant ce qu'il restait de son visage. Frankenstein n'était plus. Il était mort sur la musique du thème de *Benny Hill*.

Dès que le monstre fut hors jeu, Elvis et Rex purent sortir de leur cachette. Ils commencèrent à patrouiller dans la salle de réception, tirant sur tous les invités mutants qu'ils croisaient. Le crâne de quiconque avait le visage légèrement bleu ou les yeux vaguement injectés de sang vola en éclats. Et s'ils se laissaient par mégarde approcher de trop près pour pouvoir les abattre d'une balle dans la tête, ils leur défonçaient simplement le crâne d'un coup de crosse de revolver.

Bébé aperçut le cadavre de l'homme qui l'avait menottée, étendu juste sous la scène. Les clés étaient accrochées à sa ceinture. Elle les attrapa et entreprit de se débarrasser des menottes.

Le Bourbon Kid s'était assis sur le capot de la Cadillac violette d'Elvis, fumant une cigarette et tirant de temps en temps sur les cadavres qui semblaient sur le point de se mettre à bouger.

Du centre de la salle, Joey admirait le spectacle. Son jean était taché du sang qui venait de gicler des orifices de Frankenstein. Il arracha son masque et adressa un grand sourire à Bébé. Lorsqu'elle réussit enfin à se libérer de ses menottes, elle les laissa tomber sur le sol et courut dans sa direction. Elle se jeta sur lui, enroulant ses bras autour de son cou et ses jambes autour de ses hanches. Il l'enlaça, et ils échangèrent un baiser plus intense que tout ce qu'ils avaient vécu aujourd'hui. Son tueur en série psychotique de petit ami avait une nouvelle fois relevé le défi et détruit la menace apparemment invincible que représentait Frankenstein.

Elle le regarda dans les yeux.

« Comment t'as fait ? demanda-t-elle. Pour faire exploser Frankenstein comme ça ?

— Je lui ai donné un coup de poing foireux.

— Mais pourquoi il a explosé ?

— Il avait une bombe dans l'estomac.

— Une bombe ?

— Ouais, cachée dans un œuf en chocolat.

— Que fabriquait une bombe dans un œuf en chocolat ? »

Joey haussa les épaules. « Aucune idée. Mais dès que je l'ai frappé dans le ventre et que son estomac s'est resserré autour de l'œuf, son sort était scellé. »

Bébé comprenait plus ou moins que les intestins de Frankenstein ne soient pas pare-balles comme sa peau. Ce qu'elle n'arrivait pas à saisir, c'était pourquoi quelqu'un cacherait une bombe dans un œuf en chocolat.

« D'accord, mais sérieusement, pourquoi est-ce qu'il y avait une bombe dans le Kinder ?

— J'aimerais bien le savoir, moi aussi ! » gronda Rodeo Rex de l'autre bout de la salle.

Il avait interrompu sa chasse aux mutants et s'était tourné vers le Bourbon Kid en agitant le doigt d'un air furibond.

Le Kid souffla de la fumée par les narines.

« C'est un endroit sympa pour cacher une bombe, dit le Kid en haussant les épaules.

— C'est le putain d'œuf que t'as voulu me refiler l'autre jour ? vociféra Rex.

— Possible.

— Putain de dégénéré ! »

Bébé ne savait pas trop quoi penser des nouveaux amis de Joey. Ils étaient pour le moins étranges.

« Je ferais bien d'aller les empêcher de s'entretuer, dit Joey en s'écartant de Bébé. Tu devrais aller rassurer ton père. Dis-lui que c'est un héros. »

Bébé regarda autour d'elle et aperçut son père et Alexis Calhoon. Ils s'étaient abrités sur le côté de la scène pendant la fusillade et sortaient prudemment de leur cachette. Devon semblait fatigué, mais infiniment soulagé de voir sa fille en un seul morceau.

« Bébé ! Tu es vivante ! » cria-t-il, les larmes aux yeux.

Un large sourire illumina le visage de la jeune fille, qui courut vers son père. Il y avait tant d'amour dans son regard, personne ne la regardait comme lui. Et puis, soudain, le visage de Devon s'allongea.

« BÉBÉ ! hurla-t-il en regardant derrière elle d'un air terrifié. ATTENTION ! »

64

Alexis Calhoon avait vu un paquet de choses bizarres depuis qu'elle dirigeait les Opérations fantômes. Mais ce dont elle venait d'être témoin dans la salle de réception du manoir Landingham serait impossible à décrire sans qu'on la croie folle à lier. Il faudrait pourtant, à un moment ou à un autre, qu'elle explique à des gens très importants comment le pape s'était retrouvé à deux doigts de se faire assassiner par Frankenstein. À cela s'ajoutaient quelques broutilles, comme l'histoire du Brumalyte volé par le docteur Jekyll, et, bien sûr, les invités zombifiés. *Et merde*, elle allait avoir besoin d'une couverture en béton. *Et vite*.

Debout sur la scène, elle observa le carnage sous ses pieds. Des centaines de corps fumants étaient éparpillés sur le sol. L'odeur de mort et de poudre était absolument écœurante. Il n'y avait qu'une poignée de survivants, et Calhoon était heureuse d'en faire partie. Elle devait la vie aux quatre hommes qui étaient arrivés dans une Cadillac violette. Elvis, Rodeo Rex, le Bourbon Kid et l'Iroquois étaient les quatre tueurs les plus recherchés du monde civilisé. Elle n'aurait jamais imaginé être si heureuse de les voir. Il y avait un cinquième membre dans leur gang, ceci dit, dont Calhoon avait momentanément oublié l'existence. Le sosie de Britney Spears en combinaison rouge et masque noir venait de franchir les portes défoncées de la salle en sautillant.

Les seuls autres survivants étaient Devon, Bébé, et, Dieu merci, le pape, qui gisait toujours sous le cadavre de Solomon Bennett.

Mais alors que Calhoon pensait que le chaos et le carnage étaient enfin terminés, elle vit un dernier invité se relever d'entre les morts. Tyrone Malone était un riche bienfaiteur dont elle espérait qu'il ferait une offre conséquente pour le Brumalyte. Il s'était lui aussi transformé en une de ces créatures assoiffées de sang. Et il était plutôt rapide, pour un zombie. Comme sorti de nulle part, il se jeta brusquement sur Bébé par l'arrière. Avant que Calhoon n'ait eu le temps de la prévenir, elle entendit Devon Pincent la devancer.

« BÉBÉ ! ATTENTION ! »

Le mutant tendit la main et la referma sur l'épaule de la jeune fille. Ses dents pourries étaient sorties, prêtes à plonger dans son cou.

Devon Pincent ne s'était pas déplacé aussi rapidement depuis des années. Il se précipita sur Bébé et plongea la main dans la bouche du mutant juste avant qu'il ne croque dans la chair de sa fille. Les mâchoires du monstre se refermèrent sur sa main, lui broyant les os. Devon hurla de douleur et se démena pour récupérer sa main tout en éloignant le monstre de Bébé. Il n'était peut-être pas aussi jeune et agile qu'autrefois, mais lorsque la vie de sa fille était en jeu, il n'y avait rien que cet homme ne fût prêt à faire. Une bagarre s'ensuivit entre Devon et le mutant. Il réussit à mettre

Bébé hors de danger, mais tout ce qui intéressait la créature, c'était croquer de la chair humaine, peu importait laquelle. Devon en fit les frais, mais il parvint malgré tout à mettre son ennemi à terre.

Bébé hurla et recula d'un pas, trébuchant sur un des cadavres étendus sur le sol. Joey, Rex et Elvis se précipitèrent au secours de Devon. Joey arriva par-derrière, attrapa le mutant par le cou et le jeta sur le côté pour l'éloigner de Devon. Il glissa sur le sol et s'écrasa sur une pile de corps sans vie. Le contour de ses lèvres était barbouillé de sang. Celui de Devon.

Elvis prit la relève. Tel un catcheur, il souleva le mutant, le jeta par-dessus son épaule et l'empala sur un pied de table renversée. Le pied en métal lui transperça le crâne dans un effroyable craquement et ressortit à l'avant de son visage. Son corps fut pris de quelques soubresauts avant de s'effondrer en un tas ensanglanté.

Calhoon descendit en trombe les marches de la scène pour porter secours à Devon. Il était dans un sale état. Du sang suintait sur son cou, et ses yeux avaient perdu leur étincelle. Bébé arriva auprès de lui en premier et prit sa tête entre ses bras.

« À l'aide ! » hurla-t-elle.

Joey s'accroupit près de Bébé. Un rapide coup d'œil lui suffit. Il leva les yeux vers Calhoon, qui était arrivée à la même conclusion. Son heure était venue. Il s'était sacrifié pour protéger sa fille du dernier zombie.

Il fallut quelques secondes de plus à Bébé pour comprendre à son tour. Elle éclata en sanglots lorsqu'elle réalisa que son père était en train de mourir. Devon toussait du sang, essayait désespérément de transmettre un dernier message à sa fille. Mais les mots ne sortirent jamais. Bébé lui caressa les cheveux et fit de son mieux pour contenir ses sanglots, pour rester forte pour lui. Devon expira une dernière fois et son corps s'affaissa, soudain très lourd, lorsqu'il s'éteignit dans les bras de sa fille.

65

Les cris déchirants que poussa Bébé lorsque son père mourut furent de loin ce qu'Alexis Calhoon avait vécu de plus douloureux aujourd'hui. Elle connaissait Devon depuis longtemps, et, malgré leurs différends, elle avait toujours admiré son désir de constamment faire le bien, même si cela impliquait de faire de mauvaises choses. Calhoon avait perdu son propre père lorsqu'elle était jeune, mais les circonstances étaient loin d'être aussi horribles. Une partie d'elle voulait prendre Bébé dans ses bras et la rassurer, lui dire que tout irait bien, mais dans de telles conditions, il était difficile de trouver les mots justes. Joey Conrad – qui souffrait sans doute lui aussi de la perte de son mentor – enlaça Bébé et fit de son mieux pour la réconforter.

Calhoon s'éloigna pour leur laisser un peu d'intimité. Elle se dirigea vers Rodeo Rex, qui se tenait seul un peu plus loin, carabine au poing, à la recherche d'un dernier mutant à achever.

« Je suis Alexis Calhoon, dit-elle en tendant la main. Directrice des Opérations fantômes. »

Rex arrêta de chercher des signes de vie chez les morts et retira son Stetson. Il le plaça devant sa poitrine avant de lui serrer la main.

« Rodeo Rex, à votre service, dit-il.

— Je sais qui vous êtes, répondit Calhoon avant d'ajouter : *tous les quatre*.

— J'ignore ce que vous avez entendu à notre sujet, dit Rex. Mais on est venus pour empêcher le pape de se faire assassiner.

— Et vous avez réussi. »

Rex vérifia sa montre pour ce qui lui sembla être la millième fois de la journée.

« On a même réussi avec une minute d'avance, dit-il.

— Vous connaissiez le moment exact où ça allait arriver ?

— En quelque sorte. Une voyante folle a eu une vision du pape en train de se faire tuer à douze heures douze pétantes la veille de Noël. »

Calhoon n'était pas sûre de savoir s'il était sérieux ou non, mais il n'avait pas l'air du genre à blaguer. « Une voyante ? » répéta-t-elle.

Rex leva les yeux au ciel.

« Je sais, j'y croyais pas vraiment non plus. Mais on m'a dit que le compte à rebours de cette montre s'arrêterait dès que le tueur du pape serait neutralisé.

— Eh bien, au nom du pape et de moi-même, je tiens à vous remercier, répondit Calhoon. Pour tout vous dire, je voudrais même vous embaucher. »

Elvis s'approcha d'eux en se dandinant.

« Nous embaucher ? dit-il. Pour quoi faire ?

— Mon département a besoin d'hommes comme vous.

— On est des tueurs recherchés par la police, dit Rex. Je doute que vous puissiez nous embaucher ! »

Calhoon baissa la voix pour répondre. « Je peux faire disparaître vos casiers judiciaires. »

Rex leva un sourcil.

« Comment ?

— C'est dans mes cordes. Tant que vous n'avez pas assassiné de président, de roi, ou ce genre de leader mondial, je peux tout effacer. »

Rex réfléchit un moment à son offre.

« Donc, vous pouvez faire disparaître *tous* nos casiers judiciaires ? demanda-t-il avec méfiance.

— Même le sien », dit Calhoon en désignant le Bourbon Kid qui écrasait sa cigarette sur la voiture d'Elvis.

Heureusement pour lui, Elvis avait le dos tourné. Son attention était ailleurs.

Avant que Rex ne puisse répondre à l'offre généreuse de Calhoon, Elvis lui donna un coup de coude dans le bras. « Je croyais que ta montre était censée s'arrêter lorsque le pape ne serait plus en danger ? » dit-il en la pointant du doigt.

Bien que Frankenstein fût mort, le compte à rebours continuait à tourner. Lorsque Rex regarda l'écran, il restait *sept secondes*.

Il était sur le point de dire quelque chose lorsque soudain, comme sortie de nulle part, Jasmine s'écria : « IL RESTE UN ZOMBIE ! »

Rex et Elvis réagirent sur-le-champ en attrapant leurs pistolets. Ils firent volte-face et scannèrent la pièce du regard pour voir où était le mutant qui avait fait hurler Jasmine. Celle-ci avait trouvé un pistolet sur un cadavre et le pointait vers la scène, bien décidée à achever elle-même le mort vivant.

En comprenant ce qui était sur le point de se passer, Rex et Elvis crièrent d'une même voix : « JASMINE, NOOOON ! »

Leur supplique tomba dans l'oreille d'une sourde. Jasmine tira six coups d'affilée. Et qui aurait pu deviner qu'elle savait tirer ? Les six balles atteignirent leur cible.

Le vacarme assourdissant des coups de feu laissa rapidement place aux gémissements de Rex, Elvis et Calhoon, qui enfouirent leurs visages dans leurs mains en réalisant ce qu'elle avait fait.

Elle avait tiré sur le pape. À six reprises.

Le pauvre homme s'était extirpé de sous le corps de Solomon Bennett et essayait de se relever lorsque Jasmine l'avait repéré. Elle l'avait pris pour un zombie mutant à cause du sang et de la cervelle de Bennett qui couvraient tout un côté de son visage. Six balles plus tard, *le pape était mort.*

Piètre consolation, il était mort sur le coup. Ses souffrances furent extrêmement brèves et probablement atténuées par la quantité d'antidouleurs qu'on lui avait administrés.

Calhoon sentit ses jambes se dérober. Elle tendit la main et s'appuya sur l'épaule de Rodeo Rex, ravivant une douleur qui lui rappela qu'il avait lui aussi été touché. Une balle avait percé un trou dans son biceps. Il en fallait plus que ça pour le perturber, mais il partageait le désespoir de Calhoon.

Jasmine baissa son arme. Un grand sourire illumina son visage. « Vous avez vu ça ? cria-t-elle. J'en ai eu un ! »

Calhoon avait du mal à y croire. Après toute la peine qu'ils s'étaient donnée pour sauver le pape, le saint homme avait été exécuté au dernier moment par une Britney Spears à la peau mate, masquée et armée d'un pistolet.

Rex prit la défense de Jasmine. « Elle l'a pas fait exprès. »

Calhoon soupira. « Ouais, comme je disais, je peux nettoyer vos casiers judiciaires, tant que vous n'avez pas tué un président, un roi, ou ce genre de personnes. Mais votre copine Jasmine vient de tuer le pape. Je peux pas faire grand-chose pour elle. »

Rex consulta de nouveau sa montre. Elle indiquait 0:00. Il ferma les yeux et se frappa le front de sa main en métal. Il semblait exaspéré. Jasmine, de son côté, paraissait extrêmement fière. Elle arriva comme une fleur, avec un grand sourire, et tira sur la manche d'Elvis.

« T'as vu ça ? demanda-t-elle.

— Ouais, bien joué, répondit poliment Elvis.

— Je peux être membre des Dead Hunters, maintenant ? »

Elvis caressa les cheveux de Jasmine. Il se tourna vers Rex qui revissait son Stetson sur son crâne. Ce fut Calhoon qui finit par lui répondre.

« Ma belle, tu viens de tuer le pape ! Ce qui signifie que pour le restant de tes jours, tu vas avoir à tes trousses des agents du gouvernement, des chasseurs de primes, des assassins et toutes sortes de tarés affamés de gloire qui essaieront de te tuer. »

Rodeo Rex inspira profondément et répondit à la place de Jasmine : « Eh bien, vous feriez bien de transmettre à vos hommes cette information : quiconque essaiera de tuer Jasmine devra d'abord passer par moi, Elvis et le Bourbon Kid. Parce que cette fille est le tout nouveau membre des Dead Hunters. »

Jasmine tapa joyeusement dans ses mains. « C'est trop cool ! couina-t-elle. Et dire que tout ce que j'avais à faire, c'était tuer un pape ! »

Elvis passa son bras autour de ses épaules et l'embrassa sur le front. « Ouais, tu t'es bien débrouillée, ma belle. Pas exactement ce que j'attendais de toi, mais bravo quand même. »

Calhoon frappa les abdominaux de Rex du revers de la main.

« Vous feriez bien d'y aller, les mecs, parce que j'ai appelé des renforts y a cinq minutes, quand vous étiez en train de tuer tous mes invités.

— Qu'est-ce que vous allez dire aux gens quand ils demanderont ce qui s'est passé ici ? » demanda Rex.

Le Bourbon Kid sauta du capot de la Cadillac et les rejoignit au milieu de la salle. Il avait à la main une bouteille de champagne dans laquelle il avait enfoncé un morceau de tissu enflammé.

« Son histoire est très simple, dit-il. Le manoir a pris feu. »

Calhoon n'avait pas envisagé d'incendier le bâtiment, et elle n'était pas sûre d'aimer cette idée, mais le Bourbon Kid jeta la bouteille enflammée sur les rideaux de la scène avant qu'elle n'ait eu le temps de dire quoi que ce soit. Ils s'embrasèrent immédiatement. En y réfléchissant, c'était probablement la meilleure chose à faire. Brûler le manoir éviterait à Calhoon de devoir expliquer au FBI qu'une créature surnommée

Frankenstein – créée dans le cadre d'une expérience qu'elle avait personnellement autorisée – avait débarqué et assassiné la moitié des invités. Le docteur Jekyll – un de ses anciens employés – avait empoisonné le reste des convives et s'était enfui avec le précieux Brumalyte. Et puis, il y avait cette histoire de Dead Hunters et de pape assassiné par erreur par quelqu'un qui l'avait pris pour un zombie. Si elle racontait ça à qui que ce soit, elle finirait à l'asile de Grimwald pour le restant de ses jours.

Rex cria à l'intention de Joey : « Yo, l'Iroquois, faut qu'on se tire ! »

Joey faisait de son mieux pour réconforter Bébé, dévastée par la mort brutale de son père.

« Je devrais rester avec Bébé », cria-t-il.

Calhoon s'approcha timidement de Joey et posa une main sur son épaule. « Chéri, dit-elle. Tu dois y aller. Si vous êtes toujours là dans deux minutes, je ne serai plus en mesure de vous aider. Maintenant que le pape est mort, vous devez partir immédiatement. »

Joey prit la main de Bébé dans la sienne et essuya les larmes qui coulaient sur ses joues.

« Viens avec nous, dit-il.

— Mauvaise idée, dit Calhoon. Son père vient de mourir. Si elle part avec vous, elle ne pourra pas assister à ses funérailles. »

Jasmine intervint avec une proposition généreuse, mais tout à fait inutile. « Elle peut dormir chez moi », dit-elle.

Calhoon grimaça et secoua la tête, effarée par son manque de jugeote. « Est-ce que quelqu'un pourrait essayer d'expliquer à Jasmine ce que ça signifie, de tuer le pape ? demanda-t-elle. Bébé peut rester avec moi jusqu'à ce que les choses se soient calmées. Les autres, vous devez foutre le camp d'ici, *maintenant* ! »

Joey s'agenouilla près de Bébé. « Je viendrai te chercher quand les choses se seront un peu calmées, je te le promets. »

Un violent souffle en provenance des rideaux en feu leur rappela qu'il était urgent de partir, que les renforts de Calhoon arrivent dans cinq minutes ou non.

Rex souleva le corps de Devon Pincent et le jeta sur son épaule.

« Qu'est-ce que vous faites ? demanda Bébé.

— On peut pas le laisser brûler là. Je sors son corps d'ici, et après il faut vraiment qu'on se tire. »

Calhoon l'interpella.

« Encore merci pour tout ce que vous avez fait.

— Aucun problème, répondit Rex. Et rendez-vous service. Quand le manoir sera réduit en cendres, faites-nous porter le chapeau. On a l'habitude. »

À ce moment-là, Alexis Calhoon aurait pu sauter dans les bras de Rex. Accuser un gang de tueurs en série dont la plupart des gens doutaient de l'existence était beaucoup plus facile qu'essayer d'expliquer la vérité.

66

La nuit était tombée sur le manoir Landingham, mais ses jardins étaient illuminés par les gyrophares bleu et rouge du cortège d'ambulances, voitures de police et camions de pompiers qui venaient d'arriver sur les lieux. À cela s'ajoutaient les flashs des appareils photo des journalistes qui avaient accouru pour couvrir ce qui pourrait bien se révéler la plus grosse histoire de l'année.

Moins de deux heures après leur arrivée, les pompiers avaient réussi à maîtriser l'incendie pour l'empêcher de s'étendre. Mais les flammes avaient déjà détruit une grande partie de l'intérieur du manoir.

Alexis Calhoon et Marianne « Bébé » Pincent étaient les deux seules survivantes. Elles étaient toutes les deux perchées à l'arrière d'une ambulance avec des serviettes chaudes autour des épaules, observant le chaos qui régnait autour de la propriété. Calhoon buvait une tasse de café, essayant de digérer ce qu'elle venait de voir tout en réfléchissant à l'explication qu'elle allait donner.

Un nombre conséquent de corps carbonisés étaient sortis sur des brancards, mais pour le moment, aucun ne ressemblait de près ou de loin à un zombie. La plupart étaient déjà emballés et prêts pour un aller simple vers la morgue. Étant donné le peu de peau qu'il restait sur leurs corps, ce ne serait pas une mince affaire de les identifier, sans parler de déterminer s'ils avaient été tués par autre chose que les flammes.

Calhoon se sentait malgré tout chanceuse comparée à Bébé, car même si elle venait de voir de nombreux collègues et connaissances se faire assassiner, son mari l'attendait à la maison. Bébé n'avait personne. Sa mère et sa sœur étaient mortes dans un mystérieux incendie quand elle était gamine, et elle venait de perdre le dernier membre de sa famille encore en vie. La jeune fille regardait les flammes ravager le manoir Landingham, et Dieu seul sait ce qui se passait dans sa tête.

Calhoon ne cessait de lui dire que tout allait s'arranger, et que sa maison serait la sienne pour aussi longtemps qu'elle le voudrait. Elle lui avait aussi plusieurs fois répété l'importance de s'en tenir à la même version des faits si des policiers ou des agents du FBI les interrogeaient. C'était une histoire plutôt simple, il suffisait de dire la vérité, à l'exception de trois choses. Ne parler ni de Frankenstein, ni du docteur Jekyll, ni des zombies. Les responsables de tous ces meurtres étaient les Dead Hunters.

Elle fut soulagée de voir le visage familier et amical de Blake Jackson arriver sur les lieux du crime. Il portait un épais manteau bleu qui lui arrivait aux genoux et un chapeau en tweed. Le chapeau était une des ficelles du métier. Il donnait tout de suite une certaine aura d'autorité et permettait, que l'on soit quelqu'un d'important ou non, d'aboyer des ordres aux autres et de se faire obéir.

Les gens respectent les couvre-chefs sur les scènes de crime – même si personne n'a jamais su expliquer ce curieux phénomène. Blake Jackson était dans tous les cas quelqu'un de respecté, mais cette combine facilitait les choses. Il prit rapidement le contrôle de l'ensemble de la scène de crime et commença à distribuer des ordres à la ronde. Lorsqu'il repéra Calhoon et Bébé perchées sur le rebord de l'ambulance, il s'empressa de les rejoindre. Il affichait une expression à la fois inquiète et soulagée.

« Alexis, Dieu merci, tu es vivante, dit-il. Comment vas-tu ?

— J'ai connu mieux.

— J'imagine, c'était une question stupide, s'excusa-t-il d'un air désolé. Tu as besoin de quoi que ce soit ?

— Ça va aller. On va bientôt partir. »

Jackson grimaça et secoua la tête.

« Je suis vraiment désolé, mais Bébé ne pourra pas partir tout de suite. Je dois lui poser quelques questions.

— Comme quoi ?

— Il faudra par exemple qu'elle explique ce qu'elle faisait au manoir aujourd'hui alors qu'elle n'était pas sur la liste des invités. »

Bébé leva les yeux vers lui et essuya une larme qui coulait le long de sa joue. « Mon père et moi, on a été kidnappés, et emmenés ici comme otages. »

Jackson parut surpris. « Kidnappés ? dit-il d'un air sceptique. Par qui ? »

Calhoon répondit à la place de Bébé. « Par Solomon Bennett ! »

Elle se leva et parla doucement à l'oreille de Jackson.

« Blake, tu ne voudrais pas laisser ta carrière de côté juste une minute ? Elle a déjà assez souffert pour aujourd'hui.

— J'en suis conscient, dit Jackson. Et je ne veux pas passer pour un salaud, mais je veux faire les choses dans les règles, on a déjà assez merdé. »

Calhoon soupira.

« On ne fait pas les choses selon les règles, aux Opérations fantômes. Plus maintenant.

— Ce n'est pas si simple, rétorqua Jackson. Malheureusement, ce n'est plus de notre ressort. On a deux témoins qui affirment avoir vu l'Iroquois balancer un gamin, Jason Moxy, du haut de la falaise de la Peur. Et selon les deux témoignages, Bébé était avec eux.

— Et quand est-ce que ça se serait passé ?

— Il y a deux nuits. Et les flics ont trouvé un corps ce matin.

— Merde.

— Ouais, dit Jackson, plein de compassion. Mais laisse-moi m'en occuper. Le seul problème, c'est que tu as dit aux Féds que l'Iroquois était ici et qu'il avait tué le pape. Avec Bébé encore une fois présente sur le lieu du crime, je suis obligé de la mettre en garde à vue.

— Quoi ? »

Cette nouvelle information prit Calhoon par surprise. « Blake, tu n'es pas sérieux ? » dit-elle d'un ton implorant, faisant appel à sa sensibilité.

Jackson tenta de la rassurer. « Je te promets qu'il ne lui arrivera rien. C'est probablement juste une formalité. Je vais lui trouver un avocat et m'assurer qu'elle ne dise rien qui pourrait lui porter préjudice. Mais pour le moment, on doit l'emmener en garde à vue. »

Un certain nombre de policiers et d'agents du FBI s'affairaient autour de Jackson. Si ce n'était pas lui qui emmenait Bébé, il était fort probable que l'un d'entre eux finisse par leur présenter un mandat d'arrêt.

Calhoon tenta une dernière fois de convaincre Jackson.

« Laisse-moi juste l'emmener à la maison ce soir. On part maintenant.

— Alexis, tu ne peux rien faire pour elle pour le moment, dit-il, prenant un ton plus autoritaire. Je vais m'assurer qu'elle soit bien traitée et qu'elle reçoive les conseils d'un avocat, mais je ne peux pas la laisser quitter la scène de crime sans une paire de menottes aux poignets.

— D'accord, laisse-moi juste un instant avec elle.

— Tu as une minute avant que je revienne avec deux officiers. »

Jackson s'éloigna et commença à aboyer des ordres aux policiers qui travaillaient autour d'eux. Calhoon se rassit près de Bébé à l'arrière de l'ambulance. Elle écarta une mèche de cheveux de son visage.

« Je te promets d'arranger les choses, dit-elle d'un ton qu'elle espérait rassurant. Ne réponds à aucune de leurs questions tant que mon avocat n'est pas arrivé. Son nom est Bob Sugar. Dis aux policiers et aux agents du FBI que tu ne diras rien sans sa présence. Il saura exactement quoi faire. C'est un vrai magicien. »

Bébé semblait complètement découragée. La dernière chose dont elle avait besoin, c'était un interrogatoire mené par Jackson ou les agents fédéraux.

« D'accord, dit-elle en baissant la tête telle une poupée cassée.

— Ton père était un homme bien, Bébé, et je lui dois quelques faveurs. Tu n'iras pas en prison de mon vivant, je te donne ma parole. »

Une minute plus tard, Blake Jackson réapparut avec deux officiers de la police militaire. L'un d'eux passa les menottes à Bébé pendant que l'autre lui lisait ses droits. Ils essayaient de rendre la chose le moins pénible possible, mais ce fut avec le cœur lourd qu'Alexis Calhoon les regarda emmener Bébé dans une des voitures de police.

Blake Jackson s'assit à côté de Calhoon.

« Je suis vraiment désolé pour tout ça, dit-il. Si je pouvais faire autrement…

— Je sais. »

Jackson leva les yeux vers les vestiges du manoir.

« Alors, qu'est-ce qui s'est passé, exactement ? demanda-t-il.

— L'Iroquois et un groupe de cinglés qui se font appeler les Dead Hunters ont tué tout le monde, dont le pape, avant de mettre le feu au manoir. Enfin, je suppose que c'est ce qui est arrivé, j'ai raté une grande partie de l'action en essayant de faire sortir Bébé de ce chaos.

— Et le Brumalyte ?

— Ils l'ont volé, je crois. Ou peut-être qu'il a brûlé dans l'incendie. Pour être honnête, Blake, je suis bien trop exténuée pour répondre à tes questions maintenant. »

Jackson lui donna une tape amicale sur l'épaule.
« Bien sûr, je suis désolé, je ne voulais pas te brusquer. Tu veux que je demande à quelqu'un de te raccompagner chez toi ? »

Elle secoua la tête.

« Non, ça va aller, mon mari sera là dans une minute. Il me ramènera.

— Tu dois être impatiente de le voir, après tout ça.

— Ouais. La journée a été longue. »

Jackson lui adressa un sourire compatissant.

« Prends quelques jours, dit-il. Je m'occupe de tout. Et essaie de te reposer.

— Merci, Blake. »

67

« Deux semaines se sont écoulées depuis l'assassinat du pape, et le département de lutte antiterroriste n'a toujours pas mis la main sur les responsables. Ce matin, le président des États-Unis a adressé un message... »

Alexis Calhoon éteignit la télévision. Les flashs info au sujet du meurtre du pape qui passaient en boucle commençaient visiblement à lui taper sur les nerfs. Mais il était difficile de dire pour qui la pression était la plus importante, Calhoon, ou Blake Jackson, qui était assis en face d'elle. Elle l'avait convoqué dans son bureau pour un entretien privé. Jackson était arrivé vêtu d'un élégant costume gris avec une chemise blanche et une cravate rouge. Mais derrière cette apparence impeccable, c'était une véritable boule de nerfs. Depuis la catastrophe du manoir Landingham, deux semaines plus tôt, il n'avait pas fermé l'œil tant il était inquiet à l'idée que Calhoon découvre son implication dans le vol du Brumalyte et ses liens avec Solomon Bennett. Une des choses qui jouaient en sa faveur était le fait que Calhoon portait le poids du monde sur ses épaules. Comme lui, elle sauvait les apparences avec un talent impressionnant. Depuis deux semaines, elle ne quittait plus son uniforme de service kaki, enchaînant les réunions avec de hauts responsables comme le secrétaire d'État à la Défense. Si elle réussissait à sauver son travail, cela relèverait du miracle. Et si elle se faisait virer, Blake Jackson obtiendrait alors ce qu'il convoitait depuis le début – son poste.

Calhoon but une gorgée de café dans sa tasse favorite, à l'effigie de Robert Redford dans le film *Spy Game*.

« Si seulement quelqu'un pouvait faire sauter la Maison-Blanche, ou quelque chose du genre, dit-elle.

— Pardon ?

— C'est la seule chose qui détournerait l'attention des médias du pape. »

Jackson rit poliment, même si ce genre de blague ne le faisait pas vraiment rire.

« Les choses vont bientôt se tasser, dit-il. Des nouvelles du secrétaire d'État à la Défense ?

— Non, mais son bureau me pose tous les jours une nouvelle question, et je leur réponds chaque fois la même chose : Je n'ai rien vu. »

Jackson fit de son mieux pour paraître compatissant.

« S'ils avaient dépensé autant d'énergie à chercher l'Iroquois qu'à te harceler, l'affaire serait réglée depuis longtemps. Je veux dire : ça doit quand même pas être bien sorcier de retrouver un type qui sort jamais sans son masque de Halloween.

— En effet », dit Calhoon avec sarcasme.

Elle s'adossa à son fauteuil et étendit les jambes.

« Mais s'ils finissent par le trouver et découvrent sa véritable identité, je crains qu'ils me harcèlent encore plus.

— C'est fou, hein ? On se retrouve à le protéger comme on soupçonnait Devon de le faire.

— On ne le protège pas. Il faut juste qu'on le retrouve avant eux. Et c'est pour ça que je t'ai fait venir ici. J'ai un plan.

— Quel genre de plan ?

— Un plan excellent, comme tous mes plans.

— Vas-y. Je suis tout ouïe.

— Si Joey Conrad a décidé de se terrer, personne ne le trouvera. Jamais.

— C'est un plan, ça ?

— Non, petit malin. On ne le trouvera pas, mais lui viendra nous trouver si on joue les bonnes cartes.

— Pourquoi diable est-ce qu'il viendrait nous voir ?

— Pas nous. Bébé.

— Tu penses qu'il reviendra pour elle ? »

Calhoon secoua la tête.

« Il est taré, mais pas stupide. Bébé est enfermée dans la cellule la plus sécurisée au monde. Il n'essaiera pas de la secourir tant qu'une opportunité ne se sera pas présentée.

— Quel genre d'opportunité ?

— Tu te souviens que Bébé était censée jouer le rôle de Sandy dans la version théâtrale de *Grease* ?

— Ouais. Et… ?

— La première est dans deux semaines, et je me suis arrangée pour qu'elle soit sur scène ce soir-là. »

Pendant un instant, Jackson crut qu'elle plaisantait. Mais son regard déterminé suggérait le contraire. Il se gratta la tête pour essayer de comprendre la logique de son plan. Mais surtout, il se demandait si ça lui donnerait l'opportunité de faire disparaître Bébé. La jeune fille était un des rares détails du massacre de Landingham qu'il lui restait à régler.

« Je te suis pas, finit-il par dire. Explique-moi.

— Qu'est-ce que tu n'as pas compris ? Bébé participera au spectacle », répondit Calhoon.

Jackson n'avait connaissance du plan que depuis deux secondes, et il avait déjà repéré une énorme faille.

« Attends une minute, dit-il en levant les mains comme pour essayer de la calmer. Même si c'était possible, Bébé est complice du meurtre de Jason Moxy. Tu te souviens de lui, l'acteur principal du spectacle ? Le reste des acteurs doivent la haïr ! Ça marchera jamais.

— C'est déjà fait.

— Quoi ? Comment tu t'es démerdée ? »

Calhoon souleva sa tasse de café et en but une gorgée.

« Un jour, Blake, lorsque tu seras dans mon fauteuil et que tu boiras dans ce magnifique mug Robert Redford, tu auras la même influence et le même pouvoir que moi, et, tout comme moi, tu ne pourras pas en parler à ton second. C'est comme ça que ça marche. Disons simplement que j'ai demandé quelques faveurs et tiré quelques ficelles.

— Mais tu es déjà sur la sellette ! Si ça finit mal, tu seras pendue et écartelée dans le bureau ovale !

— J'en suis consciente. Mais c'est notre seule chance. On m'a plus ou moins fait comprendre que si le meurtrier du pape n'est pas rapidement arrêté, c'est tout le département qui tombera. Alors, soit on fait sortir Joey Conrad de sa cachette en se servant de Bébé comme appât, soit on commence tous à chercher un nouveau travail.

— Et s'il est assez bête pour débarquer à la première de *Grease* ?

— On le chope.

— Comment ?

— Pour commencer, demain matin la presse apprendra que toutes les charges contre Bébé ont été abandonnées, mais qu'elle reste en détention pour sa propre sécurité. Le soir de la première de *Grease*, on escortera tous les deux Bébé jusqu'à la salle. On s'assiéra dans le public et on regardera le spectacle comme tout le monde. Au même moment, plusieurs de nos hommes habillés en civil surveilleront les entrées et les sorties au cas où Conrad pointerait le bout de son nez. S'il est assez bête, et je pense qu'il l'est, alors nos hommes le feront discrètement disparaître, si tu vois ce que je veux dire. »

Une chose turlupinait toujours Jackson. « Tout ça me paraît quand même un peu compliqué. Je veux dire, pourquoi est-ce qu'elle doit absolument participer au spectacle ? Elle peut pas juste s'asseoir dans le public avec nous ? »

Calhoon caressa le visage de Robert Redford, essuyant une goutte de café de ses cheveux.

« C'est une bonne question, Blake, dit-elle. Le truc, et tu peux me traiter de vieille sentimentale, c'est que Devon Pincent était tellement fier que sa fille obtienne le rôle que je me sens obligée de la laisser le jouer, au moins une fois.

— Espèce de vieille sentimentale.

— Oui.

— Et qu'est-ce qui arrive à Bébé après le spectacle ?

— On lui donnera une nouvelle identité et on l'enverra en Nouvelle-Zélande.

— En Nouvelle-Zélande ? Pourquoi ?

— Parce que quand j'ai regardé *Le Seigneur des anneaux*, j'ai trouvé que ça avait l'air d'un endroit sympa.

— Un endroit sympa rempli d'orques, ouais, répondit Jackson avec mépris.

— Pas la peine d'être agressif. C'est le plan, et on s'y tient. »

Blake Jackson réfléchit un instant au stratagème de Calhoon. Il semblait parfaitement adapté à ses propres projets. Même si l'idée de devoir passer trois heures devant *Grease* le remplissait de terreur.

68

Blake Jackson fut agréablement surpris par la qualité du spectacle. Bébé chantait beaucoup mieux qu'il ne s'y attendait, en particulier lorsqu'elle interpréta *Hopelessly Devoted*. C'était d'autant plus impressionnant qu'elle n'avait participé qu'à une seule répétition avec le reste de l'équipe. Elle avait en revanche beaucoup répété seule dans sa cellule de détention provisoire, ce qui avait dû être assez pénible pour les autres prisonniers.

Et le reste des acteurs semblaient plutôt bien accepter la situation.

« Tu sais, c'est beaucoup mieux que ce que j'imaginais », murmura Jackson à l'oreille d'Alexis Calhoon.

Ils étaient tous les deux installés à une table privée au fond de la salle. Calhoon portait une élégante robe de soirée noire qui faisait ressortir sa féminité, que Jackson n'avait jamais vraiment remarquée jusqu'alors. Ce dernier était vêtu d'une tenue de soirée noire traditionnelle et, contre toute attente, s'amusait beaucoup. Son moment préféré, de loin le plus excitant, avait été lorsqu'il avait foulé le tapis rouge. Pendant quelques minutes, il avait eu un aperçu de la vie de célébrité.

Jackson ne s'était aventuré dans ce théâtre qu'une seule fois auparavant, et il avait dû s'asseoir au milieu d'une des nombreuses rangées de sièges, avec tout juste assez de place pour ses jambes. Ce soir, à la demande de Calhoon, une table spéciale avait été installée pour eux à l'extrémité du couloir central. Une cinquantaine de rangées de sièges, tous occupés, s'étendaient devant eux. La première du spectacle était manifestement un succès.

« Bébé chante vraiment très bien, remarqua Calhoon. Elle aurait pu faire carrière dans la chanson.

— Ouais. Mais je pense que la fille qui joue Marty est meilleure. Elle a un sacré coffre.

— C'est elle qui jouera le rôle de Sandy dans les prochaines représentations.

— Il se pourrait que je revienne, alors, dit Jackson. Elle est géniale. »

Un homme en costume de cuir noir, qui était assis côté couloir dans la rangée du fond, se retourna pour voir qui osait parler pendant le spectacle. Il portait des lunettes de soleil, ce qui était plutôt curieux dans un théâtre, et il ressemblait énormément à Elvis Presley. Il regarda par-dessus la monture de ses lunettes en direction de Jackson.

« Ça vous embêterait de la fermer ? marmonna-t-il. Y en a qui essaient d'écouter. »

Lorsque l'homme se retourna vers la scène, Jackson murmura à l'oreille de Calhoon : « Y en a un qui s'est levé du mauvais pied. »

Calhoon lui fit signe de se taire et pointa le doigt vers la scène. « Regarde ce que va faire Bébé avec la cigarette. C'est vraiment cool. »

Le spectacle approchait de la fin, et Bébé, vêtue d'un blouson et d'un pantalon moulant noirs, s'apprêtait à chanter *You're The One That I Want*. Elle sortit une cigarette du paquet qu'elle tenait dans sa main et, sans l'allumer, tira dessus. À la surprise de tous, elle s'embrasa toute seule.

« Wow, dit Jackson, en réprimant son envie d'applaudir au cas où le sosie d'Elvis ferait une nouvelle crise. Ça en jette. Comment elle a fait ça ? »

Calhoon murmura à son oreille :

« Un de mes hommes lui a appris le truc.

— Un de tes hommes ? Lequel ?

— Chut, ils vont commencer à chanter. J'adore cet air. »

Les premières notes de *You're The One That I Want* retentirent. Le spectacle était assez impressionnant. Bébé et Danny Zuko chantaient à merveille, et les chorégraphies étaient parfaites.

Au milieu de la chanson, à la demande de Danny Zuko, le public se mit à chanter avec eux, et quelques spectateurs bondirent même hors de leurs sièges pour danser. Blake Jackson s'amusait tellement qu'il en avait oublié pourquoi il était là. Il avait également oublié Joey Conrad et l'Iroquois.

Il était même tellement pris par le spectacle qu'il ne remarqua l'arrivée de Joey que lorsque celui-ci le frôla pour rejoindre la scène. Il portait sa veste en cuir rouge, et, même s'il n'avait pas son masque jaune, Jackson sut d'emblée qui il était. Joey ignora Jackson et Calhoon et descendit l'allée centrale.

« Bon Dieu de merde ! dit Jackson. C'est Joey Conrad ? » Il se leva de son siège avec l'intention de trouver quelqu'un pour arrêter Joey.

« Assieds-toi, Blake, le calma Calhoon.

— Hein ? »

Elvis se tourna de nouveau vers eux et se pencha par-dessus son siège. « Elle t'a dit de t'asseoir, trou de balle ! »

Jackson obéit à contrecœur pour éviter une altercation avec Elvis, qui cherchait visiblement une excuse pour lui taper dessus. Au grand étonnement de Jackson, Alexis Calhoon était restée assise sur sa chaise et ne semblait pas le moins du monde perturbée par l'arrivée de Joey Conrad.

« Alexis, qu'est-ce qui se passe ?
— Regarde le spectacle. »

Joey Conrad descendit l'allée centrale, s'arrêta quelques mètres avant la scène, et regarda Bébé. Personne dans le public ne semblait l'avoir remarqué, et s'ils l'avaient fait, ils étaient bien trop captivés par cette interprétation de *You're The One That I Want* pour y prêter attention.

Bébé ne remarqua pas immédiatement Joey. Ce ne fut que lorsqu'elle se retourna après un pas de danse assez élaboré qu'elle le vit. Elle arrêta de chanter en plein milieu de son couplet. Un immense sourire illumina son visage, et elle courut vers le bord de la scène. Joey tendit les bras, l'invitant à sauter. Bébé n'hésita pas une seconde et se jeta dans ses bras. Elle fixa ses jambes autour de ses hanches et ils échangèrent un baiser passionné. La moitié de l'audience resta bouche bée de stupéfaction, tandis que l'autre les applaudissait et les acclamait, convaincus que ce détournement du final faisait partie du scénario.

« C'est très mauvais, dit Jackson. On se croirait dans *Dirty Dancing*. Quelle mascarade.

— T'as toujours pas compris, hein ? » demanda gaiement Calhoon.

Jackson était furieux. Et pas uniquement parce que Joey Conrad avait réussi à franchir la sécurité. Le spectacle avait été gâché, alors qu'il s'amusait beaucoup.

« Sérieusement, Alexis, qu'est-ce qui se passe, merde ? fulmina-t-il en se relevant. Comment est-ce qu'il a réussi à passer tous nos hommes ? »

Il n'attendit pas qu'elle lui réponde. Il était temps d'aller trouver un des agents en civil dispersés un peu partout dans le théâtre. Il trotta jusqu'à la sortie pour se retrouver rapidement bloqué par un imposant Hells Angel tout de jean vêtu et coiffé d'un Stetson. Rodeo Rex avait suivi Joey dans le théâtre, et il ne semblait pas d'humeur à plaisanter. L'intuition de Jackson lui disait qu'il était dans la merde. Il tourna les talons pour repartir dans l'autre sens et se retrouva face au Bourbon Kid.

La confusion commençait à se répandre dans la salle. Les acteurs de *Grease* essayaient désespérément de sauver la fin du spectacle malgré l'absence de la tête d'affiche, qui fricotait avec Joey au milieu de l'allée. Des huées commencèrent à retentir dans le public. Et, pour couronner le tout, Elvis se leva de son siège et attrapa Jackson par le bras. Il avait une sacrée poigne. Il souleva sa veste pour révéler un pistolet coincé dans son pantalon.

« Allez, mon pote, on va faire un petit tour », dit Elvis.

Jackson déglutit bruyamment et se tourna vers Calhoon pour lui demander une dernière fois des explications.

« Qu'est-ce qui se passe ?
— Je sais que c'était toi, Blake, répondit Calhoon.
— Quoi ? »

Calhoon se leva, marcha jusqu'à lui, et lui tapota l'épaule.

« Tu as oublié Dorothy, dit-elle.
— Qui ?
— Mme Landingham, tu te souviens d'elle ? Elle s'est enfermée dans la chambre forte quand Frankenstein a débarqué chez elle. Je lui ai rendu visite, l'autre jour, et elle m'a expliqué que tu avais fourni le champagne pour le grand jour. »

Jackson ressentit une soudaine envie de vomir. Son estomac se contracta et sa bouche s'assécha à une vitesse alarmante. Son cœur battait à tout rompre, et son cerveau se mit à tourner à plein régime pour essayer de trouver un moyen de se tirer de la situation pour le moins embarrassante dans laquelle il s'était fourré.

Il essaya de se dégager de l'emprise d'Elvis.

« Vous sortirez pas d'ici vivants, menaça-t-il. Mes hommes sont partout. Le bâtiment est cerné.
— Eh non ! » répondit Elvis.

Calhoon semblait se repaître de son triomphe. Elle tapota la joue de Jackson d'une manière extrêmement condescendante. « J'ai renvoyé tous tes hommes », dit-elle avec un clin d'œil.

Jackson savait que son seul espoir était de prendre la fuite, mais il n'était pas assez fort pour se libérer d'Elvis. Appeler à l'aide serait vain puisque ses cris seraient noyés par les huées du public, qui devenaient de plus en plus fortes à chaque seconde tandis qu'il réalisait que le spectacle était fichu.

« Du calme, dit Calhoon. Ces hommes ne vont pas te tuer. »

Jackson inspira une énorme bouffée d'air. Même s'il était évident qu'il avait de sérieux problèmes, c'était un immense soulagement de savoir que sa vie n'était pas en danger.

« Oh, Dieu merci, dit-il avec un soupir de soulagement.
— Je plaisante, dit Calhoon avec un sourire en coin. Bien sûr qu'ils vont te tuer. »

Elvis, Rodeo Rex et le Bourbon Kid escortèrent Jackson à l'extérieur du théâtre pendant que Bébé et Joey disparaissaient discrètement par une sortie de secours. Calhoon savait qu'elle ne reverrait jamais aucun des Dead Hunters. Quant à Blake Jackson, si elle le revoyait, ce serait à son enterrement. Elle n'avait aucune idée de ce qui arriverait à Bébé et à Joey Conrad, mais elle espérait qu'ils mèneraient une vie heureuse ensemble, pourquoi pas en Nouvelle-Zélande.

ÉPILOGUE

Le docteur Jekyll était parvenu à s'évader sans encombre du manoir Landingham, mais la mort de Solomon Bennett le laissait dans une situation vraiment pénible. Il était ravi d'avoir survécu au massacre, en particulier avec un chariot plein du précieux Brumalyte. Mais sans Solomon Bennett, Jekyll devait vendre le produit lui-même. L'affaire était conclue depuis plusieurs mois, et la transaction devait être relativement aisée, une simple rencontre dans un lieu public. Seulement, Jekyll n'avait jamais imaginé que ce serait lui qui procéderait à l'échange.

Après plusieurs conversations téléphoniques particulièrement stressantes avec l'homme avec qui Bennett avait négocié des mois plus tôt, Jekyll accepta de fournir un échantillon du Brumalyte contre la somme de cinq millions de dollars. Si tout se passait bien, une autre transaction suivrait, cette fois pour l'intégralité du produit.

Lorsqu'il arriva au restaurant Rae's Diner, il était extrêmement nerveux. Son truc à lui, c'était inventer et fabriquer des potions révolutionnaires, pas négocier leur vente dans un minuscule *diner* autour d'une tasse de café et d'un petit déjeuner. Il avait fait de son mieux pour ne pas se faire remarquer en portant un long imperméable gris assorti de lunettes de soleil noires et d'un fedora et en transportant l'échantillon de Brumalyte dans une fine mallette noire. Il espérait passer pour un employé de bureau moyen mais ressemblait davantage à un espion russe dont la serviette recelait des secrets internationaux. Choisir une tenue appropriée n'avait jamais été son fort. Son instinct de survie, en revanche, était sans limite, aussi avait-il engagé deux gardes du corps armés, Frank et Kevin, pour protéger ses arrières pendant l'échange. Il avait promis à l'acheteur de venir seul, Frank et Kevin attendaient donc de l'autre côté de la rue, avec pour instructions de charger si les choses tournaient mal.

Jekyll fut soulagé de constater qu'il n'y avait qu'un seul client dans le restaurant. C'était un homme noir de forte carrure, aux cheveux grisonnants, qui devait avoir une cinquantaine d'années. Il était assis dans un box sans fenêtre tout au fond de la salle. L'homme correspondait parfaitement à la description de l'acheteur qu'avait reçue Jekyll. On lui avait dit de chercher un grand Black en costume rouge et chapeau trilby assorti, et c'était exactement ce que portait le type. Il avait un verre de jus de tomate sur la table devant lui et une mallette à ses pieds, qui contenait logiquement cinq millions de dollars. Jekyll inspira profondément et se dirigea vers la table. L'homme en rouge se leva et le salua d'un sourire amical.

« Bonjour, dit Jekyll en tendant la main. Êtes-vous monsieur Legba ? »

L'homme en rouge prit sa main et la serra chaleureusement.

« Oui, mais vous pouvez m'appeler Scratch, répondit-il avec un grand sourire. C'est un honneur de vous rencontrer, monsieur Jekyll. Je suis un grand admirateur de votre travail.

— C'est *docteur* Jekyll, pour être précis.

— Toutes mes excuses, dit Scratch en se rasseyant. Quel type de docteur êtes-vous ?

— Le type créatif.

— Je vous demande pardon ? »

Jekyll maintint la poignée de la mallette fermement serrée dans sa main et s'assit en la posant sur ses genoux.

« Je veux dire : il n'y a actuellement aucun terme spécifique pour décrire mes compétences. Je suis unique.

— Oui, j'ai cru comprendre, répondit Scratch sans quitter des yeux l'attaché-case. Vous souhaitez boire quelque chose ?

— Juste de l'eau, merci.

— Bien sûr. »

Scratch cria à travers la pièce : « Serveuse ! Un verre d'eau pour mon ami, je vous prie ! »

Jekyll sentait les paumes de ses mains coller à la poignée. Et plus Scratch observait la mallette, plus ses mains semblaient devenir moites.

« C'est la marchandise ? demanda Scratch.

— Oui. »

Jekyll fit un signe de tête en direction de la serviette aux pieds de l'autre homme.

« C'est pour moi ?

— Hmm, hmm.

— Alors, qu'est-ce qu'on fait, maintenant ? On compte jusqu'à trois et on échange les valises ? »

563

Scratch sourit de toutes ses dents, qui étaient d'une blancheur immaculée. Plutôt que de répondre à la question, il fit glisser sa mallette sur le sol en direction de Jekyll.

« N'hésitez pas à compter, dit-il. Il n'y a personne d'autre, ici. »

Jekyll l'attrapa et la posa sur la table devant lui. Il regarda rapidement par-dessus son épaule pour vérifier qu'il n'y avait personne dans son dos. Le *diner* était toujours vide, à l'exception de la serveuse qui remplissait son verre d'eau derrière le comptoir. Du coin de l'œil, il jeta un regard rapide vers la vitrine pour s'assurer que Frank et Kevin étaient toujours en position. Il fut soulagé de constater qu'ils n'avaient pas bougé, même s'ils n'étaient pas vraiment discrets. Ils guettaient le *diner* comme deux abrutis contemplant un aquarium vide.

« On ne craint absolument rien, ici, dit Scratch. Personne n'entrera. »

Jekyll hocha la tête et laissa intérieurement échapper un soupir de soulagement. Jusqu'ici, tout se déroulait sans anicroche dans une atmosphère plutôt détendue. Il déverrouilla la mallette et l'ouvrit. Il n'avait jamais vu autant d'argent. Il attrapa une épaisse liasse de billets de cent dollars et les feuilleta. Ils semblaient être vrais. Il en souleva quelques autres pour s'assurer que l'argent en dessous n'était pas des coupures d'un dollar. Tout semblait être en ordre, et après avoir feuilleté quelques liasses de plus, il commença à se sentir un peu gêné, se demandant s'il n'était pas impoli de vérifier pendant plus de quelques secondes. En outre, qu'est-ce que ça pouvait bien faire s'il n'y avait pas cinq millions ? Il y avait déjà bien assez pour tenir toute une vie.

« Puis-je voir ce que vous avez apporté dans votre mallette ? demanda Scratch.

— Bien sûr. »

Jekyll souleva la sienne et la fit glisser vers Scratch. Celui-ci la posa sur ses genoux et l'ouvrit. Son visage s'illumina lorsqu'il vit le flacon de Brumalyte.

« C'est donc le produit en question ? dit Scratch avec un sourire radieux. Et il y en a encore, c'est ça ?

— Si vous avez d'autres mallettes comme celle-ci, dit Jekyll en tapotant la valise contenant l'argent. Il y en aura d'autres.

— Parfait. »

La serveuse réapparut enfin avec le verre d'eau sur un plateau. C'était une jeune femme mince aux cheveux rouges coupés au carré qui portait des lunettes à monture bleue pointue. Mais Jekyll ne porta pas une grande attention à son visage, car elle avait un corps à se damner. C'était précisément le genre de femmes qu'il espérait attirer avec sa nouvelle fortune. Il n'aurait plus à se soucier de les impressionner en étant drôle ou intéressant, ce qui était un grand soulagement puisqu'il n'était ni drôle ni intéressant, pas même quand il était ivre.

La serveuse posa le verre sur la table. Il profita d'un instant où elle détourna le regard pour mater sournoisement son décolleté. Son uniforme rose avait une fermeture Éclair à l'avant qu'elle n'avait pas complètement fermée. *Allumeuse.*

« Autre chose ? » demanda-t-elle.

Jekyll sortit soudain de sa transe contemplative et répondit : « Non, ce sera tout, merci. »

La serveuse plongea la main dans une poche à l'avant de sa robe et en sortit une petite enveloppe blanche. « Il me semble que c'est pour vous », dit-elle en la posant sur la table près de son verre d'eau.

Jekyll prit l'enveloppe lorsqu'elle s'éloigna. Quelqu'un avait écrit son nom dessus à l'encre noire. Il la retourna et la montra à Scratch.

« C'est de vous ? demanda-t-il.

— Non, répondit Scratch en fronçant les sourcils. Qu'est-ce que c'est ?

— Aucune idée. »

Jekyll déchira le haut de l'enveloppe. Elle contenait un petit morceau de papier plié en deux. Il le sortit et le déplia. Il y avait un message écrit à la main à l'encre noire.

Une des personnes dans ce diner *va te tuer.*
Devine qui ?

Ce fut comme s'il venait de recevoir un seau d'eau glacée en plein visage. Son sang se figea dans ses veines, et un frisson lui parcourut la colonne vertébrale. Il n'avait aucune idée de l'origine de ce mot. Ça ne pouvait être que Scratch ou la serveuse. À moins qu'il n'y ait eu quelqu'un d'autre dans le restaurant, caché quelque part.

« Tout va bien ? » s'enquit Scratch.

Jekyll redoutait ce qu'il verrait s'il regardait par-dessus son épaule. Peut-être la serveuse brandissant un couteau de cuisine, ou quelqu'un qui se serait faufilé dans le *diner* sans qu'il s'en rende compte ? Il attrapa la poignée de la mallette pleine d'argent et pivota légèrement sur son siège, prêt à bondir sur ses pieds et à courir vers la porte si le besoin s'en faisait sentir.

Malheureusement, il n'avait aucune chance de l'atteindre. Trois personnes étaient sorties de derrière le comptoir et bloquaient le seul chemin possible pour quitter le restaurant. Il les reconnut immédiatement. Rodeo Rex portait une tenue en jean et un Stetson. Elvis était accoutré d'une combinaison avec une cape dorée qui descendait jusqu'à sa taille et les indispensables lunettes de soleil à monture dorée. La troisième personne était Jasmine. Dans un moment de faiblesse, Jekyll oublia tous ses malheurs et resta bouche bée devant la jeune femme, qui était plus canon que jamais. Elle était vêtue d'une combinaison violette ultramoulante et du masque qu'elle portait au gala quand elle se prenait pour Britney Spears.

Il réfléchit un moment à la situation et décida de rester calme. Il s'était préparé à ce genre de complication. D'une minute à l'autre, Kevin et Frank débarqueraient dans la salle pour le sauver de ces fils de pute. Après tout, c'était pour ça qu'il les payait. Il compta jusqu'à trois dans sa tête, espérant entendre tinter la sonnette au-dessus de la porte et voir arriver ses deux cerbères pour lui sauver la peau.

Un.

Deux.

Trois.

La sonnette tinta à point nommé. *Parfait.*

Rex, Elvis et Jasmine ne semblèrent pas surpris d'entendre la porte s'ouvrir. Ils se contentèrent de s'écarter pour permettre à Jekyll de voir qui venait d'entrer. Frank et Kevin passèrent timidement la tête par la porte. Pour être précis, le Bourbon Kid passa leurs têtes par la porte. Il portait un long manteau noir avec la capuche relevée et tenait la tête de Kevin dans la main droite et celle de Frank dans la main gauche. Ils regardaient Jekyll avec la bouche grande ouverte, comme des répliques du masque de *Scream*. Le Kid les laissa tomber par terre et les envoya rouler d'un coup de pied à l'autre bout de la salle. Elles s'immobilisèrent toutes les deux aux pieds de Jekyll.

À la vue des deux têtes tranchées, le contenu de son estomac remonta immédiatement jusqu'à sa bouche et se répandit sur le carrelage. Il toussa et postillonna, crachant les derniers morceaux de vomi, avant de se redresser et de s'essuyer la bouche. Un autre homme était entré derrière le Bourbon Kid. Un homme masqué.

L'Iroquois.

Il tenait une machette dans sa main. Du sang rouge foncé en coulait, probablement celui de Kevin ou de Frank, voire des deux. Le sang du docteur Jekyll serait-il le prochain sur la lame ? Était-ce l'Iroquois qui avait écrit la lettre ? Ou un des autres ?

En réalité, ce n'était aucun d'entre eux. La plus grande menace était la serveuse. Elle bondit de derrière le comptoir et rejoignit ses acolytes. Jekyll n'avait pas regardé son visage d'assez près lorsqu'elle lui avait apporté son verre d'eau. Elle portait une perruque rouge pétant et des lunettes. Et il devait admettre qu'il avait été obnubilé par son décolleté. Mais sans la perruque et les lunettes, il la reconnut immédiatement. C'était la fille de Devon Pincent, Bébé.

La jeune femme ignora Jekyll un instant et se dirigea vers l'Iroquois. Sans retirer son masque, elle l'embrassa sur la bouche et fit glisser sa main sur le manche de la machette. Puis elle se tourna vers le docteur.

« Vous avez créé le monstre qui a tué mon père », dit-elle en soulevant la machette ensanglantée. Elle semblait de fort mauvais poil.

Jekyll se retourna dans l'espoir que Scratch puisse l'aider. Mais celui-ci n'était pas le genre d'homme à venir en aide aux personnes dans le besoin. Bien au contraire, les voir se débattre avec leurs problèmes était un de ses petits plaisirs.

« Docteur Jekyll, dit-il sur un ton délicieusement suffisant. Je vous présente les Dead Hunters... »

*Du même auteur
chez Sonatine éditions :*

Le Livre sans nom, traduit de l'anglais par Diniz Galhos, 2010.
L'Œil de la lune, traduit de l'anglais par Diniz Galhos, 2011.
Le Cimetière du diable, traduit de l'anglais par Diniz Galhos, 2011.
Le Livre de la mort, traduit de l'anglais par Diniz Galhos, 2012.
Psycho Killer, traduit de l'anglais par Cindy Kapen, 2013.